蔡其矫研究及文学史料汇编

（2024年卷）

黄华东　主编

海峡出版发行集团 | 海峡文艺出版社

图书在版编目（CIP）数据

蔡其矫研究及文学史料汇编.（2024年卷）/ 黄华东主编.
— 福州：海峡文艺出版社，2025.3
ISBN 978-7-5550-4026-2

Ⅰ. I207.22

中国国家版本馆 CIP 数据核字第 20252QT473 号

蔡其矫研究及文学史料汇编（2024 年卷）

黄华东　主编

出 版 人　林　滨
责任编辑　余明建
出版发行　海峡文艺出版社
经　　销　福建新华发行（集团）有限责任公司
社　　址　福州市东水路 76 号 14 层
发 行 部　0591-87536797
印　　刷　泉州市精彩数字印刷有限公司
厂　　址　泉州市鲤城区美食街 183 号织造厂内原综合楼一层
开　　本　720 毫米 × 1010 毫米　　1/16
字　　数　462 千字
印　　张　33.5
版　　次　2025 年 3 月第 1 版
印　　次　2025 年 3 月第 1 次印刷
书　　号　ISBN 978-7-5550-4026-2
定　　价　88.00 元

如发现印装质量问题，请寄承印厂调换

首届蔡其矫诗歌节诗歌音乐会剪影

▲ 蔡其矫诗歌音乐会现场

▲ 邱华栋讲话

▲ 陈毅达讲话

▲ 王清龙致欢迎词

▲ 首届蔡其矫诗歌奖启动仪式

▲ 《蔡其矫全集（补遗）》首发仪式

▲ "我为晋江写首诗"海内外诗歌大赛颁奖仪式

▲ 舒婷在现场为读者签名

首届蔡其矫诗歌节书法展

▲ 晋江市人民政府副市长吴尊意在开幕式上讲话

▲ 紫帽镇党委书记蔡晖致欢迎词

▲ 与会领导嘉宾参观书法展

▲ 展厅一角

纪念蔡其矫105周年诞辰暨蔡其矫研究座谈会

◀ 晋江市文联主席黄华东主持纪念蔡其矫105周年诞辰暨蔡其矫研究座谈会

▶ 专家学者出席纪念蔡其矫105周年诞辰暨蔡其矫研究座谈会

"蔡其矫诗歌进校园"活动

◀ 2024年6月至7月，"蔡其矫诗歌进校园"活动走进清华附中晋江学校

地方性诗歌与蔡其矫福建写作研讨会

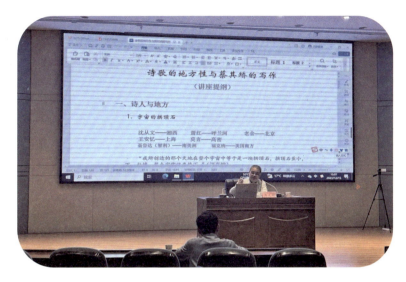

▲ 2023 年 12 月 16 日上午，地方性诗歌与蔡其矫福建写作研讨会在福州闽江饭店举行

▲ 2023 年 12 月 15 日下午，王光明教授在福建师范大学文学院举行《地方性诗歌与蔡其矫在福建的写作》学术讲座

蔡其矫诗歌（永安）馆正式开馆

▲ 开馆剪彩

▲ 永安市委常委、副市长
廖正楼在开馆典礼上讲话

▲ 蔡三强参观诗歌馆

▲ 节目表演

序

黄华东

　　蔡其矫先生是很值得深入研究的当代著名归侨老红军诗人。

　　长期以来，晋江市持续开展对蔡其矫先生的史料整理和研究工作，在挖掘红色文化、华侨文化、海洋文化中的文学元素，发挥地方名人效应上，取得了阶段性的成果。除了成立晋江市蔡其矫诗歌研究会，设立蔡其矫诗歌馆和晋江市博物馆蔡其矫专柜，还形成了一个颇具规模的资料库。其内容包括由晋江市文联牵头，联合中共晋江市委党史和地方志研究室、紫帽镇人民政府等单位编辑出版的《蔡其矫研究资料专集》《蔡其矫的故园诗情》《蔡其矫年谱》《永远的蔡其矫》和10辑《蔡其矫研究》，以及历年来有关专家编著出版的《诗人蔡其矫》等传记、研究文集、纪念图册，合计800多万字。如若再加上蔡其矫逝世后，由大象出版社出版的《蔡其矫书信集》，语文出版社出版的《痛苦地跋涉——蔡其矫诗歌精选》，海峡文艺出版社出版的《蔡其矫园坂家书》《蔡其矫集》《蔡其矫全集》《蔡其矫全集(补遗)》，那就更加丰富了。

　　值得一提的是在2023年12月，中共晋江市委、晋江市人民政府与福建省作家协会、海峡文艺出版社联合在诗人的故乡举办首届蔡其矫诗歌节，同时还启动了首届蔡其矫诗歌奖的评审活动，推动蔡其矫研究项目化、精品化、品牌化。作为具体执行这项工作任务的晋江市文联和中共晋江市紫帽镇委员会、晋江市紫帽镇人民政府，联动各家承办单位，通力合作，积极努力打造蔡其矫文化IP。这一本《蔡其矫研究及文学史料汇编

(2024年卷)》，主体内容即是举办首届蔡其矫诗歌节和首届蔡其矫诗歌奖的成果记录。

今年是实施"十四五"规划的收官之年，也是"十五五"规划谋篇布局、向着宏伟目标接续奋进之年。2024年10月，习近平总书记在福建考察时强调，"要在提升文化影响力、展示福建新形象上久久为功"，"传承弘扬红色文化"，"深化革命史料和革命文物研究阐释"，"依托宗亲乡亲、祖地文化等纽带广泛凝聚侨心"。2025年初，晋江市委市政府做出营造书香城市的部署。我们当前的紧要任务，就是要深化学习习近平文化思想和党的二十届三中全会精神，贯彻习近平总书记的重要指示精神，落实市委、市政府的工作部署，把蔡其矫研究工作与晋江实际相结合，挖掘整合晋江文艺优势，切实把习近平总书记的殷殷嘱托转化为美好现实，以感恩奋进的工作状态，创新发展"晋江经验"，在中国式现代化晋江实践中贡献文艺的力量！

2025年2月

目 / 录
Contents

3

第四编　蔡其矫作品选登

第五编　致敬与缅怀蔡其矫

附　录　相关报道

第一编

首届蔡其矫诗歌节纪盛

在首届蔡其矫诗歌节开幕式上的讲话

邱华栋

从下雪的北京来到充满阳光的晋江，天气变化太大了，我也感冒了，这也是诗歌对我们的提醒：就是有时候我们要用更加热烈的身体的温度去拥抱诗歌。所以此刻我就是这样的一种心情，来到了晋江。首先还是要说祝贺的话。今天大家看到了舒婷老师在这里，我一般都叫她舒婷姐姐。还有福建省作协陈毅达主席，还有海峡出版发行集团林彬总经理，晋江市人大常委会王清龙副主任，我们几个代表今天组织这个活动的方方面面，我们来就是为了要祝贺蔡其矫诗歌节和蔡其矫诗歌奖的设立。所以，表示热烈的祝贺！

蔡其矫先生是我非常崇敬的著名的老革命归侨诗人。他也曾经在延安的鲁迅艺术学院文学系就读和任教，中华人民共和国成立后他又担任中央文学研究所的教员。这个中央文学研究所就是我们中国作家协会所属的鲁迅文学院的前身。等于说，他当时跟着负责人丁玲女士一块在做作家的培训工作。我本人在2015到2019年四年间曾经担任过鲁迅文学院常务副院长，在写鲁迅文学院院史的时候，我也注意到了蔡其矫老师和中国作协的这段缘分，所以我非常珍惜这段历史。

刚才毅达主席也详细地介绍了蔡其矫先生的文学地位、文学成就和文学影响力。在我的书房里，也有一套蔡其矫先生的八卷本的全集，就是林彬总经理他们出的书。昨天我刚刚又拿到了一本刘志峰、我们的老朋友编的一本补遗，我特别的高兴。同时，我在来参加这个会之前还收到了一册《蔡其矫研究》第十辑，这可见对蔡其矫先生的研究、评论是一件久久为功的事情。

蔡先生他以独特的英雄战歌、海洋诗和行吟诗，给中国新诗界、世界诗坛都带来了卓越的贡献。像我注意到他和聂鲁达和1990年获得诺贝尔文学奖的大诗人帕斯都有互动的这种关系，非常了不起。他自称是"海的子民"。我们上午在他的旧居故居观览，看到了很多他和大海的照片，他一个人坐在海边，望向了时间和空间的深处，那是大海在欢腾着，每一朵浪花都是一首诗。因此，蔡先生在诗中重建中国古代的海洋历史和海洋文化。晚年的蔡先生开始走遍全中国，获得"诗坛独行侠"的美誉。他好像是花了20年的时间吧，背着行囊踏遍祖国的大地。他满怀深情不畏路途艰险，把个人命运和情感与祖国的大好河山紧紧地连接起来，也把地方性和民族性融合起来，创作了宏大开阔、浑厚有力、亲切温柔的诗篇，构成了晚年蔡其矫的艺术高峰。

蔡其矫先生曾经给诗下一个定义：人生的一段经验或一时感受，加上全人类的文化成果，等于诗。他的这个定义我理解为，诗就是生命和语言的相遇，因为我们每一个人的个体生命都是无法复制的，所以我们这个无比丰沛的个体生命和语言瞬间的相遇，它就会生成诗歌，这就是诗歌的产生的原因。同时，诗也是语言的艺术的最高形式，所以这也是诗本身它一直从古到今存在的一个巨大的理由。因为蔡其矫先生具有世界性的视野，他很擅长在比较中找到表现中国特有的民族性。

我们欣喜地看到，晋江充分地认识到蔡其矫先生这位著名乡贤的艺术价值、历史价值，以及弘扬蔡其矫诗歌精神的重要性。早在2004年，中共晋江市委、市政府就与中国作家协会《诗刊》杂志社、中国当代文学研究会、福建省文联等单位联合举办了蔡其矫诗歌研讨会。近年来，更是把"蔡其矫"作为一个地方文化地标、文化品牌在打造。蔡其矫故居，我们上午也去看了，它是建于1932年，到现在都快100年了，被列为晋江市级文物保护单位，并建设成蔡其矫诗歌馆，成立晋江市蔡其矫诗歌研究会，举办一系列纪念活动，并且与海峡文艺出版社联手编辑出版《蔡其矫研究》和蔡其矫先生的著作、传记、年谱。这些工作，都是晋江市积极主动深入学习习近平新时代中国特色社会主义思想，特别是习近平文化思想，传承中华优秀传统文化的具体表现，彰显了晋江的文化底蕴、文化形象、文化自信和文化担当。

我们殷切期望，通过蔡其矫诗歌节和蔡其矫诗歌奖的设立，再掀起研究蔡其矫的高潮，同时又能契合晋江市委、市政府关于文体旅融合发展、经济社会发展的要求，充分挖掘晋江（紫帽）历史文化资源，充分发挥地方历史文化名人效应，打造特色化、精品化、常设性文旅品牌项目，助推文旅产业深度融合发展、文旅消费提质升级。

在这儿，我特别想朗诵一首蔡其矫先生的诗。我想我们在座的每一个人，都以不同的方式和蔡先生发生着某种联系，这首诗蔡先生写于1969年，是我出生的那一年，这首诗叫《新叶》，就是新的叶子：

> 新叶呀！
> 你迎接另一个春天，
> 伸出这么多透明的小手，
> 捕捉每一缕游丝般的阳光，
> 看着你我就再生希望。
> 我也想学习你的榜样，
> 每天都有新的追求，
> 迅速地朝更高处生长，
> 向更广大的世界展望。

所以，蔡先生在我出生的那一年，我大概几个月的年龄吧，他写下了这首诗，而今54年过去了，我们、我还像他在诗中所写的那样，向着世界更广阔的方向展望。

谢谢大家！

（邱华栋，全国政协常委，中国作家协会党组成员、副主席、书记处书记。）

在首届蔡其矫诗歌节开幕式上的讲话

陈毅达

尊敬的邱华栋主席、舒婷老师、林彬总经理，尊敬的王清龙主任，各位领导、专家学者，同志们、朋友们：

大家下午好！

正当举国上下深入学习贯彻党的二十大精神、习近平文化思想和习近平总书记对宣传思想文化工作的重要指示精神之际，我们相聚在美丽神奇的紫帽山下、紫湖之滨，共同参加由福建省作家协会、海峡文艺出版社与中共晋江市委、市政府联合举办的首届蔡其矫诗歌节，这是我省文学界的一件盛事。在此，我谨代表福建省文联、福建省作家协会表示热烈的祝贺！向从北京、浙江、香港等地前来关心指导、共襄盛举的各位领导、专家学者表示由衷的敬意！

蔡其矫先生是我国当代诗歌界的一张靓丽的名片，更是福建文学界的一根诗歌标杆。他生前为老红军、印尼归侨，参加过上海爱国学生运动，千里奔赴延安，经历过抗日战争和解放战争的洗礼。曾任鲁迅艺术学院、中央文学研究所教员，中国作家协会文学讲习所教研室主任，福建省文联专业作家，福建省作家协会副主席、名誉主席、顾问，中国诗歌学会副会长等职，享受国务院特殊津贴专家，是第五届、第六届福建省政协委员。他的一生热爱祖国，心怀赤子之心，追求真善美。他从抗日战争的革命烽火中开始创作，一直书写到生命的最后一刻，在近 70 年的时间里，他留下了大量洋溢着赤诚之心的优美诗篇，他的诗饱含着对祖国、人民的深厚感情，对理想、爱情、自由和生命的执着追求，既富于浪漫情怀，又充满浓郁的生活气息，被誉为"海洋诗人""山水诗人""爱情诗人""行吟诗人"和"中国诗坛的常青树",深深影响了中国新诗的发展,为我们至今留下了许多独具魅力的艺术惊喜和人文感动。

围绕着蔡其矫的诗歌价值和创作研究,多年来,福建省多次举办了蔡其矫诗歌研讨和纪念活动,为彰显蔡其矫对当代诗歌、闽派诗歌的突出艺术贡献,我省在编辑出版"闽派诗文丛书"时,专门选编出版了《蔡其矫集》。值得赞赏的是,蔡其矫先生的家乡晋江市做了大量的工作,不但在蔡其矫的故居设立了蔡其矫诗歌馆,成立了蔡其矫诗歌研究会,举办了蔡其矫诗歌音乐会等,还组织了一大批专家学者、联手海峡文艺出版社收集整理出版了《蔡其矫研究资料专集》,出版了《蔡其矫研究》十辑以及许多的传记、年谱、书信集、纪念画册等,成绩斐然。去年,海峡文艺出版社还充分挖掘蔡其矫诗歌出版资源,先后选编出版了《蔡其矫全集》《蔡其矫全集(补遗)》等,极大地丰富了对蔡其矫诗歌创作的研究。

我们衷心地希望,通过首届蔡其矫诗歌节的举办和蔡其矫诗歌奖的设立,能够进一步推动蔡其矫研究工作更加深入开展,进一步推动闽派诗歌的繁荣发展。也衷心地希望,我省广大文艺工作者坚持以习近平文化思想为引领,传承和弘扬闽派文艺优秀传统,全面提升文学创作品质,推出更多深刻反映时代、深情赞颂人民的精品力作。

"今天,我以欢乐的心回忆,当你镜子般发着柔光,让天空的彩霞舞衣飘动,那时你的呼吸比玫瑰还要温柔迷人。"这是蔡老的诗句。此时此刻,我觉得我们今天用心回忆,就会感到蔡老如天空般的彩霞仍与我们同在,仍在我们的身边舞衣飘动,我们仍然感受到他比玫瑰还要迷人的诗情诗意。我们也借此首届蔡其矫诗歌节向蔡老表达我们崇高的敬意和致意。

祝首届蔡其矫诗歌节圆满成功!祝各位领导、专家学者和朋友们身体健康、万事如意!谢谢大家!

(陈毅达,福建省文联副主席、一级巡视员,福建省作家协会主席,中国作家协会全国委员会委员。)

首届蔡其矫诗歌节欢迎词

王清龙

尊敬的邱华栋主席、舒婷老师、林彬总经理、陈毅达主席，各位专家学者、文艺界的朋友们、观众朋友们：

大家下午好！

晋水泱泱，紫峰巍巍。今天，我们相聚在人文底蕴深厚、自然风光秀美的紫湖之畔、郊野公园，共同举办首届蔡其矫诗歌节。在此，我谨代表中共晋江市委、晋江市人民政府，对大家的到来表示热烈的欢迎，对长期以来关注关心支持晋江发展的各界朋友表示衷心的感谢！

晋江，是爱拼敢赢、充满活力的经济强市、"晋江经验"的诞生地，县域基本竞争力持续位居全国前五、福建首强，是闻名全国的"品牌之都"。晋江同样也是人文荟萃、开放包容的历史名城，历代文艺出众、文化名人辈出，古代欧阳詹、曾公亮、李贽、林外、王慎中、张瑞图，现当代扶西·黎刹、李焕之、蔡其矫、张明敏等文艺大家均出自晋江，素有"海滨邹鲁""海丝起点名城"之美誉。今年来晋江大力推进文体旅融合发展，NEST 全国电子体育大赛总决赛、"村 BA"、马拉松等赛事活动精彩频现，向全世界展现大美晋江的城市风光、海丝之城的文化魅力、世界遗产的历史底蕴和绿水青山的生态底色。

当代著名老革命归侨诗人蔡其矫是生于紫帽、长于紫帽、眷念于紫帽的晋江人，曾参加过上海爱国学生运动，千里奔赴延安，经历过抗日战争和解放战争的洗礼。一生创作不息，留下千余首诗歌佳作，被誉为"海洋诗人"，是中国新诗坛运动的一面旗帜，是福建诗坛、晋江诗群的一座丰碑！

正值蔡其矫 105 周年诞辰之际，晋江市委、市政府联合福建省作家协会、海峡文艺出版社举办此次首届蔡其矫诗歌节、设立蔡其矫诗歌奖，目的在于通过研究蔡其矫及其诗歌艺术，深入学习宣传党的二十大精神和习近平文化思想，弘扬中华优秀传统文化，贯彻落实晋江市委、市政府"1+6"专项攻坚行动关于文体旅融合发展部署要求，充分挖掘晋江历史文化资源，充分发挥地方历史文化名人效应，打造晋江特色化、精品化、常设性文旅品牌项目，让社会各界共享一场诗歌的盛宴、艺术的华章，共同感受晋江这座城市的浪漫和诗意。

借首届蔡其矫诗歌节举办之际，真切希望各位领导、专家学者、诗人朋友常来晋江采风考察、传经送宝、书写晋江，在充满诗意的紫帽山下、浪漫馥郁的紫湖之畔书写绚丽多姿的时代华章，力争将蔡其矫诗歌节打造成中外诗人与晋江人民共享诗歌艺术的文化盛会，让越来越多的朋友与诗结缘、以诗为伴。

受组委会的委托，在此，我宣布：首届蔡其矫诗歌节开幕！

（王清龙，晋江市人大常委会副主任。）

首届蔡其矫诗歌节书法展开幕仪式致辞

吴尊意

尊敬的邱华栋主席、林彬总经理、陈毅达主席、蔡三强先生，各位领导、专家学者，文学界的朋友们：

大家好！今天，我们在这里举行首届蔡其矫诗歌节书法展开幕仪式。首先，我谨代表晋江市委、市政府，向各位领导、嘉宾的到来表示热烈的欢迎！向为本次书法展提供珍贵作品的艺术家朋友们表示衷心的感谢！

晋江是习近平总书记提出"晋江经验"的首源地，发展实力位居福建首位、全国县域第三。晋江不仅民营经济发达，还拥有丰富的文化资源，海丝人文、古厝乡愁、家国情怀、闽南风味构筑了晋江深厚的文化底蕴。历史上的晋江更是人文荟萃，出了11位状元、16位宰相，张瑞图、吴鲁、李焕之等名人大师都为晋江留下了宝贵的传统文化遗产。

晋江当代诗人蔡其矫，游历祖国南北，阅尽大江大海，一生笔耕不辍，创作诗歌一千多首，被称之为"华侨诗人""老革命诗人""海洋诗人""爱情诗人""行吟诗人"，有着"中国诗坛的文化战士与独行侠"美誉，为时代留下了一大笔宝贵的诗歌财富。

此次蔡其矫诗歌节书法展融合了传统书法艺术与诗歌美学，这场诗与书法的"文化创作盛宴"，将让我们深切体验心灵与文化相互融合的美美与共。我们期待通过这次书法展，让大家更好地走近晋江，感受这座城市的地灵人杰和文化魅力。

现在，我宣布，首届蔡其矫诗歌节书法展开幕！

（吴尊意，晋江市人民政府副市长。）

在首届蔡其矫诗歌节书法展开幕式上的创作感言

张聪明

各位领导、各位嘉宾：

上午好！

非常荣幸参加今天蔡其矫先生诗歌书法作品展。此时此刻，我的心情非常激动！因为我本人曾经在这片热土上工作了近 20 年，可以说我的青春年华都是在这里度过，对这里的一切都倍感亲切！

蔡其矫先生是从紫帽镇园坂村走出去的当代著名的革命诗人，对中国新诗建设做出巨大贡献，影响了一代代年轻人。

值此蔡其矫先生 105 周年诞辰之际，晋江市书法家协会组织了 105 位书法作者，在首届蔡其矫诗歌节系列活动中，以遴选了 105 首（句）蔡其矫诗作、名句和历代名人咏紫帽诗词、名家致蔡其矫诗，作为创作内容，创作了 105 幅书法作品玉成此次展览，我想具有特殊的意义！

这些作者既有在全省乃至全国有一定影响力的书法名家，也有这几年来崭露头角的书坛新人。这些作品风格各异，涵盖了篆隶楷行草，既有端庄俊秀的楷书、质朴肃穆的篆隶书，也有潇洒浪漫妍美流丽的行草书。

这次，我本人所创作的内容是蔡其矫先生的现代诗《爱情和自由》，这首诗以追求爱情与自由的美好诉求，诗风浪漫，热情奔放。所以为了更好地表达诗的意境和精神意蕴，我采用了小行书风格，以手札风为创作形式创作。

各位领导、嘉宾：

古人云："诗言志，书写心。"这是我们首次以现代诗为主题内容的一个书法展览，是一次认真贯彻习近平文化思想的具体举措。通过诗书合璧，充分体现了书法艺术以人民为中心的创作导向，通过书法的形式激活、丰富诗歌所蕴含的文化内涵，更深刻地展现了蔡其矫的诗歌精神和紫帽山的人文风光。

最后祝蔡其矫诗歌节书法展圆满成功，祝各位领导、嘉宾身体健康、万事如意！

（张聪明，晋江市文联副主席、晋江市书法家协会主席。）

首届蔡其矫诗歌节书法展前言

首届蔡其矫诗歌节组委会

蔡其矫是晋江籍的老革命归侨诗人，对中国新诗建设作出巨大贡献，具有世界性的影响。今年是蔡其矫先生105周年诞辰，为梳理晋江的文化谱系，更好地赓续红色基因，培育家国情怀，传承中华优秀传统文化，在首届蔡其矫诗歌节系列活动中，组委会遴选了105首（句）蔡其矫诗作、名句和历代名人咏紫帽诗词、名家致蔡其矫诗，由晋江市书法家协会组织105名书法名家、俊彦进行书法创作。作品取法上至秦汉简牍，下至当代名流，真草篆隶诸体兼备，既有盈掌小楷，也有四尺大幅，以最民族、最独特的艺术形式展现了蔡其矫的诗歌精神和紫帽山的人文风光。

谨以此展致敬蔡其矫先生！

首届蔡其矫诗歌节蔡其矫诗歌音乐会节目单

序章

01 / 晋江市领导致欢迎词并宣布首届蔡其矫诗歌节开幕

　　福建省文联、福建省作家协会领导讲话

　　中国作家协会领导讲话

　　首届蔡其矫诗歌奖启动仪式

第一篇章

02 / 诗群诵：《春节紫帽山》

作者：蔡其矫　朗诵：晋江合唱协会

03 / 合唱：《紫坂小学校歌》

作词：蔡其矫　作曲：李焕之　合唱：紫坂小学合唱团

04 / 诗朗诵：《波浪》

作者：蔡其矫　朗诵：蔡芳本

第二篇章

05 / "我为晋江写首诗"海内外诗歌大赛颁奖仪式

06 / 独诵：《在晋江，每一滴水都随春潮涌动》

作者：王长江　朗诵：贺　娟　舞蹈：李　捷　黄莹莹

07 / 诗朗诵：《祈求》

作者：蔡其矫　朗诵：吴文锋　古琴：翁小华

08 / 女声独唱：《心的紫帽》

作词：洪安和　作曲：洪　亮　演唱：那　莉　舞蹈：晋江市青少年宫

第三篇章

09 /《蔡其矫全集（补遗)》首发仪式

10 / 诗舞乐：蔡其矫诗联诵《南曲又一章》《梨园戏》《思念》《也许》《红豆》

作者：蔡其矫　朗诵：杨　健　尤娴娴　王亚波　戴沉沉

钢琴：王剑青　舞蹈：徐本根　戴沉沉

表演：晋江市高甲戏柯派表演艺术中心

晋江市掌中木偶艺术保护传承中心

11 / 男女声二重唱：《距离》

作词：蔡其矫　作曲：黄绵瑾　演唱：王　蒙　李斯兰

尾声

12 / 合唱：《晋江之歌》

作词：蔡其矫　作曲：李焕之　演出：晋江市焕之声合唱团

舞蹈：晋江市舞蹈家协会

节目策划：郑丽玲　蔡彩虹

导　　演：徐本根　戴沉沉

主 持 人：杨　健

撰　　稿：蔡芳本　刘志峰

首届蔡其矫诗歌节诗歌音乐会串词

蔡芳本　刘志峰

开幕式——

冬日暖阳普照，紫帽祥云环绕。今天，我们从四面八方赶来，将赴一场诗与远方的盛会——首届蔡其矫诗歌节。出席开幕式和蔡其矫诗歌音乐会，并在主席台前排就座的领导和嘉宾有：

全国政协常委，中国作家协会党组成员、副主席、书记处书记邱华栋先生；

著名诗人舒婷女士；

海峡出版发行集团总经理兼总编辑林彬女士；

福建省文联副主席、一级巡视员，福建省作家协会主席陈毅达先生；

作家出版社原总编辑张陵先生；

首都师范大学教授、博士生导师王光明先生；

中国新闻社福建分社社长徐德金先生；

蔡其矫亲属代表蔡三强先生；

晋江市人大常委会副主任王清龙先生。

以及林莽主编、蓝野主任、陈仲义教授、袁勇麟教授、子张教授等来自北京、浙江、福建、香港的专家学者，来自福建省作家协会、福建省文学院、《福建文学》杂志社、泉州市文联和东南卫视等相关单位、新闻媒体的领导。

掌声欢迎你们！

首先，有请晋江市人大常委会副主任王清龙先生致欢迎词并宣布首届蔡其矫诗歌节开幕。

……

福建省文联、福建省作家协会长期密切关注关心晋江文艺事业的发展，在策划生成蔡其矫诗歌节的过程中，给予了大力支持和指导。现在有请福建省文联副主席、一级巡视员，福建省作家协会主席陈毅达先生讲话。

……

本次活动得到了中国作家协会的高度重视和大力支持，全国政协常委，中国作家协会党组成员、副主席、书记处书记邱华栋先生特地从北京赶来指导。现在，掌声有请邱副主席讲话。

……

谢谢邱副主席热情洋溢的讲话。现在有请全国政协常委，中国作家协会党组成员、副主席、书记处书记邱华栋先生；著名诗人舒婷女士；海峡出版发行集团总经理兼总编辑林彬女士；福建省文联副主席、一级巡视员、福建省作家协会主席陈毅达先生；晋江市人大常委会副主任王清龙先生，上台共同启动首届蔡其矫诗歌奖。

请各位领导将手放在启动柱上。现在我们倒数五个数：五、四、三、二、一，启动！

……

诗歌音乐会——

第一篇章：

诗群诵：《春节紫帽山》

这里住着诗歌！这是紫帽！这是紫帽山！这是晋江的后花园！这是谁的故乡？这是紫帽人的故乡，这是诗人蔡其矫的故乡。这里花团锦簇、草木繁茂，这里流水淙淙，这里四季如春，这是诗的土地，这是诗的圣坛，这是诗的灵泉。

晋江的优秀儿子、中国的优秀诗人蔡其矫，就在紫帽山下的园坂村出生、长大，对于生他养他的园坂村，他太熟悉了。在他的《紫帽山旧梦》里深情地描写了园坂村的美景。他还在《春节紫帽山》《1932年的园坂》等诗篇中，寄托了对家乡的忧思。

合唱：《紫坂小学校歌》

济阳楼里住上两三个月，白天在院子里整理花花草草，晚上就在花草边写作，耕砚稼墨……每当遭遇挫折时，洋楼都为蔡其矫遮风挡雨，"让眸子永远叙述快乐而美好的故事"。

他对家乡一往情深，对家乡的教育事业特别关注。为家乡的小学，他热情地写了一首校歌《紫坂小学之歌》，并请同为晋江乡亲的人民音乐家李焕之谱曲。

诗朗诵：《波浪》

蔡其矫写了许多自然的诗，他的《波浪》属于大海。他自称是"大海的子民"，每逢诗会，朗诵起这首诗，总是气势如虹，到高潮部分，男女老少诗友们也都会附和着："波浪啊，波浪……"许多人喜欢《波浪》的不羁，喜欢《波浪》的抗争，也喜欢《波浪》的细语。

第二篇章：

为深入贯彻落实习近平新时代中国特色社会主义思想和党的二十大精神，传承弘扬"晋江经验"，书写这片热土积淀丰厚的历史蕴藏及备受瞩目的发展成就，提高晋江城市的知名度与美誉度，今年5月，福建省作家协会、晋江市新时代文明实践中心、中共晋江市委宣传部、晋江市文化和旅游局、晋江市文学艺术界联合会联合举办"我为晋江写首诗"海内外诗歌大赛，共收到美国、菲律宾、澳大利亚和中国各省市区、特别行政区应征稿件近千首，评出一等奖2名、二等奖5名、三等奖8名、优秀奖20名、入围奖52名。

现在举行颁奖仪式。有请获奖作者代表来自江西的王长江、来自香港的王燕婷上台领奖，有请福建省作家协会副主席、秘书长林秀美女士，紫帽镇人民政府镇长王展招先生为他们颁奖。

……颁奖结束后，不报幕，演员直接上台朗诵《在晋江，每一滴水都随春潮涌动》。

诗朗诵：《祈求》

蔡其矫众多的诗集《回声集》《回声续集》《涛声集》《迎风集》《双虹集》《福建集》《生活的歌》《醉石》，一经打开，皆闻涛声。

"为了播送欢乐，忍受暴风骤雨的袭击；挺身和苦难斗争，生活是由愤怒和对人的热情构成！""宁做沥血歌唱的鸟，不做无声沉默的鱼。""我祈求歌声发自各人胸中，没有谁要制造模式，为所有的音调规定高低；我祈求，总有一天，再没有人，像我作这样的祈求！""在我们脚下，也许藏着长流的泉水；在我们心中，也许点亮不朽的灯。众树都未曾感到，众鸟也茫无所知；在生活中，我永远和你隔离；在灵魂里，我时时喊着你的名字！"

这样铿锵的句子里，就有晋江的灵魂潜藏。

女声独唱：《心的紫帽》

不报幕。

第三篇章：

近年来，海峡文艺出版社极力挖掘蔡其矫诗歌出版资源，继去年出版八卷本《蔡其矫全集》，今年又整理编辑出版《蔡其矫全集（补遗）》，进一步丰富了蔡其矫诗歌宝库，为蔡其矫研究提供了更多素材。

现在举行《蔡其矫全集（补遗）》首发仪式，由海峡文艺出版社社长、总编辑林滨先生，蔡其矫亲属代表蔡三强先生，向蔡其矫诗歌馆、晋江市蔡其矫诗歌研究会赠书，有请诗歌馆负责人蔡荣生、研究会主席李相华上台接受赠书。

......

诗舞乐：《蔡其矫诗联诵》

蔡其矫每年都要回家乡两三个月，如今，他永远回家了，为诗歌浪漫了一生的他，选择了他喜欢的园坂后山凤凰木下，听着潺潺的流水，听着鸟语，闻着花香，到另一个世界写诗。

他在另一个世界听南曲，他在另一个世界看梨园，他在另一个世界思念，他在另一个世界怀揣着红豆。

男女声二重唱：《距离》

不报幕。

尾声：

蔡其矫和人民音乐家李焕之同是晋江人，还是延安鲁迅艺术学院的前后届同学。1995 年晋江建市三周年之际，他们应邀合作谱写了《晋江之歌》。这首歌成为香港晋江同乡会的会歌。

结束语：

蔡其矫的一生就是晋江的历史，晋江是他的灵魂。而他的诗，又何尝不是晋江的灵魂？波浪翻涌着千年沧桑，东流入海。阳光映照着一江流水，汹涌激荡。蔡其矫在诗歌中所表现的对理想的追求，对自由的追求，对爱情的追求，对生命的追求，那份热烈，那份跳跃，那份奔泻，那份磅礴，就是千年晋江每日每夜的情状。

蔡其矫诗歌音乐会到此结束，感谢大家的观赏！

（蔡芳本，中国作家协会会员、泉州市作家协会顾问；刘志峰，福建省作家协会二级调研员、一级文学创作。）

纪念蔡其矫 105 周年诞辰暨
蔡其矫研究座谈会记录

时　　间：2023 年 12 月 11 日晚
地　　点：晋江市紫帽镇文体活动中心
主持人：黄华东　刘志峰
整理者：蔡冬菊

刘志峰（福建省作家协会二级调研员、一级文学创作）：

今天是蔡其矫 105 周年诞辰，我们在这里举行蔡其矫研究座谈会的目的：一个是对以后我们如何开展蔡其矫研究，请在座的各位专家学者、文学界的同行共同给我们提一些建议，也可以说是提一些要求。策划生成蔡其矫诗歌节，包括我们下午启动的蔡其矫诗歌奖，非常不容易。坐我边上的这位主要的推动者，我要隆重介绍一下：黄华东，晋江市文联主席、市委宣传部副部长。用一个不恰当的词来形容他，叫"始作俑者"，我是被他临时招来打工的。这一回，晋江市文联跟紫帽镇找到了一个非常好的契合点。紫帽镇的主要领导也是亲自挂帅，这次为我们服务的很多紫帽镇的工作人员都是镇"两委"领导，他们做了具体分工，每个镇"两委"都分工到每个细项当中来。所以这回到目前能够办成这样，我是感觉非常的难得。更要感谢我们各位专家、学者在百忙之中，有的从北京，有的从浙江，像袁教授还是从香港的活动一结束就奔了过来。

王光明（首都师范大学教授、博士生导师，福建师范大学全职特聘教授）：
非常高兴参加了这个蔡其矫先生的诗歌节。蔡其矫先生是我景仰的一位诗人。晋江为蔡其矫诗歌的研究做了很多的工作，而且这些工作做得很好。

我这一次回福建，其实也包括主要是想跟大家探讨一个问题，就是在蔡其矫研究里头提出一个问题，其中有一个启示，给中国诗歌的启示，还没有被重视。所以我们（福建师范大学）现代汉诗研究中心与省文联红英院长合作，张罗一个地方性写作、地方性诗歌与蔡其矫之间的写作的研讨会，作为闽派批评周的一个重要活动。其实我们是想做这么一件事情，就是通过蔡其矫先生的写作，给中国诗歌的启示，其中有一个很重要的，就是地方性写作。

地方性写作该怎么写，这地方性是很重要的。你看凡是一个杰出的作家和诗人，他肯定必须立足于地方。你说像现代的南方的沈从文，北方的萧红，当代的你看一下莫言。现代的，沈从文就贡献了他的湘西，通过湘西让人们才更加知道这个现代中国传统中国社会转型当中的美丽和忧伤。萧红也是这样，她写她的呼兰河。沈从文是写他的湘西。你看在当代也是这样，凡是真正有成就的人，莫言写高密，张承志写北方，王安忆写上海。没有这样一些写作背景，作为他们的写作背景的话，他们就不会有这种深厚的一种底气。

那在诗歌的这样一种领域里面，我曾经在2007年写的一篇文章当中，我就其实主要不是谈这个地方性的问题，但是我肯定在里头写过一句话，我说蔡其矫的诗歌，它开拓了地方性、诗歌的地方性。这个是在开始干预当代诗歌的时候，我肯定提出过这个问题。

因为这样一种地方性很重要，你说包括世界一些伟大的作家，像蔡其矫先生受过启示的聂鲁达，他通过这样一种他的智利，写出了南美洲的一种语法，几百年了。最典型的是福克纳了，美国的福克纳，他把他的家乡转换为一块邮票大小的一种线，就像地图上像邮票一样大小。但是他通过邮票大小一样的地方，写出了美国南方两三百年的历史。所以这个地方性写作，它非常的重要。但蔡其矫的诗歌，他是提示你们去看看他最重要的，他自己编的，20世纪80年代初期编了两本诗集，一本是《生活的歌》，一本是《福建集》，他就专门有一本《福建集》。我就在这一次要来开会，来准备讲蔡其矫的地方性写作的时候，重新翻读这两本诗集，我就在想：你看为什么大家都不留意，一般说《福建集》当然会留意，因为它专门写福建题材，但《生活的歌》，为什么它起名为《生活的歌》，我这里面不说，大家回去想一想，其实它是有意味的，它的这样一种诗歌具体的领域不是乱写的。所以蔡其矫非常热爱他的故乡。故乡是他写作的一种灵感、一种源泉，尽管他在这样地方，可能以前很有钱，华侨是在什么地方，是在那个印尼？对，印尼。是谁盖了那么漂亮的房子，当时蔡其矫，你看他十几岁带着那种少年的叛逆的性格和被误伤的不同的待遇，八岁出去，十几岁回来，对，然后蔡其矫先生是2007年去世的。其实2006年我们有过一次见面，见面他就跟我说，光明啊，我很想……他就跟我说，他说了一句到现在我想起来，我不断地跟不少人说过这一句话，我现在重说一遍，他说我很想回福建去，福建人很亲啊。

蔡其矫先生还给我写过6封信，没有收进你们的所有的集子、全集。因为有一些原因我也不愿意给那个选集啊全集啊。但是如果我公布出来以后，大家会知道蔡其矫跟我写的这样一种信，跟他一般的这样的信，包括大象出版社出版的信，它是不一样的，他是认真的、有想法的，这样的才给我写的这封信。我跟蔡其矫先生的友谊是从20世纪80年代初开始的。他常跟我谈一些真实的想法，这样一种问题，这个是题外话了。我会把这6封信，包括他抄他自己的诗，写那个宁化石壁的，他就是工工整整地给我抄了好几遍，一首诗歌他就抄给我，我以后会公布这些，交给刊物发，或者影印出来。

我现在重新说到我讲的这个蔡其矫，之所以给我说这个地方性写作带来了很多的这样一种启示，那么蔡其矫的这个写作，我刚才讲的，大家如果发现它是有一种有深情的、有背景的一种写作，同时蔡其矫的这样一种写作，它是发自内心的，大家去看看他的《福建集》的序言前言，他就讲到了为什么要编辑《福建集》，这个他其实是给我们很多的启示。那我要说蔡其矫是写地方写得最多的一个诗人，中国诗坛、当代诗坛也有很多写地方带来地方气息的，比如说20世纪50年代的诗人公刘，50年代的公刘写西南边疆，闻捷写新疆，但是这样一些诗歌，我敢说它们是一种这个旁观者的那个叫作是什么？这个浏览型的这个猎奇觅胜的一种这个东西，就是说他们带来的这种地方色彩是一种风格上面的东西，它都不是那一种很多内在的东西，而蔡其矫因为热爱，因为他自觉地去探索地方的一些问题，像是沈从文、萧红自觉地看到一些地方的问题一样。所以他的这个写作是自觉的，它不是说一种即兴诗人写的行吟诗人式的写作，跟后面蔡其矫先生去一个地方游览写一个地方，跟他写福建的写作不一样。那我还想要说的蔡其矫，因为他热爱自己的故土，热爱自己的家乡，所以他写的福建写得非常多，什么地方都写了，写福州、写厦门、写泉州、写长汀、写宁化、写永安、写才溪等，他之前都写过了。

在这里面大家可以看出一个问题，一个真正的诗人才没有几个有勇气，我就写福州，我就写上福州，他的诗歌的题目就是《福州》《厦门之歌》《鼓浪屿》，你看他就是《宁化》，写这个《才溪》《长汀》，这些它都全部出现在诗题上面，这是需要勇气的，因为这样一种写作，它就意味着写一个地方，包括你看小说里面只有萧红敢写《呼兰河》。我去过呼兰河，我去哈尔滨师大给他们的博士生答辩的时候，呼兰师院的人听到我来了，就专门开了专车请我去做一次讲座，我说我没有时间。他说我说一个理由，你肯定会去，他说就是去萧红故居，我就去了。我要说的就是把福建这些名字，用地名作为他的诗题，他是需要勇气的，一般的诗人不会有勇气。而且我也坦率地说，蔡其矫写这些诗也不是每一首都写得很成功很好。那么这里面就意味着一个真正的可以提出一个地方性写作的这种问题是什么呢？就是说他的这样的，他得感谢这个地方，它就意味着他必须熟悉这个地方，他对这个地方有自己的灾难发现，同时要写好这个地方又需要个人的气质和个人的才气，和这个地方的内涵来互相辉映。蔡其矫写出很多杰出的诗篇，比如像《鼓浪屿》、像《榕树》，包括像《1932年的园坂》，这些诗都是他比较完整的、比较好的，就是不会这样一种，就是有些诗也有水分，有些诗也没有融化好，但是蔡其矫这样一种诗，它就说明了一个，他敢写这样一个地方，他对这个地方是热爱的，他对这个地方是熟悉的。同时他其实无形当中也在做出一个诗歌写作者的一种承诺，就是我必须忠诚于这个地方，我这个地方不是扭曲的。所以我以后会写什么呢？我会提出一个问题，就是诗歌本来是一种虚构的，一切文学都是虚构的，他不承诺这样一个，他没有理由要求他承诺我写这个地方必须写真人。但是一旦诗人写福州、写泉州或者说写厦门，就意味着他必须承诺了，你给你提供的关于厦门的、福州的、泉州的，必须是不扭曲这个地方，这是最难的。所以这一点意味着对地方都是一种承诺，蔡其矫敢跟我们说这就是敢于这样一种承诺。所以蔡其矫的这个地方性写作很重要，很多问题我现在不具体地说，我必须让大家去说。但是因为蔡其矫开拓了地方性写作，给地方性写作提供了很多的启示，我希望大家都去关注这一点。诗歌写作的本人，你或者说你对你这个家乡有感情，你要写某一个家乡，可以从蔡其矫的经验和这个成功的和不成功的这样一种诗歌里面得到启示，把自己的对自己的故土的经验和感情写得更好一些、更热爱一些。

林　莽 (《诗刊》下半月刊原主编、《新诗选》名誉主编)：

接着王老师的发言，我觉得王老师强调地方性对作品的那种重要性，还有对地方熟悉的重要性，很有必要。

今天中午在蔡老故居照相的时候，正好我和舒婷、邱华栋站在一块。舒婷就说华栋你那么忙，还跑来了？说林莽是跟蔡老师有交情。我觉得舒婷说这话说得也有道理。实际上应该说，我和蔡老师有感情，不是交情。在今天这个诗人群里，我和蔡老师认识是相对来说比较晚的。早期的一些诗歌的活动我也参加过，但是参加得比较少，所以那会儿还真是和蔡老师没有碰上，是后来才有机会跟蔡老师认识。但是蔡老师的为人给我的触动是很大的。

我觉得蔡老师在他们那一代诗人中是一个很特殊的人，如果说他是走在时代前面的一个人，我觉得可能也不为过。为什么这么说？你想蔡老师在年轻的时代，为了国家的独立和解放，能够舍弃了很好的生活，回到那种艰苦的年代里边去。当然后来也有很多事例。这个景华是最了解的，他写蔡老师评传和年谱下了很大功夫。我觉得蔡老师确实在每一步上，他在那一代的青年，他是走在前面的。牛汉先生曾经有一次跟我说，说我们那一代人在年轻的时代如果不去抗日，那你就不是个优秀青年。我觉得牛先生这个说法和我父亲说法是完全一致的，他们都这么说，他说我们那个时代只能这么选择。蔡老师后来到了20世纪50年代的选择，回到福建来的选择都是。我觉得他是觉醒得比较早的一代人，是走在他们那一代诗人前面的人。另外他把诗歌从那种所谓大众的那种角度回归到个人，这都是走在时代前列的人。

我和蔡老师的交情实际上更多的是一些私人的。蔡老师感动过我的在哪儿？就是他对福建的诗人的那种扶持和帮助，那是无私的。蔡老师给我写了很多封信，当然我这个人有个坏毛病，就是不保留信。有好几个人跟我说要谁的信，其实好多人都给我写信，但是好多信都被我扔掉了。蔡老师给我写信就是推荐很多诗人，福建的，最起码他给我推荐过六七个福建诗人的作品，希望帮他们一个是登在刊物上，或者是参加什么"新世纪文学之星"等活动。蔡老师写信写得很详细，而且推荐时，不光写信，以后不放心还打电话，这个确实是不遗余力的。尤其在当时，不光是晋江这一带，福州的，还有就是包括景华他们那一带的，都是扶持很多。所以蔡老师这一点，我觉得非常值得我们去学习。

另外，蔡老师是一个崇尚自由的人，他在这方面是非常突出的。另外，蔡老师在写作上，我觉得他更是贴近了自己心灵，尤其后来的一些作品是完全贴近自己心灵，贴近诗歌本质。这种写作不像有一些年龄大的老师，到后来写得越来越不像样子，越来越没有诗味，就是你喜欢不起来。

所以蔡老师这个人不管是人生的这种榜样力量，还是从他的诗歌的写作方向上，都是我学习的榜样，确实我从内心里佩服，也非常敬重他。另外他对诗人的推荐，那种不遗余力的功德，对后辈的提携，确实是为我们这个诗坛树立了一种光辉的榜样。

我这次来参加蔡老师的诗歌节、首届诗歌节，也有很大的触动。我看咱们晋江的这些朋友们做事做得很细致。比如说咱们这个书法展，作品都做得非常好。其实新诗是很难写的，但是书法家们做得很认真，写得很多。场地之所以那么挤，是因为写的人多，是吧？这个确实。但是很多作品从书法的角度来看，字写得当然好，还有一些创新的形式，从形式上也非常好。因为旧体诗词很多时候还都会写，都知道怎么去格、怎么布局，但是新诗怎么写，它是确实需要创新的。我觉得这个书法展做得也非常好，下午的朗诵会和演唱会也非常好。

另外我觉得晋江能够为蔡老师设一个奖，这是很重要的。因为是蔡老师在诗歌界榜样的力量，获得他这个奖的是会感到很荣幸的。我觉得中国的诗歌奖并不少，现在得有多少个？二三百个是有的，二三百个都不止。当然有的奖是今天有明天没的，能坚持下来，这一点是比较少的。我觉得首先要考虑这个奖项的设立，它的细则，将来有什么方向。比如说，我觉得诗歌奖应该确定一个大致的方向，我到底要表扬哪些人？我觉得和蔡其矫先生应该是相关的，一个是人品好的诗人，一个是走在时代前列的诗人，另一个就是什么呢？它确实是贴近内心、贴近诗歌本质的诗人。我觉得这样的话可能才符合蔡老师的精神，使这个奖项有它的独到之处。因为奖项太多了，你搞得很没有章法，我觉得今年这样、明年那样，可能会造成一些不必要的、没有明确方向的奖项，这样也没特色。我倒希望这个奖项能够表达那些确实和蔡老师的这种人生精神和文学精神相符的这么一个奖项。我相信晋江的朋友们，因为他们多年来努力的态度，会把事情做好。

子 张 (浙江工业大学人文学院荣休教授、中文系原主任)：

刚才听到光明老师、林莽老师发言，心里很想呼应一下。因为他们都跟蔡其矫先生有交往，了解多，知之甚深，谈得就特别到位。像光明老师所谈的诗歌的地方性，我觉得对蔡其矫诗歌来说，既是一个实践性问题，也是一个理论性问题。当然，相对而言，在小说里，地方性问题可能更突出一些。比如说现代小说家郁达夫，他就特别强调小说的地方性。这来自他所借鉴的西方小说理论。其实，也不只郁达夫，地方性的问题在现代文学、当代文学里非常突出，相对而言现代诗歌里就比较少，这可能与诗歌这种文体特点和写作方式有关。所以从这个角度讲，我觉得蔡先生那种越到晚年越自觉地把福建乡土纳入其诗歌创作中的努力，就特别醒目。可能因为我是北方人，反而对他作品当中的南方风味感觉特别强烈。你看他写泉州的双塔，写红甲吹，写乌龙茶、榕树……都是福建特有的风物。也许相对而言，福建人或福建读者，因为每日生活在这样的环境中，对这些东西不如一个北方人更敏感吧？对我来说，这种感受是很真实的。我不知道邱景华老师写的蔡先生评传是否涉及这方面的内容？我个人认为，如果把这个地方性问题展开、深入地去研究，一定会发现从风土人情到地理环境以及深层的精神文化结构，可能都会有所触及。像《梨园戏》这首诗，不只是有鲜明的地域性，而且有深沉的感慨和思想，我觉得蔡先生写得太深刻了。所以蔡其矫的诗，不只是有文化，不只是有地理，不只是有乡土性，还有思想，值得我们去进一步挖掘。

林莽老师讲到蔡先生的为人以及他的诗歌艺术精神，这两点确实很有启发性。我最早给蔡先生写信的时候，心里很忐忑，不知道信投出去会有什么结果。但等我收到蔡先生第一封信，那种顾虑就涣然冰释了。我从他对我的称呼上就能感觉到他那种平易近人、毫无距离感的亲和力扑面而来。那时候写信流行的称呼是某某同志，蔡先生给我的信则都是直呼其名，我后来看到他给别人的也是这样，这大概是当代诗人、学者、老先生中唯一的吧？因为就算按照写信的格式要求，也是要有称呼的。

蔡先生为什么这样写？我觉得这就是他为人方面的特点之一。即他不给你心理上设置障碍，所谓障碍就是刻意跟别人拉开一点距离，我觉得蔡先生跟人相处，就有这样一种不设防的做法。他在回我的信中不但没有丝毫的责怪，反而说我给他写信"太迟了"，还说他平均每天都要写若干回信。他在为人方面的坦荡，使人没有隔阂与距离感，是熟悉他的人一致的看法。

2004年我第一次到晋江参加蔡先生的诗歌研讨会，第一次见到87岁的诗人。我不太善于讲话，但我却乐于观察，我看到蔡先生在会场迎接来客的时候，拍拍这个的肩膀，亲亲那个的脸，有些老朋友还要热烈地拥抱一下。那种满面笑容、毫无距离的态度，让人感觉如沐春风。

有个晚上，和我住一个房间的诗人曲有源背上他带来的一嘟噜酒，拉着我说："咱们到蔡老师房间去一下。"结果我们去了以后，才发现好多人都在那儿，有他的老朋友牛汉、邵燕祥、谢冕，还有刘祖慈、林莽，他们劝蔡先生一定注意身体，不要因为这个会累坏了，蔡先生则笑眯眯地表示没事。我当时虽然带去了相机，可我被那种亲切、亲密的氛围感动了，觉得在那种氛围中拍照实在不合时宜，就迟迟没有拍，过后一直后悔。

最后再补充一点，就是蔡其矫绝非单一色彩或单一风格，写诗也绝非为地方性所限制。在倾心于乡土诗的写作之外，还有一个多彩的蔡其矫，或者说多侧面的蔡其矫、丰富的蔡其矫、立体的蔡其矫。他不只是写福建，他足迹所到之处，无论是西藏、青海、新疆，还是皖南、东北、海南、南洋，甚至我所在的杭州，都会为当地写下色彩浓烈、各具风味的诗。所以就是从地方性这个角度入手，你也会看到蔡其矫诗歌的丰富性与广阔性，何况他的题材还包括更多类型：海洋、生态、历史、爱情、友情。我当时写诗论时问过他，我说你的某些诗歌，爱情友情分不清楚。他的回答也很有趣，他说爱情友情确实不太好区分的，爱情同时也是友情，或者友情也会发展出爱情。

从晋江、紫帽镇对蔡其矫的感情，也能揣测到蔡先生对他的家乡那种毫无保留的爱，我想这一定是相互的。蔡其矫以诗为晋江立传，晋江则以持续的投入回报诗人的情谊。即便从这个较为偏狭的意义上，我也能感觉到蔡其矫诗歌艺术魅力的深厚，以及蔡其矫诗歌艺术研究的可持续性。

邱景华（福建省文艺评论家协会常务理事、副研究馆员）：

我觉得最高兴的一点，就是蔡其矫研究的基础性的工作，经过多年的努力，很多人的努力，已经粗具规模。《蔡其矫全集》的做法，这次志峰编的这个补遗，还有我的年谱，还有前面两本传记，还有曾阅老师的年谱，还有志峰编的《蔡其矫研究》总共 10 辑、《蔡其矫研究资料专集》上下册 100 多万字，就是蔡老研究基础性的工作，它形成了一个规模。我觉得这个是最欣慰的。这里面出力多的就是刘志峰跟晋江的文友，没有他们的努力，我后面做的事情就根本做不下去。

另外一个就是要感谢海峡文艺出版社林滨社长，他的眼光，他的战略跟意识，对蔡其矫研究书籍的支持，我三本书都是海峡文艺出版社出的。

还有，我就是得益于王光明老师的研究。王光明老师与谢冕老师 1982 年写的《海的子民的歌吟》，还有他的《蔡其矫与中国当代诗歌》，这些带有路标式的论文，对我有很大的启示。

我们这个蔡老研究现在是越做越大，各方面的力量参与加盟，特别是在晋江有关文化部门的支持下，这件事情就一件件做出来。我觉得已经做的这些整体效果都非常好，就是刚才子张老师讲的这个，它的可持续性，前景还很可观，其他的一些大诗人没有这个条件的。比如牛汉也是诗歌大家，但他的山西故乡是比较穷的，拿不出钱来组织和宣传牛汉诗歌的相关活动。

我觉得蔡老是一个神奇的诗人。晋江是一块神奇的土地，也只有在晋江这块土地上才会出像蔡老这样杰出的当代诗歌大家，只有在这块土地上才能出现。

伍明春（福建师范大学文学院教授、福建省文艺评论家协会副主席）：

蔡其矫老师是当代诗歌的带路人。作为高校的一位教师，虽然现在我还没有一篇关于蔡其矫的研究文章，但我曾经做过一个蔡其矫老师的专访，是王光明老师安排的，发表在北大《新诗评论》。我指导一个学生金慧写学位论文，写的就是蔡其矫，也收进了《蔡其矫研究》。

关于蔡老的诗歌，《蔡其矫诗歌回廊》已经是精雕细刻了，后面又有了全集，现在又有了补遗。我觉得他的诗歌，刚才邱（景华）老师也讲到基础性的研究做了很多，志峰兄他们做了很多工作，但实际上对他的诗学价值，或者在我们现在还是发展史上的一个重要的地位和意义研究，其实还是需要或者还有很多方向，就像刚才王（光明）老师说的就是讲地方性的结构，其实也是一个切口、一个小切口、一个掌握方向，实际上我想它还有很多不同路径，可以把蔡老诗歌的艺术价值以及在我们诗歌史的位置还可以再做更深入的论述。这是我们作为高校的，今后可能要、可以有的要展开的一些方向，这也是我以后要重点关注的。

蓝　野（《诗刊》社事业发展部主任）：

在此对蔡其矫先生自由的不朽的灵魂表示敬意，同时对晋江这片神奇的土地表示敬意。

我是跟着林莽老师见过蔡其矫老先生几次。一次是来这里跟着蔡老师去了上午去的地方（园坂村蔡其矫故居）。在蔡老师住的那个小房间里边，蔡老师找出他的宝贝让我们看，就是各种的贝壳，还有相册，拿出来让我们看，特别热忱。后来他带我们到公园去转转，讲他怎么弄了这么个公园。

在北京的时候，有一次朝阳区文化馆有个话语活动叫"我们走在大路上"，见了蔡老师。我今天还在手机里找到这张照片，牛汉老师、姜德明老师、林莽老师、刘福春老师有个合影。有那么几年，林（莽）老师找过人给这些老人过生日，就是在朝阳过，把几个老人的生日凑在一起。牛汉老师、蔡老师，还有姜德明老师。每次我都跟着去倒水倒茶的，也见识了蔡老师的风采，他特别热忱。我上午参观诗歌馆的时候，看到了里边展板上介绍了他跟青年诗人的一些交往，闽东诗群、三明诗群、晋江诗群，就说他对青年人这种交往关心就是来自他性格里的那种热忱，特别平等的。

刚才张（欣）老师讲的写信署名那事，我觉得他就是一种非常平等的那种精神，是有鼓励的一种东西。我觉得特别让人感动的是晋江，没有忘记蔡老，做了那么多很细的工作。像志峰还有邱（景华）老师做工作都做得非常细，我们也从邱（景华）老师的好多书里对蔡老有了一些了解。

有部电影叫《寻梦环游记》，里边有一句话叫"死亡并不是生命的终点，遗忘才是"。我觉得晋江人民对蔡其矫没有遗忘，亲朋好友对蔡老没有遗忘，当代文学对蔡老没有遗忘，所以从一定意义上看蔡老还是活着的。谢谢志峰邀请我们几个做评委，我会努力地做工作。同时今天跟邱（景华）老师坐在车上，我也向他约了一个（写蔡其矫的）稿。我明年主持《诗选刊》的一个栏目叫"诗歌口述史"，其实它就是要写一篇文章，要谈诗，谈过往人物，就是要生动，要有故事，要有时间线。也非常感谢邱（景华）老师，很愉快地答应了。我以后也努力地多关注一下蔡其矫研究，多出一些成果，也是学习。

安　琪（作家网总编辑）：

紫帽，是蔡老师生前，20 世纪 90 年代，我来过一次。但是我现在已经记不起我是怎么过来，是自己从漳州坐了车过来还是怎么样，反正我就到过蔡老师家，然后蔡老师带我看他的后花园，告诉我这些花呀草呀都是从全国各地移植过来的。蔡老师在我们青年人的心目中，特别具有亲民的精神。我觉得蔡老师是一个具有平民关怀的人，是让人家能够跟他一下子就觉得很亲近，能够拉近距离感受到大诗人也可以跟我们成为朋友。

蔡老师每次跟人谈事总是充满激情，在蔡老师身上，我们看到一个诗人纯粹的一面。他会跟我们讲惠特曼、艾利斯等那些在我们刚开始写作还不太知道的大师，很多都是从蔡老师的口中听到，然后知道，去了解，去阅读。所以说蔡老师遇到年轻诗人，都会自觉地用他的这种无声的激情，来感染你，带动你，然后传播这些优秀的诗人。

蔡老师身上有一种非常童真的一面，就是自由、浪漫、童真这些天性。有一年到我们漳州，那年是漳州办书市，福建省书市在漳州举办，这也是我第一次认识蔡老师，1994年。蔡老师就跟着大家骑着自行车在漳州的大街小巷里窜。

还有蔡老师确实就像林莽老师说的，是很乐意扶持青年诗人，经常是直接把青年诗人的稿子推荐出去。昨天我还跟志峰讲，蔡老师还推荐我的诗给《星星诗刊》、《人民文学》这些刊物，因为我当时可能还是不够好，没有刊登，但是这种情意我其实是铭记在心里的。也就是像林莽老师说的，蔡老师亲自把你的诗歌稿推荐过去的。

蔡老师跟我们的书信往来经常落款就是"握手，其矫"。但是我也是因为北漂之后很多的书信都找不到了，我觉得非常的遗憾，不然我手头是有蔡老师写给我的信件的。

蔡老师写的信，我印象最深的，他都是用纯蓝的钢笔水，他不用黑色，也不用蓝黑，用纯蓝色。纯蓝我们以前有过，现在不知道还有没有。2007年在蔡老师去世的协和医院的追思会，我有参加。参加的时候，就遇到了《诗刊》的李小雨老师。当时李老师是在负责《诗刊》，她当场约稿，说安琪你能不能写一篇蔡老师的文章，她说我这一期马上用，马上就撤一篇（别人的）稿子下来就用。所以我回家就赶紧去写，结果就在当月登了一篇。当时我写的题目就叫作《纯蓝的人生》。我觉得纯蓝的，应该讲还是很能代表蔡老师的形象，这种自由天真，这种心性，就是这个书信特别纯粹的蓝色那种底色。

从蔡老师身上我们学到了很多，就是我们一定要保持这种激情。觉得蔡老师一生到老永远都是一个青年人。其实一个人的青春跟年龄是没关系的，有的人年纪很轻就已经老了，有的人年纪很大，但一直青春永驻，蔡老师就是属于这种人。这种人对他的创作是非常有益的，就是当一个人心态老的话，其实创作基本就衰平的，所以我觉得应该从蔡老师身上来，要学会这种青春的一种心性，一定要完整。

第二就是说蔡老师是我们中国当代为数不多的能够活到老写到老，并且越写越好的一个诗人，这也是跟他的这种激情难抑的这种状态保持很有关系。我从蔡老师身上也学到了。

我们也应该要关心关心其他的年轻人，关心那些还没有成名的诗人，我们力所能及地来推一下，帮一下，这个也是我们诗人应该做的。

第三就是要向蔡老师学习，对家乡的热爱。我也买了一本他的《福建集》，买来学习。蔡老师一生对家乡对故土的热爱，也得到了故土与家乡最深情的回报。这次我回来看到晋江为蔡老师做了这么一个隆重的诗歌节，蔡老师故居设为诗歌馆，整个资料的留存非常的丰富。在我走过的一些诗人的纪念馆里面，是这个诗歌馆资料非常的齐全。当地确实用尽了心力在做这些事情，蔡老师在天之灵可以感到欣慰。

袁勇麟（福建师范大学文学院教授、博士生导师）：

我不做蔡其矫研究，可是我做他最好的朋友陶然的研究。我在编选《陶然研究资料》时，发现陶然在 2018 年 8 月 27 日写的文章中说过："巴桐在三十多年前曾发表过一篇题为《我眼中的陶然》，提到蔡其矫写了五百封左右的信给我，其实如果前后算起来，我想远远不止一千封了！"这些信里面有很多值得蔡其矫研究者关注的信息。

我们以往都知道"文革"期间陶然曾在蔡其矫的帮助下，得以接触许多中外文学名著，却未必了解在陶然 1973 年移居香港后，他也给蔡其矫提供大量当时中国大陆不容易见到的外国文学作品，包括世界现代诗资料，重新打开了蔡其矫的文学视野。陶然在 2007 年 3 月 1 日完稿的《为了一次快乐的亲吻，不惜粉碎我自己——怀念其矫》中，回忆道："有一段时间，大概是 70 年代中期到 80 年代初，我曾给他手抄一些西方诗人的译诗。"陶然几乎在第一时间，把香港翻译的最新外国诗歌作品和理论抄寄给蔡其矫。包括美国诗人罗伯特·洛威尔（香港译为罗拔·罗威尔、罗伯特·洛厄尔），他以高超复杂的抒情诗、丰富的语言运用及社会批评而著称，曾获普利策诗歌奖。此外，还有 1977 年诺贝尔文学奖获得者西班牙诗人维森特·阿莱克桑德雷（香港译为维森特·亚历山大），他的诗将超现实主义和新浪漫主义融为一体，其抒情风格对年轻一代的西班牙诗人产生了巨大影响。陶然在1978年写给蔡其矫的信中提道："我总觉得有好些东西要给你，但信件又苦于不能太厚，使我有些顾此失彼。记得曾给你几首亚历山大的诗，不知你是否有兴趣。如有的话，我手头还有一些。"

让我非常惊讶的是，蔡其矫对外国文学、台港澳暨海外华文文学新现象的敏锐关注。他告诉陶然说：

> 我写散文，势在必行。你对黑塞是否有点印象，我想学他。很想看白先勇的《孽子》。他在我心目中也是个文学语言的大师。
>
> 三毛的文字，很有新境，简洁生动，不落俗套。永远注意新题材新手法，可以使自己不固步自封。凡是青年人喜爱，都值得较年长的一辈瞩目。
>
> 最近我也注意非马的诗。
>
> 上次寄来的本届诺奖得主的两首诗，对我启发甚大。他也写旅游。黑塞也写旅游。这一方面的作品，颇中我意。世界近在眼前，也许是现代文学一个特色吧？
>
> 南美的魔幻现实主义，你觉得如何？

我觉得蔡其矫的文学视野非常宽广，所以，他才可以挣脱传统教条的约束而勇于吸收。

最后，我提一个建议，蔡其矫研究系列出版物，水准很高，但传播范围可能还有限。是否可以把蔡其矫研究资料作用发挥最大化，将相关内容上网，让全世界想研究蔡其矫的人，通过网站都可以看到，让所有蔡其矫的研究者来共享资料，共同推进蔡其矫研究，我想这也是我们对蔡其矫最好的纪念。

徐德金（中国新闻社福建分社社长，书面发言）：
应邀参加首届蔡其矫诗歌节活动，再一次感受到蔡其矫诗歌的魅力。

蔡其矫是他那个年代的"边缘"诗人，或者说是非主流的，他一直在"外围写作"。但是，现在看来，他的外围写作与他同时代许多所谓的"主流"作品相比，其文学价值、美学价值、思想价值都更有分量、更加恒远。

《波浪》是蔡其矫诗歌的代表作之一，这是我接触到诗人的第一首诗。他在写波浪吗？当然是的！他在写他自己吗？毫无疑问！"我也不能忍受强暴的呼喝，/ 更不愿服从邪道的压制；/ 我多么羡慕你的性子 / 波浪啊！"这首诗写于 1962 年。在蔡其矫墓碑的背面镌刻着《波浪》的两句诗："对水藻是细语，对巨风是抗争。"

诗人的另一首代表作《祈求》(写于 1975 年)："……我祈求知识有如泉源 / 每一天都涌流不息 / 而不是这也禁止，那也禁止；/ 我祈求歌声发自各人胸中 / 没有谁要制造模式 / 为所有的音调规定高低……"在那个年代，可以说是振聋发聩。

朦胧诗的源头似可从蔡其矫诗歌中摸索到不少脉络。其实，20 世纪 80 年代一批年轻的诗作者，他们的诗歌作品有太多太多蔡其矫的影子。

昨天，我在跟一位诗友提到诗歌的价值。我以为当代大量诗歌对社会毫无用处，是没有价值的，它只对诗歌创作者负责，甚至它连对诗作者负责的起码义务都没有。但是好的诗歌，我今天感受特别深的比如蔡其矫的诗，时间过去几十年了，它的文学价值、美学价值、思想价值没有失去，甚至更加丰盈饱满。

诗歌毕竟是非常小众的，在信息过剩、泛娱乐化的互联网空间平台上，良好的阅读变得越来越难。诗歌淹没在口水里，诗歌要进行大众化传播十分困难。我们在探讨，为什么朦胧诗在当时能够受到广泛传播，产生广泛影响？

诗歌是文学的最高表达形式，每一个人与文字结合的结果都将呈现出不同的场景。诗歌的表达首先是美学的表达，是思想的表达，唯其如此，它才有可能进行大众传播，它的大众传播才有意义。

林　滨（海峡文艺出版社社长、总编辑）：

这次是主办方，也享受了很多便利，必须要发言的。刚才在第一个（王光明教授）发言的时候，提出了一个重要的思考，今天在中巴上已谈到了这个问题：一个词，其实一个词不大，但是王老师这个词，我对它特别有感受。他反复说就是一个诗人写一个地方，他是对于一个地方的一个承诺。做《蔡其矫全集》的时候，我也感觉到这两个字的力量，就是承诺的一个力量。

其实全集的出版比原来想象的内容更庞杂得多，分类更要归到科学，也花了更多的时间，所以是一推再推。我记得为了全集的出版，其实在晋江参加了好几次会议，后面有点不好意思过来参加了，但我觉得这也是在做这个过程中，包括今天的这种活动给我很多的触动，我觉得确实有启悟。

一个是刚才像在理论上、学术上的，王老师发现的就是诗人对一些地方，在这理论上，已经感觉到蔡其矫其实也带来了让我看到的就是晋江的一批人，包括晋江的文联组织，还有其他很多之前跟我们在场的人对蔡其矫的崇敬，做了很多研究的工作，对蔡其矫诗歌精神的发扬，不然就不会有《蔡其矫全集》出版以后，在会上介绍到十几种研究资料，还有大量的包括今天做的这种全集的补遗。其实还有很多很多的工作，包括已经不断地扩展到现在做蔡其矫诗歌节这样一个活动，还有蔡其矫诗歌奖等。我觉得也是晋江的这种对蔡其矫某种特殊的一个承诺。

记得也是以前在晋江探讨的时候，"晋江文学现象"还是什么的，后来是颜（纯钧）老师有讲到"文学的晋江现象"，我觉得其实也是很有意思的。刚才邱（景华）老师也有讲到对很多的作家研究，一些地方做事不够，我觉得倒不是仅仅财力的问题，其实是有没有身边的这样一群人不断在发扬光大，还挖掘他的精神。我觉得做这些事，也带动了一批创作者，从我所认识的接触到的这样的作者，其实我们也觉得都是如此。

一个是蔡其矫的作品，它本身的意义让我们对文学的这种追求不断地攀登，就是不断地向上攀登。

还有一个就是刚才大家也讲到了蔡其矫的这种能力，或者人格，或者人品，或者这种性格对人的感染，也是不断地让大家不断地发扬，去感染，把它不断地扩大起来。其实我觉得这也是不断地升格的。不仅仅是一个产品，因为我在做《蔡其矫全集》的时候，同时也做别的全集，我就感觉到蔡其矫他的话题不断地随着在做，不断地深化，不断地提高。

王老师第一个发言就提出一个理论性的话题，未来蔡其矫的东西，我觉得可能还是应该有两个角度在崛起，一个就是对他的文本分析，我觉得很少，因为我们经常都讲到蔡其矫文本很有魅力、很有特色，一般都是概括蔡其矫，然后概念化了，就是一直讲诗人啊，诗意啊，崇尚自由啊、爱情啊等，但我觉得他的文本特色还是要认识的，掌握的也不够。还有一个就是像王老师这样倒水的一代，他再次去体验，从提出一些理论性的问题再重创。我觉得可能除了我们做活动，一个就是直接影响到我们这个坐在这一圈的，还有大家看到新闻感到激动以外，其实它还有很多东西要去做，还有很长。

就像是我们海峡文艺出版社做的这种蔡其矫的东西，像是第一个、是一个非常重要的那个诗歌回廊，也是蔡其矫各种各样的版本，在他生前自己编的，有的是选编的，后来他出版完成，他有很多的改动，可能很多的像跟他交往比较深的都收到他改动的了。这应该是 2004 年左右。2004 年的就是我们从《少女万岁》开始。但是我觉得当时那时候，我因为刚到出版社，我对这些也不是很懂。所以我觉得确实也是做全集，接触了志峰，然后认识的，我感觉到也有很多的值得我们再继续做的。

不光我刚才讲的两个方面，还有我在出版上，像我能够再做的，所以我愿意，比如说作为主办单位，虽然这次作为主办单位是坐享其成，但是我觉得也是表示我的态度，觉得我很喜欢。在《蔡其矫全集》出版以后，有篇评论文章就谈到了，它是一个涵养文风培育文脉的做法。我经常现在做我的总结材料，无论是谈到这全集的出版，其他的出版的时候，非常喜欢用这八个字，我觉得也适合做出版的意义。确实也是《蔡其矫全集》出版给我作为出版工作的一个启示。我自己帮他做出版，也很高兴活动这么圆满，也特别感谢我们晋江的朋友，也特别感谢我们参加这个活动的各地的专家学者，谢谢大家！

黄华东（晋江市文联主席、中共晋江市委宣传部副部长）：

首先要感谢我们各位专家和领导不远千里到晋江来，关心跟支持蔡其矫研究的事业。另一个是感谢大家今天晚上在这个座谈会上提了这么多好的建议和意见。

我想顺便汇报一下我们这一次为什么要举办这个活动的一个初衷。刚才志峰同志把我介绍为"始作俑者"，但其实其中很多工作是由志峰同志操心操劳到底，我只是提提建议。今年提这个建议是有一定缘由的。我们是属于第二批主题教育，所以我去做了一个调研课题，就是回忆故人，顺便来紫帽调研，当然也是带着思路下来，想要做蔡其矫活动，至少可以做一张蔡其矫人物名片。

为什么会做这个？我们有两个想法，第一个是对于文化上的意义，第二个是人物上的意义。至于什么叫文化上的意义，习近平总书记讲过理论自信、道路自信、制度自信，归根到底是文化自信。我们晋江一座城市发展到现在，在全国县级市的排名在第四、第五，那么如果把它放到地级市，我们市委书记讲大约是排名在第七十几，我觉得是相当不容易。一个县级市的经济总量发展到这个程度，我觉得它接下来要发展，当然也更需要这种文化上的支持。这是我理解的一个文化上的意义。第二个我想理解的是人物上的意义。一个城市的发展包括今后的发展，是需要一些英雄人物来做示范来带动。我们晋江自古以来出了不少文人墨客。在现当代，在全国在海外有影响力的，比如说就有像蔡其矫先生、像李焕之先生等一大批英雄人物。基于以上两个意义考虑，我跟志峰同志在提的时候，我们两个人一拍即合。然后在跟紫帽镇提的时候，紫帽镇想这样做也对。所以紫帽镇这一次大力支持，他们从人员、从资金、从场地上、从一些思路的付出实现，付出了很多努力。这是我想要跟各位领导、专家汇报的一个初衷，这真的是原始的想法，但是我们觉得做起来绝对有意义。

基于以上的认识，结合刚才各位专家提出的好多建议和意见，我想对于蔡其矫的研究，无论今后在内容上、形式上，我们都要不断给予传承创新。我在想，我们今年有了个首届的蔡其矫诗歌节，既然你有首届，肯定就有第二届，这也是我们当时在想的，能够把这项工作持续地做下去，能够使蔡其矫的研究薪火相传，这也尽了我们这一代人的责任。我想我们做这个文化事业是非常有意义的事，一定要坚持做下去。因为时间有限，我想最后还是要感谢各位领导、专家，同时也欢迎各位领导、专家常到我们晋江来走一走、看一看，常给我们文联提提好的意见，来支持和推动我们蔡其矫研究事业的发展。

（根据录音整理，未经发言者本人审阅）

首届蔡其矫诗歌节相关报道

首届蔡其矫诗歌节将于 12 月 11 日启幕

7 日，记者从紫帽镇获悉，首届蔡其矫诗歌节将于 12 月 11 日在紫帽镇郊野公园正式启幕。

首届蔡其矫诗歌节将隆重推出蔡其矫诗歌书法展、寻"心"采风创作活动、蔡其矫诗歌音乐会、蔡其矫 105 周年诞辰暨蔡其矫研究座谈会等，将带来一场"文化盛宴"，给予人们思想上和艺术上双重享受和熏陶。

紫帽镇党委宣传委员林扬刚：这次蔡其矫诗歌节活动应该说内容丰富多彩，有书法展、采风活动、音乐会和座谈会。希望有兴趣的广大市民朋友 12 月 11 日到紫帽来一起参与活动。

晋江市蔡其矫诗歌研究会副主席、蔡其矫侄子蔡荣生：今年（12 月 11 日）是我伯父蔡其矫 105 周年诞辰，举办首届蔡其矫诗歌节，作为我们亲人感觉非常高兴，也是各级党委、政府的关心和支持。

目前，首届蔡其矫诗歌节活动已进入最后的筹备阶段。据介绍，借着此次活动契机，将充分挖掘紫帽镇历史文化资源，持续扩大紫帽镇知名度和影响力。

紫帽镇党委宣传委员林扬刚：围绕紫帽镇打造"泉州南门外重要门户、文体旅融合示范区、山水城和谐共生典范"这一目标，通过发挥紫帽历史文化名人的效应，打造特色化、精品化、常设化的文旅品牌项目，也带动紫帽文旅产业的深度融合发展。

据了解，蔡其矫是紫帽镇园坂村人，曾任中国作家协会文学讲习所教研室主任，福建省文联专业作家，福建省作家协会副主席、名誉主席，中国诗歌学会副会长等职。享有"海洋诗人""诗坛独行侠""诗坛常青树"等赞誉，为开拓中国南方乡土诗歌和海洋诗歌、引领中国新诗走向繁荣发展做出了奠基性的贡献。

（晋江电视台 2023 年 12 月 8 日）

首届蔡其矫诗歌节明日在紫帽举行

明日，首届蔡其矫诗歌节将在晋江紫帽镇举行。

据了解，蔡其矫是著名诗人，1918 年 12 月出生于紫帽镇园坂村。他生前曾任中国作家协会文学讲习所教研室主任，福建省文联专业作家，福建省作家协会副主席、名誉主席，中国诗歌学会副会长等。在近 70 年的创作生涯中，蔡其矫共创作了 1000 多首诗歌，同时也留下了一大批的散文特写、文论讲义和书信。

首届蔡其矫诗歌节将举行蔡其矫诗歌书法展、紫帽寻"心"采风创作活动、蔡其矫诗歌音乐会暨首届蔡其矫诗歌奖启动仪式、《蔡其矫全集（补遗）》首发仪式、"我为晋江写首诗"颁奖仪式等系列活动。其中，蔡其矫诗歌书法展将契合蔡其矫 105 周年诞辰，遴选 105 首作品，包括蔡其矫诗歌代表作名句、蔡其矫关于紫帽的诗作、名家写给蔡其矫的诗作，以及历代歌咏紫帽的诗词作品等，由晋江籍书法家共同创作；蔡其矫诗歌音乐会将演绎蔡其矫为家乡所创作的《晋江之歌》《紫坂小学校歌》，以及其他诗歌代表作。

值得一提的是，届时，中国作家协会副主席邱华栋、著名诗人舒婷等全国著名诗人、评论家将齐聚紫帽，为本次活动助力。

紫帽镇相关负责人表示，此次活动旨在贯彻晋江市委、市政府关于文体旅融合发展部署要求，围绕紫帽镇打造"泉州南门外重要门户、文体旅融合示范区、山水城和谐共生典范"这一目标，通过发挥紫帽历史文化名人效应，打造特色化、精品化、常设化文旅品牌项目，带动紫帽文旅产业的深度融合发展、文旅消费提质升级。

（原载《晋江经济报》2023 年 12 月 10 日，记者蔡培仁）

蔡其矫诗歌书法展开幕

11 日，作为首届蔡其矫诗歌节的配套活动，蔡其矫诗歌书法展在紫帽镇文体中心开幕。

本次书法展遴选了 105 首蔡其矫诗作、名句和历代名人咏紫帽诗词、名家致蔡其矫诗，由晋江市书法家协会组织 105 位书法名家、俊彦进行书法创作。

晋江市书法家协会主席张聪明：类型有行书、篆书、楷书、隶书，还有草书，所以风格也是各种各样，既有潇洒浪漫的行草书，也有庄严肃穆的篆书和楷书。

据了解，蔡其矫是晋江籍的老革命归侨诗人，对中国新诗建设作出巨大贡献，具有世界性的影响。今年是蔡其矫先生 105 周年诞辰，为梳理晋江的文化谱系，更好地赓续红色基因，培育家国情怀，传承中华优秀传统文化。在首届蔡其矫诗歌节系列活动中，组委会用书法的形式展现了蔡其矫诗歌精神和紫帽山的人文风光。

晋江市书法家协会主席张聪明：这样的一个时刻，我们用书法的形式来表达对诗人的这种怀念，包括来表达对诗人的这种对中国当代书坛的这种贡献，表达了一种敬意，以艺术的形式来诠释他的诗歌，或者这种文化内涵，我觉得这个是非常重要的。

当天上午，首届蔡其矫诗歌节还组织开展紫帽山寻"心"采风创作活动。副市长吴尊意参加活动。

（晋江电视台 2023 年 12 月 11 日）

侨乡晋江纪念归侨诗人蔡其矫　面向海内外征集作品

一场诗与远方的盛会——蔡其矫诗歌音乐会，11 日在著名侨乡、蔡其矫的家乡福建省晋江市紫帽镇举行，并揭开首届蔡其矫诗歌节的序幕。

当天，中国作协党组成员、副主席、书记处书记邱华栋，著名诗人舒婷，海峡出版发行集团总经理、总编辑林彬，福建省文联副主席、一级巡视员、福建省作家协会主席陈毅达，晋江市人大常委会副主任王清龙，共同启动首届蔡其矫诗歌奖。

据悉，首届蔡其矫诗歌奖分设诗集奖、紫帽题材华语新诗作品奖、蔡其矫研究理论作品奖等多项内容，即日起开始面向海内外华语诗人、评论家征稿，2024年3月31日截稿。

蔡其矫（1918.12.11—2007.1.3)，福建省晋江市紫帽镇园坂村人，是老红军、印尼归侨，参加过上海爱国学生运动，千里奔赴延安，经历过抗日战争和解放战争的洗礼。他生前曾任鲁迅艺术学院、中央文学研究所教员，中国作家协会文学讲习所教研室主任，福建省作家协会专业作家、副主席、名誉主席、顾问，中国诗歌学会副会长等职；被誉为"海洋诗人""诗坛独行侠""诗坛常青树"，是中国新诗建设中作出巨大贡献、具有世界性影响的诗人。

蔡其矫的家乡紫帽镇位于"晋江经验"的发祥地——福建晋江市域西北部，多年来，晋江有关部门对蔡其矫等文化名人研究的投入不遗余力。而今，蔡其矫故居园坂村济阳楼为晋江市级文物保护单位，辟有蔡其矫诗歌馆；晋江市文联成立蔡其矫诗歌研究会。

本次活动期间还举办了纪念蔡其矫105周年诞辰暨蔡其矫研究座谈会、《蔡其矫全集（补遗）》首发仪式、"我为晋江写首诗"海内外诗歌大赛颁奖仪式、"蔡其矫诗歌进校园"活动、紫帽山寻"心"采风创作活动、紫帽长联创作活动。

此外，契合蔡其矫105周年诞辰，主办方选取105首（句）蔡其矫诗作、名句和历代名人咏紫帽诗词、名家致蔡其矫诗，由晋江籍书法家创作成书法作品，于此间举办首届蔡其矫诗歌节书法展。

（中国新闻网2023年12月11日，记者孙虹）

纪念蔡其矫105周年诞辰暨蔡其矫研究座谈会举办

11日晚上，纪念蔡其矫105周年诞辰暨蔡其矫研究座谈会在紫帽镇举办。

座谈会上，来自北京、浙江、福建等地的作家、学者、诗人围绕蔡其矫及其诗歌艺术、诗歌精神，以及如何开展蔡其矫研究，打造蔡其矫文化品牌等进行研讨。

与会人员认为这位出生于晋江的归侨诗人，无疑是中国诗歌界充分认同的重要诗人之一，其对理想、自由、爱情和生命的追求，在心灵与时代的撞击中，激溅出诗的火花，成为20世纪的一份见证。

（晋江市广播电视台2023年12月12日报道）

首届蔡其矫诗歌节开幕

11日，首届蔡其矫诗歌节正式拉开帷幕。来看报道。

当天下午，蔡其矫诗歌音乐会在紫帽镇紫湖郊野公园举行。现场，首届蔡其矫诗歌奖正式启动，随后举行了"我为晋江写首诗"海内外诗歌大赛颁奖仪式和《蔡其矫全集（补遗)》首发仪式。

音乐会上，晋江合唱协会用真挚热切的朗诵、精美的诗文，唱响蔡其矫诗歌《春节紫帽山》，紫坂小学合唱团倾情演唱了由蔡其矫作词、李焕之作曲的《紫坂小学校歌》。

《波浪》《祈求》《南曲又一章》《梨园戏》等诗歌诵读、诗舞乐，为现场的观众朋友们带来一场场燃情澎湃的诗歌展演，将蔡其矫经典诗词与音乐、舞蹈和谐相融，为观众呈现一个诗意飞扬、美轮美奂的"文化盛宴"，也让更多的经典被看见、被听见。

市领导王清龙出席活动。

（晋江电视台2023年12月12日）

首届蔡其矫诗歌节在福建晋江举办

陈亦阳

"人生的一段经验或一时感受，加上全人类的文化成果，等于诗。"

——当代诗人蔡其矫

12 月 11 日蔡其矫诞辰周年 105 之际，蔡其矫诗歌音乐会在福建省晋江市紫帽镇紫湖郊野公园举行，揭开了首届蔡其矫诗歌节的序幕。

全国政协常委，中国作家协会党组成员、副主席、书记处书记邱华栋，诗人舒婷，海峡出版发行集团总经理、总编辑林彬，福建省文联副主席、一级巡视员、福建省作家协会主席陈毅达，晋江市人大常委会副主任王清龙，共同启动首届蔡其矫诗歌奖。

蔡其矫（1918.12.11—2007.1.3），晋江市紫帽镇园坂村人。老红军、印尼归侨，参加过上海爱国学生运动，千里奔赴延安，经历过抗日战争和解放战争的洗礼。他生前曾任鲁迅艺术学院、中央文学研究所教员，中国作家协会文学讲习所教研室主任，福建省作家协会专业作家、副主席、名誉主席、顾问，中国诗歌学会副会长等职；被誉为"海洋诗人""诗坛独行侠""诗坛常青树"，是中国新诗建设中作出巨大贡献、具有世界性影响的诗人。

根据活动主办方提供的相关材料了解到，蔡其矫近 70 年的创作生涯撰写了 1000 多首诗歌，美、生命、爱情都是极为重要的主题，而大海出现的频率特别高，留下了如《波浪》等名篇。"他可以说是海洋诗歌的开拓者之一。"首都师范大学文学院教授、博士生导师，福建师范大学全职特聘教授王光明介绍，蔡其矫先生在汤养宗的《水上"吉普赛"》诗集的序言当中提出了"海洋诗歌"的概念；此外，蔡其矫的创作也从海洋得到过很多启示："50 年代，在中央文学讲习所任教的蔡先生到东南沿海的部队体验生活时，写出了大量的海洋诗。"

永无止息地运行,

应是大自然呈现的呼吸,

一切都因你而生动,

波浪啊!

没有你,大海和天空多么单调,

没有你,海上的道路就可怕地寂寞;

你是航海者最亲密的伙伴,

波浪啊!

你抚爱船只,照耀白帆,

飞溅的水花是你露出雪白的牙齿,

微笑着,伴随船上的水手

走遍天涯海角。

——蔡其矫《波浪》(节选)

"蔡其矫诗歌节与诗歌奖的设立,将有助于福建今后进一步打造文学品牌、诗歌品牌。"福建省文联副主席、一级巡视员、福建省作家协会主席陈毅达表示,多年来,福建省文联、福建省作家协会积极参与举办或指导开展蔡其矫诗歌研讨会等研究、纪念活动,在编辑出版"闽派诗文丛书"时,专门编选出版《蔡其矫集》。

蔡其矫的家乡晋江市,充分认识到蔡其矫的价值和研究蔡其矫及其诗歌历程、弘扬蔡其矫诗歌精神的重要性。成立蔡其矫诗歌研究会、举办蔡其矫诗歌音乐会,还团结一大批专家学者、联手海峡文艺出版社收集整理出版《蔡其矫研究资料专集》,出版《蔡其矫研究》十辑以及许多的传记、年谱、书信集、纪念画册等,累计已达 600 万字。

去年来,海峡文艺出版社充分挖掘蔡其矫诗歌出版资源,先后选编出版《蔡其矫全集》《蔡其矫全集(补遗)》,极大地丰富了蔡其矫诗歌宝库。

诗歌品牌的打造与历史文化名人价值的挖掘,同样有助于文旅融合的探索,促进文旅消费的提质升级。建于 1932 年的蔡其矫故居济阳楼被列入晋江市级文物保护单位,并辟有蔡其矫诗歌馆,成为爱国主义教育基地与蔡其矫研究基地。"诗歌馆展出了其诗人行旅的大量照片与实物，自 2018 年开馆以来共吸引国内外 3 万多名读者、游客参观。"晋江市蔡其矫诗歌研究会副主席、蔡其矫诗歌馆负责人蔡荣生介绍。"这将有助于紫帽打造泉州南门外重要门户、文体旅融合示范区、山水城和谐共生典范的目标定位。"晋江市紫帽镇党委宣传委员、副镇长林扬刚表示。

本届蔡其矫诗歌节期间，还举办了纪念蔡其矫 105 周年诞辰暨蔡其矫研究座谈会、《蔡其矫全集（补遗）》首发仪式、首届蔡其矫诗歌节书法展、"我为晋江写首诗"海内外诗歌大赛颁奖仪式、"蔡其矫诗歌进校园"活动、紫帽山寻"心"采风创作活动、紫帽长联创作等活动。

·诗集奖：海内外诗人 2023 年创作出版的个人华语诗集或华语长诗单行本，中国大陆作者的作品必须具有大陆正式出版社书号，海外及港澳台作者的作品可为国际书号；

·紫帽题材华语新诗作品奖：每首不少于 20 行，每人可应征多首，但不接受组诗应征，应征作品须为原创未正式发表的作品；

·蔡其矫研究理论作品奖：关于蔡其矫及其诗歌艺术、诗歌精神的研究性文章（包括学位论文、会议论文），蔡其矫作品赏析，蔡其矫传记、年谱，应征作品可为 2023 年以来发表、出版的作品，或历年来创作未发表、出版的作品。

（东南卫视、海峡卫视 2023 年 12 月 12 日 22:46 福建海峡卫视官方账号，编辑陈亦阳，主编卫贝妮，监制王丽明）

首届蔡其矫诗歌节在紫帽开幕
挥毫展诗意　湖畔传歌声

今年是晋江籍著名诗人蔡其矫 105 周年诞辰。昨日，由晋江市委、市政府，福建省作家协会、海峡文艺出版社主办的首届蔡其矫诗歌节在紫帽镇开幕。开幕式后，本届诗歌节的两大重要活动——蔡其矫诗歌书法展、蔡其矫诗歌音乐会分别在紫帽镇文体活动中心和紫湖郊野公园湖畔举行。

蔡其矫，我国当代著名诗人，有着"海洋诗人""诗坛独行侠""诗坛常青树"等美誉，在中国新诗史上做出重要贡献，评论家称之为"20世纪下半叶中国当代诗歌的抒情诗王"，著名诗评家谢冕称他是中国诗歌史天空的一道特殊风景、一个奇迹。

走进蔡其矫诗歌书法展，这里集中展出了众多优秀书法作品，包含篆书、隶书、楷书、行书、草书5种书体。前来观展的市民群众在墨香书香之间，见证了一场诗歌与书法的别样邂逅。

"此次书展，晋江市书法家协会组织了105名书法作者，以蔡其矫诗歌代表作名句、蔡其矫关于紫帽的诗作、名家写给蔡其矫的诗作，以及历代歌咏紫帽的诗词作品等为创作内容，展现蔡其矫诗歌精神和紫帽的人文风光。"晋江市书法家协会主席张聪明表示，书法和现代诗结合，是一种新颖的创作模式，"诗书合璧，可以进一步诠释和解读蔡其矫诗歌文化内涵。"

"我也想学习你的榜样，每天都有新的追求，迅速地朝更高处生长，向更广大的世界眺望。"紫湖郊野公园湖畔，中国作家协会副主席邱华栋在蔡其矫诗歌音乐会上，深情朗诵了一首蔡其矫创作于1969年的诗歌《新叶》，以此表达对蔡其矫的思念和崇高敬意。

音乐会上，由蔡其矫作词、李焕之作曲的《紫坂小学校歌》，以及《春节紫帽山》《波浪》《祈求》《在晋江，每一滴水都随春潮涌动》等一首首蔡其矫的代表性诗歌被深情演绎，为现场观众呈现了一场诗意飞扬的文化盛宴。

音乐会现场还举行了首届蔡其矫诗歌奖启动仪式、《蔡其矫全集（补遗）》首发仪式、"我为晋江写首诗"颁奖仪式等系列活动。同时，当天还开展了紫帽山寻"心"采风创作活动和纪念蔡其矫105周年诞辰暨蔡其矫研究座谈会。

据紫帽镇党委书记蔡晖介绍，紫帽镇是国家级生态乡镇、省级绿色乡镇、省级集镇环境整治样板、泉州市级美丽乡村建设示范镇。近年来，紫帽镇立足天然的生态优势和丰厚的人文底蕴，锚定泉州南门外重要门户、文体旅融合示范区、山水城和谐共生典范的发展目标，大力发展文化旅游、教育研学、运动康养、商业商贸等业态，持续招大引强，打造品牌，补齐配套。首届蔡其矫诗歌节的举办，就是紫帽因地制宜、推动文体旅融合发展的生动实践，是打造镇区名片的新探索。

（原载《晋江经济报》2023 年 12 月 12 日，记者蔡培仁、董严军）

海峡文艺出版社联合主办的蔡其矫诗歌节系列活动成功举办

12 月 10 日—12 日，我社与福建省作家协会、晋江市委市政府联合主办的蔡其矫诗歌节在蔡其矫的家乡晋江市紫帽镇举行。本次活动包括蔡其矫书法展、纪念蔡其矫 105 周年诞辰暨蔡其矫研究座谈会、《蔡其矫全集（补遗）》首发仪式、"我为晋江写首诗"海内外诗歌大赛颁奖仪式、"蔡其矫诗歌进校园"活动及系列采风创作活动。同时，以蔡其矫诗歌为晋江文旅与乡村振兴赋能。

中国作协党组成员、副主席、书记处书记邱华栋，著名诗人舒婷，海峡出版发行集团总经理、总编辑林彬，福建省文联副主席、一级巡视员、福建省作家协会主席陈毅达，晋江市人大常委会副主任王清龙等领导出席活动并在蔡其矫诗歌音乐会上共同启动首届蔡其矫诗歌奖。

我社出版了《蔡其矫诗歌回廊》《蔡其矫研究资料》《蔡其矫年谱》等，形成特色图书板块，尤其 2021 年出版的《蔡其矫全集》(8 册)，奠定了我社作为蔡其矫作品及其研究出版重镇的地位。这次活动是我社借文学破圈，融入文旅结合、乡村振兴的一次尝试。

（海峡文艺出版社公众号 2023 年 12 月 12 日发布）

首届蔡其矫诗歌节在福建晋江举办

近日，蔡其矫诗歌音乐会在福建省晋江市紫帽镇紫湖郊野公园举行，揭开了首届蔡其矫诗歌节的序幕。

12 月 11 日，全国政协常委，中国作家协会党组成员、副主席、书记处书记邱华栋，诗人舒婷，海峡出版发行集团总经理、总编辑林彬，福建省文联副主席、一级巡视员、福建省作家协会主席陈毅达，晋江市人大常委会副主任王清龙，共同启动首届蔡其矫诗歌奖。该奖自即日起至 2024 年 3 月 31 日面向海内外华语诗人、评论家征稿。

蔡其矫，晋江市紫帽镇园坂村人。是印尼归侨、老红军，是中国新诗建设中作出巨大贡献、具有世界性影响的诗人。

首都师范大学文学院教授、博士生导师，福建师范大学全职特聘教授王光明：蔡其矫先生也可以说是海洋诗歌的开拓者之一，蔡其矫先生在汤养宗的《水上"吉普赛"》诗集的序言当中提出了"海洋诗歌"这样一个概念。

福建省文联副主席、一级巡视员、福建省作家协会主席陈毅达：他（蔡其矫）的诗很能体现闽派诗歌这种海洋气息、这种海洋特点，能够设立（蔡其矫）诗歌奖，对于我们今后进一步打造文学的品牌、打造诗歌的品牌非常的有意义。

蔡其矫的家乡晋江多年来对蔡其矫等文化名人的研究不遗余力，推动成立蔡其矫诗歌研究会，蔡其矫故居济阳楼还辟有蔡其矫诗歌馆，成为爱国主义教育基地。

晋江市紫帽镇党委宣传委员、副镇长林扬刚：挖掘我们本地的文化名人，发挥名人效应，进一步带动文体旅的深度融合。

（海博 TV"海峡午报"2023 年 12 月 13 日播出）

寻"心"采风　感悟蔡其矫诗歌魅力

作为首届蔡其矫诗歌节的配套活动之一，11 日，紫帽山寻"心"采风创作活动在紫帽山旅游度假区举行。

11 日上午，参加首届蔡其矫诗歌节的领导、专家、晋江市文联、社科联、晋江市蔡其矫诗歌研究会、作家协会、文艺评论家协会成员 50 多人走进济阳楼及公众花园，深入了解蔡其矫的一生，大家都对蔡其矫的一生有了更全面的了解，更敬仰蔡其矫的诗歌成就和人格魅力。

海峡出版发行集团总经理、总编辑林彬：我是第一次来，蔡其矫是我非常敬重的一位诗人，我们这一代人都受到他的影响，这次来也是带着心愿来看他的故居，看看他生活过的地方，看看他的这些照片。

全国政协常委、中国作家协会副主席邱华栋：他可以说是一个中国当代百年新诗史上贯穿性的诗人，蔡其矫留下的文学遗产、文学传说有很多，他是我们泉州晋江一个重要的文学大家，一个文学符号。

当天，采风团还参观紫帽山气象塔及金粟洞、晋江学校等地，通过走访，深入感受紫帽镇深厚的人文底蕴和美丽的景色。主办方希望通过举办首届蔡其矫诗歌节活动，汇聚更多全国各地的文化名家走进紫帽、走进晋江，打造属于晋江的文化品牌。

福建省文联副主席、省作家协会主席陈毅达：从文化这块打出一个晋江品牌，我觉得很有意义，这样是对贯彻落实习近平文化思想，我觉得是一个具体举措，有利于推动我们晋江今后的整个文化强市建设。

全国政协常委、中国作家协会副主席邱华栋：我们以蔡其矫这样一位出自泉州晋江这样的杰出诗人，他创作的这些文学的世界，来引领来呼唤更多的年轻作家投身到书写家乡、书写海洋、书写泉州晋江、书写福建、书写中国。

（晋江广播电视台 2023 年 12 月 13 日报道）

晋江：打造"蔡其矫"文化名片　擦亮文化建设品牌

首届蔡其矫诗歌节于 12 月 11 日拉开帷幕，采风创作、书法展、音乐会等配套活动丰富多彩，一场文化盛宴给予人们思想上和艺术上双重享受和熏陶。近年来，随着蔡其矫诗歌馆、研究会的落地，再加上此次重磅推出首届蔡其矫诗歌节，我市持续擦亮"蔡其矫"这张靓丽文化"金名片"。

蔡其矫诗歌馆以蔡其矫故居——晋江市紫帽镇园坂村济阳楼为基地，展示了蔡其矫生平事迹，于 2018 年 12 月正式开馆。历时 5 年，这里已经成为晋江一张耀眼的文化名片。

晋江市蔡其矫诗歌研究会副主席、蔡其矫诗歌馆负责人蔡荣生：现在诗歌馆已经成为爱国主义教育基地，也成为小学生的实践基地。

1918 年 12 月，蔡其矫在紫帽镇园坂村出生，幼年时代随家人漂洋过海，青年时代又怀着满腔热血奔赴延安，投身祖国抗日战争和中华民族解放战争，开始了长达近70年的诗歌创作。其间，他创作了大量反映民族气节、讴歌革命胜利的爱国诗篇，以及反映乡土历史、人文、地理、艺术和民族风俗的诗篇，留下了一笔宝贵的财富。

福建省作家协会二级调研员、一级文学创作刘志峰：蔡其矫是目前被诗歌界广泛认同的一位对中国新诗建设作出巨大贡献的一位著名诗人，也被称为当代的诗歌大家。蔡其矫从青年时代，在抗日战争和解放战争的烽火当中开始创作，一直到他生命的最后一刻。

《蔡其矫全集》于2019年正式出版，在此次蔡其矫诗歌节上，《蔡其矫全集（补遗）》也正式亮相。

蔡其矫堂弟蔡其雀：每一次他写来的信，我都认认真真地给他整理。每一封信他邮册的我都给他记载下来。到了20世纪90年代开始一共83封。每一次他都很关心家乡的建设。

身为晋江市蔡其矫诗歌研究会主席的李相华，近年来一直投身于研究蔡其矫事迹、专业学术研讨和资料整理的事业中。在他看来，蔡其矫诗歌节的举办，将汇聚更多全国各地的文化名家看晋江，擦亮晋江文化建设品牌。

晋江市蔡其矫研究会主席李相华：蔡其矫的研究，还会走出晋江，走出福建，走向全国各地，唱响大江南北，蔡其矫诗歌节的举办，肯定能成为晋江响当当的文化品牌。

（晋江市电视台2023年12月14日播出）

著名归侨诗人蔡其矫之子蔡三强捐赠我馆珍贵实物资料

今年12月12日，是当代著名诗人、印尼归侨蔡其矫先生105周年诞辰（选编者注：诞辰应为11日），其子蔡三强、侄儿蔡荣生一行专程莅临泉州华侨历史博物馆，向博物馆捐赠蔡其矫相关实物及图书资料。泉州市侨联主席温锦辉、泉州华侨历史博物馆馆长林鹰热情接待蔡先生一行。

蔡三强先生此次返乡，是参加家乡举办的首届蔡其矫诗歌音乐会。其间，他来到泉州华侨历史博物馆参观，并对博物馆基本陈列展《故土情深——泉籍华侨华人奉献史》中关于蔡其矫的展陈方式表示极大的认同与赞赏，只是认为实物不够丰满。为此，他于隔天带来蔡其矫先生相关实物资料，捐予博物馆收藏、展示。温锦辉主席、林鹰馆长对蔡先生关心、支持博物馆事业表示感谢，并表示会更加用心用情做好泉籍华侨华人故事的展示，同时也欢迎蔡先生多回乡走走看看。

蔡其矫先生，是具有世界性影响的当代诗人。他于1918年12月11日生于泉州晋江园坂村一个华侨家庭，6岁入私塾，8岁为逃避战乱随家人到印尼泗水。1929年回国，先后在泉州培元中学、上海的中学就读初高中，参加过上海爱国学生运动，毕业后重返印尼泗水。1938年，怀着浪漫主义理想和抗日救国的英雄主义，华侨青年蔡其矫不远万里，奔赴延安参加革命。他先入鲁迅艺术学院学习，后到晋察冀边区任教于华北联大。1941年开始发表诗作，开始了近70年的创作生涯。至2007年逝世，他创作了1000多首诗歌。

蔡其矫被誉为"海的子民""海洋诗人"，故乡泉州的海洋文化是他的性格底色。蔡其矫的华侨身份，令其从小接受中西文化的熏陶；他在海洋与黄土世界之间跳跃，视野开阔，自由与美便成为他追寻的永恒主题。他用敏锐的洞察力，笔耕不辍探索人性的善恶，表达爱与美的世界。他为当代文学世界留下宝贵的精神财富。

（泉州华侨历史博物馆公众号2023年12月14日发布）

第二编

首届蔡其矫诗歌奖概览

首届蔡其矫诗歌奖征稿启事

为深入学习贯彻习近平文化思想，弘扬中华优秀传统文化，以地方名人文化助力晋江（紫帽）城市文化建设，打造晋江（紫帽）城市文化品牌，晋江市与福建省作家协会等单位将联合设立蔡其矫诗歌奖。首届蔡其矫诗歌奖征稿启事如下：

一、组织机构

主办单位：中共晋江市委员会

晋江市人民政府

福建省作家协会

海峡文艺出版社

承办单位：中共晋江市委宣传部

晋江市文化和旅游局

晋江市文学艺术界联合会

中共紫帽镇委员会

紫帽镇人民政府

紫帽镇新时代文明实践所

执行单位：晋江市文化馆

晋江市蔡其矫诗歌研究会

晋江市作家协会

晋江市文艺评论家协会

二、征稿主题及要求

1.海内外诗人 2023 年以来创作出版的个人华语诗集或华语长诗单行本，

中国大陆作者的作品必须具有大陆正式出版社书号，海外及港澳台作者的作品可为国际书号。

2.紫帽题材华语新诗作品。每首不少于 20 行，每人可应征多首，但不接受组诗应征。应征作品须为原创未正式发表的作品。

3.关于蔡其矫及其诗歌艺术、诗歌精神的研究性文章（包括学位论文、会议论文、教材），蔡其矫作品赏析，蔡其矫传记、年谱。应征作品可为 2023 年以来发表、出版的作品，或历年来创作未发表、出版的作品。

三、征稿时间

2023 年 12 月 11 日—2024 年 3 月 31 日。

四、征稿对象

海内外华语诗人、评论家。

五、奖项设置

1.诗集奖 3 名，奖金 10000 元 / 名；

2.紫帽题材华语新诗作品奖分设一、二、三等奖各 3 名，奖金分别为 5000 元 / 名、2000 元 / 名、1000 元 / 名。

3.蔡其矫研究理论作品奖若干名，奖金 5000 元 / 名。

以上奖项均颁发获奖证书，奖金为税前金额。

六、应征办法

首届蔡其矫诗歌奖将于 2023 年 12 月 11 日在首届蔡其矫诗歌节开幕式上启动，并在"福建作家""晋江文艺""紫帽新语"等公众号以及海内外相关媒体上发布征稿启事或消息，开始接受作品应征。

1.应征诗集奖的作品，每种须提交 5 册，另附一份作者简介（含地址、电话、电子邮箱等联系方式）和身份证复印件，以快递邮件方式寄达：中国福建省晋江市世纪大道晋江市文联征诗办公室。

2.应征紫帽题材华语新诗作品奖、蔡其矫研究理论作品奖的作品，须一件作品一个文件，文末附有作者简介（含地址、电话、电子邮箱等联系方式），发送到征诗办公室指定电子邮箱 447300627@qq.com。已发表、出版的理论作品，须同时邮寄作品复印件或文集至征诗办公室。

3.应征作品一律不退。

七、评审办法

由主、承办单位负责人，海内外著名诗人、诗评家组成评委会，按初评、复评和终评三级制进行评审，拟获奖作品经"福建作家""晋江文艺"公众号公示无异议后，正式确认。

八、颁奖

2024 年，结合晋江市或紫帽镇相关活动颁奖。

评委会名单

一、评委会顾问

舒　婷　福建省文联顾问、厦门市文联主席

二、诗集奖终评委

王光明　首都师范大学文学院教授、博士生导师
　　　　福建师范大学全职特聘教授

林　莽　《新诗选》名誉主编

蓝　野　中国作家协会《诗刊》社事业发展部主任

三、紫帽题材华语新诗作品奖终评委

陈毅达　福建省文联副主席、一级巡视员，福建省作家协会主席

林秀美　福建省文联党组成员、副主席、书记处书记
　　　　福建省作家协会副主席

钟红英　福建省作家协会秘书长、一级文学创作

四、蔡其矫研究理论作品奖终评委

张　陵　作家出版社原总编辑

陈仲义　厦门城市职业学院教授

林　滨　海峡文艺出版社社长、总编辑

首届蔡其矫诗歌奖获奖名单

诗集奖

阿卓务林（云南）：《群山之上》，北岳文艺出版社 2023 年 2 月

薛 依 依（广东）：《别说出她的名字》，北京燕山出版社 2023 年 3 月

阿　　门（浙江）：《门上的光》，中国书籍出版社 2023 年 2 月

紫帽题材华语新诗作品奖

一等奖

杨文霞（黑龙江）：《凌霄塔下，或与蔡其矫书》

袁斗成（四　川）：《紫帽印象或家园抒情》

王志彦（山　西）：《紫帽山访友》

二等奖

温勇智（江　西）：《关于紫帽的美学意蕴》

黄清水（福　建）：《济阳楼读诗兼致蔡其矫》

周维强（浙　江）：《紫帽山水辞》

三等奖

陈于晓（浙　江）：《在紫帽，眺望》

李玉洋（河　南）：《当我写下紫帽二字，笔尖迸乍出美学的光芒》

聂　沛（湖　南）：《"心"山》

蔡其矫研究理论作品奖

邱景华（福　建）：《蔡其矫：从英雄到海洋》，原载《当代·诗歌》2024年第 1 期

《群山之上》作品选

阿卓务林

诗集简介：

《群山之上》，是彝族诗人阿卓务林的一本诗歌精选集，收入其 2001 年至 2022 年创作的 157 首诗歌，是其 20 余年诗歌创作的精华。本书以素朴、坦荡、自足的语言，抒怀诗人与故乡的秘密约守，让我们得以在诗歌谱系中获取一份地老天荒、太初有道的精神气象。阿卓务林的诗歌具有鲜明的地域特色，彝族的民族文化元素在其诗歌中得到鲜明体现。他的诗歌往往在景物描写中凝聚了诗人的知觉色彩，将具象与抽象融为一体，衍化出诗意的强大语境，以诗的语言描绘出宏大的意象群。阿卓务林一直

致力于反照彝人之光，映现原始之美，风格沉郁而深邃。本书正是其 20 余年诗歌追寻与执念的一次集中展示。

作者简介：

阿卓务林，彝族，1976 年生，云南宁蒗人。中国作家协会会员。参加诗刊社第 23 届青春诗会。出版诗集《耳朵里的天堂》《群山之上》等，曾获云南文学艺术奖、民族文学年度奖、边疆文学年度奖。

飞越群山的翅膀

它们彼此靠得很近，互相呼唤着
它们的叫声嘈杂而有序，交响而合拍
就像非洲部落男女老少嘹乱的腔调
听来叽里呱啦，但绝对有情有义
它们队列整齐，喙嘴一致，有一刹那
它们竟在天空排成一道狭长的幽径
多么优美的线条啊，可惜转瞬即逝
显然，群山之上的风暴是猛烈的
足以折断任何翅膀向远的目光
它们中的一只掉了下去，然后是两只
三只、四只……但它们没有掉转方向
向上，徘徊。再徘徊，再向上
它们终于从雪山的垭口飞了出去
它们中的一些，是第一次飞越这个垭口
而一些，将会是最后一次

故　乡

故乡就在脚下
再怎么用力踩
它也不会喊疼
千百年来
它已习惯了
我们的摔打

故乡有很多这样的人
他们习惯了苦和痛
无论穷到何等可怜的境地
照样谈笑风生
你很难从他们的身上
体验到生活的艰辛

神　山

我的高山有风，但它不会起浪
多数时候，野生动物是温和的
天然植物是善良的
河流与泉溪，偶尔也会发怒
但不是你想象的那样坏脾气
一股冷风从雪山吹下来
把我长发吹成了森林
脸上不仅冷，甚至有些冰
但也没有你想象的那么小心眼
我的高山不通电，所以树脂精灵
松明普度众生；我的高山不通公路
所以翅膀裸露，云朵擦亮马匹
我的高山不通自来水，所以雪是洁净的
就如牛羊弯角的旨意，雨后泥香的方言
我的高山站得高，不用低头应答
我的高山长得土，土得像神

宁蒗的蒗

你说你不会拼读宁蒗的蒗
这并不奇怪，与你的阅历和学识
也无关联。它仅仅说明
你从未到过此地。翻开《现代汉语词典》
宁蒗的蒗的确形单影只，孤寡落寞
它虽然与浪同音，但一点也不浪漫
一点也不多情。它仅仅和宁字
组合成一个彝族自治县
但对我而言，这个字就是巢
就是家，就是土豆，就是燕麦
就是给我生命的母亲，就是祖国
此刻，我就在这个字所覆盖的土地上
谈情，说爱，娶妻，生子，做梦

万格山条约

一只獐子与我对视。打量
响鼻，错开。一切尽在不言中

邻人相见无客套，只有甜
分享。胜似万纸条约

万格山不语。盘坐，等我下山
一只獐子钻入密林，等星光闪熠

通往火光的小径

父亲在前，母亲在后
风雨尾随。他们晃晃悠悠走来
背影经不住时光的诱惑

到了格萨拉，月影千里
只有四户人家的原野，空空荡荡
人们引经据典，夜色消磨夜色

到了阿卓坡，泉水叮咚
哒哒飞驰的骏马，急迫的信使
父亲高谈雄辩，心灵救赎心灵

到了温都岭，烟云如幕
雁阵犹疑，背负孤寂和谦卑
母亲彷徨四顾，走不出雾锁的门

到了大关坪，大风起兮
鸟儿放飞静默，羊群追逐云彩
人们胸无宿物，流水一再变轻

到了石丫口，松香弥漫
父亲唱了最后一支歌，云雀轻和
虚实无所谓，眼里容得下泪水

到了小镇，灯焰焕然

母亲跳了最后一曲舞，凤蝶翩跹
慢下来的日子，笨拙而美好

这条通往火光的小径，与我
相识已久。足迹留下
故人旧日隐忍的爱恨与悲喜

耳朵里的天堂

那个孤苦的哑巴
默然独坐在门前老树下
一脸的庄重
好像有一道命令
比他的心更固执

他的嘴唇嚅嚅而动
如一只坦腹而歌的青蛙
腮帮子一鼓一鼓的
似乎有一打话
在他的脑门挣扎

但他始终不肯打开
话语的城门
似乎有一尊佛
让他宁可背叛自己
也不敢泄露天机

他那左手捂住右耳的姿势

叫人怀疑，他是在用一只手
塞住一只耳朵里的人世
用另一只手
打开另一只耳朵里的天堂

夜宿泸沽湖

今夜，泸沽湖把所有的油灯
点亮了，就像另一个地方的天空
为另一个人点亮了星星
今夜，泸沽湖为我盛满了忧伤
就像另一个地方的田野
为另一个人收容了夜色
顺着湖畔，我用手指缝隙
漏下月光，漏下心跳
无名小虫的聒噪，似乎谁的有意安排
没有人能停止脚步，放弃幻想
风滑过湖面，影子静静摇晃
村子最东边慌张的男低音
也许将抵达西侧的山脚
也许将赶上南郊的马蹄印
村子最北端阿妹酒吧飘来的乡音
带有苦荞花生涩的香
鸡鸣此起彼伏，有的梦
已经醒来，有的梦将要绽放
甜蜜的媚笑，而眼睛已经替你说出
内心全部的秘密。这么静的夜
不适合大声喧哗，不应该强人所难

嘘，小声点，再小声点
不要吵醒她喃喃的情话

迷　宫

细雨中重逢于巷陌，天的意思吧
两个人肩并肩的样子，迟延的美景
心中积的尘厚了，嘴里絮叨少了
至于迷宫般的街区，可以忽略
我把自己带进了胡同

游弋流离的风，吹醒了钟摆
糖果店次第打烊，桃花岛尚远
圆通寺公园门口座椅空空
红灯绿灯，交替着去留
我把阿芝落在了人民西路

昆明城的灯火，星星般点亮
街道妩媚如蜃楼，游人如织
明灭处，某人立在原地傻傻等
像个丢了糖果的孩童，噘起嘴
像个驶过站点的旅人，心有不甘

天　边

天空蓝若幽邃的魔镜
我用最原始的字符，表示水
表示火，表示我爱你

越过山丘，钻过密林
我捡拾燧木，捡拾古代的石臼
我想让温暖的人更温暖一些

我告诉过你秋天以后大雁会归来
坝上丽江城的波斯菊，一朵唤一朵
它们在等一桩美事的好消息

你看，那么远的人都赶来了
他们的脸像雨后初晴的蓝莲花
他们带来花花绿绿羽翼的彩虹

你看，山下的云霭多像是青海
挽上我的手，我俩去看看
看流水怎么流过人间，治愈伤痛

晚后溪河畔，我们男左女右
风穿过岑寂，像母亲的手
奖赏般轻轻拂过我俩的鬓发

晚后，我们席地而坐，炉火旁斗嘴
儿孙们呢，任他们嬉戏、打闹
这是自由，千百年来无须解的结

《别说出她的名字》作品选

薛依依

诗集简介：

　　《别说出她的名字》，是一本成熟的、有独特价值的诗歌作品集。诗集中用 111 首短诗表达了一位现代都市女性与女友的现实生活体验与真切的生命感受。它们与这个时代生活中的人们的心灵、观念、意识是息息相关的，它们通过一位现代都市女性的视角，为这个变革的时代留下了一个具体的、有意味的生活片段和观察视角。

作者简介：

　　薛依依，中国作家协会会员、广东梅州客家文学院第二届签约作家。有诗歌发表于《诗刊》《人民文学》《诗探索》《星星诗刊》《十月》《作品》《诗林》《飞天》《诗歌月刊》《特区文学》《四川文学》《草堂》《黄河文学》《诗潮》《青年文学》《广州文艺》等，有小说、随笔发表在《作品》《四川文学》《中国三峡》等。著有诗集《夜晚与抵达之谜》《别说出她的名字》。

黄昏的微风给我送来女友卷发的芳香

我在车站接到我的女友
她还是那个头发蓬乱的女人
像一头穿行在荒野的雄狮

巨大的圆形耳环
漆黑的皮夹克、红色的小背心
蓝色的牛仔裤、黑色的马丁靴

她的行李
就是她一生之中的零零碎碎

她迫不及待地告诉我
最近结交了一个新男友
她的身体
像花瓣般一层一层地打开

注：来自阿富汗诗人阿卜杜尔·卡迪尔汗同名诗。

一只躲避风暴的蛾子

巨大的蕨类植物，在酒店高窗前摇摆
树影在黑暗中越来越淡……
直至成为黑暗的一部分

她像蜗牛那样伸出触须靠近我

灯罩的边缘
正趴着一只躲避风暴的蛾子

她说此刻的心情
就像暴风雨中的风向标一样，摇摆不定
无助、不安，难于平静
很容易像这只蠢笨的蛾子
看见一盏明亮的灯便飞身过去
全然不顾那里可能是一座即将喷薄的火山

正是烟花烂漫时

被烟花点燃的天空，响起战争般的炮声
蓝色的雾飘浮在空中，椰树影影绰绰

"文森特的海"播放着 lambada
——正是烟花和音乐的热情馈赠
酒杯中的冰块刚刚融掉棱角
就有人和她搭讪

我和他俩之间的桌椅开始生长
很快就没有我的立锥之地

正当我闻着风中香料与死鱼混杂的气味
她跑过来，搭着我的肩膀说
他的爱，仅仅能盛满鸡尾酒杯
与她渴望中的大海相去甚远

抵达小镇的集市

在银色的阳光下抵达小镇
集市摆放着各种商品
它们都找到各自的位置
仿佛热闹沸腾的是它们，而不是人群

影子被日光拉长
它那么寂静与孤独
它可以穿越整个集市而不发出一点声音

不远处
她拿着一条白色印花长裙
在身上比画、飞快地旋转
就像一个女孩
突然在人群中找到自己的良人那般欣喜

深海的洋流正从我的鼻尖流过

月光清澈皎洁，空气冷冽而清新
仿佛一股深海的洋流正从我的鼻尖流过

天上的银河，是海的平面
闪烁粼粼波光

捕捞的船，在夜色中抵达
空中出现一张巨网

夜行的飞鸟和奔跑的我们
就此被巨网打捞

她在副驾驶位上安然入睡
身上月光花的香味愈发浓烈

仿佛夜色越浓
她就盛开得越热烈

被收藏的时光

拂晓前的天色，是落落寡合的孤寂
最后雾气会散尽，山林会青翠

她起身关掉暖气，拿起我的诗集
问写诗能否换来爱情？
我说也许能，也许不能

如果不能，就不需要诗歌
她说完便放下诗集
像吐出橘核那般干脆

躲藏在诗歌的城堡，那些被收藏的时光
就像活在贝壳里的寄居蟹

也许未来，她也会渴望一座城堡
但现在，年轻只需要流浪本身

让明天从窗户走进来

我们入住老旧但迷人的旅馆
仿佛冬天所有暖和的日子都在这里

和衣躺在木地板上
尘埃在阳光中浮浮沉沉
像宇宙中的行星
又像世间摩肩接踵的人

光从窗户抽身的那一刻
所有尘埃都不见了
好似它们不曾存在过
那一刻，悲哀笼罩她的脸

睡前，我伸手去关窗
她说别关窗，让明天从窗户走进来

站在光的边缘

破晓时分
天光像一把烧得橙红的利剑
从天际外侧
穿破球型夜幕
如血的朝霞渗进蓝黑色的夜空
云层像巨大的红色旋风
从地平线边缘向世界中心席卷

树木黑如墨汁
那些锐利又模糊的事物
在风中摇摆
我的影子
站在光的边缘

记忆里这样的回响遍地都是

带着微醺走出酒吧
街区充斥着想要发出尖叫的霓虹灯
酒瓶状的棕榈树在摇晃
仿佛下一秒就会被酒鬼放倒

她沉溺在控诉前男友的悲伤之中
不过我知道
很快，她就会变身为律师
为坏男友辩护

此刻她像是被汽车碾过的足球
单薄、软塌，无法自己滚动
身后的大海在愤怒地咆哮
仿佛趁着夜色更容易把什么撕碎

山的困惑还是她的迷惑？

租了一辆蓝色的克莱斯勒
汽车驶过蜿蜒而灰暗的山丘

轮胎碾过砾石的声响
像一只野兽在孤独地呻吟

树木行走在乳白色浓雾中
她的声音像被雾气濡湿
软糯、甜腻、刚刚苏醒

她说她觊觎过不可抵达的山丘
黑夜让磷火自燃
却以为自己将会是明日的太阳

山会不会有人的困惑
会不会想哪里还有比自己更高的山头

《门上的光》作品选

阿　门

诗集简介：

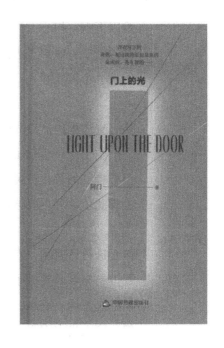

　　《门上的光》系省级和市级文艺创作重点项目，是一部精品选和励志书。作者虽然听力失聪，但心里有光、眼里有光，他的诗都是光的礼赞。本诗集分"风光""柔光""灯光""月光"4辑，收入诗作170余首。"风光"一辑的作品，顾名思义，歌颂祖国和人世风景；"柔光"则聚焦于内心对人生与生活的柔情投射；"灯光"一辑更多是对往昔和家人的温暖回望；"月光"一辑主要是对爱情的浪漫刻画。该书厚重大气，倡导自强不息和浪漫主义精神，展现一个失聪者诗品与人品中不凡的从聋到龙的气象，并由北京小众书坊策划、中国书籍出版社布面精装荣誉出版。该书2023年7月入选"文学报好书榜"（非虚构六部之一）。书中一组诗《不哑的歌》荣获第十届储吉旺文学奖。

作者简介：

　　阿门，浙江宁海人，资深编辑。业余写诗40年，系人民文学奖、储吉旺文学奖得主。中国作家协会会员，二级文学创作。近千首诗作散见于《人民文学》《诗刊》《中国作家》《当代》等。著有诗集8部。

担 心 记

担心夏天越来越热，树叶
来不及喊渴，花儿来不及开放
就死了；担心落日像火球
一不小心，嘭地点燃了地面

担心老了，孤独是烈酒
难以下咽；担心左耳和右耳
有词语顺着风声进进出出
但没一个撞入瞳孔

担心身体里的血液与骨头
一个空了，一个轻了
担心自己的葬礼，灵魂迟到
一脚此生，另一脚彼世

担心这首诗有病，有意识流
到过乌有乡，并做了县令
担心作者像一滴水，躲在冰块里
像一滴血坐在刀刃上，让人战栗

疗 养 记

不冷不热时，去疗养，去一个
不远不近的海岛，散心

今年心有点累。因单纯
被自己人所伤，一个玩阴的人

我不愿再提起他
我不愿再对大海，提起此事

把此人此事，葬在异乡
把自己的魂，喊回来

喊回自己的初心
像刀剑回到鞘里

像会游泳的海水
每日清洗自己的身体

疗养后，退潮的海水
退去残留的阴影

疗养后，倒空鞋里的沙土
带一双干净的脚回家

半 生 者

净手，点香，合十，面书壁反省
仔细掂量自己的半生：
半斤八两的命，半生不熟的运

书壁有近万册藏书，其中八册

是个人诗集，一个五旬者前半生小结
——我曾经历的，都在诗中呈现

从上场到中场，犯过傻
犯过困；遇小人也遇贵人
找过寺庙，也找过法庭……

好酒无量，好色无胆。前半生
不停地同自己作对，不停地数叶子
细小的名声放左边，宽大的纸币放右边

结果，双手欲抓住的风和水，疑似落叶
因不长于此道，反被呛，反让
四两重的心，感受到一斤的压力

从中场到下场，肯定无五旬
肯定有，还未幸福完的幸福
肯定有，还未痛苦完的痛苦

不肯定的，诚如眼前的书壁与我
在看与被看的后半生，不知明天和意外
哪个先来

——何以解忧，唯有诗歌
半生不长，一晃眼，从胞衣到寿衣
"原谅这世界的错吧，阿门"

致　谢

这半生，我的眼睛
不曾开口，但它读得懂
阳光的暖，月光的美

我的单眼皮，没有女人
水灵灵的样子。若隐若现的
忧郁，剪去后又长出来的善良

像指甲，倔强，闪着光
还有心脏，跳来跳去没停过
但没有眼睛，异常劳累

我利用眼睛读唇语
已半生，害它近视又老花
请允许我致歉，并致谢

幻　听

声音是看不见的。但我能
我有能耐在无声的世界里
看见它的脚、脸色，以及爱好
——漫游与还乡

天生的敏感，可以将那些有福
进入眼中的事物，通过幻听

加深呼吸。甚至灵魂出窍的路上
也无须点亮内心的灯盏

一种虚幻的听觉，一扇门来认领
缝隙中透出的光，前世修得
今世与幻想交换秘密——
一种诗意的暗度陈仓

幸　好

幸好，还有残余的听力
可以请眼神配合，读唇语
读信口开河的流水，以及
报纸中间的讣告，穿街，过巷
不惊不恐

幸好，人与草木之间
我喜欢后者，倔强地开花、结果
像我写的诗歌，花瓣落在石头上
装饰着石头的梦……揉揉眼
听觉还在，圆满的事件时有发生

幸好，我出生在宁海，小地方
有宁静，不用躲进防空洞
不用一人分饰两角，从汉字到汉诗
我分行又修行，做自己的神
有名有姓

清 明 记

春来是清明。春浅，天蓝，无雨
天不哭，我也不泣，既清又明

群山有宴席，众人赴约，不分贵贱
野花开得自然，我也自然，天人合一

一公墓，石碑如椅背，如露天剧场
坐等四月，春运后的又一场大戏上演

除草，燃香，跪拜，默祷……似合唱团
谢幕后，一山，空空荡荡；一天，便是一生

我已半百。余生，我要藏好自在
不与钱交易，也不外借给疾病

父母在坟头，我在外头。生与死
这么近，那么远。我贪生，怕死……

小 满 记

在家乡的山路上
遇见一个陌生又熟悉的小媳妇

去年也遇见过，在初夏
她说她叫小满，从古代来

走走停停。其间，月亮在左
饱满后又在右。其间，她思春的念头
上了枝头

二十四节气里无大满，无蜜月
小满有骨气，不等不靠
把自己嫁了五月

生了红樱桃，又生了黄枇杷
一女孩一男孩，恰恰好
小得盈满

白 露 记

不过是一种节气
你爱，或者不爱
它都会到来，雷打不动的样子

不过是一个姓白的女子
露珠一般，从《诗经》里
滴下来，渗入内心的样子

不过是一个敏感之人
行至中年，想起班花陈白露
临近中秋遇车祸，凋落的样子

不过是幸存的草叶和花朵
忙完人间事，抬头看大雁南飞

乡愁鸣叫，不知所措的样子

不过是热了那么久
也该凉了，体内体外
要加衣，添被，养生的样子

缓 慢 者

一枚硬币长成纸币，过去很慢
现在快了，但也不值钱了；方言
长成了普通话；一大片老房子
的记忆，更被"旧貌换新颜"

近处的一座跃龙禅寺
在闹市区安静下来。人到半百
我也该安静下来：对黑白世界
观棋不语，对财和色
不再称兄道妹

疾步声，被旧时光收回
晨服药，提醒我缓慢中
必须找到散步的节奏
找到，讨好余生的方法
找到，大隐隐于市的妙趣

后半生，要缓慢，不要停滞
不要像我父亲，第一次出远门
就到了天堂

◎紫帽题材华语新诗作品奖获奖作品

凌霄塔下，或与蔡其矫书

杨文霞

1

你看，翠绿有着宽窄的记录，目光越远

灯火举着筷箸，等着审视

你看紫帽山步入绿色斑驳的册页

一阵鸟啼撞向凌霄塔，以绿色的滴落练习完美的接替

你看呀，龙眼、荔枝、杨梅、石榴，标着各自行进的脚程

在紫帽山的葱茏里，它们也是诗句

田野铺垫，八方共筑，面对山水推演绿色生态的宿命

而美丽的紫帽就在俯瞰中

楼影起伏，田园围堵

更有一种蒸蒸日上的势头被灯火演绎

你看，眸子里含着一颗星子

万众齐心协力，就把紫帽山的翠绿搬走

在日新月异里，涂抹绿色的颜色

你看这脚程中，眼神也能听到一种声音

瓜果蔬菜一起用力，饕餮里保持沉默

提醒彼此存在的关系

你看自凌霄塔下，无不是锦绣斑斓的图景

2

这时候，我要收敛目光，山间的泉水叮咚着一种生态的平仄
留下摩崖石刻里的笔墨痕迹，也留下高崖飞瀑的造势
我目睹由远及近的感悟，我发现大唐的诗意被扩容
山野间藏着悠闲的小兽，语言交给记忆
时间的暗影蜿蜒在绿色从容里
你看金粟洞、古玄寺、古元室、妙峰院，藏匿其间
每一个都以大唐的笔墨写出浩荡的丰盈
奇妙在奇妙里的幻觉，依旧留下山水美的呼应
浓荫蔽空，郁郁苍苍
但每一次我都能感觉得到有一股新芽磕开青春的枝条
我都能感觉得到，在肥头大耳的叶面里
历史的责任沉静在灯火里
浓郁在山水里的感情色彩，迎接情感上递进的排比
有一股来自诗词里的风暴被安抚
它们就是保福寺、安福寺、普照寺、五塔岩相互关联的修辞
峻峭参天的含蓄被诗画出来
山水里笃定的禅意刻画着一块块坚挺的岩石
千百年来，依旧在山水里扬起孤傲的嘴角
用心去换"心"，遍布山间
参禅的、悟道的，放手山野的情怀
当道路成为心事的迂回，就会化成萦绕在紫帽山上的云雾
在山水的眉宇间惊起一只云雀

3

你看，紫湖、紫溪就在下面

像紫帽最大抒情里留下两滴情感的笔墨

弄乱季节持续的激滟在万道波澜里思考着退隐

风轻轻地扫在上面，一群飞鸟撩起大湖的裙裾

我每时每刻都能看到

而大湖几乎成为同一种画面

摸索水滴滴落的余音，我听到振兴与奋斗

溪流注入九十九溪，它们的去向不是一个谜

泉州湾就在不远处，就像是紫帽"综合实力强镇"的碑铭

人影黏稠在绿色画布里，远方的汽笛与暗中行动的车身

唯恐错过晨曦里列队的观澜

制造豪迈的喧腾从红尘归来

稻田里的蛙鼓被标注，一行白鹭与一座青山相配

工业强镇的齿轮正咬合在新时代的轴承上

化工、机械、建筑，重新检测各自的身份

你看我更偏爱那些扩容的灯火

自凌霄塔下，摆布一座城欣欣向荣的格局

我看见春季的彩蝶如何躲在花蕊里

也看见秋日里稻田如何向丰收献祭

我也看见自己被紫帽山圈在自己的画框里

竟然成为一座山的誓言，一座城的画架

成为一群人守望的风景

4

自凌霄塔下，交由草色滋养的身体

依旧不动声色交出藏在心底的一幅春天的风景

你看时间就像一只花豹，而它的花斑已经纹在优雅的接踵上

汗水里挖掘出一条绿水青山之路

你看两眼之间架起一座霓虹的彩桥

窥视的漫天星斗学会投湖

风吹草低露出肥硕的端倪

你看痴心的姿势自凌霄塔下就没有变过

在日日转播中，温柔地排列梦境与彼岸

而那未饮的美丽，自烟火的紫帽化成一滴清露

醉了就落下萤火，就化成一豆星火

万千足迹也填不满，昨天和今日

鸟翅的、虫吟的、庙宇的、碑刻的、机轮的

跟着你学修辞，重新在凌霄塔下排列

地平线上的那一轮红日，正从紫帽山的肩头被扛起

在凌霄塔下跟着落日又坐在了一起

诗词里的、田园里的、牧场里的、工厂里的

月光夜夜由背面前来巡哨

万千乡愁的，终于压不住一股葱郁的爆裂声

我们仅需迎着鸟啼追赶着星辰

无意加快的流速里，是谁也换不了的目标

朝向美丽中国的标杆，正好让爱全部露出来

在灯火的眼睛里，频频向我询问，你的下落

（杨文霞，中国诗歌学会会员，黑龙江省作家协会会员。已出版诗集《在身体里行走》《午后，落雪》。作品散见于《诗刊》《星星》《青年文学》《青年作家》《草堂》《文学港》《扬子江诗刊》《上海文学》《青海湖》《诗歌月刊》等。曾获阿来诗歌节奖、第十二届叶红女性诗奖。）

紫帽印象或家园抒情

袁斗成

时间之上　倘若一束花就让春风心旌摇荡
来回绽放把绿树成荫　鸟飞虫鸣一网打尽
同样开封了云居探幽的源代码
多少平凡百姓以绿为笔　文人墨客的才情与芳草茵茵达成和解
只需一滴清水能够清洗完整的思念

其实山海情用一片叶子丈量万顷波涛已经足够
阳光　海岸　沙滩　礁石等待着有缘人
高高的紫帽山一旦完成了烟光凝翠
盘曲小径搭建了通往天堂的阶梯
破土而出的野草　点燃了大地的激情一刻也无法隐忍

海天交接的天姿国色渐次铺展浪漫或风流
潮起潮落翻卷的思念比话儿还要多
一弯新月轻轻落在洁白玉带
我深爱着的梅溪泊着桨声灯影　以桃李争春致敬春天
总有一些雪白坦然交出了心事　心语

大海是水做的骨肉　如歌的行板漫过深情凝望
一针一线缝合了我和你关于紫帽的所有约定

纵横交错的道路是象形文字
在一笔一画　一长一短中读懂车水马龙　林立高楼
穿上时尚的流行色迈登上舞台各领风骚
一年又一年　红荔似海保守了果实落地的秘密

试着用酸酸甜甜的杨梅破绎初恋
就像苦尽甘来的美学　余味悠远陪伴了一生一世
都市里的村庄　村庄里的都市清楚各自使命
云蒸霞蔚不分先后弥补了田园　五谷　瓜果　村舍的褶皱
开枝散叶的榕树下
崭新墨迹扭动了九十九溪的儒雅身姿

相信一滴水的能量比拟一度电草拟光明家书
波影晃动的光泽打破了紫湖的铜镜
荡过来　荡过去
我看见绿韵清流深谙工业园的歌声　把上班铃响听成冲锋号角
道道朝霞普照了美学图案
春华秋实水到渠成完成了江山入座的碑刻
一刀一凿刻度了爱上紫帽的几种方式

一如我用一双茧手萃取烟火气与人情味
无论走了多远　走了多久
痴痴等待的安平桥不语
乡路弯弯是一根扁担把根留住
一肩挑着创业者的背影　一肩系着田园如诗
多舛命运就会在风雨中挺起脊梁
贴着厂房　车间　商场　写字楼　村舍的眉宇
以写实的手法草拟紫帽速度　紫帽品牌　紫帽魅力按下快进键

绿起来　美起来　富起来

以梦为马打造移动着的清明上河图承载牌匾和荣誉

一群人一条心行走在通江达海的振兴大道

热辣辣的家书这样写

纵然弱水三千　最好是做一尾自由的鱼或一群飞翔的鸟儿

伫立紫帽山顶揽下嫦娥裙摆

从身体到灵魂　人杰地灵　名人辈出匹配农耕经书越发丰腴

梅兰竹菊　仓廪满储从来不是有自来

我从澎湃着的稻浪　读到月色溶溶的凌霄塔拒绝四处流浪

再用晨钟暮鼓撞响那些激情燃烧的青葱岁月

家住紫帽　心爱的风物与我们一模一样

山水仙缘与生态良缘彼此敬畏　彼此征服　彼此羡慕

花舞人间贴着嘴唇边沿

笃定时间不能倒流　打桩机　压路机碾碎了诗词歌赋

变迁的隐喻在流光溢彩中和盘托出如梦的繁华

我安安静静蹲在紫溪边

归依占山临海的天作之合　按摩新城梦媲美田园梦

卡在熙熙攘攘的人海中

订一张前往紫帽的单程票　从此不问乡关何处　归期何时

（袁斗成，"70后"，四川泸州人，笔名石北、一袁、袁昊、阿成等。先后有数千篇散文、小说、诗歌和故事等散见于《新华每日电讯》《佛山文艺》《南方都市报》《羊城晚报》等报刊。）

紫帽山访友

王志彦

癸卯年初春
你取道四川，溯桃花而上
我驾春风，下太行，过黄河
与你会合于一座"紫帽凌霄"之山

预言之远不及凌霄塔的守望
天穹大地共荣着人间的欢娱
欲见不见的光明之明
使云海给日出让出了另一条道路
灵应寺满窗明月
代替不了你喷涌的诗情

在紫帽山，你放下故土之重
我们对饮，用隐喻托起落日
紫帽岩上点亮的灯火
淹没了古老的伤痛
你与我，在紫帽山
都是深醉的星辰

紫帽山之韵在于敬畏与坦荡

你携月入云

我以酒留白

露珠里显现的只是我们的侧影

沽酒的人，他的灵魂里

只留余黎明

金粟洞是你我唯一的醉歌之处

你用诗与评论作为紫帽山的

陡峭与丛林

我只是紫帽山倾斜的朝拜者

酒做的星空反复坠落

元德真人浣洗的紫湖

是紫帽山玉石般的镜子

一座山，已无法抵押你的诗情

两杯酒，正搅动群峰的波澜

你我举杯，是盛世相逢

山影、星光、流水、飞花

构成了一段悠然的时光

（王志彦，新山水诗践行者，山西屯留人。已在《十月》《诗刊》《北京文学》《草堂》等报刊发表诗歌千余首，曾获得第三届"李白杯"一等奖、第三届曹植诗歌奖、第二届观沧海奖、第四届剑门蜀道诗歌奖、青海湖诗歌奖等奖项，入选《中国年度诗歌精选》《中国诗歌排行榜》等多种选本，出版诗集《像虚词掉进大海》《孤悬》等。）

关于紫帽的美学意蕴

温勇智

天上的云彩斜下去，紫帽山响起梵语
那时，爱情是紫帽镇的旧疾
带着苍郁紫翠的情怀，用骨头，用血肉
在 20.42 平方公里的宣纸上泼墨
比喻，排比，又用通感

山若螺黛浅画，一棵液体的植物
攀上 517.8 米的高度，比那凌霄塔高了一寸
梦幻者敲着石鼓，随着紫云尽情狂奔
紫帽的美学，就在于一片虚幻的呐喊声中

然后抽出肋骨，试剑石是另一种自我撕毁
活力了风景、古墓，和旧时光
英雄自应有一腔化碧涛的热血，除了灵感，理想，微光

流水温柔且绵长，时间被洗干净
紫湖、龙池、化鲤潭、紫溪水库，带动了紫帽的飘动
紫帽人的身影盛进水中，那些藏起的血长出诗意的词汇
高楼，霓虹，舞蹈，缤纷，带着紫帽般的高贵
时间，阳光和风，深陷自己的幻想

且把脚印留在半山亭，我在我的对面
相视而坐，默诵层峦叠嶂十二峰
并选择其中一峰做笔，哦，我看见
石楠、肉桂、木荷、赤竹，正悄悄逼近

柔情再深一点，便是天劫
美的事物随处可见，像一滴水陷进自己的漩涡
无法自拔，一阕花间词或如梦令应该就是文字的跳动
在紫帽，我仿佛已忆不起自己的来处

该静下心来，用"紫"抑或"帽"字贯穿主题
像一颗透明的心，更像流动着无数的动词、名词
和形容词，细腻而优雅，璀璨而奇绝
所有的地载天物，都像羽翅扑打的轻盈

确实有千万条理由爱上紫帽，草木、田园、虫羽、阳光、流水……
在清风的吹拂下，继续推进所有的情节和感动
紫帽写不满的誓言，点燃紫帽人清风一样的心胸与深情
一个时代的激荡之声，有紫帽越来越健壮的倒影
那光润的切面，属于流水和人心
——仿佛整个紫帽都被它们背着移动
在紫帽，诗意有流水一样的母爱，月光一样的父爱

瓦解光阴的疑惑。诗歌里的紫帽把天空推远了九寸
旷远。静默。整个蓝天和河流
都是我内心的丰饶反射着蜕变的光芒
你的未来如旭日东升，富足编织一部锦绣斑斓的壮丽史诗

——这就是紫帽，这云上的背影，这头顶的修辞

正以美的形式打开，打开你，打开我，打开春天

（温勇智，作品散见于《绿风》《星星》《清明》《上海诗人》《诗刊》《文学港》《西部》《牡丹》《广西文学》《天津文学》等。获河北"曹操杯"、江阴"徐霞客杯"、福建"惠艺·匠心"杯、星星"电力杯"等50余个全国征文一等奖。）

济阳楼读诗兼致蔡其矫

黄清水

他在远去的光阴里，曾住在这里
写诗、看报、关心时局，一天中柔软的时刻
他也会浇花、喝茶、谱词
当语言给他足够的馈赠，真理
就作为诗歌根部的养分，沿着红色步履
写出大地的脉络，晋江水滋润他
身体里奔涌的哲思，指向恒星绽放的时辰

诗歌给他什么样的生活，他就活成
诗歌应该有的样子，在济阳楼
日复一日写下家国和正义。他在此
高山流水，与万物生长一起一尘不染

建筑学的审美在济阳楼上轴对称
中西结合，古朴、大气、雅致
适合成为诗歌的褟褛，装进一些人和事
济阳楼坐东北朝西南，可见门楣、檐口
盘旋其上，墙面模印六角形、菱形和十字形组合
在侨厝里经营美和永恒的故事
不期而遇地衔接于历史的册页之中

"族本中郎派，家承学士风"，一栋诞生了

诗歌的房子，在侨乡里烙下蔡其矫的印迹

紫帽山厚爱他，闪烁银质光芒的诗句

而他也不曾辜负故乡给予的柔情

在人间四季里写烟火乡土和草木时光

写沧桑的南洋路，写侨乡与世界的往来

写苦与难，异国他乡的明月与悲喜

成为他诗歌的底色，最深处的爱

他写："我是大海的子民。"被镌刻的

诗句，同时作为他的座右铭

在时光里弹拨他一生中精彩的篇章

（黄清水，1990 年生，福建省作家协会会员，天马诗社发起人之一。作品散见于《福建文学》《星星》《诗刊》《诗选刊》《长江丛刊》《北京文学》《边疆文学》《江南诗》《中国校园文学》《绿风》等报刊。获福建省第 35 届优秀文学作品奖、第 4 届福建省中长篇小说双年榜上榜提名作品。）

紫帽山水辞

周维强

草木伸出兰花指，紫帽山在眼前
露出真容，山美、水秀、景奇，可颐养禅心
望一眼，花香入肺腑
再望一眼，泉水流入心田
不是仙境，胜似仙境，云雾之上
我已分不清，哪里是人间，哪里是殿堂

云雾开始欢腾，让我相信，它们
都有神仙的筋骨，而幻化成雨滴时
那舒心的清凉，恍若观音瓶中的金枝玉露
紫帽山：山有山的风骨，峰有峰的性格
草有草的秀色，树有树的佛光
凝望紫帽山下的人世，猛然发现
我已被云雾抬升到仙的位置，内心空蒙

开始与静谧的时光攀谈，交出
心内的词语，譬如奇秀，我要送给霞光
灵性，独属于紫溪的水流
仙逸，是云朵的雅号，不论是白云、紫云
还是红云、黄云，皆可借用

苍翠，宛如一件霞衣，披在荔枝树上
就有果实鲜红，披在柿子树上
就有秋实如梦，人境合一

紫帽山的岩石上，已被历代文人墨客
刻上了名字，不缺我一个
但我还是要动用真情，把这奇山秀水，编纂成
一部诗集或画册，凌霄塔做封面
紫溪、紫湖做封底，起伏升腾的云海
可为目录，串联起宁静与辽阔
修订出恬静与愉悦，把一个人的禅心
补充为诗，把一群人的禅心，吟诵为歌

心如扁舟，可在云海之上遨游
或者在紫湖之水上，慢行，山的刚劲
已被水的温柔点化，水的妩媚，也被山的苍茫
收留，山水之间，一个人的影子
挂满了叮叮当当的绿，有思念，有真情
有感恩，有山水垂帘时，倒映的情影

山曰紫帽，山如紫帽，偏爱紫色的飞鸟
栖落山顶，就不想飞走
和岁月谈心，和时光论经，和我这个远方来客
比一比，是天上的禅心赤诚
还是人间的禅心有韵，源自仙境的表述
让人守住空寂的内心，不敢高声

我要下山了，清风、明月、星光

一再挽留，我要赴诗词之约

把紫帽山的山景，镂刻在宣纸，留在

灵感之上，写不完的柔情，就让水流去翻译

悟不透的俗世，就让群山去破解

山水之间，只有把悲悯低至岩石嶙峋处

才能在峭壁间，觅得人世的苦香，获得解脱

（周维强，结业于浙江文学院青年作家诸暨班，有作品发表于《人民文学》《诗刊》《星星》《扬子江诗刊》《北京文学》等，部分被《新世纪文学选刊》《诗选刊》等转载。近期作品入选《2020 中国年度诗歌》《2019 诗歌精萃》《2019青年诗人作品选》等。获 2017 年云南水富北大门文学奖、2019 年闻捷诗歌奖、浣纱文学奖等奖项多次。）

在紫帽，眺望

陈于晓

1

紫气东来。东来的紫气

氤氲着紫帽

街市，田野。往来的人们

叩响晨曦的宁静

清晨，在紫帽镇

我所听见的，皆是拔节声

楼宇长了一尺，那是在工地

庄稼的生长

似乎要缓慢一些

一晚上，就添了三寸

2

老榕树醒来

和身边的花草一样

拥有朝露。我想和老榕树

套个近乎。不知趣的鸟雀

叽喳个不停

庭院和口袋公园一样

都有光与影在飞

我喊一声"停"

流水顽皮，跑得更欢了

上学的孩童

藏在书包里的翅膀

在扑棱棱

3

紫帽山是紫帽人家的靠山

紫帽镇往紫帽山一倚

一头翠绿

从山间采撷的绿意

一会儿，就爬上人家的墙

瞒得住心事，却瞒不住绿

在紫帽镇，跟着你走的

走在你前头的

伴在你身边的

都是绿，葱郁得咄咄逼人

4

王氏家庙的老

三两古厝的沧桑

掉落一地老光阴

吹拂着新农村的风

借拔地而起的楼宇

刷新了天际线

每一个小小的身影里

都绽放着硕大的梦想

向上的蓬勃，在向下深深扎根

从源远处来的路

终将抵达流长

5

神奇的紫帽，会变魔术

也许我说的，是紫帽山

在紫帽山的流光里

道人安坐

诗人在吟咏白云

浸润草木的佛光

也浸润着石头

搬不动的"心"字石

早已把歇脚处，认作故乡

四周围安静。只有崖上石刻

在叙述着山中岁月

6

也许，紫帽山的一声鸟鸣

可以婉转成紫湖

或者紫溪的歌唱

紫湖郊野公园

则或许是激情的堆叠

流水如镜，山是镜中之物

在云雾构思的仙境里

我在寻觅紫帽人间

那些叮当的烟火

比如荔枝、龙眼、杨梅

比如稻香

比如，我像是有一顶紫帽

被弄丢在童年

7

紫云覆顶。凌霄塔

是紫帽山的一枚眺望

当把紫帽镇拢在怀里

我就可以听见涛声了

那是海的涛声，有容乃大

我是说紫帽镇

就是一枚有容乃大的涛声

它一边显山，一边露水

然后山与城，化在了

一枚涛声的晕染中

8

倘若在紫帽镇的光阴里

邂逅诗人蔡其矫

我将不问诗，也不问

我童年的那一顶紫帽

是谁捡了

只想问问，诗中的哪一枚大海

澎湃成了紫帽山

又是哪一首诗

把紫帽抒情成一枚"眺望"

揣一枚"眺望"，怀紫帽

万物生长里

紫帽，是天下的紫帽

9

此刻，晚风轻拂

在夕阳的一脉回眸中

灯火盏盏

我的身心，至此安顿

听，小生灵已在山水之间

奏响迷人的天籁

（陈于晓，作品散见于《诗刊》《星星》《诗潮》《星火》《草堂》《诗歌月刊》《散文诗》《长江文艺》《散文百家》《文学报》等，多篇作品入选年度选本，曾参加全国第十四届散文诗笔会，著有《路过》《与一棵老树的对话》《听夜或者听佛》《不动声色》《老树一家住村口》《地气氤氲》等。）

当我写下紫帽二字，笔尖迸乍出美学的光芒

李玉洋

当我写下紫帽二字，天空的云正在酝酿一场雨

三月的春风又薄又软，像爬上树刚褪去壳的蝉羽

贴合紫帽山巍然的背影，时光柔和，日子悠然

更像依偎在父亲身旁的孩子

安详、幸福、灿烂，组合成诗意境界

此时，风声随和，气息均匀，不需要任何守护

一片一片的龙眼荔枝杨梅

顺着云流动的气息，长出长长的触角

长出梦的尖尖的乳牙

一个地名如此厚重，磐稳。风吹后，雨洗后，析出晶莹剔透的盐粒

活力四射，根须也已深入了山的骨髓

然后酿造浓浓的乡愁，并以牛羊的姿态亲近草木

在这里，没有日暮，只有乡关

在这里，没有异乡，只有家园

一声轻雷响起，这天空吹奏的号角

秧苗齐刷刷站起来，雏鸟一般张开小嘴望着远方

燕子勤劳忙碌，将紫帽山修剪得活灵活现

此时，不需要任何形容词装饰

从炊烟里升起的田园情，悠然来至紫帽山的笔意

当我写下紫帽两字，笔尖迸乍出美学的光芒
阳光与山川立即融合在一起，像铺满田野里的花生
紧紧抓住泥土抓住生命的基座
绽放明艳金黄之花
而一颗饱满浑圆的石榴，涵纳了古今
田园生活之美的味道

当我写下紫帽两字，立即万里晴空，万岭郁郁
展示大地年年丰硕，紫帽无恙
山秀云白，风清水碧
紫帽山用鹤仙之气，保鲜自己的淳朴
用时光的静，读出辈辈珍爱家园的初心
比抒情更柔和的溪泉，浮动起氤氲暗香
以至于五塔岩静坐仰望，摩崖石刻的笔画腾云跃龙
几多灵石雀跃，几多瀑泉飞花
以至于金粟洞、古玄寺、古元室、妙峰院辐射各自的真情佳音
涵养一曲古韵今声
有田野收割沧桑的历史策卷
有人打造就绮梦安家落户的楼台
紫帽两字的词境，穿透岁月直射人们心里，洞开一隅
风景如画的天空

写下紫帽两字，立即有诗句流出
蔡其矫的慈容若隐若现，那一行行入木的笔墨可以作证
紫帽山可以作证
那时，山河碎裂，民族被矮化
蔡其矫背起一盏红色灯火，用一管毫笔进行《肉搏》
笔落白纸，心融赤旗

一路挚情燃烧，踏过青苔的岁月，躲过沧桑的风雨

在《雾中汉水》里倾听《川江号子》

多么令人仰敬的执着

直至站在《鼓浪屿》上，朝阳正升，光照一幅

一个人的江山社稷画，一个人的朝花夕拾图

是的，泼墨山水，苍绿浸透到天边

春天如乐舞，每一声鸟啼都是代言

紫帽镇清明，山川秀丽

风与云都没有心机地耕耘着欢笑，播种着日暖花开

（李玉洋，1964 年 10 月生，河南信阳市人。中国诗歌学会会员，中华诗词学会会员。作品见《光明日报》《河南日报》《长江日报》《星火》《西湖》《星星》《诗词月刊》《参花》《写作》《中华辞赋》《中华诗词》《心潮诗词》《诗词世界》等 30 余家报刊，收入《中华诗词库·当代卷》。著有新诗集《犹豫的梅雨季》。）

"心"山

聂　沛

1

紫帽山藏有一百个"心"字
镌刻在悬崖峭壁之上，丛林野草之中
迷失于自我，哪怕找到九十九个
也有一个永远的悬念
据称找足百"心"，便可成仙
世界神秘亦在于此

2

爬上紫峰绝顶，四顾茫然
山间泉水蜿蜒叮咚
"心"字，中间一点，点得很高时
忽如高崖飞瀑
当即提心吊胆跌入谷底，又宛如
中间的一点移到下面
提起万缘生，放下全无事
无须惊诧

3

一个人只跟自己谈心
上苍侧耳谛听，足够奢侈
一个人无声的呼喊，只有远山才能理会
天边卷起奔马似的白云
如一个因古老而废弃的预言
不断提醒遗忘的明天，也不断
擦亮蒙尘的双眼
紫帽山的石头和泉涧都懂得——
存心，修心，明心
何况人乎？

4

神谕来源于自省的醍醐灌顶
重新回到过去和向往未来
都是为了抚慰人心
滔滔的雄辩，只不过
借以逃避为何常独自悲伤的问题
"心"，中间无一点：虚心或空心
一个五体投地
找回自己的人，他已不是你

5

我强忍住眼中莫名的温热之物

夕阳像一只熟透的柿子，正疾速下沉

有人路过身边

有意无意地咳嗽几声，似在提醒

该下山了

否则，再多的月色、虫鸣

也无助于你在内心默写岁月的作业

即使万物静观皆自得

哪怕才华横溢，也是白日梦

6

相传，满山的"心"字

乃北宋张伯端所刻

其实，神迹从来不用考证

更毋庸置疑

心灵自带上帝的视角和信仰

一年又一年，哪怕痛苦沉淀如沙

河流过后，留下来的东西都值得珍惜

手掌从来就握不住感动

生活的一见钟情，还在左胸口战栗

（聂沛，中国作家协会会员。1985年10月在《诗刊》头条发表处女作至今，出版诗集《无法抵达的宁静》《天空的补丁》等五种。获首届《绿风》奔马奖、中国诗歌网2018年度十佳诗集、第二届屈原诗歌奖、第三届"猴王杯"世界华语诗歌大奖赛一等奖等多种诗歌奖。短诗《手握一滴水》，系2012年四川省高考作文题材料。）

蔡其矫：从英雄到海洋

邱景华

一

1938 年 4 月，从新加坡开往香港的轮船，在浩瀚的南海上破浪前行。

甲板上，20 岁的蔡其矫满头卷发，一脸稚气，和暨南大学附中同学王孙静，还有两位同行的女伴，靠在轮船的栏杆上，望着蓝天和大海，满怀激情大声唱着当年流行的救亡歌曲，唱了一首又一首。这四位充满着浪漫理想的华侨青年，从南洋回国抗日，要拯救危难中的祖国。听到甲板上的歌声，轮船上有几位广东梅县（今梅州市）籍的青年男女，也加入他们的行列，跟着唱起来。唱累了，蔡其矫与他们热烈交谈。原来他们也是去延安。两拨华侨青年在甲板上兴奋地笑着跳着。1938 年，许多海外青年满怀抗日救亡的理想，回到祖国、奔赴延安，这是他们的"英雄梦"。

蔡其矫从小就有"英雄梦"。最初崇拜的英雄是关公。由于《三国演义》在历史上的巨大影响，关羽后来成为一种民间信仰，在闽南特别流行，到处都有关帝庙，对关公（关羽）的崇拜，千百年来成为民族的一种集体无意识，成为后代中国男孩的"英雄梦"。不知什么时候由华侨带到海外，蔡其矫侨居的印尼泗水也建起了关帝庙。如果说，蔡其矫儿童时期对古代英雄的崇拜，还是一种民族集体无意识的遗传；那么，日本对中国的侵略，则唤醒了少年蔡其矫的"英雄梦"，他从崇拜关公，转为崇拜抗日救国的民族英雄。

1931 年"九一八"事变爆发后，日本发动全面侵华战争。东北三省相继沦陷。当年，年仅 13 岁的印尼小归侨蔡其矫，正在泉州培元中学读书，已经具有了华侨中普遍而强烈的爱国思想，也积极走上街头，参加泉州抗日救亡的学生运动。这个热血少年，"九一八"事变后崇拜抗日爱国将领马占山。1932 年的淞沪抗战，蔡廷锴率领十九路军，血战 33 天，日军伤亡重大，无法占领上海，少年蔡其矫又转为崇拜抗日英雄蔡廷锴。20 世纪 30 年代多灾多难的中国，把这位爱国归侨少年，卷入了抗日救亡的运动中，积极地关心民族危机和祖国的命运。他的"英雄梦"也越来越强烈。

1934 年秋，蔡其矫到上海暨南大学附中求学。他读高中的三年，正是上海抗日救亡运动蓬勃发展的时期，他积极参加爱国学生的抗日救亡运动。1935 年底，秘密参加中共外围组织暨南救国会，18 岁的热血青年经常参加救国会组织的各种抗日行动："曹家渡暴动"、占领上海北站、冲租界的铁门、纪念"一二·八"淞沪抗战大游行、与暨南大学附中的 CC 派斗争等。1936 年 10 月鲁迅逝世，蔡其矫还曾前往万国殡仪馆吊唁。

在上海三年，怀着"英雄梦"的蔡其矫，听从时代的召唤，积极投身抗日救亡斗争，青春激情和追求理想的勇气都爆发出来了。假如没有上海这三年，就不会有 1938 年从印尼万里奔赴延安的壮举。

1937 年 6 月底，蔡其矫高中毕业会考后，乘船回福建晋江老家。"七七事变"爆发，蔡其矫立即写信与上海暨南大学附中的同学联系，准备回上海参加抗日运动。8 月 13 日，上海"淞沪会战"爆发。蔡其矫立即联络近乡的暨大附中同学，要赴上海参战。两人到了厦门，海上交通因战事断绝，只得返乡。后奉父亲之命，蔡其矫带家人回印尼泗水。因为在上海参加过轰轰烈烈的抗日救亡运动，现在抗战全面爆发，他无法在印尼泗水的洋房和汽车中，过着富家少爷的奢华生活。

1938 年 1 月，蔡其矫不顾家人劝阻，离开印尼泗水，联络几位暨南大学附中的同学，几经辗转，于 5 月到达延安。

到延安后，蔡其矫和几个同学先入抗日军政大学，他们想先通过政治学习和军事训练，再上抗日前线。当时，延安成立了海外工作团，主要任务是到海外进行抗日宣传和募捐。蔡其矫作为归侨被选中。结业后到武汉，后因国民党政府不发护照，海外工作团被解散。组织分配蔡其矫搞秘密工作，他不愿意，总想真刀真枪和日本鬼子干。于是加入河南确山的新四军第四支队。

8月，蔡其矫穿上新四军军装，正准备上前线，实现他的"英雄梦"。没想到，一场急病改变了他的命运。夏天，豫西平原大雨连绵，疟疾流行，他不幸染上该病，发烧到不省人事。当时武汉危急，部队要上大别山，就把他作为病号送回延安。病好了正好遇到鲁迅艺术学院招生，他参加了考试，被录取为文学系第二期学员。从此弃武从文，走上文学道路。

虽然，蔡其矫没有机会上战场与日本兵拼刺刀，但心中的抗日"英雄梦"，并没有消失。1942年春天，他在晋察冀边区的华北联合大学文艺学院文学系当教员。诗人鲁藜来校，讲到晋察冀军区一个新兵与日军军曹"肉搏"的真实故事。蔡其矫听了这个悲壮的故事后，心灵深受巨大震撼，产生强烈共鸣，他心里的"英雄梦"被激活了。借这个听来的肉搏故事，把他一直想上前线与日本鬼子真刀真枪拼搏的"英雄梦"，都移情和灌注到这位新兵的光辉形象中。我军新兵所持的汉阳造步枪，刺刀比日军军曹的三八式步枪刺刀短，肉搏中两把刺刀同时刺入对方的胸膛，为了让日本军曹倒下，我们的勇士，"他猛力把胸膛往前一挺，让敌人的刺刀穿过了背梁，/勇士的刺刀同时深深地刺入敌人的胸膛，/敌人倒下，勇士站立着"。这位无名战士的英雄雕像，永远"站立"在蔡其矫的诗中。

近40年来，《肉搏》被普遍认为是表现抗战时期中华民族英雄精神的杰作。

《肉搏》是蔡其矫受惠特曼影响后写的第一首诗。这要感谢沙可夫，他曾留学法国和苏联，当时参与创办并主持鲁艺工作，任副院长，后来任晋察冀华北联合大学文艺学院院长。1942年在一次行军途中，他把从苏联带回来的英文版《草叶集》推荐给蔡其矫。沙可夫是精通法、俄、英语的著名翻译家。他在上海养病期间，翻译了很多作为人类文化遗产的经典，在《译文》上发表，受到鲁迅的关注和好评。沙可夫深知读外文原著和翻译的重要性。他把英文版的《草叶集》推荐给蔡其矫，帮助他扩大视野，学习世界经典。沙可夫从此把蔡其矫引向广阔的艺术道路，开启了蔡其矫的人类文化视野。惠特曼的《草叶集》，影响了蔡其矫一生的诗歌创作。

青年蔡其矫经历了 10 年战争血与火的考验，几度成为部队中的文职人员。他喜欢自己的军人形象，这也是他"英雄梦"的一种表现。1938 年在鲁艺，穿过残酷的战争环境，他倍加珍惜地保留下一张穿八路军军装的照片。后来，华北联合大学暂时停办，他调到晋察冀军区，当过作战科的军事报道参谋兼战地记者，留下了一张穿军装的照片。20 世纪 50 年代在中央文学研究所任教，曾先后到东海舰队和南海舰队体验生活。他热爱大海，特别喜欢乘坐军舰时那种乘风破浪的感觉。他经常随舰队出海，在碧波万顷的大海上航行；也曾在台风横行的夜里，乘军舰在惊涛骇浪中巡逻，那种与海军官兵一起在狂风巨浪中置生死于不顾的英雄气概，让蔡其矫感到自豪和骄傲。

那时，才 30 多岁的他，喜爱穿上海军军服，戴上有长长飘带的海军帽，在军舰上留影。直到 1997 年，他已经 79 岁了，还选择一张在军舰上的留影，作为《蔡其矫诗选》扉页的照片。他对自己军人英姿和军人气概的喜爱，是因为"英雄梦"永驻心中。

二

蔡其矫的奇特，在于他不仅具有战胜苦难的英雄气概，而且是一位罕见的苦难中的"欢乐英雄"，即所谓的"处浊世而仙"。

蔡其矫有一次笑着告诉我，有一个相学家给他看相，说他的脸上有"三只眼睛、两朵桃花"。"三只眼睛"，说明他看世界的眼光与两只眼睛的常人不同。他在《七十自画像》中这样自白："相学家说他的鼻梁上／隐藏着第三只眼睛／在卧山横波之间／竖着看世界／无遮无挡／一任风吹日晒／既无憎恨／也无泪滴。""两朵桃花"，暗示他一生会不断走桃花运。

相学家说一个人拥有"三只眼睛"和"两朵桃花"，是一种"异相"，我们万不可当真，因为这是不科学的，难以服众，但蔡其矫具有独特的精神内质，却是被他创造的事实证明了的。蔡其矫这一生历经坎坷，前期特别有那么点悲剧色彩。但他不是被动地承受苦难，而是在苦难中积极追求和享受生命的欢乐。也许，这是他"三只眼睛"所必须经历的人生历练。

"生命在于贡献，生命也在于享受。"这是蔡其矫的名言。他是一个具有典型浪漫主义精神和艺术个性的诗人。他把女性作为美的象征，在现实生活中，在旅途中，他遇到美丽的女性，喜欢拍成照片，贴入相册，长久欣赏，作为诗歌创作中美的灵感。在生命的每一个时段，他都不放过任何一次享受生命快乐的机会。他公开提倡"三美"：美文、美女和美食。他这样写道："享受生活情趣的能力，与创作所必需的记忆力，二者相辅相成。享受生活情趣如同榨尽甘蔗的每一滴甜汁，记忆则不但保持已经享受过的甜美，同时又将它炼成更精纯的形式。"①把现实中所体验的快乐，转换成精美的诗歌艺术，这是诗人蔡其矫的独特本领。

蔡其矫因追求爱情而受难，但他不退缩，而是迎风而上。他写下这样的诗句："爱情呀！把你的勇气给我／那种敢于抛弃一切／又为一切所抛弃的果敢／那种为你而忍受万苦千难的明断；／追求使我坚强／为你献出热诚从不疲倦。"（《自由与爱情》）他留下几百首情诗，在当代堪称独步。

蔡其矫的一生，"一再受风暴鞭笞"。经历了"反右"，被批判后划为"内定中右"；因军婚案，被判刑入狱；"文革"中被批斗，关入"牛棚"；后来又作为"三反分子"流放到永安山区……虽然经历了种种苦难，但他很少写苦难，更多的是写生之欢乐。他这样写道："巴乌斯托夫斯基在《金蔷薇》中说，作家都是通过痛苦，宣扬欢乐，颂扬生命的庄严。经过眼泪与痛苦的挣扎，将光明与欢乐带到世上，这就是诗人的任务。"②蔡其矫所认同诗人的这一使命，是他独特的美学思想使然。

"化痛苦为欢乐"的转化条件，是诗人必须具有博大的爱心，才能把自身的痛苦，化为同情他人的泪水。蔡其矫就是这样，坚信人类美好的未来，战胜自己在苦难岁月如影随形的绝望感和虚无感，在"苦难中仍然保持强大而纯洁的想象才能"，并"以完美的呼唤来激荡人类心灵"。要言之，他所追求的是一种"苦难时代的欢乐美学"。

但是自古以来，在我们这个多灾多难的民族，仿佛只能从苦难中吸取创作的灵感，而且苦难与崇高总是相依相随。所以，中国古代诗学提倡："欢愉之辞难工，而穷苦之音易好。"其实，在诗歌艺术的审美创造中，欢愉之词与苦难之音，不仅具有同等的审美价值，也一样的"难工"。蔡其矫的欢愉之辞，不是表现一己欲望，也不是歌功颂德；而是对苦难岁月与强权和邪道相抗争，挣脱了生命的奴性和异化，回归生命本真和对生命快乐的赞美。所以说，蔡其矫的欢乐诗学，具有鲜明而重大的时代内涵。这是蔡其矫创造的一个奇迹，也是我们理解他做人和作诗的关键所在。也许，我们民族所承受的苦难过于沉重，我们很少听到诗人在苦难面前发出欢乐和健康的笑声。所以蔡其矫的"化痛苦为欢乐"的诗学，是对我们民族美学内涵的重要补充和开拓。

蔡其矫的欢乐诗学，并不只是一种独特的美学理论，对于诗人而言，还是一种感官充盈和饱满的审美状态，它凝聚和保存了现实中的温暖的阳光、明亮的色彩和欢乐的笑声，使他的艺术生命充满着审美激情，长达 70 年，其奥秘就在这里。

爱美和爱自由，是蔡其矫诗歌的两大主题。他的诗歌中具有鲜明的唯美倾向，他追求各种各样的美，女性美只是其中的重要部分。他对于艺术美也很喜爱，用诗来表现音乐、绘画的美，如《小泽征尔指挥》《波隆贝斯库圆舞曲》《东山魁夷风景画》《女声二重唱》，还有《飞天之歌》《伊水的美神》，在诗艺上都达到炉火纯青的程度。他对于自然风景美的描绘，如《双虹》《夜泊》《渤海》《夏之风》《冰雪节》，还有抒情诗《风中玫瑰》，都是不可多得的艺术精品。

蔡其矫之所以能成为当代诗歌大家，还在于他对新诗艺术的终生不懈的努力。在漫长的 70 年创作中，他所付出的辛劳，是巨大而惊人的。为了学习，他辛勤译诗。不仅把外国惠特曼、聂鲁达、埃利蒂斯、帕斯的诗翻译成汉语，而且把中国古典诗歌译成现代诗。这种古译今、外译中的工作，持续了蔡其矫的一生，他所下的功夫是当代其他诗人所难以比肩的。同时，他对于以艾青、何其芳为代表的新诗传统的学习，对于新诗发展道路的思考，都有自己长期的坚守，最终得出自己的独特见解。所以，他的诗歌创作建立在中国新诗传统、中国古典诗歌传统和外国诗歌传统这三个诗歌传统的深厚基础之上。

终其一生，蔡其矫都坚持浪漫主义的美学精神，其核心是理想主义、人道主义和自由精神，即对超越现实的美好理想和自由境界的追求。其中，既有19世纪浪漫主义诗人普希金、莱蒙托夫、海涅、惠特曼的影响，又吸收了20世纪浪漫派作家巴乌斯托夫斯基、黑塞的美学思想，还吸收了现实主义对社会的批判精神。在艺术上，吸收和融合了现代派观点和手法（主要是超现实主义的手法）。蔡其矫认为，西方现代主义真正能站住脚的是超现实主义，因为它产生了三位荣获诺贝尔文学奖的大师：聂鲁达、埃利蒂斯和帕斯。他们把超现实主义手法，与本民族文化和诗歌传统相融合③。蔡其矫主要学习和吸收这三位大师的艺术经验并加以融合创新，但又不像他们那样重在写内心世界，而是表现社会和时代。他自称为"新浪漫主义"。

蔡其矫曾经自述："与老一代诗人相比，我大胆采用和吸收西方现代派手法；与青年诗人相比，我又没有割断中国古典诗歌传统。"④蔡其矫的"新浪漫主义"，具有民族性和世界性，在多元诗歌传统基础上，融合多种艺术因子而创造的独树一帜的现代诗，为中国现代诗多维度的发展，提供了一种成功范例。

三

蔡其矫的故乡泉州地区，是一块独特的蔚蓝色乡土。

福建泉州，古称"刺桐"。在宋、元时期，刺桐港已成为世界海洋的一个集散中心，与100多个国家和地区有贸易往来，是沟通东西方"海上丝绸之路"的起点。外国人来此，被称为"南蕃"或"蕃客"，他们与泉州妇女所生的混血后代，称为"半南蕃"。他们一代代地繁衍，从表面上看，其后代也逐渐"汉化"，并最终融入汉族；实际上，两个不同族群、两种不同文化的"异质"，很难完全融合。"混血"和"异质"作为一种文化基因，在"半南蕃"后代的遗传中顽强而神秘地延续下来。这也是造成蔡其矫特立独行的一个重要原因。

蔡其矫的曾祖父，是泉州聚宝横街的航海富商，拥有13艘大帆船，主要从事沿海贸易。蔡其矫的祖母来自泉州新店，母亲来自旧铺。新店和旧铺这一带，原来是宋、元阿拉伯商人的居留地，也是"半南蕃"的出生地。蔡其矫的祖母和母亲，都属于"半南蕃"的后代。这样，蔡其矫也具有"混血"和"异质"的文化基因，因而他拥有一头大波浪的卷发。

蔡其矫的父亲是印尼泗水的华侨富商。在青少年时代，他曾两次往返于故乡与印尼之间，有着长程航海的经验。他天生不会晕船，从小就喜欢航海，与大海结下了不解之缘。蔡其矫9岁随家人到印尼泗水，当时的印尼还是荷兰的殖民地，他作为小华侨，时常受到欺凌。在泗水的海港，他看到的都是外国的军舰和轮船。从小就萌发强烈的心愿：期盼祖国将来也能有强大的舰队和很多轮船，称雄世界。

这是蔡其矫作为小华侨最初的"海洋意识"，影响了他的一生。他后来对海洋产生独特而具有前瞻性的思想，就是从这里发展而来的。换言之，蔡其矫的"海洋意识"，并不是从现成的海洋文化理论中拿来的，而是他独特的身世，在特殊的经历中必然产生的，然后形成海洋诗独特的主题，后来又继承"海是自由象征"的浪漫主义诗歌传统，并且与所处时代内容相结合，不断发展出新的主题，形成多种多样的海洋诗。

1958年，蔡其矫调回福建后，受聂鲁达的影响，写福建的地理、历史和文化。1964年，创作长诗《泉州》，把刺桐港的辉煌历史，和近代从这里走出的华侨到南洋群岛开拓建设，用诗再现出来，开拓了海洋诗的另一个重要主题。

1962年，蔡其矫写下了流传最广传诵最多的代表作《波浪》。它继承了19世纪浪漫主义诗歌"海是自由象征"的主题，但又有很大的发展，他把人道主义思想，和自己的人生经历和情感体验，都融入诗中。并采用拟人化的手法，塑造了爱憎分明的"波浪性子"："对水藻是细语，/对巨风是抗争"，这成为他终生奉行和实践的人格理想。或者说，"波浪性子"，就是蔡其矫最鲜明最独特的性格。

1986年，蔡其矫创作了长诗《海神》。海神，是民族海洋文化的精神象征，是一种"原型意象""种族的记忆"，属于世代相传的民族海洋文化的组成部分。长诗《海神》，把产生于福建莆田湄洲岛的妈祖神话和信仰，转换成诗歌里的海神。地处海路咽喉的湄洲岛，因礁石众多，经常有海难发生。传说中的林默，经常为遇险的船只引航，救人无数。蔡其矫把带着宗教神秘感的女巫救难的神话传说，经过奇异的想象，演绎为"二十八岁的青春形体／在岛上站成心的航标"，塑造了充满爱心、拯救海难的中国海洋女神林默的独特形象。她是中国的和平海神，西方的海神是手拿三叉戟的战神波塞冬。

于是，中国新诗有了自己的"海神"形象。

80岁以后的蔡其矫，并没有放下笔，而是向着更大更高的艺术目标冲刺：写中国古代海洋历史诗系列。在很长一段历史时期，中国学者普遍认为，中国历史上有航海活动，但没有海洋文化。所以，中国要走向世界，必须伸开双臂迎接西方蔚蓝色的海洋文化。其实，这是一种重大的误解。由于蔡其矫有童年在荷兰殖民地印尼侨居的经历，早早就体验了在西方殖民者统治下生存的屈辱和痛苦。所以，他清醒地认识到西方蔚蓝色海洋文化的二重性。

1992年，他对自己的海洋理论做了如下宏观概括："西方古代的地中海，海神是拿三叉戟的战神，那里只有征服、攻占、屠杀和惨败；近代的大西洋，更是贩奴、海盗、争霸权的海战和对亚洲美洲殖民地的血腥掠夺。而东方的太平洋，古代和近代，都是和平的海洋。太平洋西部的中国海，从古以来就是传说中神仙的居所，后来被奉为海神的，是一个二十八岁的处女林默，人民尊她为妈祖，一心只在海上救难，哪里有死亡的危机，她就出现在哪里。东方的海，是反抗专制统治的仁人义士的避难所（徐福和田横），是对抗官僚管制的民间贸易通道（林凤和郑芝龙），即便明代郑和七次下西洋，率领的也是和平友好的舰队。东西洋差别，就是这样大，作家写海，不能不看到这个根本的性质。"⑤

蔡其矫认为，在中国传统文化中，占主导地位的虽然是内陆文化的黄土地色彩，但不是没有蔚蓝色，中国古代辉煌的航海历史和地域性的海洋文化，是被历史尘封和遗忘了。因为古代中国从来没有像西方海洋国家那样，把航海家当作民族英雄来崇拜。历代的士大夫，都不重视，也不懂得海洋。中国史书对历史上曾经辉煌的海洋历史，也很少记载，史料奇缺。所以，蔡其矫要写中国海洋历史诗系列，在诗中重建中国的海洋历史和海洋文化。

晚年的蔡其矫曾经对我说：虽然老了，但心还是很大的。他为此准备了数十年：不仅走遍了中国的万里海疆，而且阅读了大量海洋历史文化书籍。在实地考察和史料考证中，一处一处地重访、一点一点地发现、一条一条地积累。直到年过八旬，才开始动笔。

在《郑和航海》《海上丝路》《徐福东渡》等诗中，蔡其矫就是从中西海洋文化比较的大视野中，写出中国海洋的历史，和海洋文化的民族性。这三首长诗，不仅展示了我们早已遗忘了的中国古代航海历史的辉煌，而且指出在西方殖民者入侵之前，中国的航海就已经居世界首位，但一直是和平的海。因为中国古代的海洋文化，源于道家思想，徐福"信奉老子学说／无为、无名、无私欲"，这是一个重大的文化发现。中国海洋文化的民族性，不仅是对以征服和掠夺为目的的西方海洋文化的一种互补，而且是对人类海洋文化的一种贡献。

蔡其矫还写了《闽粤海商——泉、漳、潮海盗》《蒲寿庚——泉州一段史实》。在他计划写作的中国海洋历史诗系列中，还有郑成功家族海上外贸，和中国海洋权的失落等。如果全部完成，这将是新诗史上第一部展示中国海洋历史和中国海洋文化的诗集。在新诗百年进程中，还没有一个诗人有着如此宏大的视野和理想，终其一生关注和表现海洋，把中国海洋与民族复兴紧紧地连在一起，海洋文化是他诗歌的特质。

遗憾的是，如果从艺术层面看，蔡其矫中国海洋历史诗系列未能达到他预期的审美目标。蔡其矫动笔写时，已经80多岁了，想象力和激情已经消退了，主要是以海洋史料的叙述为主。没能创造出新诗的郑和和徐福的形象，以及新的叙述诗体。

虽然蔡其矫的中国海洋历史诗系列，艺术上创新不够，审美价值不高，但仍具有较高的文化价值。这几首长诗，梳理出被中国人长期遗忘的中国古代和近代海洋历史，以及对中西海洋文化本质的比较，能帮助当代的读者重新了解和认识中国古代海洋历史的辉煌，和中西方海洋文化的根本性差异，更深刻地认识到"海洋文化与民族复兴"的重要关系。当中国从闭关锁国，走向改革开放，原来被视为"异类"的海洋文化，也发生了根本性的转型，成为21世纪中华民族文化复兴的重要内容之一。

蔡其矫认为，21世纪是海洋的世纪，中国的希望在海洋，不关心海洋的民族，是没有希望的民族，因为世界正在进入"环太平洋时代"⑥。中国作为新兴的"海洋大国"正在崛起。在当前正在实施的"一带一路"国家倡议背景下，我们才会逐渐明白：蔡其矫是第一个具有前瞻性的海洋诗人，他对海洋的认识远远地走在我们的前面；明白这些，我们才能理解他为什么自称是"海的子民"，为什么他的诗是"波浪的诗魂"。

四

蔡其矫70年的诗歌创作生涯，有众多的独创性。比如，独特的"苦难时代的欢乐诗学"，他所提倡的"波浪性子"的理想人格；他在诗中所塑造的中国和平女性海神，和充满爱心的伊水美神；他笔下重新描绘的中国古代和近代的文化人物群像……要言之，蔡诗最重要的价值和意义，就是增加和弥补了中国诗歌和中国文化中所缺少的某些内涵。

2002年，他在八卷本《蔡其矫诗歌回廊》的自序中，回顾所走过的人生道路和诗歌创作历程，这样写道："从英雄到海洋，从海洋到英雄，从热爱大自然到热爱一切人，也和回廊一样，分不清开始和结束。"

这位有着一头波浪卷发的诗人，他那传奇的一生也如波浪一样汹涌澎湃。正如牛汉先生所说："他的人与诗显示出的魅力是非凡的。"⑦

注释：

①蔡其矫：《我的诗观》，《蔡其矫诗歌回廊》之八《诗的双轨》，海峡文艺出版社2002年版，第3页。

②同上，第4页。

③1994年8月15日，蔡其矫在福建省文联寓所与笔者的访谈，邱景华《海的子民——蔡其矫年谱新编》，海峡文艺出版社2022年版，第378页。

④1995年6月13日，蔡其矫在福建省文联寓所接受笔者访谈。

⑤蔡其矫：《女性的海》，《星星诗刊》1992年4月号。

⑥2003 年 10 月 5 日，蔡其矫在福建省文联寓所接受笔者访谈。

⑦2001 年 11 月 8 日，牛汉给邱景华的信。参见邱景华《波浪的诗魂——蔡其矫论》，海峡文艺出版社 2018 年版，第 396 页。

附录：

蔡其矫诗歌十首（诗歌内容略）

《肉搏》《兵车在急雨中前进》《船家女儿》《波浪》《祈求》《小泽征尔指挥》《竹林里》《距离》《海神》《在西藏》

《当代·诗歌》2024 年第 1 期"致敬"栏目编前语

刘立云

无论作为军人还是作为军旅诗人，几十年后面对蔡其矫，我都必须五指并拢，拇指贴于食指的第二道关节，郑重地把手举起来，向他致以军礼。

这是一种仪式，一种战士的最高礼节。

一点儿都不夸张，我是读着蔡其矫的《肉搏》成长的。在学诗的年代，我反复被他这首诗震撼，被他这首诗吸引和激荡；我抄过，背过，模仿过。此后几十年，说得上铭刻在脑子里，融化在血液中。直到今天我仍然认为，这是中国最纯正最有血性的一首军旅诗。不可复制，也不可再生。因为复制和再生的年代过去了，永永远远过去了。但那种血性将永存，那种气吞山河的胆气和豪情将永存。

蔡其矫是福建泉州特有的"半南蕃"的后代。这是一个罕见的族群，血管里流淌着航海民族的剽悍血液，性格热烈、狂放、旷达、狷介，具有强烈的英雄情结。20 世纪 30 年代，这个热烈、狂放、旷达、狷介的人，以爱国华侨的名义，毅然决然地回国抗日，从东南亚穿过弹火横飞的一个个战场，直奔延安。从此，他用诗歌为中华民族抗击强暴的这场伟大战争摇旗呐喊，写出了一批包括《肉搏》在内的铁血之作。在我们经过艰苦卓绝的流血牺牲迎来的和平年代，他依然剑胆琴心，"把吴钩看了，栏干拍遍"，继续沉浸在他的英雄梦里。他留下的诗篇、故事和美谈，至今仍为他的朋友和追随者们津津乐道。

邱景华这篇《蔡其矫：从英雄到海洋》的致敬文字，史料翔实，情感朴素而细腻，既中规中矩又惟妙惟肖地记述了他如火如茶的诗意人生，同时追根溯源，体察入微，对他取得的诗歌成就进行了比较深入的剖析和探讨，提出了令人信服的见解。读完这些文字，闭目遐想，你将看到一位剑客飘然远去，一路弹铗而歌。

（原载《当代·诗歌》2024 年第 1 期）

（邱景华，福建省宁德市高级中学图书馆原馆长、副研究馆员。中国文艺评论家协会会员、福建省文艺评论家协会常务理事。已在中国诗歌网和《诗探索》《诗刊》《名作欣赏》《星星》《南方文坛》《中国当代文学史料》《新文学史料》《当代·诗歌》《诗选刊》等报刊发表文学评论 100 多篇。著有《蔡其矫年谱》《海的子民——蔡其矫年谱新篇》《波浪的诗魂——蔡其矫论》《在虚构的世界里》《诗从细读开始》等。）

紫帽，奏响海丝复兴的恢宏乐章

张钦钟

春风浩荡，掀起万顷浪潮
大海的故乡，奏响波澜壮阔的乐章
紫帽山如一枚方印，在晋商浩瀚的版图
盖上爱拼才会赢的签章

犹如皇冠上的钻石闪亮
遥想当年，去往南洋的商轮竞渡如织
产业报国是紫帽儿女出征的夙愿
涛声阵阵，从此后浪推着前浪
碧波锦绣，一浪高过一浪

红砖石墙掩映的古厝
拨浪鼓声声，那是满心的欢喜
鱼虾蟹贝登陆的码头
闽南语句句，尽是生活的憧憬
好男儿从不贪享奢逸
水女子更顶起半边天

月亮照耀历史的天空，千帆竞渡
是时代弄潮儿永不言弃的誓言

在海丝之路的起点，紫帽以冲刺之姿

辉映中华民族伟大复兴

成为恢宏交响里的最强音

（张钦钟，笔名青中，福建大田县人。福建省作家协会会员，中国诗歌学会会员。作品散见于《诗刊》《散文》《诗歌月刊》《福建文学》《安徽文学》《广西文学》和《诗收获》等报刊。著有诗集《沸腾的蔚蓝》。）

在紫帽，抵近美的所在

马倩倩

像诗人那样书写
时间是白色的马
如果奔跑，三月的疆域瞬间变成广袤的草野
阳光充足，雨量充沛
这是美好的气候，也是灿烂的诗意

我漫行，在紫帽
聆听紫溪动人的水声，曦光照彻大地的刹那
我们采摘果子，耕种田畴
我们站在凌霄塔上眺望，那远方充满了理想的光芒
哦，大海澎湃，人间葱茏
创造一个新的高度，续写一段新的传奇
在紫帽，每一叠浪波都昂首挺胸
每一帧画页都充盈诗情

把鸟的歌声系在枝头
把画卷打开，紫帽啊，再启人间新一程锦绣
以奋斗的毅力之举，燃烧内核的激情
抑或以光阴的广度延伸叹词，不断超迈太阳的传奇
在这片镶嵌梦想的地方，种植诗的种子

感知紫帽的风情，新风，新物，新韵

我沉浸在漫漶的风清气爽里

怀抱辽阔的温情，拉低碧霄，贴伏着葳蕤苍郁

在微妙的点画之间，宏大日子的浪漫

显露着一切事物的美好

（马倩倩，女。有诗歌作品30多首发表在《诗刊》《映山红》等期刊。）

以吹过紫帽山的风，融入一座城

叶燕兰

以吹过紫帽山间的风，那样的柔与刚
融入这座城，这片火热包容的土地

柔啊，如同两个陷入爱情的人，脚步轻快
走在蜿蜒含蓄的山道，花香竞放，泉水叮当
试图从彼此眼眶寻找更多，掩藏于山坡、胸怀
姿态不一的"心"形凿刻

刚呵，就像伫立紫湖畔的龙眼树、榕树、木麻黄
抽出枝干般的苍郁大手，试图拦截更适宜生长的阳光、空气
也幻想反身用力环抱天空，覆顶的一朵理想化的紫云

此间湖水荡漾，如同最干净的映射，与追求
替跃动的心说出，爱上一个人的透彻与深情
替热烈生活的人群涌动，深耕一座城的内敛，与沉静

你好啊，柔的美好，日出时刻的"紫帽凌霄"
有人站在果实沉甸的龙眼树下，以枝头鸟鸣
与你无声对话，内心就形成一小片自洽
完整的天空，可供鸿鹄奋力展翅

也允许栖息的燕雀，衔来绵软的泥
树枝，干草，和汁液心血
把一片心安的角落，筑成一个温暖的家

你好呵，刚的力量，夕光中霎时亮起的村镇灯火
我随散步者沿林间路返回，身上将葆有青草
茂盛不息的品格
穿过公园福道，文体中心，夜市街巷……
融入安居乐业的人群，一张张生动流光的脸庞
往来顾盼仿佛一株株，趋光向阳的藤蔓植物
遇见了迎风高树，就停靠绽放美丽摇曳的小花
那时我和他们也仿佛，等待未来目光丈量的
高大刺桐，扎根了属于自己的独立位置
就洒下汗水，雨露，和泪水
编织成浓厚又坚定的绿荫。这时我们——
更是独一又联结的个体，一个个头顶星光，胸怀大海的
新晋江人，以亦舞亦旋的脚步、姿态
唱跳出脚踏实地、敢拼会赢的时代律动
以草木拔节的内在速度，奔赴下一个春天

（叶燕兰，1987 年生于福建德化，现居晋江。著有诗集《爱与愧疚》。作品散见于《诗刊》《星星诗刊》《江南诗》《草原》《福建文学》等。参加诗刊社第 37 届青春诗会，获《诗刊》2021 年度青年诗人奖、第六届刘伯温诗歌奖提名奖、福建省优秀文学作品奖等。）

在紫帽读诗

祝宝玉

曦，是光的一种色调
染在紫溪上，变成浅浅淡淡的诗
风的吹拂，就是风的朗读
清晨的宁静时光里，每一次转音都含蓄
凝结为香氲的词粒

紫帽山的石阶，是一层层地向上表达
诗，是生活必需的点缀
提供适时的转译
或书写，一座小镇的浪漫史。在登山的途中，我们邂逅
我们错过，我们忘记

新的美感诞生
那些读过的诗句，那一次紧张的呼吸
那眼眸里绵柔的爱意和倾慕
被一爿树影遮蔽，所有的当年都变成朦胧的仿佛
如果可以，我要捡拾日落的光线

改造它们，在我的诗句里
一根经线，一根纬线，穿插交织，紫帽的诗意

读，是一种生活方式
我的眺望遇风而长，在一千里之外，落在你的身上
并不断地蜕化

（祝宝玉，1986 年生，安徽省作家协会会员，中国诗歌学会会员。有作品
发表在《诗刊》《诗选刊》《骏马》《星星诗刊》《作品》《安徽文学》等期刊。）

大美紫帽，美丽晋江的时代剪影

姜利晓

翻阅紫帽厚重的史料典籍

家庙、石刻、寺庙等遗存遗址

都是你无法被复制和粘贴的美与魅

走进其中，仿佛瞬间就为你开启一扇时空之门

门里，是这紫帽那渐行渐远的历史

风吹过这紫帽古建的屋檐

会涤荡着多少个荡气回肠的故事

走进古典的紫帽啊

总会有一缕古色古香的韵味儿

与你如影随形，古韵紫帽啊

你是一卷泛黄的画，你是一部水月的诗

走进新时代，紫帽的发展

始终坚持"生态优先，绿色发展"的道路

于是，这紫帽的碧水

都是一面面澄澈的镜子

都是一截截波光粼粼的时光

它们母性的流淌与滋养，成就了

这紫帽的沃野千里五谷丰登

也描绘出这紫帽的生态画境，你看

绿水澄澈花红柳绿鸟语花香

于是，一条条一片片的紫帽碧水啊

就是一处立体的风景长廊

当你在这里竖起耳朵聆听时

那婉转悠扬的鸟鸣声，就是对这紫帽生态美

醉美的歌咏

以这蔡其矫故居等人文景观

书写着你的人文厚，以这紫帽山、紫湖等风景

抒情着你的生态美，以这陶瓷建材、针织服装、旅游等产业

演绎着你的经济强，以这紫帽人民的笑脸

抒发着你的百姓富，一个宜居宜业宜商宜游的紫帽啊

就以自己的风姿风采，伫立在这紫帽大地之上

大美紫帽，美丽晋江的时代剪影

只需一眼，就能为你定情下我们的一生一世

从此，心甘情愿与你朝夕相伴风雨同舟

一起用奋斗的手脚之笔和梦想与汗水之墨

去书写下属于我们共同的未来辉煌新篇章

（姜利晓，在《星星诗刊》《中国诗人》《散文诗世界》《牡丹》《火花》《中国散文家》《五月风》《佛山文艺》《中国文化报》《解放军报》《安徽日报》《内蒙古日报》《羊城晚报》《新安晚报》等报刊发表各类作品 2000 余篇。）

富美紫帽啊，让时代剪影之光醉美闪烁

路　琳

赞美与抒情这紫帽之美之魅
我以一束"晋江时代剪影"之光的名义
刻印在这晋江的封面上
是时代繁华的靓丽代言，书写进这晋江的辉煌诗章里
是这时代风流的平平仄仄
铺展开这紫帽的 20.42 平方公里的巨大宣纸
每一双紫帽人民的手脚，都是书写辉煌诗章的笔
每一滴紫帽人民的血汗，都是书写辉煌诗章的墨
你看，那目光里的一条条纵横捭阖的如网道路
在用自己的方式，勾勒出这紫帽的未来新蓝图
你看，那目光里的一座座鳞次栉比的高楼大厦
在用自己的方式，挺拔起这紫帽的盛世新风骨

地处晋江市西北部的紫帽镇啊
从古至今，都是一处难得的福地沃土
翻阅这晋江的史料典籍，这紫帽的璀璨人文等
都是它那不可复制的美与魅
还有这"全国综合实力千强镇"的荣誉
更是书写与镌刻下它的唯美与富足
当普普通通的存在，遇见这紫帽的福地

就能瞬间演化出无尽的神奇

它们集体用这点"梦想"成金的演绎

叙述与抒情着自己对这片紫帽大地

那深深的情义

生态文明思想，在这紫帽人世间

点化出这紫帽山、紫湖等生态风光

打造出自己的诗情画意，不仅仅适合

一只只飞鸟的安家与啁啾

还适合一个个爱美人在这里安居乐业

生态的美学，在这里以这紫帽山水的方式

醉美布局与风流演绎，你听你听

那每一个晨曦里，这紫帽人民

都会被婉转悠扬的鸟鸣声，轻轻喊醒

在紫帽啊，生态美不再只是修辞而已

那是一幅幅立体的生态画卷

那更是这紫帽人民那一截截寻常的美好时光

是啊，写下这紫帽之美之魅

写下这幅立体的时代剪影

要从多少个方面，才能将你给唯美演绎和完美诠释呢

紫帽啊，你的美，是梦想成真的演绎之美

是紫帽山水的绿色生态之美

是这蔡其矫等的厚重人文之美

是这紫帽风景和桃源意境打造出的安逸安静之美

更是这紫帽梦想照进现实的繁华之美……

紫帽啊，其实你就是一个美美与共的综合体

更是这晋江时代剪影之光的立体演绎

走进新时代，这紫帽啊

更是迎来了自己的新机遇

在这"晋江经验"的指引下

布局自己醉美的辉煌未来

当梦想成真，当辉煌重演

一个富与美的紫帽啊

就是一颗璀璨的明珠，就是一幅时代的剪影

以盛世之光的名义，在这晋江大地上唯美镶嵌

更在这紫帽人心中，熠熠生辉光彩夺目

(路琳，在《上海诗人》《中国诗人》《星火》《奔流》《奎屯文学》《乡村振兴》《牡丹》《宁夏日报》《华西都市报》等报刊发表各类作品 1000 余篇。)

紫帽辞，或锦绣繁华的抒情

姜利威

顺着一缕缕鸟语花香的导引
我轻轻松松地进入这紫帽的画境里
眼前的一切，都用自己惊艳的美与魅
刷新着我对这座紫帽镇的认知
你是一幅立体的山水画，你是一部繁华的史诗
目光里的触碰，心灵里的感悟
都让诗情画意，顺着目光在你的心窝窝里
一望无际地一个劲儿地汹涌澎湃

凝视与品读这紫帽的时代之美
那一座座鳞次栉比的高楼大厦
总是醉美的挺拔，与最伟岸的风骨
想象着这紫帽的璀璨辉煌的美好未来
这紫帽的一条条纵横捭阖的如网道路
总是最精准的连通，与醉美的新蓝图

以古村落、古石刻、古寺庙等为代表的厚重人文
与这丰富多彩的地域文化等
一起充盈着这紫帽的丰富内涵
也一起厚实着这紫帽的沧桑历史

它们集体以这一缕缕的古色古香

抒情着这紫帽之美，当然除了这一缕古意

还有着这绿色的生态美一样，也是这紫帽的一抹底色

萃取出这蔡其矫诗歌精神的养分

和以厚重人文打造出的别样文化自信

都是这紫帽人民那价值连城的精神财富

在这紫帽人民的精神与文化的基因里

它们都有着最最大气磅礴的恢宏演绎与抒情

昔日的那些梦想的种子

在这片紫帽的福地沃土之上

早已生根发芽开花结果

那是梦想照进现实的一次次蝶变

和一次次蝶变由量变到质变的伟岸崛起

将一处原本贫瘠的土地

点化成一处锦绣繁华的所在

那就是这紫帽人民最引以为傲的抒情

紫帽辞，或锦绣繁华的抒情

从这字里行间的吟哦与平仄里

我们听到的是一个地域一万多声心跳

与这一万多个梦想的同频共振

这些激荡的音符里，每一个都驮着一个梦想

在不断飞升，飞升

（姜利威，在《诗潮》《中国诗人》《散文诗》《新华文学》《大地文学》《佛山文艺》《葡萄园》《中国国土资源报》《河南日报》《内蒙古日报》《湖北日报》《海南日报》《大河报》《泉州晚报》等报刊发表各类作品1000余篇。）

多彩紫帽的别样诗记与抒情

路志清

1

写下这紫帽的绿色
那是生态文明思想的神奇点化
那是"生态优先，绿色发展"之路
通达的"诗与远方"，那是"绿水青山就是金山银山"
一次次照进现实的辉煌叙事

写下这紫帽的绿色
是一座座青山的绿，是一条条碧水的绿
是一双双目光的绿，更是一颗颗心灵的绿
在紫帽，绿是这里的一株株茂盛草木
绿是这里的一片片澄碧流水
绿是这里的生态底蕴，绿
更是这紫帽的璀璨辉煌未来

2

写下这紫帽的新色

那是创新的新，那是科技的新
那是思想的新，那是蝶变的新
那是这紫帽被一次次刷新的新……

新新的紫帽啊，总是在时尚地引领
创新陶瓷，五金机械等等
都是你崭新的表现形式和抒情方式
"路漫漫其修远兮，吾将上下而求索"
有了新，这紫帽的蝶变就会永不停歇
为了新，这紫帽人民那勇毅前行的步伐和身影
就会一直在那追梦的新征程之上

3

写下这紫帽的金色
那是点"梦想和产业"成金的金
那是财富与繁华的金
那是大地被梦想鎏金的金……

将一个个紫帽梦想
一次次地照进现实，就是这紫帽的
那日新月异的蝶变，用一次次的繁华蝶变
堆积起来的就是这紫帽的伟岸高度
和它的崛起，金色的紫帽啊
就是一幅醉美的时代剪影，在这晋江大地上领衔
也为这晋江的时代风采和大美气象，而醉美代言

(路志清，在《佛山文艺》《北方作家》《奎屯文学》《葡萄园》《牡丹》《小小

说月刊》《文苑·经典美文》《中华文学》《大地文学》《工人日报》《农民日报》《中国纪检监察报》《中国文化报》《中国质量报》《扬子晚报》等报刊发表各类作品 600 余篇。)

在紫帽，读懂乡村振兴的密码

郭　菲

我。油菜花。耳畔的清唱。还有
紫帽湖畔采下的龙眼及昨夜喜酒的余温
带着绿意的细雨，星星点点洒下
在天地之间，编制出
一幅摄人心魄的水墨丹青画

在紫帽，我看见
处处是鳞次栉比的房子
处处是绿意盎然的村庄
还有呼啸而过的动车
怡然自得的人们
他们说：包顿饺子吧
迎接远道而来的你
吃好了，娃儿去打篮球
我们去逛商场
爷爷去看高甲戏

这是崭新的紫帽
乘着党的十八大东风策马扬鞭
学校，卫生院，文体活动中心……

或拔地而起

或旧貌换新颜

窗明几净，绿水青山

云蒸霞蔚，晨钟暮鼓

还有对酒当歌的汉子

舒袖曼舞的姑娘

日日皆生机，处处皆盎然

紫帽，紫湖，紫溪，紫星……

"紫"是尊贵，亦是浪漫

在伟大的国度，人们以主人翁的姿态尊贵着

而一场跨世纪的浪漫

将破碎的山河重整

将苟且的生活点亮

巨轮还在远征，星辰大海

在这段叫作"乡村振兴"的旅途

不忘载起末端平凡的你我

而我不过紫帽匆匆的过客

为何生出家乡的归属感？

我在记忆里寻找

儿时关于"幸福"的想象

一瞬间，已读懂这片土地的密码

（郭菲，四川省作家协会会员。1981年生于四川乐山，2010年开始文学创作，先后出版有《蚁族救赎》《我在印度的701天》《寻找支格阿尔》等文学专著，并在《中印对话》《特别关注》《沫若书院》等杂志发表多篇文学作品。）

九歌：紫帽镇写意

孟甲龙

1

归去来兮！古老的石头与佛较劲

禅音穿破听众的耳朵

落红沦为传说的底色，过客用趾骨认领万物

半根钓线串起唐宋明清

灵兽依摩崖小憩，肩膀挂几轮朝阳

像挺起腰杆的道士

脸谱画满沉浮的世相——草木晃动的身影发出蚀心的警示

据说，"紫帽凌霄"归属诗人的意念

似香火般诡谲，说服长寿僧侣为飞瀑破戒

2

日啖荔枝九百颗，直到犬吠消失在紫帽镇

失聪的虫，躲进月光下的杨梅林

猎手"用雾巾遮住颜脸，向江上洒下斑斑红泪" ①

染透黄昏的幕布，为泉州湾添釉

花岗岩的野性很突兀，像蔡先生的硬笔

为苍生写意，为船夫镀金

疗养万里归途的风尘，先生的步履未停

沿时代之潮逆驶，"宁做沥血歌唱的鸟，不做沉默无声的鱼"②

牧场为落日兜底，紫帽山已成父辈的荣耀

3

诗人怜爱花叶草木，卧榻摆香炉

紫气飘过紫帽山

市井本是围城，信仰应如自由的绿波，顺崖壁生长

医好一首诗的顽疾，救赎人间春天

紫云覆顶，蚂蚁在山中修真

除掉妄想与贪欲

卧在宋宁宗的屐痕，观天地和来往的贵族、黎民

踩着叶堆触碰穹顶，断开佩刀

一半用于回礼，一半用于镂刻

4

登紫帽山，铜镜放大泪眸中的情殇

我被形而上的山水感化，解开眉间凝固的疑问——

那些隆重的浪花、绿植、鸟巢

裹着岁月的包浆，逼年轮显真身

石雕有超越历史的隐喻

——我的目的并非还愿，而是倾诉

碧波淘洗无名氏的倦意，谁敢碰一条鱼的逆鳞

垂钓是传统的受降仪式，尖木硌疼手掌

怎样告别紫帽山，才算凯旋？

注释：

①②出自当代著名诗人蔡其矫的《雾中汉水》《川江号子》。

(孟甲龙，甘肃兰州人，有作品发表于《诗刊》《诗选刊》《散文诗》《诗潮》《星星》《鹿鸣》《扬子江诗刊》《山东诗人》《散文诗世界》等杂志，参加第18、20届全国散文诗笔会，出版诗集《秦淮河女人》。)

紫帽之诗

张泽雄

一个完美的锥体置于八闽大地
在有限的海拔之上
安放天地之间不息的灵光。紫气被云雾挟持
以冠覆于山顶，曰紫帽
成为晋江地理意义上的极峰

峭岩扶起水中凌霄的倒影
风取走石刻上的指纹，留下一张张脸
替我们扼守。一阵阵云烟
在头顶改朝换代，帝王赐予的传说
只剩下一个，空荡荡的洞口

草莽易帜，带走了季节的冠巾
转瞬又沉溺于某面山坡。草木鸟虫与风
才是一座山笃定的子民
修仙的人一动不动，钟鼓声外
暮色与晨光互为表里
偌大的道场，离尘世不远

歇山顶下的红砖紫星

藏起籍贯和姓氏，走出山野空旷的背影
大雁又来彩排分行，我们姗姗来迟
云雾替紫帽山
早已写下遍地诗章

请把我一个人留在歇山顶下的须弥座上
等千年紫星
从紫云中落定，在梦里散开
——那不是山水残片和时光碎屑
它们是晋江，世代紫帽人
精心制作的山水画廊，与时光博物馆

紫光环顶萦绕，带给我们福祉
恩泽和荫庇。祖厝家庙
古寺、佛石刻、古建遗址……八闽文脉
汇聚于紫星天穹，仿佛在穿越
一座时光机

在紫湖郊野，无数口袋公园
公共空间，在提升生态环境和慢生活品质
提质、智能、高端，这根链条上
所有特色产业
都在交出新的答卷

时间被指针牵引
紫帽人一只手守护山水星脉
这一老天、祖宗的遗产。另一只手抓住
日子的每一条隙缝和线索

在这块广袤又逼仄的土地上，没有停止

给古寺妆佛，替宗祠描金

为晋江提速

给祖国添砖加瓦

（张泽雄，中国作家协会会员，现居福建晋江。作品发表于《诗刊》《星星》《诗潮》《散文诗》《福建文学》《长江文艺》《滇池》等刊。获 2012 年《诗刊》全国诗歌大赛二等奖、2014 年《诗歌月刊》世界华语爱情诗大赛特等奖、2018 年首届全国绿风诗歌奖二等奖、2020 年首届汨罗文学奖现代诗九章奖、2023 年福建"劳动最美丽"诗歌一等奖、2023 年首届中国·郧西七夕文学奖金奖等奖项。长诗《汉于此水》入选中国作家协会定点深入生活项目。出版诗集《用它的读音去注册》等。)

紫帽山抒怀

邢海珍

紫云覆顶，紫气东来
一座紫帽山
为晋江为祖国加冕
把怀念的心、致敬的心
刻在活着的石头上

500万海内外晋江人眼中，蓝天
多么高远，那是理想飞天的天
青山、紫帽，梦的颜色
森林的雄姿耸立一方
擎天之力来自山的精神

南国的风，吹绿大地
芭蕉树擎天，木棉花向阳
牵挂的日子，思乡的人
紫帽山展开辽阔的风景
一首诗在心中，收藏爱与美好

我爱泉州，紫帽是故土的情怀
我爱晋江，紫帽是乡愁的境界

对于满含深情的人来说
山自是点睛之笔
激活不断叠加的暮色与晨光

穿云破雾，履历中是自己的路
化风烟为曙色与希冀
深藏年龄的鼎鼎大名

我在海天的气象中沉醉
误以为山形已是年华的载体
紫云覆顶，有一颗度化众生的心
那是紫帽山，永远比我年轻

（邢海珍，黑龙江海伦人，中国作家协会会员。曾在《诗刊》等报刊发表诗作。曾获黑龙江省文艺奖等奖项。）

紫帽山行

丁小平

秋日的紫帽山有邀，如期前往
华丽的辞藻随行，鸟鸣
一边介绍沿路的风景，一边
把余晖递给尚未落尽的枝叶
节奏可以缓，可以慢
也可以随落差不大的飞瀑
声声回荡的清脆，驱散沉闷气
一步一个措辞，均从山石中溢出
捡拾够不着的野果和跳跃不停的小羽翅
是秋风专属的技艺

林荫依然密集，秋风的删减速度
有些许的慢，走在蜿蜒的石道
身上落满正在退隐的姓名——
或香樟，或小叶榕，菩提也挺直腰身
在紫帽山中，做一回主人
顺着山势，推一轮斜阳上山
紫云浮在山巅，等金色的光芒
给自己加冕，紫帽山在作深呼吸
慢慢西斜的玉盘，遗留一山的清凉

作为人间偶得的佳句

（丁小平，中国诗歌学会会员，湖南省作家协会会员。有作品发表于《星星》《诗潮》《散文诗》《中国诗歌地理》《长江文艺》《浙江诗人》《上海文学》《骏马》《文学港》等数十种报刊，近些年获中国作协、《诗刊》、《星星诗刊》、《诗歌月报》、中国诗歌网等举办的全国征文奖项 150 余个，数次获特等奖或一等奖。）

紫帽山上独坐

杨金中

在紫帽山上，我独坐良久
想象自己
成了山的一部分

道路盘曲，像隐入尘烟的线索
两侧崖壁峭立，作为大地的肩胛骨

山风吹动凌霄台，散漫的鬓角
附生草木沙沙作响
送来地球古老的问候

一天行进到一半
世界呈现出微妙的平衡
阳光垂直照耀着人间
让生活的阴影
匿于无形，内心再没有倾斜的夹角

在山顶
我检视身体里辽阔的山河
借着挺立的海拔，矫正劳损的

坐骨神经

像一只悠闲的山雀
按下匆忙的暂停键
以此消解，形同陀螺的半生

（杨金中，福建泉州人。诗作散见于《诗刊》《星星》《诗潮》《北京文学》《福建文学》《台港文学选刊》《诗探索》等文学期刊。入选《中国年度诗歌精选》《中国新诗年鉴卷》《青年诗歌年鉴》《天天诗历》等选本。）

紫帽山：在诗意的葳蕤中书写人间

白瀚水

一场梦。一座山。一首诗
她说：那是一个人必须经历的旅途
她说：那是一场关于晋江的梦

紫帽凌霄的奇观，在她的诗里
是一段，由草木和蝴蝶编织的梦境
而人间在她的诗里
是草叶上滚动的露珠

很小的露珠。很大的宇宙。很辽阔的人生
几个字，淋漓尽致
万里无云的苍穹倒影在其中，有风来
便有游子归乡

那些在泥土里长高的植物，也在泥土里
撒下思念的种子
她说：只要有一场雨，再微小的灵魂
也能长成大树

她说：一坛酒的芬芳，总是藏着远方亲人

长久对回眸

她说：只要一醉，阳光就可以在山中

驻足很久，成为树叶罅隙里

回忆的诗行

在紫帽山，在她的诗里，每一个名字都是

值得尊敬的灵魂

而一个普通的中年人

在山上的途中，只要读到她的诗

就一定会，把她珍藏一生

她说：梦里的晋江，有一座山

光阴并不真实

而我在一束晨曦里，等待从夜晚归来的鸟

她说：只要取出这些年

我们的记忆

人生的陡峭，就会与紫帽山交融，落笔成葳蕤的人间

（白瀚水，原名张俊，生于20世纪70年代末，现居大连。作品散见于《中国青年报》《中国青年作家报》《诗刊》《星星》《诗林》《芳草》《解放军文艺》《扬子江诗刊》《飞天》《青春》等报刊。）

我站在您的山巅久立

陈要跃

我站在您的山巅深呼吸，
涟漪荡漾着依恋的内心
与您脚下的碧海对接。
襟抱已开的情怀装进您的容颜，
准备别离，却又久久伫立。

想轻轻摘下您的紫帽，
戴在自己贫瘠的头上作纪念；
可是太高，太远，太大，
只好极目驰骋欣赏您遮天的帽眉。
突然，还是踮脚飞跳，伸肢展掌，
想抚摸一下那紫色的魔术贴再走，
手掌已经与您的帽檐重合了，
绒绒的，暖暖的，浸透到了心底。

好在灵魂间有通感，
我们天人相合、相悦。
您聚集天地之精华和灵气，
我欣赏您的紫气与魅力。
于是架起相机与您合影，

咔嚓，我是您的背景，

您在我头上和心中飘逸；

咔嚓，您是我的风景，

我把您永远地，珍藏在梦里……

一步一回头地与您道别，

山巅、凌霄塔、翠谷、碧湖……

都在心中依依不舍地，

响起悠扬婉转的南音：

再见，有空常见，不是永别：

动车在紫气盈盈下穿飞，

棹帆映紫在海上丝绸之路来回，

若太忙碌无暇再来，

我就在网上久立您的巅峰，

览阅您日新月异的好信息……

（陈要跃，网络运营者，诗歌爱好者。散文曾获人民教育出版社征文
二等奖。）

凌霄听涛

方明钦

紫帽之巅，

仙女在溪源大雾中沐浴，

云海时现时稳弥漫在凌霄顶，

云雾啊！多情的你，仙女与紫帽在太虚融合，

多情的你，在群山中翻愁地飞渡；

天上的龙泉，

龙泉啊！你散发着清气，飞流直下，

飞溅的浪花，流过九十九溪，

在古玄秘境中，弯涎流淌，

波涛奔向紫溪吐。

济阳楼前，唤起我儿时的回忆

当你从南洋泗水回到祖国，

舞动着延安陕北公学、鲁艺的腰鼓，

泣洒着抗日的晋察冀的风雨。

长尾山娘落在

金粟洞山间的香樟，

龙眼收获的季节，

你捧起粒粒的珍果，

欢迎着远方的来客；

杨梅红透的时候，

你摘来紫云台的清气，

在凌霄塔上聆听山海的怒涛？

塘头的呼唤，

园坂的呐喊，

海洋诗人的抗争，

爱憎分明的鸥鹭，

穿破天际急雨中的迷雾！

〔方明钦，笔名驴背诗人，福建福州人，福建省正能量文化促进会秘书长，中华诗词学会会员。《饮酒20首并序》获2020年茅台全国诗酒趁年华诗歌故事分享会古体诗第一名（新华社民族品牌工程、财富网、中国诗歌网联办），《秋兰香·点土成金》获中华诗词学会"德长环保杯"全国生态环保诗词大奖赛优秀奖，《滨海七言三绝（五首）》获2021中国（东莞）森林诗歌节"莞香杯"第四届东莞市诗歌大赛优秀作品奖，《河洛行五百字》获中华诗词学会"诗圣杯"全球诗词大会优秀奖。〕

紫帽山的音符、心籁

陈维道

紫帽山啊，玉岭浏遍瑶台，翠眉，览细鲸涛，
她网购云缕紫谱把海滨邹鲁的，音符拉上线，
又化作娓娓袅袅的镶彩心籁，编成庆典紫帽。
额巅，亭塔挺胸频传喜讯，檐飞、梢响喝彩，
锦心绣口的飞瀑衔云泥，弄岩、击潭飞长啸，
麓林泉水抚碧湖古筝、谷溪乘涟漪轻歌曼舞，
她的远近挚友清源、朋山、罗裳，逶迤叠翠，
一齐赏她的杰作，还送来五彩云霭当作贺礼。
紫帽山都笑纳，松筠散香、空谷传音致谢礼，
还饱蘸馨淼，回复快递员风帅哥：感谢送到……

云蒸霞蔚海阔，紫帽山的心籁岁月永不蹉跎，
谁都争紫帽的宠，争做她忠实的友邻、贵客。
莺歌燕舞玉兰报春、却还常遭遇到春寒料峭，
紫帽山不惜网扯云衫，加厚帽顶暖暖地呵护；
树繁花茂鸟语紧裹山腰，正当是酷暑也难熬，
紫帽山云符、音籁起鼓雨，汩汩滋润当空调；
如织的才子园坂村里寻真爱，剑诗玫情浪漫，
紫帽山妆新了济阳楼，让他们，痴迷不觉春晓；
山下银铃声乐陶陶：百强县、镇，踔厉勇擘画！

紫帽山的音符又化心籁：奉献今朝，更创明朝！

幸福的人们都感受到紫帽山绵长的、心籁里，
蕴藏着百姿千彩的民谣，也饱含，散曲大谱。
凌霄塔深情地唱着那深沪褒歌，暮亮昼闪烁，
出港的船队，还有捕鱼的网，不会再有寂寞，
台湾岛上曾经未回归的帆，正定归期、归途。
心字石拍板占位脆嘣嘣，荔响中心木颤左右，
雷达塔犹抱琵琶撒玉，陆港万棹动，归来又去，
石刻方群若叩木鱼，八骏腾海疆，哗哗融嘟嘟，
金粟洞里箫声扬，万顷梅花红，沁我晋江肺腑，
栈道摩崖声和，二弦、三弦相切，百鸟归新巢，
承晋唐遗音内涵，沐海丝鲤溪，南音满血复活！

谁都愿，心籁化散曲，歌唱她的光辉，她的妖娆：
老人唱，灵魂紧守碧湖、紫溪，庇护我青山绿水……
青年唱，用科技创造神奇，牢固她金山银山根基……
少年唱，巧用人工智能给她，绘七彩全息激光帽……
男人唱，父爱如山，紫帽情长，南音丝竹久悠悠……
女人唱，襟怀玉蠹，瑞桐栖凤凰，造福子孙千秋……
商人唱，帽紫链金潮，海上丝绸路，线上线下不抛锚……
军人唱，忆我焕之，鹭岛啼鸣四季调，紫架海峡通道……
归侨唱，山晖江韵，八闽万籁追神州梦，家国筑爱巢……

〔陈维道，1966 年生，高级教师，合肥专业技术拔尖人才，担任过新安晚报巢湖版新闻策划、中国教师报师范教育部闽皖采编。诗歌微博获教育部语言文字应用管理司双推微博一等奖，主持承担国家新闻出版署出版融合发展（人教社）重点试验室等省级以上课题五项。诗教探索指导学生童谣获教育部基础

教育司、团中央少工委等联合征文二等奖，中国关工委等七部委碘盐保护儿童智力口号语一等奖、三等奖，中国诗歌学会征文二等奖、三等奖，教育部语言文字应用管理司一等奖，中国教师发展基金会一、二、三等奖。〕

登紫帽山

震杳

浮云是旭日的封面，也是夕阳的封底。

绛紫的云，在山顶酝酿缥缈之诗句。

摩崖石刻被月光一遍遍拓印，

贴满了泉州的街巷，跟随孤勇的白帆出海。

大地之东南，紫帽山与

清源山，葵山，罗裳山镇守着福气。

福气具体表现为，常年紫云袅袅

升腾如幻。

紫帽为冠，戴在人头顶，遮风挡雨

戴在山的头顶，万物葱茏。

金粟洞迟缓的钟声，让恩泽

更显绵长，草木往事般将心灵团团簇拥。

我为林间的鸟鸣沉醉，这些畅饮清露的

名士，开口便惊艳了山林

道出一方福地的文脉与德祉。

溪水漫过磊磊涧石

看似孱弱，但千年不绝；石缝上

青苔鲜嫩如油彩未干。

千姿百态的"心"字，仿佛

非是凿刻，而是长自石头的内部。

据说，找齐百方"心"字石

便可成仙；殊不知，最后一个"心"

藏在自身之内。荔枝与龙眼树旁

斑鸠轻吟着衔草筑巢，山中宁静的时光

被树荫的影子拉长。

离开或归来的泉州人，都要登上

紫帽山，确认自己是它的

一株树，一块石，一片叶，浓淡乡愁，

化作雨露，倾洒在丛林间。

凌霄塔抵住青空，星辰的航标

塔前俯瞰：紫帽镇祥和，晋江蜿蜒，紫湖秀美

地平线上翠绿的山脉，如荷叶卷卷

书香与锄头，散布在晋江两岸。

头戴紫帽的山，身躯藏于大地

生长出根系交织的守望，与气节；

紫云于时光上凝聚，静远，投下福荫。

〔震杳，本名刘洋，1982 年生，黑龙江人，中国诗歌学会会员，黑龙江省作家协会会员。作品见《诗刊》《诗潮》《星星》《山东文学》《星火》《延河》等。获第四届诗河鹤壁大赛一等奖、中国（东莞）森林诗歌节大赛一等奖、第六届"诗探索·中国诗歌发现奖"。〕

在紫帽山问心

王 喜

1

阳光透过云层，紫帽山的梦醒了

山色秀丽，像是悬浮术，有没有住着神仙

有自己的名气，如这动人的水光

并不在深，水就是灵气，有没有住着蛟龙

并不影响流水幻化

以其独有的魅力征服来紫帽山的

问心者，深山藏着什么

在梦中醒来的人，坐在神山的怀抱中

感受山之灵，感受水之灵

轻风唱着梵音，一股水落下去，如繁星

散落，最好的答案在露水中

紫帽山不说，揽住万物就是对这人世，最好的反应

山清水秀，大好风光，为一个人写一首诗

或者为一个人献上膝盖

都是值得的，什么是山水的灵气

什么是山水的灵魂，

支撑灵魂的骨头是哪一根林木，在紫帽山问心

不必越界，不必追着历史不放
情有独钟是肤浅的崇拜，说出一个人内心
对一座山的赞美，也是肤浅的
美的自然美，好的音色不必全部说出来
紫帽山会说话，需要倾听
我是在苍穹下没有身份的人，鲜为人知
和津津乐道都是山水的
呈现，在这里就将自己当成一株草木
或一朵野花，感受山之高
感受水之清，因着所有的大写意
都不及绿色的葱茏
对原生态的肯定，一个人游遍闽南山水
问遍山野草木，对紫帽山
写下情有独钟的爱，心之所向

2

山高而有远见，卓而为追求。色清而秀野
为人们所敬仰膜拜，我就是其中
那个仰望者，在一位秀才写下的妙句中，触摸
一片沃野田园，触摸人杰地灵
从风水到山水到紫帽山，两个心有灵犀的读书人
在秀林山中，探讨碧翠的层林
如何平静人们浮躁的心，安稳人世的波浪
草木的呼吸化成浓雾
一张宣纸上，山水正以淡墨的笔法与
线条，呈现狂野的灵魂
我问草木，什么是山之魂，什么是水之魄

什么又是紫帽山

所坚持的生存之道——

群山不说话，敞开怀抱揽住心怀感恩

身背行囊的背包客，在这个

充满悬念的地方，我正一步一步走进

远古深处，还原一座山

最真实的原貌，流水是流水，草木是草木

而我，正在将灵魂融入

大山的传送之门，抵达紫帽山的心上

3

跨上台阶，我来这里并不是为了

游玩，也并不是为了

满山草木，与天空中洁净的云朵，试图将所有

露水翻译成特殊的语言，埋在

诗歌中，让他发芽生根开花结果，长成

一株植物，成就紫帽山

通灵的佳话，成就就是一株草木或一块石头

住着的自由，云雾散去

紫帽山不缺翻译，也不必翻译

谁都能够看得清

没有草木读不懂的游客，天地存善

流水大气，所有的过去

并不重要，重要的是现在所做的选择

站着死或跪着生，取决于

谁拥有被唤醒的灵魂，那些瓦当上

留下来的铭文

还在不断地叙述，古老的颜色，最亮的在心上
紫帽山应该有话要说，但一定要
精通植物语的天听，吐露心声，天空从来
高高在上，谁留下了痕迹
轻飘飘地来去，唯有灵魂让露水从草叶上
滚落下去

4

天空有多大，取决于紫帽云海
一株草动了凡心，想成为天上一颗心，在理学中
二十八宿由多少颗星星构成
我的想象还不能完全抵达，在紫帽山
留下足迹，一生不虚
像一只鸟儿，在晨露中打湿翅膀
更多是一尾自由的鱼儿
问天，问地，问人间草木与花儿，流水与泥土
在大彻大悟中，给我指引
纯净的事物一定要趁早追求，在紫帽山
天上住着神仙，山上
也住着神仙，入得山门就进入了
幻境，水中住着蛟龙
可是人永远都不能成为最高的山峰——
人站在山顶，不过是
低于一株草木，高高在上的依然是谦卑
那些怀揣大火的事物
其魅力在山，在水，在无限风光，在紫帽山中

〔王喜（弋吾），甘肃会宁人，中国作家协会会员。诗作 80 余万字散见于《文艺报》《野草》《中国校园文学》《诗选刊》《天涯》《星星》《星火》《山西文学》《山东文学》《西藏文学》《延河》《飞天》《西部》《当代人》《草原》等报刊。获《诗刊》社征文一等奖、第四届世界华语文学奖、茅台文学奖等，入选《新时代诗歌优秀作品选》等多种选本。创作长诗《列国游》《良方集》等 30 多部。〕

美哉，紫帽山凌霄塔

华　涛

1

曦阳裹挟着晨露，洒落在石塔上

一只黑色的燕鸥悠然出现

含羞跃起，时而炫舞和鸣

塔刹闪现如纱的锋芒，葫芦状

环绕着福禄，圆润里的温柔

散发着淡雅怡人的吉祥

雅致的紫帽山，翠微深处

漂浮的白云，缀连着红枫

巍峨的山巅，托起牢固的信念

那是一盏永远不灭的航灯

2

层见叠出，一层驮着一层

六角里的虚幻，实心里的悟空

天地万物的本体，滋润的白色

圣洁透明，尘埃荡去

留下塔基下生长的青藤
燕鸥低飞，凤头在塔刹回旋
湖光山色，黑白里传出的神话
在葫芦顶端，是人性彻悟的过程
此时的意念，随着阶梯的收缩
砌筑一颗坚实的心灵

3

白色的凌霄塔，古老的影像
浸透着，庄文进的身影
依稀可见，精雕细琢的石板
清代进士的韵味，才华与光荣
这是文人的风骨，浑厚而悠远
海峡两岸，曾经摇曳的风铃
不懈的追求，血脉相连的航标
在塔台上尽情演绎，刻石见证
美哉，石塔与里人的传说
燕鸥传书，那是壮阔的风景

（华涛，现供职于河北省定州市委。）

紫帽，陈述，梦

张思棋

他述——
紫帽，矗于福建晋江，"泉州四山"之一
常有紫云覆顶，故名……

自述：
古早，是泥泞与倾盆雨的存在。
蛮荒横行，东南潮潮，遍地是
原始的吐息和呐喊——火焰，火焰，砂石滚烫！
颤抖的地壳，沉浮出自然土尊。
晋江水的抚慰，依傍北侧，冷却了的
心是山高高沉稳。然后石器诞生，
顺理成章，化成呼吸与肌肉，
化成会动弹的，在地上跳跃的闽越先民
攀越野枝与参天树，在我身上
和另一座清源泉山相呼相望
记忆起首在肉体凝塑，史诗因而长留
——人们始称我"对山"。

于是我开始庆幸，
人迹到来使我肌肤萌芽，寸寸长绿。

仰头穹顶，氤氲是紫气东来
盘绕腰间，如帽覆我心头之上。
温情恒温着这个古语时刻：
文明摩刻于岩壁几转，山崖几壑
九十九的轮回题偈普罗万象，
"心"中梵语阐释：最后一方。
也如文墨，欧阳詹有云，张云翼曾说
金粟洞里的诗词歌赋——我身上的加持。
黎民布衣，山阴处推辘缓行，影子逐渐凝结于
人传县志，其中山川，为我开辟新篇
独占一章，是谓"紫帽"。

而后年岁，世事纷扰，
炮火、争执、谎言、冲动……
如尘埃覆天地，总挥不尽，无理取闹；
铁砂、烟囱、橡胶，先进地表达
却有野蛮不见人情的表征，排除异己
绿渐渐过渡成灰，灰自然春风得意。
我无心应对，只觉铅液淌进血液，
纯洁不在，没有平衡，黑白失调的我
缓缓闭眼，齿轮滚带声仍惊魂耳旁
那段时间难写，我步入长眠。

过了一段岁月，
岁月里不知往事多少——
晨起曦光，先师携幼童登顶品茗
苦瓜地瓜两盘，甜苦是人间俯仰，低头尝
峰前聚云海，翻滚几多想象与现实。

180

深夜里星空渐清，云翳散散去
映有地光，地光中满是那荧荧人影
健走栈道的人、挥锄耕地的人、
久守红厝的人、远扬沧海的人……
他们隐蔽有语：
"慢慢地迈向听朝，静静地怀念昨日"
同我睡梦沉思。

如今我是谁，紫帽还是对山？
解释条文中集结了古往今来，
些许迷惘，叹也……
我想做自己，自本心在上，那无垢模样
从天地初开之时，睁眼
待那缕紫云飘来，终在路上……

(张思棋，笔名其木，福建泉州人，现就读于西南民族大学新闻与传播学专业。)

紫帽山，以云的名义捧着满天星辰点亮一座城

予 衣

1

不是一座山
而是被云托举起来的海
气象塔是一朵浪花
凌霄塔是另一朵
两颗对望的星辰
牵引登山的人逐级向上
抵达天空

500多米只是一个假设
是岁月的另一个替身
一座山的高度
只有内心的海可以丈量

云雾是时光和神灵的化身
一颗星辰捧着诗词飞起来
点亮一座城

2

以紫帽的名义
给一座山峰命名
天空在脚下铺展，云海捧着星辰
从四面八方涌来
在一座山上定居

一个人站在凌霄之上，俯瞰
草木温润明亮，万物生辉

3

凌霄塔是最高的山
举着火把
依次点亮每一颗星辰，每一座山峰
每一棵草木，每一条河
炊烟袅绕。他们不是山
是天外之神云游人间，在云海打坐

保福寺，安福寺，普照寺，五塔岩
十余座星辰散落人间
他们是另一群山峰
在天地之间折叠岁月，点化人间草木
尘世的高度源自灵魂，源于心
万物隐去光芒，收住高耸突兀之势
一袭青衣，在云雾中酝酿

独特的含蓄温润之美

4

在一片云雾之上作画
山川，河流，湖泊，城市，村庄，海浪
天上有的，没有的
想到的，想不到的
这里都有

一半山，一半海
神仙居住的地方
比满天星辰好看
紫溪是一条会唱歌的炊烟
抓住她，就可以把整个紫星村
搬到天上去

（予衣，原名全进，苗族，贵州务川人，贵州省作家协会会员。有诗歌在《十月》《民族文学》《飞天》《诗选刊》《散文诗》等刊物发表。曾获得"贵州是平的"交通题材征文活动一等奖、《飞天》全国诗歌散文大奖赛三等奖、贵州省"感恩奋进新征程，绿水青山看贵州"全国诗歌大赛二等奖、贵州省第四届"金贵"民族文学奖等奖项。）

登上紫帽山

邓漠涛

登上紫帽山
阳光将紫云披挂我身上
让我精神得像一个王者

身边的游客放下尘世的纷扰
不停地打卡
凌霄塔、金粟洞
朝觐古玄寺、妙峰院
从他们中间穿过
我要学会拿得起、放得下

还要像山脚下的泉州港
学会开放创新
懂得包容谦逊
敢于这山望得那山高
乐于拥抱世界
拼闯江湖

如果允许，将梦想安放紫帽山
如果梦想开花

答应我，用你千百年的繁华

度我清贫的一生

我也献上毕生的祝福

给潮涌的人流

（邓漠涛，福建省光泽县人。）

据说世上有仙山

安　安

1

紫帽　紫帽
许是金粟洞天
许是紫阳仙境

远离尘嚣
多少次置身于紫湖紫溪
探寻古榕树下幽静的村落
多少次来到济阳楼
诵读春天的诗篇
享受精神的盛宴
多少次沿着阶梯蜿蜒而上
一步一步攀登　攀登

只为找寻
少年时代的世外桃源
找寻绿野之间那一缕仙踪
守候日出东方

守望星月把清辉洒向人间

满山遍野

皆是美丽的神话

2

古往今来

多少皓首埋没在老树昏鸦

又有多少人前仆后继

长养浩然之气

奋起在暮鼓晨钟

紫峰读书处

今朝谁家子弟复登临

观想天地玄黄　宇宙洪荒

坐忘日月盈昃　辰宿列张

寻寻觅觅

见三点如星现

一钩似月斜

提起万缘生

放下全无事

遵循内心的激情与向往

听从流水与百鸟的召唤

寻找一百个前世之旅

寻找一百颗曾经玲珑剔透的

求索之心

3

紫帽　紫帽

常愿人间福泽绵长

年年为你添新绿

常愿晋水长流

奔流不息

流滋平常百姓家

吾生也有涯知却无涯

在绿林间昂扬穿梭

大道如青天

凌霄塔下扶摇直上

登上高山

且吃他七碗茶

通仙灵　破孤闷

攀龙鳞　附凤翼

一任两腋习习清生风

山登绝顶我为峰

仙人抚我顶

结发受长生

古今多少事

都付笑谈中

（安安，原名吴远安，中国作家协会会员，晋江市作家协会副主席。）

189

在紫帽山

华　子

与我而言，紫帽山

不只是紫云覆顶，色赤如霞

就能知道它的胸怀

与云朵交媾，它的美

小到一两声红隼的鸣叫，也能撩开一幅人间山水

因此，捡一块紫帽山的石头

喝一口紫湖的水，有必要沿着崎岖

稳一稳情绪，才能领略峻峭参天

用情至深

在紫帽山里步行，性急

会失去黑鸢

在枝头凝视你的眼神

或者，误认为你是猎人，拒绝交出紫湖

把古玄寺、妙峰院一藏再藏

只给你唐宋明清历代名人的诗词

细细揣摩

昼伏夜出，动物们习惯了与人类背道而驰

但此刻，我想拨开云雾

在灵应寺静坐，歇脚。让历史的钩沉
扶稳摩崖石刻的印迹
聆听山谷回响，钓出松翠花香
偶尔重阳木、桂花
枝叶凋落，在紫帽山
都是妖娆

紫帽山的由来，浪漫于天上人间
仿佛"金粟之洞"，隐藏了太多秘密
不得不佩服泉州才子陈紫峰的才华
只是我无法看到，也领悟不了
紫帽山在明代理学家的眼里
婉约缠绵

山峦涤荡，玲珑如玉
守护着紫帽山的一草一木
时光停下来，由外到里
养育着紫溪诸湖，养育着龙眼、荔枝、杨梅
也倾情拥抱着保福寺、安福寺、普照寺、五塔岩
而我能记住的览云海，冬赏雾
无非是一厢情愿，甚至不如一只红隼
在紫帽山的怀里
自由穿梭

与一方净土依偎，用过的语言
不适合磅礴之势。紫云覆顶
漏下一滴甘霖
正如我听到大地的梵音

突然就想，爱——

这前朝馈赠的遗风，卧在紫帽的怀里

一动不动

（华子，原名冯金华，常用笔名江苏阿华。作品发表于《绿风》《金山》《诗潮》《山东文学》《大家文学》《黄海文学》《香港文艺报》等报刊。2015年中国大别山诗刊十佳诗人，曾获首届"中国海门·卞之琳"诗歌奖、第四届"屈原杯"全国诗歌大赛优秀奖等。著有诗集《喊魂》。）

鸟儿为紫帽山插图

那　朵

在紫帽山，美的密码就写在风中
鸟鸣，花香，水潺潺
这些暗语都被风泄露
原生态的自然资源，馈赠了
最好听的天籁之音，紫帽山
用复调匹配，一些症结
都在这里慢慢疗愈

要想读懂紫帽山
就要分析细节，就要刨根
问到文物古迹，问到人文历史
为五千年的文明古国添上一笔重彩
让厚重的历史文化，像晋江水一样
源源不断，源远流长

微风侧身而过，阳光微薰
遍布山中的"心"字石刻
撮合了多少爱情？
鸟类作为环境好坏的甄别者
把疑问抛出来，留给

紫帽山作答，而自己
只管融入山中，为大自然的美插图

紫湖紫溪是紫帽山的词牌
众水都提着诗意亮相，以水为韵脚
写就的诗词，都有仙气和灵气
恰好压住俗世的浮躁

紫帽山用水灵灵的晋江
养育满眼的芬芳，清风微醺
都醉行于水，随意地波动水草
只有安福寺古玄寺，正襟危坐
严格把守香火的火候
有山水护佑的香客，一言一行
都有了佛的影子

（那朵，本名王美英，山东平原县人，中国作家协会会员，作品散见于
《人民文学》《作品》《星星》《诗选刊》《诗歌月刊》等，曾获中国台湾叶红女性
诗歌奖。）

紫帽山写意

苏侠客

1

晋山晋水，熠熠紫帽
写意的词句，伴着紫帽山的祥云
犹如高处的宣纸，自上而下，铺展开来
清源水接南溟阔
紫帽山齐泰岳乔

被点燃的想象力
一再引申到了风景的幽深处
峰山云雾缭绕，山径蜿蜒曲折
紫帽山的诗意和呈现
一次次撞击心灵，顺着步道，拾级而上
脚下隐隐的大地传来晨钟暮鼓

2

站在凌霄塔前远眺
几千年的光阴，在此云卷云舒，流转徜徉
紫帽山，默默倾诉波澜不惊的内心

晋江依旧，奔腾入海流
犹如一个惊叹号

紫帽山，镌刻着一百个的"心"字石
皆是留给心上人的证物
倘若要探寻紫帽山写意的秘境
一定要走进紫星村
让潮涌的诗意，次第点燃了内心的灯盏
挥洒行云流水的旅程

3

藏匿于岩缝生长的夫妻树
也躲藏于古朴的农耕馆
紫帽镇闲适的慢时光，河流缓缓流淌
连同古老高大的榕树
历经百年，才深深扎下根基

紫帽山，犹如时光书
打开葳蕤的草木，镂空的花木心灯，阅读
连豢养的白云也如此闲适、优雅
充满禅意的小舟已穿过黄昏的落日
一遍遍雕刻岁月的河流
在写意中，抵达诗和远方

4

春去秋来，寒来暑往

带着初心，一次次来紫帽山摘取明月的人

北望延绵的众山，双手合十

祈求兑换灵魂的救赎

内心的春雪

摩崖石刻带着先贤的体温

端坐于历史的褶皱处

禅定的紫帽山，高入云霄，任由天风激荡

守着漫山遍野的幽素和风华

让"紫帽凌霄"，在岁月的长镜头中

悄悄走成经典的诗行

（苏侠客，又名黑马，本名马亭华，1977年生。中国作家协会会员，江苏省作家协会签约作家。出版诗集《苏北记》《寻隐者》《黑马说》《祖国颂》《江山》《煤炭书》、散文诗集《大风》《乡土辞典》、诗学随笔《诗是一场艳遇》。曾获全国煤矿文学乌金奖、中华宝石文学奖、中国·曹植诗歌奖、万松浦文学奖、柔刚诗歌奖、全国鲁藜诗歌奖、唐刚诗歌奖、全国十佳诗人奖等，部分作品被译往海外。）

冠冕写心人

芷 菡

在来与驻之间
几百年不离不弃
故乡的沧桑与今世的向往
以一段清越的文字
字幕般印染，乘云朵翅膀投射

抒写泉南名山的历史
于青峦上衮成簇簇绿衣
把家乡的辉煌填满你的眼眸
宗祠、祖厝，流淌着拼搏的血脉
古寺深处，写心的人
择石刻金句缝补自己的不完整

五塔巍巍，寂寥但自得
从石头缝里迸发的小草
奋力生长，回应坚韧与柔软
经过时间沉淀，星子
不仅照耀别人，也成为自己的光

凌霄塔擎住晴朗

蓝天盛放白云和自由的风
带着对山的眷恋
向海飘扬

〔芷菡，本名杨娅娜，福建晋江人。福建省作家协会会员、中国诗歌学会会员、中国金融作家协会会员、中国金融美术家协会会员。诗集《最是凝香处》获第四届金融文学奖，作品发表在《西北军事文学》《福建日报》《福建文学》《泉州文学》《陕西文学》《世界日报》《人民日报》(海外版) 等。〕

紫帽云门

王常婷

除了这些简单的绿
还有诗句，和漫不经心的雾
一朵云簇拥的时候是云
挥洒的时候是雾
潮湿温暖，在一个个轮回的梦中冷却

五千年前的樵夫困了
在山洞里偷偷打了个盹
打着哈欠，就着月光磨亮柴刀
云深不知处
只能一刀一刀雕琢寂寞的桂花树

石头上的心还疼着
云无心以出岫
河流还在老地方唱着岁月的歌
我孤零零地来到这里
漂走的是形，留下的是魂

在我从未到达的高度，流岚与飞鸟
纠缠着，嬉戏着

及时行乐，抑或是矢志不渝
诗意或者失意
少女与老者，波浪与山风
落日和暮色跟在后面

云门在晨光里开合
被偶尔的翅膀划开的辽阔
迅速合拢、任人想象
时光的隧道悠长
几个诗人久久徜徉

未经人事的石头，在诗人的经营下
在你的怀里，缩成一个心字
身体里的诗性
仿佛偌大的尘世，只剩下一个人的呼喊
时间如同一些未能完成的生命
流淌在令人铭记或忘却的疼痛里

山脚下，曾经的诗人回来过
在老宅停停走走
向月亮借个光，磷火
意灼伤一颗颗亘古的石心，还有
海枯石烂的等候

远处的波浪啊，涛声响起
山脚下的诗人醒了
带着宿醉，弯腰问盛开的三角梅：
再饮一杯无？花枝乱颤

余晖满山，是深深浅浅的悲欢

（王常婷，中国作家协会会员，晋江市作家协会副主席兼秘书长。）

黄昏的古玄寺

那　山

仰仗山势，险象巍巍生辉

徒步者，倾尽一身疲惫

与高耸峻拔的凌霄塔，依旧相距甚远

攀至道键禅关的古玄寺

一抹斜阳余艳未了

初冬的风，拂动欣欣草木

让习习凉意，躲进散开的衣袖

最后几声嘶哑的蝉鸣

无法逃过，松针刺破的阵痛

黄昏已醉，拖着踉踉跄跄的步子

送一程落霞，鸟雀归巢

而视觉之外充溢的城乡气息

只有时间的高瞻处

方可尽收眼底、一览无余

梵钟响起，这古老而悠缓的空灵之声

深谙的天机，早已败露

经箱乐音，曲曲缠绵、婉转

仿佛莼鲈之思的旋律

化解咒难的菩萨，慈颜憨态的未来佛

以及飞檐、红墙、延寿塔

残门锈锁的一真禅苑

与青苔斑驳的石头一起

紧紧守住半阕空明

慢看岁月演绎，任由年轮滚滚

或兴，或替，宠辱不惊

（那山，现居福建省晋江市，福建省作家协会会员。）

紫帽，漫山遍野的紫色星辰

尹继雄

紫星在山峰下，如北斗七星
长距离投射
为七个根脉相连的村庄
撒下理学的种子
理学文宗是后人对这块宝地的景仰

历史铺开长卷
展开一帧紫帽山的风和潺潺的细流
一座村庄的姓氏在石头上端坐
白云像游动的思想，拂过紫色星辰
拂过古老山顶的枯荣

它引领人们
走进神山、圣地。历史见证着这里
聚拢的地名、人名
聚拢的斑驳文字和颂词
聚拢的血脉，以及不可知的印迹

那些刻在石头上的风雨、影子
日渐消减，又被重新刷新

像在呼唤后来的人一起
相约起身，一起站立天井下讲述
祖上的荣光、纷争与走失

故事仍在这块土地上
善意流传。生活、劳作其上的人
依然保留某种传统的神秘
他们的眼神和腔调里，再次传习着
一座高山的钟声与灯火

(尹继雄，中国作家协会会员，出版诗集《晋江册页》《我把大海折叠》，
获泉州文学奖、福建省"劳动最美丽"主题征文诗歌类一等奖等。)

济阳楼在紫帽山麓嫁接时空，兼致诗人蔡其矫

徐东颜

钢筋　水泥　花岗岩，加持力量的理性
90多年了，来自移植的生命力
让中西合璧的济阳楼，带着闽南印迹"荔谱流芳"

诗人蔡其矫，这位自喻为大海的子民
携带着紫帽山麓梨花香雪海，以及春天的纹理
治愈山，治愈水
以革命　以爱情，以诗歌　以自然
在故土一草一木中自愈，把全部真性情用来觉悟

无法放下，那就毅然离开
向往新生的力量，走进圣地延安自寻答案
这位文化战士与独行侠
跃身革命激流，唤起热血中的激情
悲悯万物，倾心美，尊重美

此刻济阳楼的白色墙体，多立克式罗马柱
与园坂村相拥，与"行吟诗人"一起走进青葱岁月
报效祖国，给信仰着色
保持归零心态，义无反顾投身抗战和民族解放中

羽化百"心"石刻，将紫帽山化作四处奔走的丰碑

诗人近在咫尺，又远在洋楼大厝之外
中间隔着浩瀚的晋江海
自己同父辈共筑番客楼里的侨心，演绎笔下《波浪》
"生活，正像你这样充满音响"

我坚信，你写诗是因为坚定地相信美好的存在
像紫帽山花草一样各归其位
坚定地写着，不再使用大海之外的虚词
生命另起一行，激活济阳楼乡愁
催生梦境，并忠于自己梦境

你用随身依附的诗意，时时拔节故乡
灵魂在前，归宿善后
随着体内的火焰炸裂自己，和星光一起落满归途
如紫帽山心石的模样

（徐东颜，辽宁省当代文学研究会理事，锦州市作协理事。诗歌散见于
《上海文学》《诗潮》《散文诗》《散文诗世界》《浙江诗人》《北方作家》等刊。）

园坂村的年谱

傅友福

园坂村有一束亮光
1918 年 12 月 11 日
光线呈现
从此，园坂和另一个名字
让紫帽有了别样的异彩

这是撬动诗歌支点的地方
这是大爱弘扬的圣地
因为它
一个响亮的名字
一生颠沛的追求
成为传奇

园坂福地
创建应该扬名的根基
那些抑扬顿挫的韵律
谱写了一曲曲闽南的颂歌
海里的波浪
从此有了不一样的绚丽

晋江，紫帽，园坂

蔡其矫，组成了一道可歌可咏的风景线

他们互为联系

直至永久

(傅友福，中国作家协会会员，在《长城》《四川文学》《福建文学》《草原》等刊物发表小说、诗歌若干。)

园坂的凤凰树

——在蔡其矫先生墓前

赖 微

风吹过园坂，吹过那些落叶
忍冬花正在盛开，小小的
花瓣里，盛着的是我们
全部的思念
一株凤凰树下，所有的喧声
已然收拢
你用一张石桌
两条石凳，迎着我们
阵阵清风，吹过我们的
身边，吹过山岗上，你
静静长眠

我们在你的墓前深深躬下躬去
这个冬天
已听不到蝉鸣，只有凤凰树
在风中低语，仿佛说着你，曾经
经历过的
那些遥远的事情
而你的身后，是日日夜夜
经久不息的大海的声音

胸有波涛万顷的人哪，你的

胸怀那么大，你的归宿

那么小

而今，你用一树凤凰木的安静

枕着故土全部的深情

像一个婴儿

在母亲的臂弯，静静入眠

只有清风经过这里

才会重新说起，关于你的传奇故事

和梦中，永不歇止的

波浪的消息

〔赖微，本名赖世禹，福建永安市人。中国作家协会会员。作品散见于《诗刊》《星星》《诗歌月刊》《扬子江诗刊》《诗潮》《诗林》《延河》《滇池》《朔方》《中国诗歌》《特区文学》《文学港》《海燕》《安徽文学》《福建文学》《民族文汇》《台港文学选刊》等报刊。出版诗集《飞越黄昏》《守望家园》《随风飘过》三部。有作品入选《福建文艺创作60年选·诗歌卷》《风的齿轮·福建文学60年诗歌选》《福建优秀文学70年精选·诗歌卷》《福建诗歌精选》《闽派诗歌》《新诗百年爱情诗选粹》《海峡两岸诗人诗选》《中国诗人诗选（台湾）》《中国诗歌选（台湾）》等选本。曾获福建省第8届优秀文学作品奖、第4届施学概诗歌奖、福建省第31届优秀文学作品榜暨第13届陈明玉文学榜年度上榜作品奖、《中国作家》杂志社中国作家金秋笔会全国征文评比一等奖等奖项。〕

212

在园坂村，我想把自己做旧

王纪金

在这个簇新的年代，园坂村
虽然不再是原版，但诗意的灵魂始终不变
在园坂村，我想把自己做旧
如果足够陈旧，我定能与蔡其矫先生
握手，相谈甚欢

为了与先生邂逅，我做足了功课
抵达济阳楼，我还是为自己的肤浅而汗颜
要有多么坚韧的脊骨，才能支撑起跌宕起伏的人生
要有多么宽阔的胸膛，才能收纳大海的浪花
要有多么滚烫的爱，才会于 87 岁高龄在街头派送玫瑰

庭院的花花草草，像诗句一样长进心里
墙上肆意攀缘的爬山虎，抖动着自由的绿色
公园里的亭子、小桥、水潭，栖息着爱情
坐下来，吹吹树上抖落的凉风
聆听先生的教诲，那"对水藻的细语"

困境中，先生告诉我"猛力把胸膛往前一挺"
当我的嘴唇不断生长红锈时，先生

送给我勇气，"宁做沥血歌唱的鸟"
当我对爱彷徨，先生的忠告耳边响起
"永远都没有完美。我们需要终生追求下去"

我也是大海的子民
把自己活成一朵浪花，放逐自由
让身体呐喊力量，让生命生长辽阔
此刻，先生墓碑旁的凤凰树，身披绿色的波涛
先生的诗句全部绽放，燃起熊熊烈焰

紫帽山，静静地卧在阳光里
奉献，一刻都不曾停息
后代的根部长在它怀里，吸取养料
眷恋故土的人，站立着是一面旗帜
躺下，是一座山

在园坂村，我想把自己做旧
足够陈旧，我定能与先生
握手，相谈甚欢

（王纪金，江西省奉新县人，1974年生，江西省作家协会会员，江西省骨干教师，江西省优质课大赛一等奖获得者。获叶圣陶教师文学奖、昭明文学奖、郦道元文学奖、紫荆花诗歌奖、国际诗酒大会奖、苗绣文学奖、李清照诗词奖、谢璞儿童文学奖、林甸儿童文学奖等120余项。作品散见于《当代·诗歌》《诗刊》《中国校园文学》《散文选刊》《江河文学》《短篇小说》《星火》《延河》《青海湖》等。已出版长篇小说《十七岁的青葱年华》、长篇童话《召唤火麒麟》《真爱魔法》、散文集《让梦想照进现实》、诗集《多年以后》等。）

聆听济阳楼的歌唱

蔡冬菊

在紫帽、园坂、济阳楼的诗园里
每一面饱经风霜的墙都会歌唱
它们的歌声里都有一个共同的名字
那就是喜欢畅游在海洋里的诗人——蔡其矫

头枕波浪，四处流浪
胸怀祖国河山，心系天下苍生
也许只有具备大海的无私
才能跟"百心"荟萃的紫帽山一样
每走出一步，写出的诗歌便注定不同的基调

歌声先是从绿意盎然的家门传出
满园春色出墙来，来自济阳楼的歌声
必定跟绿有关，跟生机有关，跟诗情有关
瞧，那住满花卉的园子，每一盆都记着他的好

走进济阳楼，走进蔡老生前的故居
一张张鲜活的照片，被诗的节奏拔高
想多看几眼，或许只有这样
才可以锁住他百年不老的容貌

才可以把他写的《川江号子》记牢

沿着记忆的长廊拾级而上，来到
蔡老的书房——这个永远面朝太阳的地方
这个书香弥漫的房间，叫每一缕阳光
心旌摇荡，既想从书架上抽出一本诗集阅读
又怕惊扰了床上早已沉睡的波涛

移步前往公众花园的小路
一路猜想，这么多的脚步蜂拥而至
会不会打乱了园坂的乡村大合唱
诗人安息的家园应该只有萋萋的芳草

"我是大海的子民"振聋发聩的自白
从紫帽镇的心脏发出，从绿色的海洋中发出
聆听济阳楼自豪的歌唱，我在高亢的尾声
轻叹：青松不老，蔡老的光芒——将永远高照

（蔡冬菊，中国散文家协会、中国诗歌学会、中国微信诗歌学会会员。作品散见于《星星》《诗歌中国》《参花》《福建文学》《读者》《福建侨报》等报刊。）

紫帽镇装着我一生的孤勇和浪漫

陈海容

一生从未停止的漂泊，从紫帽镇启程
少小辗转海外又返回祖国抗日救亡
在边区在延安，用文字唤醒战士们的斗志
我把自己磨成一支锋利的笔，擦亮
把写出的诗谱成冲锋的号角，吹响
弹指一挥的 89 年，总是热烈伴随寂寞
半生孤勇半生戎马，一生唯有浪漫
但我绝不听从命运，绝不盲从

这波澜壮阔的人生，处处都是战场
哪里都有征战，哪里都有流血牺牲
是啊，狼烟中的家国是战场
人生和人性亦是一个个战场
但我风尘仆仆行走世间这八千里路
以欢快的爱和文字为药引
对抗人间的大苦和平庸凡常
但我不怕世人嘲讽，不肯平庸

我阅尽天下的美，也历尽人间的丑
如今，我已皱纹满面白发苍苍

唯有大海，让我致敬并倾尽一生拥抱

这无边波涛，是我一生浮沉的见证

谁能如我枕着大海无边的涛声入眠

用以存放这一身傲骨与风尘猎猎

把一生的爱和恨，堆积在沙滩上

随沙而行随浪而逝

但我依然热爱生命，依然执着

紫帽镇，我广大而深沉的故乡

唯有你能装下我所有孤勇和浪漫不羁

（陈海容，福建省作家协会会员，漳州市长泰区作家协会主席。参加第 17 届全国散文诗笔会。作品刊发于《星星·散文诗》《散文诗》《散文诗世界》《福建文学》《山东文学》《厦门文学》《泉州文学》等，入选《2001 中国年度最佳散文诗》《中国当代诗库 2007 年卷》《2017 年中国散文诗年选》《2018 年散文诗精选》《2019 年度作品——散文诗》《新世纪二十年中国散文诗精选》等，散文诗集《奔跑的岩石》入选第二届福建文学好书榜，诗集《诗经千年温暖如昨》与中国华侨出版社签约出版，部分作品被选入中学作文指导题库。）

蔡其矫诗歌馆，紫帽镇的新生活

蔡长兴

1

诗歌节开幕那天，园坂村草木涌动

诗歌馆的后山，每一片树叶都在鼓掌

长眠于此的诗人，露出雪白的牙齿

和蔡芳本一齐吟诵——波浪啊……

从那以后，诗歌馆不再是诗人的专属

三月的一天，紫帽镇与晋江市委办在这里联谊

细细品味才发现，之前的篮球赛只是热身

真正掀起体内潜藏风暴的，是《红甲吹》《南曲》

一举砸中内心三分球的，是《花香》《客家妹子》

还有《榕树》《泉州》《福州》……

似乎有人紧紧揪着衣角，寸步难移

仿佛间，济阳楼不仅仅是诗人的故居

也不仅仅是晋江市第四批市级文保单位

它成为紫帽的生活中心，每天打开馆门

就有四方的游客前前后后游进诗歌馆

懂诗的驻足沉思，不懂诗的流连花丛

懂诗的，不懂诗的，诗人蔡其矫一样笑脸相迎

2

折折叠叠的诗行，直抵村庄的内部

依稀可辨认的脚印，从晋江到印尼

然后从印尼再到延安到北京到福州

最后的落脚，还是在晋江、在园坂

炮仗花热烈地燃放，欢迎游子归来

这次，你醉卧在后山的花丛中，面朝大海

每一天都是春天，房子都是济阳楼

一到节假日，孩子们就往诗歌馆跑

家长也不再一味要求儿女读书写字

他们开始喜欢吟诗、写诗，学大人哼唱《南曲》

紫帽，这个山间的小镇，因为你

成了日夜不息的诗歌海洋

（蔡长兴，现供职于晋江市第九实验小学，中国作家协会会员、晋江市文艺评论家协会主席。）

紫帽山中榕·济阳楼

柯芬莹

终于　在冬月阳光柔和的午后走进你
济阳楼　翻越了多少大山大河
波浪声隐隐　藏在贝壳的耳朵
斑斓的彩蝶引路
带我们走进这个花园

倦旅的老人终于回家了
把舞动的根须深深扎在故土
母亲的身旁

紫帽山上的风
紫帽山上的云
记录了多少翻腾的岁月
也安抚着斑驳的人心

济阳楼　是燕子衔泥
点滴垒成的窝
是诗文盛放　花香氤氲的山头
是暂时收帆随时启航的船舶

走进济阳楼

我们是榕树下嬉闹的孩童

夏采一朵玉兰簪在鬓角

冬任三角梅映红酒窝

母亲的呼唤由远及近

而我们有恃无恐

(柯芬莹，福建省晋江市人，福建省作家协会会员。)

歌舞紫风中

颜长江

晋江市首届蔡其矫诗歌节启幕，举办诗歌音乐会等系列活动，以促进文旅融合发展，致敬大海的歌者。

湖畔的夕阳
像闪烁的聚光灯，照耀大自然的幕景
冬季节的绿树，摇动春的讯息
温暖郊野的演艺台

这位归侨的老红军
年轻的岁月，陕北公学的操场上
聆听过敬爱的人讲课
窑洞里的读书声，势如铁板铜弦
晋察冀边区的烽火
燃烧诗的热血

泉南风骨的独行侠
踏遍壮丽河山，奔向浩瀚的海洋
川江号子闯滩的吆喝
初衷不改，无畏险流漩涡
震荡生活的歌

一千多首旅梦的倾诉

纵情挥洒笔下，结成的硕果累累

影响世界的篇章，留得美名扬

奉献给奋进的时代

今天的雅集

鼓乐奏起的思绪，闻见心的紫帽

欢唱着故土泥香的恋曲

舞衣飘出的波浪啊

用乡音来吟诵，倍感亲切

栽种的花枝

盛开在家园与远方

（颜长江，1960 年生于晋江安海镇，系中国作家协会会员。作品发表于《人民日报》《诗刊》《文艺报》《北京文学》《星星》《福建日报》《福建文学》等报刊。著有诗集《浪游》《飘逸的行吟》《走过长桥》、散文集《晋江山川风物搜奇》《郑成功与晋江》。）

第三编

蔡其矫研究资料辑选

蔡其矫、穆旦的诗

(《中国现代文学史基础教程》第六章第三节节选)

张　欣

　　蔡其矫（1918—2007），福建晋江人，幼年侨居印尼，少年时代回国，青年时期奔赴延安，并开始诗歌写作。1958年前后因作品《川江号子》《雾中汉水》和一系列"政治问题"受到批判，主动要求回到故乡福建。在整个"文革"期间，尽管诗人处境始终险恶，但却努力保持尊严，坚持诗歌写作，留下了大量思想深刻、形式完美的抒情诗作。"文革"后期，蔡其矫结识青年诗人舒婷、北岛等人，并给予他们巨大的支持。

　　从"反右"之后到"文革"时期，蔡其矫诗歌写作的重心主要围绕着"人生""讽喻""乡土""情诗"四个方面的主题展开。最重要的作品包括《波浪》《雨晨》《无题一》《无题二》《冬夜》《桐花》《灯塔》《祈求》《悲伤》《悬崖上的百合花》《答——》《泪》《寄——》《诗》《迎风》《爱情和自由》《木排上》《玉华洞》《丙辰清明》等。

　　正是在"反右"后和"文革"这段时间，蔡其矫的乡土诗创作进入一个新的自觉状态，也正是在这段时间里，诗人以受难者的坚韧态度和思想者的无畏精神维护着自己至高无上的尊严，沉思着社会、历史、人生和艺术，始终保持清醒的头脑，以对爱和自由的崇高信念支撑着自己，大量的咏怀诗、风景诗和咏物诗是这种精神的见证，蔡其矫后来所谓"人生系列"主要也指这些作品。诗人是敏感的，他清醒地体味着生命中的这段泥泞，感受着"苦难的历程"所带来的寂寞和孤独，然而他从不退缩，从不向权威和暴力低头，为了维护自己的尊严和公理正义，他敢于在批斗会上拒绝下跪，以致被打得头破血流；他敢于当众向滥施淫威的林场"小人"挥拳给以教训。他的痛苦、抗争和沉思都在诗中得以体现。《无题一》(1962) 坦言："我不愿在自己的脑袋里 / 有另一个人在替我出主意, / 与其说像人, 不如说像东西 / 可以随便拿来, 随便处理。"在1976 年创作的《迎风》里, 诗人对一位坚强的女孩由衷赞美, 也抒发了自己蔑视苦难的情怀："所有的飞鸟全不见, / 暴怒的风谁敢抗衡? / 唯独你不躲闪, 迎风站立 / 发光的脸上仿佛有歌声。"

但是, 在这段时间里, 诗人创作的最具有思想价值和历史批评价值的还是虽然为数不多但却力度饱满的现代讽喻诗, 比如《无题》(1963)、《屠夫》和长诗《木排上》《玉华洞》《丙辰清明》《端午》。当然, 把这些作品称为"现代讽喻诗"是否恰当还值得进一步讨论。不过《无题》(1963) 对帝国主义、封建势力和愚昧的愤怒指斥,《玉华洞》对病态社会及其昏聩领导者的暗示性反思,《丙辰清明》对"文革"的批判态度却是毫不含糊的。读者和批评家们早已给予《玉华洞》以深切的理解和高度的评价, 有人指出："长诗《玉华洞》借自然景物的慨叹, 从洞中那不闪射的阳光, 不发出雷声的闪电, 僵化的瀑布和死寂的山峦, 延伸为对社会历史的思索。作者把握的是自然对于历史和现实的暗示。他清醒的认识, 使他概括地表达了那个时代的不幸和一代人的忧思。"① 在诗中, 诗人抒发的感慨："被捆缚的猛虎, 被蹂躏的花朵, 颠覆的锅 / 无烟的灶, 一切都表示 / 不动便是死亡, 停止便是毁灭。"让人联想到艾青几年后创作的《鱼化石》。还有,《丙辰清明》对当代社会历史的反思是多么尖锐、透彻呵! 诗人简直是痛心疾首:

权力至高无上

是我们时代的最大祸害

使身心都会焚毁的

篡夺窃取的欲望

仿佛可怕的旱风

很快使大地的作物全部枯干;

在道貌岸然之下

藏着最腐朽的因素……

直面腐朽观念，针砭社会痼疾，显示了中国伟大诗人优秀的传统品质，也坚持了现代人文知识分子的社会良知。

蔡其矫还有柔情如水的一面，这就是抒发对女性之美、爱情之纯、友情之笃深情礼赞的《玉兰花树》《水仙花辞》《曲巷》《赠别》《泪珠》《女声二重唱》《思念》《也许》《悬崖上的百合花》《怀念山城》《端午》等特定意义上的情诗。不错，诗人是钟情的，他此时创作的大量情诗即是证明。只是，需要特别指出的是：这些诗出现在视爱情为"异端"的岁月，又是诗人身陷劫难的日子，这些情诗具有一种特殊的气质。一方面爱情成了诗人抵抗环境、支撑自己的精神源泉，另一方面爱情也成为彼此相爱的人之间患难与共的理解和信任。在第二个层次上，这爱情又同时是刻骨铭心的友情。女性，对于蔡其矫而言，与性的抚慰同样不可或缺的是美与爱的滋养，如此三位一体的女性显然有着更能打动诗人的魅力。因此在蔡其矫的情诗里，爱总是既艰难又纯粹，有身体的渴求而更倾心于灵魂的交融。

"回忆永远是美丽的／但要做了才有回忆，／生活吧，直到死亡来临。"（《无题三首》）"在生活中，我永远和你隔离，／在灵魂里，我时时喊着你的名字。"（《也许》）而有时，诗人的爱甚至化为诚挚的勉励："只有心灵为诗燃烧的时候／你才光艳照人／如果我能以语言／回答你独一无二的忧虑，请把／别人的悲伤盖过自己的悲伤／痛苦上升为同情的泪。"《也许》写于20世纪70年代中期，它以典雅、柔韧的语言，从容、飘逸的风格，自由、舒展的诗体，表达了在严酷的时代诗人对人与人美好情谊的呼唤以及对生活的信念，受到读者持久的喜爱。

当然，即使是赠人的情诗，也必然是个人灵魂的真实写照。而且，由于这些情诗大都产生在一个苦难的时代，受赠者也往往是被侮辱、被损害的弱势者或抗争者，和诗人有着相同的命运与追求，因此这些诗在表达真挚情怀的同时，也带上了强烈的抵抗黑暗、蔑视强权、捍卫生命尊严的个性色彩，从另一个角度塑造了坚强的人格。

因此，无论是乡土诗、咏怀诗，还是现代讽喻诗和情诗，都是蔡其矫以一颗大爱之心，熔铸了自己的生命和理想，奉献给那个特殊年代的独一无二的创作珍品。这些诗章以厚重的内涵和精湛的艺术延续了 20 世纪中国诗歌的生命，而又推进了它的发展，使它的历史最终没有中断于封建主义回潮的时代，从而改变了它面临绝境的命运。

注释：

① 洪子诚、刘登翰：《中国当代新诗史》，人民文学出版社 1993 年版。

〔节选自《中国现代文学史基础教程》，张欣主编，浙江大学出版社 2013 年第一版；本章由张欣（子张）撰稿〕

悲悯情怀和辽阔大海的咏叹者——蔡其矫

张志忠　张桃洲　陈亚丽

蔡其矫也是从延安走出来的。第一次文代会是国统区和解放区作家、诗人的大会师，但是进入新时代，从国统区进入共和国时代的诗人作家，他们会有他们自己的创作障碍，其中有一条就是对于新的社会体制、新时代的工农兵有隔膜、受局限。解放区的诗人作家因为一方面他们较早地生活在一个新的时代，在抗战年代就进入中共领导的民主根据地，另一方面又经过了毛泽东《讲话》的洗礼，接近工农兵、表现工农兵，得风气之先。像这一节讲到的贺敬之、蔡其矫、闻捷、郭小川等都是从延安走过来的。

蔡其矫本身是东南亚归侨，20世纪30年代到上海读书。在这期间，他一方面参加学生运动，另一方面开始诗歌创作，1938年到延安，进入鲁迅艺术学院学习。

前面讲到贺敬之也是鲁迅艺术学院毕业的，他考入鲁迅艺术学院，比蔡其矫要晚几年。贺敬之去报考的时候拿着自己的几首诗，当时就受到鲁艺文学系主任何其芳的高度评价。何其芳称赞他是"17岁的马雅可夫斯基"。蔡其矫也在鲁艺学习过，然后成为一名记者，在解放区的新闻和文艺团体中工作。20世纪50年代，曾经随中国海军的军舰走东海、走南海，其间创作了一批表现中国海洋的诗歌，开辟了一个新的诗歌题材领域。后来，他在国务院的长江规划办担任宣传部部长。在长江规划办工作期间，写了著名的《雾中汉水》《川江号子》。然后他又回到他的祖籍地福建去工作，常年在福建省从事文学创作。蔡其矫对中国诗歌还有另外一个贡献——我们都知道新时期有一位著名的女诗人舒婷。"文化大革命"中后期，在福建的蔡其矫身边聚拢了一批文学青年，就包括舒婷。虽然当时他们的诗歌无法发表但还是凝聚了一批诗歌力量。后来，舒婷的诗歌经蔡其矫介绍给当时的北岛，最早发表在《今天》上。而且他对舒婷的诗歌创作还有一些具体的指导，包括舒婷的《致橡树》。当时的一群年轻人跟蔡其矫在一起谈文学、谈生活，在讨论关于爱情当中男女两性的位置、男女两性的不同处境时发生争议，舒婷有感而发写了《致橡树》。《致橡树》就是在这样一个背景下创作出来的。

蔡其矫的诗歌具有正视生命艰辛的悲悯情怀。我们看他的《南曲》：

> 洞箫的清音是风在竹叶间悲鸣。
> 琵琶断续的弹奏
> 是孤雁的哀啼，在流水上
> 引起阵阵的战栗。①

南曲，应该是福建地方的一种乐曲。从这种乐曲中听出了苦难，听出了战栗，听出了无穷的相思和怨恨。这样的诗在 20 世纪 50 年代非常独特，非常另类。尽管他会有曲终奏雅："故乡呀，你把过去的痛苦遗留在歌中，让生活在光明中的我们永不忘记。"最后把全诗的调子尽量扭转到新时代的光明当中，但是整体的描述仍是一种沉痛和悲凉。

再比如《雾中汉水》。20 世纪 90 年代有一首歌叫《纤夫的爱》——"妹妹你坐船头，哥哥在岸上走，恩恩爱爱，纤绳荡悠悠。"当然这是一种浪漫的想象，然而这种纤夫的劳动在蔡其矫的笔下，充满了沉重和艰辛。你看他写纤夫拉纤的句子：

> 是千年来征服汉江的纤夫
> 赤裸着双腿倾身向前
> 在冬天的寒水冷滩喘息……
> 艰难上升的早晨的红日，
> 不忍心看这痛苦的跋涉，

用雾巾遮住颜脸，

　　向江上洒下斑斑红泪。②

　　这是对于汉江纤夫命运的感叹。

　　还有一首《川江号子》，也是非常有影响的诗篇，仍然是讲在川江上历险
而行的木船上的划船人：

　　你碎裂人心的呼号，

　　来自万丈断崖下，

　　来自飞箭般的船上。

　　你悲歌的回声在震荡，

　　从悬岩到悬岩，

　　从漩涡到漩涡。

　　你一阵吆喝，一声长啸，

　　有如生命最凶猛的浪潮

　　向我流来，流来。

　　我看见巨大的木船上有四支桨，

　　一支桨四个人；

　　看见眼中的闪电，额上的雨点，

　　我看见川江舟子千年的血泪，

　　我看见终身搏斗在急流上的英雄，

　　……③

　　当然，描写苦难沉重，不是 20 世纪 50 年代的标准风格。蔡其矫的诗歌后
面有一个大背景——因为参与长江开发规划，诗人已经有了一个开发长江的蓝
图，因而会觉得有了从沉重中被唤醒并格外兴奋的感觉，"那新时代诞生的巨
鸟，我心爱的钻探机，正在山上和江上，用深沉的歌声，回答你的呼吁"。诗
人仍然是用过去的苦难来对照当下及未来的幸福，但是在那个年代这样的诗并

不合时宜。不管是《雾中汉水》还是《川江号子》，当时都是很快就受到有关方面的指责，批判的理由是因为在新的时代还唱这么悲凉的歌。

我们今天可能会觉得这样的事情怎么会发生？20世纪80年代初，在上海的《文汇报》《解放日报》上刊登了一位小学生的作文，说小学生跟着他爸爸到电影院看电影，那个电影院叫大光明电影院。他看电影时很高兴，等到他从电影院出来之后，又看到大上海繁华马路上华灯齐放，更是其乐融融。但是，他忽然看到路边有个乞丐。这个小学生很有同情心，于是他就顿时觉得"大光明"也没有那么光明了。这样一篇小学生的作文，当年就引起了一场争论。因为我们有一个说法：要学会透过现象看主流、看本质，我们的主流是光明的。这个小学生其实写得很巧妙，他就围绕着这个大光明电影院和这种现实中的光明与阴暗面来做文章，应该讲很敏锐。但是那个年代你写在街上看到黑暗，看到乞丐，觉得夜色不那么光明，这都要受到质疑，何况是蔡其矫所处的是20世纪50年代。

然后要介绍的是蔡其矫的《波浪》。这首诗是1962年写的，但是当时并没有发表。他是在一种巨大的压力之下，表现出内心的反叛、内心的抗争。而且这首诗也是自由体诗歌的一个典范性作品，尽管它也是每小节四行，但是它每一行的字句均错落跌宕。

> 可是，为什么，当风暴来到，
> 你的心是多么不平静，
> 你掀起严峻的山峰
> 却比暴风还要凶猛？
>
> 是因为你厌恶灾难吗？
> 是因为你憎恨强权吗？
> 我英勇的、自由的心啊！
> 谁敢在你上面建立他的统治？

我也不能忍受强暴的呼喝，

更不能服从邪道的压制，

我多么羡慕你的性子，

波浪啊！④

我们再看一下教材，特别要留意其中对于蔡其矫怎样描写大海、怎样描写海浪有一些具体的分析。大海有不同的情境，有狂风巨浪，也有波光粼粼的时候。许多时候说一位诗人写大海写得好，不是说他写了一次大海，而是看他可以从不同的角度、以不同的方式来描述大海，写出它的千姿百态。像这一首《双桅船》，就和《波浪》有很大的差异，非常温馨，非常富有爱情的燃炽。

落下两片白帆，

在下午金色的海面上，

像落下两片饥渴的嘴唇，

紧贴着大海波动的胸膛。在它下面，

是随着微波欢笑的阳光，

……⑤

再一首是蔡其矫在"文化大革命"时期写的。在"文化大革命"那样人与人之间关系极度扭曲，在阶级斗争、路线斗争的大的理论框架之下，人和人互相仇恨，互相敌视，甚至刀枪相向，发生大规模的武斗。于是蔡其矫写了一首《祈求》。

我祈求炎夏有风

冬日少雨

我祈求花开有红有紫

我祈求爱情不受讥笑

跌倒有人扶持⑥

235

这首诗均用这种"我祈求……"的句子讲下去，一直讲到最后："我祈求，总有一天，再没有人，像我作这样的祈求。"

在"文化大革命"期间，人与人的关系、人与人的处境确实非常不堪。"我祈求知识有如源泉，每一天都涌流不息，而不是这也禁止，那也禁止"，就更具有鲜明的针对性。这样的诗在1976年之后浮出水面公开发表，顿时引起了极大的反响，这也是当年全国第一届新诗评奖时的获奖作品。

回过头来小结一下蔡其矫诗歌的特色，除了《祈求》是比较直白的描述，更多时候，蔡其矫的诗歌富有一种意象化的特色。意象化指的就是他的诗作在许多时候均有一个中心画面，然后围绕这个画面进行抒情，进行阐发。比如，《雾中汉水》，是纤夫在汉水两岸拉着纤绳沉重向前行的画面。像《川江号子》，你仿佛看见万丈断崖之下飞箭般的船上，四个船夫在与险恶的风浪进行搏斗。《波浪》是抓住波浪的波涛汹涌这样一个场景展开自己的联想。《双桅船》这就更经典了，从头到尾都是说双桅船降下风帆，应该是在一个比较平静的海面上，但被他联想为两片白帆像两片饥饿的嘴唇紧贴着大海波动的胸膛，让双桅船有了少女的媚，这是一种意象化手法。从这首诗可以联想起我们前面讲贺敬之的诗，尤其是《放声歌唱》这种宏大的景观，因为有了诗人自我形象的加入，显得不那么空洞，有了一些实体贴近的感觉。远近结合，长镜头、大焦距和这种诗人自我的画像、诗人的足迹贴合在一起，而蔡其矫对画面更加敏感。

从诗歌传承上来讲，我们讲到贺敬之受马雅可夫斯基的影响。蔡其矫更多的是受西方浪漫主义诗人惠特曼、聂鲁达的影响。艾青有一首诗叫《在智利的海岬上》，就是描写聂鲁达的居所。蔡其矫不但受他们的影响，而且他本人在20世纪40年代就因为喜欢惠特曼，专门翻译过惠特曼的诗歌，于是通过翻译受到惠特曼进一步的影响，这也是一个顺理成章的过程。

注释：

①蔡其矫：《南曲》，《蔡其矫诗选》，人民文学出版社1997年版，第24页。

②蔡其矫：《雾中汉水》，《蔡其矫诗选》，人民文学出版社1997年版，第

33 页。

③蔡其矫：《川江号子》，《蔡其矫诗选》，人民文学出版社 1997 年版，第 34 页。

④蔡其矫：《波浪》，《蔡其矫诗选》，人民文学出版社 1997 年版，第 46—47 页。

⑤蔡其矫：《双桅船》，《蔡其矫诗选》，人民文学出版社 1997 年版，第 121 页。

⑥蔡其矫：《祈求》，《蔡其矫诗选》，人民文学出版社 1997 年版，第 93 页。

（选自作者专著《中国当代文学十讲》第一讲《郭小川与十七年诗歌》第三部分《实力派诗人简介》，广东高等教育出版社 2022 年 3 月版）

蔡其矫作品年表

邱景华

1918 年

12 月 11 日（戊午年农历十一月初九），出生于福建省晋江县紫帽镇园坂村。

1941 年

初冬，在华北联合大学，写《乡土》和《哀葬》，分别获晋察冀边区文协举办的鲁迅诗歌奖第一名和第二名。

1942 年

《肉搏》，发表于邵子南主编的油印刊物《诗建设》上。

1945 年

初冬，写《兵车在急雨中前进》《湖光照眼的苏木海边》。

1946 年

《张家口》《炮队》等诗，发表于晋察冀的《北方文化》。

1947 年

6 月，《水浒情节的研究》，发表于《文学新兵》第 11 期。

1953 年

4 月，《在悲痛的日子里》，发表于《人民文学》4 月号。

7 月，《肉搏》，发表于《解放军文艺》7 月号。

8 月，《海上》，发表于《人民文学》8 月号。

1954 年

3 月，《读严阵的诗》，发表于《人民文学》3 月号。

8 月，《我守卫》，发表于《解放军文艺》8 月号。

1955 年

5 月，《海上歌声》，发表于《人民文学》5 月号。

10 月，《惠特曼的生活和创作》，发表于《解放军文艺》10 月号。

1956 年

6 月，诗集《回声集》，由作家出版社出版。收不同时期写的诗作《兵车在急雨中前进》《肉搏》等 36 首诗。

12 月，《夜航及其他》（《船家姑娘》），发表于《人民文学》12 月号。

1957 年

1 月，《武夷山》，发表于《长江文艺》1 月号。

3 月，《海峡长堤》发表于《人民文学》3 月号。《桂林》发表于《诗刊》3 月号。

5 月，《大海》，发表于《诗刊》5 月号。《西沙群岛之歌》发表于《人民文学》5 月号。《无风的中午》，发表于《解放军文艺》5 月号。

6 月 10 日，诗辑《西沙群岛散歌》（《白浪的歌》《夜光》《海员》等），发表于《人民日报》。《红豆》发表于《星星诗刊》6 月号。《榆林港之歌》发表于《解放军文艺》6 月号。

8 月，《故乡集》《南曲》等，发表于《人民文学》8 月号。《我们的春天》，发表于《文艺报》第 18 期。

9 月，《绝句五首》，发表于《延河》9 月号。

11 月，专写东海和南海题材的诗集《涛声集》，由新文艺出版社出版。收入《水兵的心》《厦门之歌》《西沙群岛之歌》等 26 首诗。

1958 年

1 月 14 日，《襄阳歌》，发表于《人民日报》。

本月，诗集《回声续集》，由作家出版社出版。收入《船家女儿》《南曲》《武夷山歌》等 44 首诗，分为《海上》《故乡》等 5 辑，有作者后记。

2 月，《雾中汉水》《汉滨女儿》，发表于《长江文艺》2 月号。

4 月，《水利建设山歌十首》，发表于《人民文学》4 月号。

5 月，《川江号子》《宜昌》《水文工作者的幻想》，发表于《收获》第 3 期。

1962 年

2 月，《九鲤湖》，发表于《诗刊》2 月号。

1973 年

7 月，《西沙群岛之歌》和《大海》，入选《中国新诗 1918—1969》，香港大学采刈社编，波文书局 1973 年出版。

1976 年

2 月，《泪洒大地》，发表于《诗刊》2 月号。

8 月，《祈求》《十月》《二十年》《诗》《请求》《迎风》《端午》《怀念山城》《爱情与自由》《迷信》，发表于民刊《四五论坛》第 11 期。

1978 年

10 月 3 日，《东山魁夷风景画》，发表于香港《新晚报》。《闽江》，发表于

《诗刊》10 月号。

12 月 23 日，《风景画》《给——》《思念》（以"乔加"笔名），发表于《今天》创刊号。

1979 年

1 月，《祈求》《迎风》，发表于《作品》1 月号。

3 月，《波浪》发表于《上海文学》3 月号。《东山魁夷风景画》，发表于《安徽文艺》第 3 期。《京华三首》发表于《北京文艺》第 3 期。《波隆贝斯库圆舞曲》，发表于香港《海洋文艺》第 3 期。

4 月 9 日，组诗《故乡集》，发表于民刊《四五论坛》第 9 期。《丙辰清明》发表于《长春》文学月刊 4 月号。《沿海》，发表于《长江文艺》4—5 月号。

5 月，《橡胶林》（外一首），发表于《诗刊》5 月号。

6 月，诗论《自由诗向何处去》，发表于《花城》第 2 期。

7 月，《元宵》，发表于香港《海洋文艺》第 7 期。

8 月，《祈求》发表于民刊《四五论坛》第 11 期。

9 月，《玉华洞》，发表于《诗刊》9 月号。《〈诗品〉今译前言》，发表于《榕树文学丛刊》第 1 辑。

10 月，《司空图〈诗品〉蔡其矫今译》，由河北人民出版社出版。

12 月，《蔡其矫选集》（诗文集）（陶然编），由香港文学社出版。为"中国现代文选丛书"之一，分为诗选和文选两辑。

1980 年

1 月，《司空图〈诗品〉选译》，发表于《诗刊》1 月号。《雷雨》，发表于《长江文艺》1 月号。

2 月，《沉船》，发表于《上海文学》2 月号。《南曲歌词》发表于《安徽文学》2 月号。

5 月，《夜泊》《双虹》《九鲤湖》，收入《诗选》（49—79）第 3 册，诗刊社编，人民文学出版社出版。《排练厅》发表于《星星诗刊》5 月号。

6月，《竹林里》发表于《诗刊》6月号。

8月，《戴云山》和译诗《诗六首》(作者英国利文斯顿)，发表于《榕树文学丛刊》第2辑，福建人民出版社出版。

10月，诗集《祈求》，作为《诗刊》社主编的"诗人丛书"之一，由江苏人民出版社出版。收入《祈求》《波浪》《时间的脚步》《指挥》《风景画》《竹林里》《女中音歌手》《双桅船》《武夷山梅》《峭壁兰花》等38首诗。

1981 年

3月，《黄山》，发表于《安徽文学》3月号。

4月，《读书与写作》，发表于《福建文学》4月号。

5月，诗集《双虹》，由上海文艺出版社出版，共收入诗作65首。

6月，组诗《大竹岚》，发表于《上海文学》6月号。《赠人两首》，发表于《星星诗刊》6月号。《诗的空间》，发表于《海峡》第2期。

7月，《距离》发表于《诗刊》7月号。

9月，诗集《〈生活的歌〉自序》，发表于《诗刊》9月号。《夜》《怀想》《也许》，入选《中国现代爱情诗》，长江文艺出版社出版。

10月，《夜》《谁知道》《请求》，入选《1980年新诗年编》，中国社会科学院文学研究所编，江苏人民出版社出版。

1982 年

2月，《阿拉麻里哨所》，发表于《绿洲》第2期。

3月，《西行六首》，发表于《诗刊》3月号。

5月，22日，《西行六首》发表于美国《北美日报》。《葛洲坝泄洪》，发表于《湖北画报》5月号。

6月，诗集《福建集》，由福建人民出版社出版。收入写福建的《九日山头眺望》《泉州》《沉船》《梨园戏》《红甲吹》《九鲤湖瀑布》《闽江》等诗作52首。

7月，诗集《生活的歌》，由人民文学出版社出版。这是作者按诗作编年自选的重要选集，共选诗作 97 首。

10 月，《新疆诗草》(5 首)，发表于《新港》10 月号。

本月，译诗《南曲（又一章)》《汉水谣》《榕树》《船家姑娘》《波浪》《诉求》《珍珠》，发表于英文版的《中国文学》10 月号。

11 月，《人工与自然》，发表于《长江文艺》11 月号。

12 月，《三峡十四行三首》，发表于《星星诗刊》12 月号。

1983 年

1 月，《三峡十四行四首》，发表于《诗刊》1 月号。

4 月，译诗《马楚·比楚高峰》《让那劈木做栅栏的醒来》《流亡者》，收入《聂鲁达诗选》，四川人民出版社出版。

7 月，《诗的韵法、句法、章法及其他》，发表于《花溪》7 月号。《青年四首》，发表于《福建文学》7 月号。

9 月，《中原》(外一首)，发表于《诗刊》9 月号。

11 月，《树》，发表于《人民文学》11 月号。长诗《伊犁河》，收入《1982 年诗选》，诗刊社编，人民文学出版社出版。

12 月，《波浪》，选入唐祈主编的《中国新诗名篇鉴赏辞典》。

1984 年

5 月，《湖南张家界》，发表于《诗刊》5 月号。

7 月，《香雪海》，发表于《上海文学》7 月号。

12 月，诗集《迎风》，由四川人民出版社出版。收入《距离》《伊水的美神》《飞天之歌》《金色的浮云》《槐花雨》《东郊》《除夕》等 67 首诗。

12 月，《山的呼唤》，发表于《星星诗刊》12 月号。

1985 年

1 月，《答〈星星〉九题》，发表于《星星诗刊》1 月号。

2 月，《李叔同》，发表于《星星诗刊》2 月号。《新境》发表于《中国》2

月号。

3 月，《赠游伴》，发表于《诗潮》第 2 期。

4 月，《十里浪荡路》，发表于《诗书画》第 7 期。

5 月，《过延川》，发表于《诗刊》5 月号。

6 月，《诗踪两首》，发表于《星星诗刊》6 月号。

9 月，《有情三首》，发表于《星星诗刊》9 月号。

11 月，《沿着李白晚年足迹》(组诗)，发表于《福建文学》11 月号。《无题》，发表于《诗人》11 月号。《南曲》《雾中汉水》《川江号子》《双虹》《祈求》《珍珠》《玉华洞》《距离》，入选谢冕和杨匡汉主编的《中国新诗萃》，人民文学出版社出版。

12 月，《峭壁兰丛》《燕江》《伊犁河》，入选《中国新文学大系》(1979—1982 年)，中国文联出版公司出版。

1986 年

2 月，《香雪海》，收入《84 年诗选》，诗刊社编，人民文学出版社出版。

4 月，《漠风》，发表于《诗刊》4 月号。

8 月，组诗《海神》和《蔡其矫诗作朗诵会自序》，发表于《福建文学》8 月号。

9 月，诗集《醉石》，由花城出版社出版。收入诗作 43 首，有写"沿着李白晚年足迹"的《秋浦歌》《横江词》《谢朓楼》《醉石》《当涂太白墓》；还有写新疆的长诗《伊犁河》《流放中的诗人》《传说香妃墓》；还有《龙门石窟》《十里浪荡路》《花市》《迪斯科》《舞者》等。

本月，《花卉三首》(外一首)，发表于《星星诗刊》9 月号。

10 月《在世界屋脊》(组诗)，发表于《西藏文学》10、11 期合刊。《读李剪藕的诗断想》(二则)，发表于《福建文学》10 月号。

1987 年

1 月，《有感》，发表于《诗刊》1 月号。《闽东组诗》，发表于《星星诗刊》

1 月号。《走向世界最高峰》，发表于《华人世界》1 月号。

3 月，《倾诉》，发表于《上海文学》3 月号。

5 月，《诗七首》，发表于《人民文学》5 月号。《花市》，发表于《诗刊》5 月号。

6 月，《蔡其矫三十首》(自选诗)，前面有小序，发表于《诗选刊》6 月号。收入《肉搏》《夜泊》《船家女儿》《南曲》《榕树》《红豆》《雾中汉水》《波浪》《思念》《也许》《玉华洞》《祈求》《距离》等。

7 月，《闽东组诗》，发表于《星星诗刊》7 月号。

12 月，《福建人物 2 首》，发表于《诗刊》12 月号。

本年，译诗《英雄挽歌》(埃利蒂斯)，发表于《国际诗坛》第 2 期。

1988 年

1 月，《九石渡》，发表于《江南》第 1 期。

2 月，《神秘的海》(《海神》第一节)，收入《86 年诗选》，诗刊社编，人民文学出版社出版。赏析舒婷《祖国啊，我亲爱的祖国》的短文，发表于公木主编的《新诗鉴赏词典》，上海辞书出版社出版。

4 月，《长江七日》发表于《星星诗刊》4 月号。

5 月，《诗七首》，发表于《人民文学》5 月号。《断章》发表于《绿风》第 3 期。

10 月，《苏东坡南疆遗踪》(《朝云墓》《载酒堂》)，发表于《星星诗刊》10 月号。《海南七首》，发表于《诗神》10 月号。

1989 年

2 月，《洞箫》发表于《文汇月刊》2 月号。

3 月，《诗三首》，发表于《福建文学》3 月号。

4 月，《柳永》，发表于《诗林》第 2 期。

5 月，《自画像》，发表于《福建画报》第 3 期。

7 月，散文《何朝宗和他的瓷塑观音》，发表于《散文世界》7 月号。

11月，《马缨花》（4首），发表于《诗刊》11月号。《西双版纳之行》（6首），发表于《人民文学》11月号。《无题二首》（《影子的笑》《女体》），发表于《上海文学》11月号。《蔡其矫诗四首》，发表于《厦门文学》11月、12月合刊。

12月，诗论《在大师脚下仰望》，发表于《世界文学》第6期。

1990 年

5月，《众墙之外》（组诗），发表于《天津文学》5月号。

7月，《众墙之外》，被《新华文摘》7月号转载。

11月，《江湖变奏曲》（组诗），发表于《海峡》第6期。

12月，《仙游菜溪岩》，发表于《诗刊》12月号。《波浪》，入选唐祈主编的《中国新诗名篇鉴赏辞典》，四川辞书出版社出版。长诗《九鲤湖瀑布》《玉华洞》《海神》，入选《福建文学四十年·诗歌卷》，海峡文艺出版社出版。

1991 年

2月，《柳永》，收入《89年诗选》，诗刊社编，人民文学出版社出版。

5月，组诗《人与自然》（《泼水节》《澜沧江》《百合园》《暴风雨中万木林》），发表于《人民文学》5月号。

6月，《霍童溪·支提山》，发表于《诗刊》6月号。

10月，《名楼三叹》，发表于《星星诗刊》10月号。《南曲》《榕树》《候鸟》《弘一法师》《山的呼唤》，入选王永志主编的《归侨抒情诗选》，中国华侨出版公司出版。《蔡其矫谈诗歌创作》，收入漓江文学院编《文学入门》，漓江出版社出版。

11月，《肉搏》《雾中汉水》《双虹》《祈求》入选公木主编《新诗鉴赏词典》，上海辞书出版社出版。

12月，31日，《最后的温柔》，发表于《华声报》。《诗的扬州》发表于《黄河诗报》第6期。

1992 年

1 月，《悼诗二首》，发表于《诗歌报》1 月号。《语言的韵律、意象及智力的舞蹈》，发表于《厦门文学》1 月号。

3 月，《流浪艺人》(组诗)，发表于《诗神》3 月号。

4 月，《序陶然〈香港内外〉》，发表于《海峡》第 2 期。《女性的海》，发表于《星星诗刊》4 月号。

5 月，《宁化、宁化》(组诗 4 首)，发表于《十月》第 3 期。《哦、三沙》(组诗)，发表于《中国作家》第 3 期。

7 月，《祈求》《波浪》《珍珠》《灯塔》《悲伤》《屠夫》《指挥》《排练厅》《请求》《双桅船》，入选蓝棣之选编的《我常常享受一种孤独》，北京师范大学出版社出版。《悼诗两诗》，发表于《诗歌月刊》第 7 期。

本月，《蔡其矫诗话》(17 则)，收入杨放辉等主编的《中国当代诗家诗话辞典》，北岳文艺出版社 1992 年版。

8 月，《流浪艺人》发表于《诗林》第 3 期。《竹筏》，发表于《当代诗坛》第 13 期。

10 月，《东山的海》(组诗)，发表于《人民文学》10 月号。诗论《论细节》，发表于《福建文学》10 月号。

本月，诗集《倾诉》，由漓江出版社出版。这是一本写友情和爱情的抒情诗集，共收入作者从 20 世纪 50 年代到 80 年代的诗作：《周末》《突然出现》《护诗女神》《送我一片燃烧的云》《暖风》《赞美》《聆听回音》《长江七日》《感激》《泪珠》《怀念山城》《风中玫瑰》《绿》《木棉》《双桅船》《槐花雨》《金色的浮云》《渴望之歌》等 81 首短诗。

12 月，《语言的韵律、意象和智力的舞蹈》，发表于《厦门文学》12 月号。

1993 年

2 月，入选《世界名人录》中国诗人、作家作品丛书：《七家诗选》，中国友谊出版公司出版。收入蔡其矫《肉搏》《南曲》《雾中汉水》《波浪》《风中玫瑰》《小泽征尔指挥》《海神》《在西藏》等 31 首诗作。

2 月，《闽东海上》，发表于《诗刊》2 月号。

4 月 17 日，散文《紫帽山旧梦》，发表于《泉州晚报》。《神州吟》(组诗)，发表于《星星诗刊》4 月号。《流浪艺人》(组诗)，被《诗刊》5 月号转载。

7 月，《萧红》，发表于《诗刊》7 月号。散文《我的童年》，发表于《散文天地》第 4 期。

8 月，诗集《蔡其矫抒情诗》，由香港现代出版社出版。收入抒情短诗 100 首，多数是精品。《天南地北》，发表于《诗刊》9 月号。

10 月，《地北天南》，发表于《人民文学》10 月号。《坤红的诗》，发表于《星星诗刊》诗刊 10 月号。

1994 年

1 月，《聆听回音》，收入《1990—1992 年三年诗选》，人民文学出版社编辑和出版。

8 月，《深山雪里梅》，发表于天津《诗之国》第 1 期。

1995 年

2 月，19 日，《巨浪》(外一首)(鼓手)，发表于香港《文汇报》。《西沙之行》，发表于《人民文学》2 月号。

8 月，《闽北三首》，发表于《星星诗刊》8 月号。

9 月，《在西藏》，发表于《诗刊》9 月号。

1996 年

4 月 24 日，《悬崖上的百合花》，发表于《中国文化报》。

10 月，《雾中汉水》入选谢冕主编的《中国百年文学经典文库·诗歌卷》，海天出版社出版。

11 月，组诗《福建人物》(《李贽》《冯梦龙》《朱熹在武夷山》《严羽沧浪阁》)，发表于《人民文学》11 月号。

1997 年

1 月，《祈求》，入选辛笛主编的《20 世纪中国新诗》，汉语大词典出版社出版。

4 月，《与周涛相应相析》，发表于《星星诗刊》4 月号。

5 月，作为名家经典的《蔡其矫诗选》(13 首)，发表于《诗刊》5 月号。

7 月，《闽东组诗》(4 首)，发表于《星星诗刊》7 月号。

本月，诗集《蔡其矫诗选》，由人民文学出版社出版。这是作者生前最重要的编年自选集，共收入诗歌 261 首。前面有公木的代序，后面有附录：小传，简历及著作，部分评论索引。

9 月，《腾格尔沙漠》，发表于《人民文学》9 月号。

10 月，《悬崖上的百合花》(组诗)，发表于《厦门文学》10 月号。

12 月，《南曲》《南曲（又一章）》《雾中汉水》《川江号子》，入选《中国百年新诗选》，谢冕主编，山东文艺出版社出版。

1998 年

8 月，《川江号子》《距离》《榕树》，收入《20 世纪中国新诗选》，顾志诚、王彬主编，大众文艺出版社出版。

9 月，《蔡其矫致骆之》，发表于《长江文艺》第 9 期。散文《当涂龙山》，发表于《散文天地》第 4 期。

11 月，《蓬莱阁》(外一首) 和诗论《诗的双轨》，发表于《人民文学》11 月号。

1999 年

1 月，《长山列岛》，发表于《诗刊》1 月号。《南曲》入选陈超主编的《中国当代诗选》，河北教育出版社出版。

2 月，《长江之花张家港》《江南第一华西村》，发表于《诗刊》2 月号。

4 月，廖亦武、陈勇的《蔡其矫访谈录》，编入《沉沦的圣殿》，新疆青少年出版社出版。

5月，《自制格律三首》和《致宫玺》，发表于《星星诗刊》4月号。

6月，《自制格律七首》，发表于《福建文学》6月号。

10月，《民族乐团演奏》，发表于《人民文学》10月号。

2000 年

1月，《蔡其矫的诗》，发表于《诗刊》1月号。

本月，周良沛编选的《中国新诗文库·蔡其矫卷》(60首)，由长江文艺出版社出版。前面有周良沛写的"卷首"(长篇序言)。

2月，《蔡其矫诗抄》(14首)，发表于《诗选刊》2月号。

3月，《民族乐团的演奏》，《诗刊》3月号转载。

5月，《林语堂》，发表于《福建文学》5月号。

7月，《保山》发表于《诗潮》第7、8期合刊。

8月，《翠海九寨沟》，发表于《人民文学》8月号。

9月，《天子山》，发表于《绿风》第5期。

10月，《中国第一大瀑布》，发表于《诗刊》10月号。

11月，《南曲》《川江号子》《祈求》，收入《中华人民共和国五十年文学创作文库·新诗卷》(1949—1999)，卞之琳主编，牛汉副主编，作家出版社出版。《答〈扬子江〉诗刊问》，发表于《扬子江》诗刊第6期。

本年，《祈求》等13首，入选《20世纪汉语诗选》，姜耕玉主编，上海教育出版社出版。

2001 年

2月，《蔡其矫诗歌·少女和海》(5首)，发表于《北京文学》2月号。

3月，闫延文《诗歌的幻美之旅——蔡其矫访谈录》，发表于《诗刊》3月号。

5月，《蔡其矫诗四首》(《在西藏》《拉萨》《暴风雨中万木林》《贝壳线》)，发表于《新诗界》创刊号，文化出版社出版。

6月，《郑和航海》，发表于《香港文学》6月号。

7月，《解读》(析聂鲁达情诗之六)，发表于《诗刊》7月号。

9月，《郑和航海》，发表于《海峡》第5期。

10月，组诗《运河行》(3首)，发表于《诗刊》10月号。《郑和航海》，发表于《大众诗歌》10月号。

12月，《天津两题》，发表于《人民文学》12月号。

2002年

1月，《海上丝路》，发表于《香港文学》1月号。

2月，《在西藏》(组诗5首)，发表于《福建文学》2月号。

5月，《复苏的生命》(组诗6首)，发表于《人民文学》5月号。

7月，《大地的形态》(生态组诗7首)，发表于《诗刊》(上半月) 7月号。

本月，八卷本的《蔡其矫诗歌回廊》，由海峡文艺出版社出版。这是蔡其矫生前最全面、按题材分类的自选诗集。分为第一卷：大地系列·伊水的美神；第二卷：海洋系列·醉海；第三卷：生态系列·翠鸟；第四卷：乡土系列·南曲；第五卷：情诗系列·风中玫瑰；第六卷：人生系列·雾中汉水；第七卷：译诗系列·太阳石；第八卷：论诗系列·诗的双轨。

2003年

7月，14日，《少女与海》(组诗)，获新世纪第一届《北京文学》诗歌一等奖。

9月，《蔡其矫的诗》(《徐福东渡》)，译诗《太阳石》，发表于《新诗界》第4卷。

2004年

1月，《三十四年以后》，发表于《诗潮》第1期。

2005年

4月，《诗的秘密》发表于《诗刊》4月号。

11 月，《严羽沧浪阁》，发表于《星星诗刊》上半月 11 月号。

2006 年

1 月，《蒲寿庚——泉州一段史实》发表于《香港文学》2006 年 1 月号。
12 月，《闽粤海商——泉、漳、潮海盗》，发表于《香港文学》12 月号。

2007 年

1 月 3 日，在北京寓所睡梦中逝世。
本月，《诗情》组诗，发表于《诗潮》1、2 月合刊。
3 月，《诗杂散文》(组诗)，发表于《人民文学》第 3 期。《告别与永存》(组诗) 发表于《扬子江诗刊》第 2 期。

2009 年

3 月，蔡其矫致宫玺信，发表于《芳草地》第 3 期。

2011 年

6 月，由陶然主编的《蔡其矫书信集》(大象人物书简文丛)，收入蔡其矫致公木、谢冕、邵燕祥、舒婷、陶然等书信 160 余封，起讫时间为 1973 年 8 月至 2006 年 10 月。是研究蔡其矫思想和艺术的第一手资料。

2013 年

2 月，《蔡其矫新诗话》，发表于《扬子江诗刊》第 1 期。

2016 年

8 月，由王炳根选编的《蔡其矫集》(闽派诗文丛书之一)，分为：辑一"人生"，辑二"乡土"，辑三"大地"，辑四"海洋"，辑五"生态"，辑六"情诉"，辑七"翻译"，附"蔡其矫简表"和后记，由海峡文艺出版社出版。

主要参考文献：

①蔡其矫：《小传》《简历和著作》，见《蔡其矫诗选·附录》，人民文学出版社，1997年版。蔡其矫：《著作年表》，《蔡其矫诗歌回廊》第8册《诗的双轨》附录二，第197至211页。

②邱景华：《蔡其矫年谱》，海峡文艺出版社2016年版。

③刘福春：《中国新诗编年史》，人民文学出版社2013年版。

④曾阅：《诗人蔡其矫》，作家出版社2002年版。

(原载《中国当代文学史料》第二卷，吉林人民出版社2022年8月版)

蔡其矫在延安

邱景华

蔡其矫在延安虽然只有一年多（1938.5—1939.7），但经历丰富，前后进了延安的三所学校：抗日军政大学、陕北公学、鲁迅艺术学院；中途又有两个月离开延安，到武汉和河南；随后又第二次进入延安，构成了一段多姿多彩的青春岁月。

一、陕北公学的窑洞

1938年5月，20岁的蔡其矫与暨南大学附中的两个同学王孙静和萧枫，从汉口坐火车到西安，经西安八路军办事处安排，乘坐载货的汽车到洛川。接着步行三天，经鄜县、甘泉，艰难行走到二十里铺，远远望见了延安。

> 看到延安宝塔，夕阳正将落未落，山头上就传来抗日歌声。这是当时延安生活中的一大特色：歌声日夜不息。黄昏中踏上延安城的街道，觉得光辉，好像是童话中的景物：那低低的屋檐，板壁的门面，石铺的路，都是从来没有见过，却非常亲切。住进招待所（破旧的民屋），吃第一口小米饭，也特别的香。①

这是蔡其矫1982年所写的，记忆中第一次见到延安仿佛童话中的充满着光辉的"圣地"。

风尘还没有洗净的蔡其矫、王孙静和萧枫，三人兴冲冲地手持广州八路军办事处张鼎丞开的介绍信，前往抗日军政大学报到。经过昨晚的商量，虽同时持有抗大和陕北公学的介绍信，但他们一致选择到抗大。因为他们是怀着抗日救国的理想，来到延安，希望通过抗大这个军事学院的训练后，能尽快地上前线打日本鬼子。

抗大成立于 1936 年 6 月，前身是红军大学。第一期和第二期，主要是招收军队中的指战员。从第三期开始以招收从全国各地来延安的青年学生为主，学员有 2000 多人。第四期有 3000 多人。蔡其矫三人编入抗大第四期，与他们同期的还有魏巍、胡征、朱子奇等。

但三人刚穿上抗大的军装没几天，就因为是归侨青年，一起被调到陕北公学 25 队的华侨训练班。陕北公学成立于 1937 年 8 月，是中共中央领导下的培养抗日干部的大学，校长成仿吾。当年招收大批来自国统区的青年学生。陕北公学属于短期训练班性质，有两种学制：一种是普通班（即学员队），一般学习四个月；一种是高级研究班（即高级队），学习一年，主要是培养师资。陕北公学的教育目标，"是要把青年培养成有一定政治觉悟和初步军事知识，有独立进行群众工作、政治工作能力的抗战建国干部"。普通班开设四门课：社会科学概论、抗日民族统一战线、游击战争、民众运动②。

校长成仿吾在窑洞的小油灯下，写出了陕北公学校歌，由吕骥作曲（后来作为中国人民大学的校歌）：

> 这儿是我们祖先发祥之地
> 今天我们又在这儿团聚，
> 民族的命运全担在我们双肩。
> 抗日救亡要我们加倍努力，
> 忠诚，团结，紧张，活泼，
> 战斗地学习！
> 努力，努力，
> 争取国防教育的模范，
> 努力，努力，
> 锻炼成抗战的骨干。
> 我们忠实于民族解放事业，

我们献身于新中国的建设，

昂头看那边，

胜利就在前面！

陕北公学的校址，设在延安城东门外延河之滨，北靠清凉山、南向宝塔山。由于新学员越来越多，原先的平房和窑洞不够住，就自己挖窑洞。"新学员一入学，每人发一把镢头，在清凉山上挖窑洞，七八个人一组，一个星期挖一孔，挖完了，这一组就搬进去住。学员们住上自己挖的窑洞，心里特别高兴。挖窑洞就成为新学员入陕北公学的第一课。"③

蔡其矫和新学员们，扛着新发的镢头，也在清凉山上挖窑洞。虽然辛苦，但大家都很兴奋，休息时，远处的山上传来歌声，受到感染，挖窑洞的学员们也唱起歌曲来。刚挖的窑洞很潮湿，不适合住人；但那时的学员们都是年轻人，身体好，充满理想，都很乐观，不在乎。蔡其矫住进新挖的窑洞，特别高兴。

有一个晚上，在新挖的窑洞里，学习小组讨论《反对自由主义》这篇文章。蔡其矫心里一惊："自由是坏的吗？"从中学时代开始，他就追求自由，怎么刚来到延安就要"反对自由主义"？蔡其矫虽然在上海读高中时，就积极参加抗日救国运动，加入中共的外围组织"救国会"，但他这是第一次接受延安革命思想的教育，给他留下心灵的震撼。青年蔡其矫从南洋富商的公子、上海抗日救亡运动中的青年学生，逐渐转变成延安的革命干部——这个艰难而痛苦的"脱胎换骨"的过程，由此开始了。

校长成仿吾回忆："毛主席特别关心陕北公学的教学工作，他规定政治局委员都要来讲课，他自己第一个带头来讲，主要是讲时事和形势。""有一个时期，毛主席经常到陕北公学来，陕公的教员和干部见到毛主席就说：'教员，给我们讲讲形势吧！'（毛主席说他是教员出身，所以同志们亲切地称呼他'教员'）他也很高兴作报告。""毛主席讲演后，常常被学员们团团围住，要求签名留念。"④

有一次，毛泽东来陕北公学讲课。操场的讲台上，摆放着一张粗陋的桌子，上面有一杯白开水，还有一条窄板凳。45 岁的毛泽东站在台上，双手习惯性地叉腰，对着台下席地而坐的几百个青年师生，不时打着手势，以他特有的风趣，做生动的形势报告。

蔡其矫和学员们聚精会神地倾听着。毛泽东报告一结束，他们一拥而上，把"教员"团团围住，争先恐后地递上自己的笔记本要求签名留念。蔡其矫好不容易挤到前面，毛泽东微笑着接过他递上来的小笔记本，签上自己龙飞凤舞的草体名字。

20 多年后的 1961 年 4 月至 6 月，蔡其矫创作了长篇政治抒情诗《韶山之歌》(载《热风》1961 年第 5 期)，其中有一段记叙了当年听毛泽东演讲的情景：

> 我看到了，
> 那最激动人心的岁月——
> 千万青年汇集到延安，
> 从早到晚都在歌唱，
> 心跳得最厉害的
> 是人群密集的广场上，
> 中间有张粗陋的小桌，
> 一杯白开水
> 一条窄板凳，
> 敬爱的人站在那里，
> 用语言燃烧人们的心，
> 用手势拨升人们的眼睛。
> 几个钟头过去了，
> 应该让他休息，
> 但人们还是蜂拥而上，
> 谁也不甘落后，
> 我也随着人群向前挤，

他像父亲一样，把慈爱的目光

投在我头上，

一切他都理解，

并不嫌我的幼稚，

在递上去的小本上，

写下生气勃勃的名字。

他在我们中间最高大，

但也最谦虚、最朴实、最平常。

蔡其矫与许多来自延安的同代人一样，后来的人生经历和诗歌创作，都受到毛泽东的巨大影响。

在当年的延安，一方面，革命的秩序和纪律正在建立和完善；另一方面，民主的方式也很盛行。陕北公学的学生会很有名，学校有总会，每个队成立分会，学生会干部是民主选举的，实行民主集中制。学生会的工作很活跃，也很有成效，其中一项工作就是动员学生向外界争取募捐筹建基金。学员从各地来，有各种社会关系，学生会就动员学生写信到外地去，争取各界同胞在道义上和经济上支援。1938 年初，一些华侨学生写信到南洋各地，并发出捐册，向侨胞募集资金。不久，就收到许多侨胞们的捐款和捐物。这也是后来陕北公学成立海外工作团的缘由。

蔡其矫在陕北公学的学习时间，前后有 3 个月。1955 年 3 月，蔡其矫亲笔填写的中国作家协会文学讲习所人事科制作的《工作人员登记表》中记载："1938.5—7　延安陕北公学受训。"(此件由蔡其矫三儿子蔡三强提供)

1938 年 7 月，蔡其矫自陕北公学结业，被分配到海外工作团任秘书。海外工作团的任务，就是动员这些华侨学生回到海外宣传抗战爱国，争取更多的爱国华侨回国参加抗战，扩大八路军的政治影响，并发动华侨募捐。

当年一起在陕北公学学习的王孙静女友、侨生陈日梅回忆："海外工作团的团长是蔡家霖同志，团员有蔡白云、王孙静、蔡其矫、萧枫、陈一平和我等，共 30 多人。我们开了一个座谈会，董必武同志亲自参加，并讲了话，还把大红枣、南瓜子等每人递了一份，使我们受到极大的鼓舞。"⑤

8月，蔡其矫随海外工作团到武汉八路军办事处，准备出国。但是，由于国民党政府拒不签发出国护照,海外工作团在汉口就地解散，留下参加"保卫大武汉"。组织上要蔡其矫转做秘密工作，蔡其矫不愿意，他想上前线与日本鬼子真刀真枪干。经他申请，转到河南确山新四军第四支队留守处任宣教组长。秋天，豫西平原大雨连绵，疟疾流行，蔡其矫染上疟疾，发烧到不省人事。当时被日军合围中的大武汉危急，新四军第四支队要上大别山，精简非战斗人员，就把他作为病号送回延安。

二、鲁艺文学系第二期

1938年9月，病中的蔡其矫，在有关人员的护送下，长途辗转，先到西安，然后徒步10天，前往延安。大约是10月，蔡其矫第二次到延安。病愈后，恰逢鲁迅艺术学院招生，就参加文学系的考试，并被录取为第二期学员。

鲁迅艺术学院（简称"鲁艺"）是1938年4月10日正式成立。在延安北门外举行成立大会和开学典礼。典礼简朴而隆重。毛泽东和一些中央领导都来参加了这个庆典。

鲁艺第一届，设戏剧系、音乐系、美术系；因缺教师，第二届才增设文学系，周扬兼系主任。鲁艺初期办班属短训班性质，第一届和第二届的学制最初定为六个月，分两个阶段进行，每阶段三个月，在第一阶段学满后，到前方抗日根据地或部队实习三个月，然后再回到学院继续第二阶段的课程。学员以自学为主。教师辅导。

鲁艺的正式校址在延安北门外清朝文庙废墟的西边山坡上，这里原来是延安的保育院，有十几孔的窑洞，都是朝南开的。共有三层窑，一、二层的窑洞前都有一块坪地，这就是鲁艺的露天课堂。文庙的废墟，也被清理成学生活动的场所。后来，师生们动手在半山坡上盖起了两个可以遮阳挡雨的简陋草棚。随着入学的学生增多，又在西侧的山腰上新挖了两排窑洞。

站在鲁艺窑洞的坪地上，可以看见对面高高的清凉山、南面的宝塔山、王家坪的苹果园。那条由北往南在宝塔山下折着东流的延河，烟雾缭绕的延安城，山脚下大路上来往的行人，都看得清清楚楚，间或还能听到远处驼铃叮叮

259

当当响。每天清晨，嘟嘟的哨音，将沉睡的学员们唤醒。迎着晨曦，学员们从三层的窑洞里出来，跑步来到延河边洗脸刷牙、练功练声。然后，又整队去到伙房吃早餐。饭后，每人扛着刚发下的白木凳子，带着学习用具，唱着抗战歌曲，踩着山沟里的石头、冰雪，朝着作为课堂的大砭沟走去。在一个大阳坡上，分成三队开始上课⑥。

在鲁艺的窑洞前，在延河之滨，清晨和黄昏，经常可以听到学生们唱着鲁艺的校歌（沙可夫作词，吕骥谱曲）：

我们是艺术工作者
我们是抗日的战士
用艺术做我们的武器
为打倒日本帝国主义
为争取中国解放独立奋斗到底

我们是艺术工作者
我们是抗日的战士
踏着鲁迅开辟的道路
为建立新的抗战艺术
为继承他的革命传统努力不懈

学习　学习　再学习
理论与实践密切联系
一切服从神圣的抗战
把握着艺术的武器
这就是我们的歌声
唱吧　唱吧　高声地唱吧
我们是抗日的战士，
我们是艺术工作者。

蔡其矫最初入鲁艺的精神状态，可以从他的"入学照"上清晰地看出来。20 岁的蔡其矫穿着新发的八路军军衣，纯真的笑容焕发着朝气。

照片冲洗出来，蔡其矫马上寄给远在印尼泗水的母亲陈宽娘和家人。他知道：母亲不放心他离开印尼到延安，日夜都在思恋他。1952 年，母亲陈宽娘回国定居，把这张珍藏了 14 年的照片，再郑重地交还给蔡其矫。他非常感动，接过这张他自己都没有保存的照片，感到沉甸甸的，他懂得这是母亲对他深沉的爱！如今，这张珍贵的照片，成为蔡其矫在延安时期仅存的纪念品⑦。

晚年蔡其矫在《纪念母亲》中写道："……最让我感动的是她经过战乱和屡次迁徙，犹保存我在 1938 年的照片和一条麻织白裤，从印尼漫长时空带来北京，这条白裤至今在重要场合我才穿，以纪念她的爱心至情。"⑧

刚开办的鲁艺，没有平房的教室。窑洞前阳光普照的平地，就是露天的课堂。学员们头上戴顶草帽，用三块木板做成的简易矮凳，双腿上放块较大的木板当书桌。下雨天，就挤在一间较为宽敞的窑洞里进行学习。学习条件虽然如此简陋，但精神却很愉快。因为在抗战的遍地烽火中，能如此安心地在窑洞前学习，学员们都珍惜来之不易的美好时光⑨。

早期的鲁艺上课程，分为二种：全院上大课和各系专业课。

作家沙汀，给文学系第一期授课时，主要是讲中外报告文学的名篇：基希的《秘密的中国》、夏衍的《包身工》、周立波的《晋察冀边区印象记》等。因为报告文学、人物特写，或长篇通讯，非常适合表现抗日战争和延安的新生活，也就是所谓的文艺轻骑兵的体裁。鲁艺教学的一个重要特点，就是非常重视实践。对文学系来说，就是写作实践。开设有"写作实习课"，任课教师对学生的习作，进行批阅和讲解，以此提高学员的写作水平。周扬、何其芳对学生的习作进行非常详细的批改和点评。

从文学系第一期开始，就把下乡劳动，作为深入生活，与人民群众在一起，进行创作实习的大好机会。第一期学员下乡参加秋收后，虽然只有一个星期，但每人要写一篇散文报告的习作，后来由指导老师沙汀和何其芳编成一本《秋收一周间》。

1939 年 2 月，蔡其矫所在的第二期也照此办理。一边下乡劳动，一边观察农民，最后作人物特写的习作。他后来自述："那时，我没有写诗，只写特写，一心想上燕京大学新闻系，是不自觉地走上了文学的道路。"⑩蔡其矫下乡写的习作，还在文学社墙报《路》上刊出。

这种报告文学，特别是人物特写，对蔡其矫后来的教学和创作都有影响，他并不只是写诗。他在晋察冀华北联合大学文学系当教员时，就辅导学员在下乡时写农民的人物特写。1959 年，蔡其矫回福建，写了一批表现"大跃进"的人物特写和报告文学。1979 年到广东参加海港诗人访问团，也写了几篇我国远洋货轮在海外的特写。

蔡其矫在鲁艺，很多时间是自学读书，和文学系的学生一样，经常到图书馆借书。初期的鲁艺图书馆，有三四千册图书，文艺类图书约占到三分之二。小说类里，俄国小说最多，有 60 多种。由于图书的数量不多，品种又不齐全，一些中外文学名著连续不断地在借阅者手中周转，封面坏了，书页卷边了、揉皱了、撕破了，因此图书馆的工作人员的一项重要工作，就是修补破损的图书。要想借阅一本文学名著，必须事先在图书馆的预约登记簿上登记。每一本文学名著的预约借阅者，往往有一二十人之多，一般要等上几个月，才能借到自己预约借阅的书。于是，文学系的学员开始流行自己动手抄书。学生们把他们来延安时带来的各种小本子——日记本、笔记本、记事本，甚至是纸张颜色较浅的影集，都用来抄书。每当从图书馆或别人手里借到一本好书，就把自己所喜爱的篇章或片段，争分夺秒地抄写下来，以便带在身上，随手翻阅，仔细品鉴。最初只抄录诗歌、散文和较短的小说，后来发展到抄录中、短篇小说，长诗，甚至剧本和长篇小说⑪。蔡其矫后来有抄诗，抄文学资料的习惯保持终生。

根据馆藏的特点，蔡其矫借阅的图书主要是苏俄和法国的中译本。有普希金、屠格涅夫、莱蒙托夫、陀思妥耶夫斯基、纪德、雨果等。当年鲁艺没有电灯，小油灯也很少。但学员们对文学名著的学习却如饥似渴，是全身心的专注。蔡其矫晚年追忆："冬天久坐在火盆前读陀思妥耶夫斯基的《罪与罚》，又走出窑洞外解溲，一热一冷，膝盖以下生着严重冻疮，脸上却燃烧着幻想的红光；同班同学黄钢，一眼就看出我是水兵的气质。"⑫陶然回忆："我记得他说过，在延安时，冬天就着火炉边看《安娜·卡列尼娜》，太入神了，竟不觉把棉裤烧成一个洞。"⑬

蔡其矫在鲁艺文学系的一项重要活动，就是参加路社，时间大约是1938年底。

"路社成立于1938年8月，是以进行诗歌朗诵、创作和研究活动为主的全院性业余文艺组织，成员以文学系为主。也有其他各系的青年文艺文学爱好者，最多时达100多人。"⑭社长是第一期学生，后来留校在文学研究室工作的天蓝，副社长是康濯。路社的主要任务，是发动和组织社员积极进行文学创作。路社规定，每个社员每月至少要写一篇文学作品，上交委会。路社还油印了诗刊《路》，举行诗歌朗诵会、作品讨论会等各种文学活动。还请文学系教师沙汀和何其芳批阅社员的习作，作创作辅导报告。路社还办墙报《路》发表社员的作品。不仅贴在院内，还张贴北门城楼的门洞上。后来，路社的影响越来越大，还参与延安文艺界组织的一些活动，还接纳了一些校外的文学爱好者入社⑮。

1939年2月4日，路社召开全体社员大会，不但邀请沙可夫和周扬参加，而且还写信邀请毛泽东。毛泽东没有空，但亲笔回信，予以鼓励。据蔡其矫回忆：路社的工作分为研究部和出版部，在这次会上，经过社员们的选举，出版部部长由社长天蓝兼任，蔡其矫被选为研究部部长。并且与文学系第二期的一些社员，参与编辑墙报《路》等工作。

1939年3月26日下午，路社以独立的文学社团名义，第一次出席了边区文化界救亡协会召开的各文艺团体联合会议。与各协会各文艺团体相互交流经验。4月9日晚，路社还参与由来延安的演剧三队与边区诗歌总会联合主办，并有抗大文工团等单位配合的文艺晚会——延安文学晚会。在晚会上，路社社员朗诵了自己的诗作，受到热烈欢迎⑯。

路社的文学活动，使蔡其矫得到锻炼，并初露头角。后来，路社的几个"学生头"：天蓝、康濯、蔡其矫等，都留校工作。路社这段宝贵的经历，对蔡其矫后来的文学活动产生了深远的影响。比如，到晋察冀后担任华北联合大学校刊《文化纵队》的主编。

蔡其矫通过"写作习作课"和路社，不断进行习作训练，很快就提高了文学写作的水准。可以说，他的文学活动和文学写作，起步于鲁艺。

三、鲁艺老师：沙可夫、周扬、何其芳

鲁艺，对蔡其矫的深远影响，主要来自三位老师：主持工作的副院长沙可夫（35岁）、文学系主任周扬（31岁）、教师何其芳（26岁），他们影响了蔡其矫后来的人生和创作道路。

三人中，最早也是最重要的影响，来自副院长沙可夫，因当时革命斗争的需要，中共中央在延安创办了抗日军政大学、陕北公学等几所学校，而鲁艺的创办，则是源于沙可夫等人的一次演出。

1938年1月28日，为纪念"一·二八"淞沪抗战6周年，在延安的中央大礼堂演出由沙可夫、任白戈、左明等集体创作，沙可夫执笔的多幕话剧《血祭上海》。由左明导演，演员有孙维世、左明、江青、仉平等。演出受到中央领导和观众的高度赞赏。中宣部特别在机关合作社设宴招待主要创作和演职员。毛泽东和中央领导人也参加了。毛泽东在宴会上提出：希望这个集中了许多人才的演剧集体不要散，要继续排出好戏来。有人提议设立一个培养艺术干部的学校。毛泽东同意并表示支持。宴会后，中央决定由沙可夫主持筹办鲁迅艺术学院。沙可夫起草了《创立缘起》，邀请毛泽东、周恩来、林伯渠、徐特立、成仿吾、艾思奇、周扬为发起人[⑰]。

沙可夫从小喜欢音乐，在上海南洋公学电机系读书时，课外还请人教授钢琴。1926年初留学法国，在巴黎学习音乐（乐理、作曲、钢琴、小提琴）。1927年4月，沙可夫到苏联，入莫斯科孙中山大学学习，并积极参加各种文艺活动。他唱歌、跳舞、弹钢琴、拉小提琴、指挥合唱队，并创作剧本和担任导演，充分展示他的艺术才华。沙可夫在留学期间，还听过马雅可夫斯基的讲演和诗朗诵，留下终生难忘的印象。1931年4月14日，马雅可夫斯基逝世，沙可夫闻讯后赶到他的寓所悼念。1953年7月14日，写诗《不可磨灭的印象——回忆马雅可夫斯基的片段》，用的也是楼梯式诗体。还翻译过当年影响很大的土耳其诗人希克梅特的诗。

1931 年秋沙可夫回国。1932 年 4 月，奉命到红都瑞金，担任中华苏维埃临时政府的教育部副部长等职务。1934 年春至 1937 年 9 月，因病到上海。养病期间翻译了大量作品，成为鲁迅创办、黄源主编的《译文》的重要译者，受到鲁迅的赞赏。沙可夫通过翻译，把莎士比亚、莫里哀、狄更斯、普希金、高尔基、杜勃罗留波夫等人的经典之作推荐给中国的读者，从中可以看出他对人类文化遗产的重视。

1937 年 10 月，沙可夫奉命从上海到延安。他是一个有着丰富革命斗争经验的领导干部，也是一个具有文学、音乐、美术、戏剧深厚修养的艺术家，一个通晓法、英、俄多国文字的著名翻译家。所以，他才有可能担当起创办鲁艺的重任。

1938 年初，延安整体的文化环境是自由而宽松的，"从总的倾向看，特别是整风前的鲁艺，大体保持着向整个世界文化艺术开放的态势……文学系的'世界文学''名著选读'等课堂，其内容里包括了整个世界，尤其是西方的文学艺术"⑱。在繁忙的鲁艺行政与教学工作之余，儒雅英俊的沙可夫，充分展示他多方面的艺术才华。在鲁艺和延安的各种晚会上，他不仅是组织者，而且还是演员，喜欢用俄语演唱苏联歌曲。蔡其矫在诗中追忆："手抱一把六弦琴 /出现在延安晚会幕布前 /宛如一个风流才子 /使多少女孩眼睛发亮。"（《纪念沙可夫》）

延安北门外的鲁艺，有三层窑洞。沙可夫住在第二层最北边的一孔，当他工作疲倦后，常常走出窑洞，仰望星空，面对夜幕下的黄土高坡，站在窑洞前的平地上引吭高歌。他最爱唱的是苏联歌曲《伏尔加船夫曲》《祖国进行曲》《快乐的人们》。

住在第一层窑洞里的蔡其矫，听到从二层平台上传来的沙可夫院长深厚洪亮的男中音，常常走出窑洞凝神倾听。他喜欢歌声中那充满理想的奔放而激越的深情，这歌声中仿佛有一种神奇的魔力，唤醒他心中潜藏的力量和激情……他在诗歌《纪念沙可夫》中写道："窑洞门前小块平地 /一曲伏尔加船夫曲回肠荡气 /震动在北门外的夜空 /让流浪的水手思念海洋。"

在鲁艺，35 岁的沙可夫还与戏剧系第一期女学员岳慎谈恋爱，21 岁的岳慎充满着青春活力，富有才华，在鲁艺的实验剧团当演员。1939 年 1 月 28 日经组织批准二人结婚。副院长沙可夫的浪漫婚姻，成为当时鲁艺的一大新闻。

沙可夫不仅是主持工作的副院长，而且是教师，在全院上大课教俄语。还在戏剧系和美术系上课，讲授世界美术史、苏联文艺、美术概论等；也在文学系第一期讲《苏联文学》，在课堂上，沙可夫声情并茂地背诵普希金和马雅可夫斯基的诗篇。

蔡其矫说："沙可夫的阅历和学识，在我们看来是了不起的……"但在鲁艺的短暂时间，作为学生，蔡其矫不可能与沙可夫有太多的交往。有幸的是沙可夫也很喜欢和欣赏这位印尼侨生充满浪漫理想的单纯、热情和才华。蔡其矫在路社中的活跃表现，引起了他的关注。1939 年 6 月结业后，留校在鲁艺教务处工作。随后，到晋察冀，作为华北联合大学文艺学院院长的沙可夫，又推荐蔡其矫到文学系任教师，并担任联大校刊《文化纵队》的主编。二人由鲁艺的师生关系，变成联大的上下级关系，开始了约有 6 年多更加友好和亲密的交往。1942 年，沙可夫担任晋察冀边区鲁迅文学奖的评委，对蔡其矫诗作《乡土》的获奖，起了很大的作用。在创作上，对蔡其矫影响巨大的是：沙可夫把他从莫斯科带回国，一直珍藏在身边的惠特曼《草叶集》(英文版)，推荐给蔡其矫学习，让他形成和拓展了世界性的诗歌视野，从而找到了一条适合自己个性的艺术道路。

沙可夫广阔的人类文化视野和开放的胸怀、正直的品格、温情的本性、对艺术的倾心，都深深地吸引和影响了青年蔡其矫。当年的蔡其矫对沙可夫崇拜到连写字都摹仿"沙可夫体"。沙可夫是青年蔡其矫思想和艺术的引路人，深刻而久远地影响了蔡其矫的一生。

除了沙可夫，鲁艺对蔡其矫的另一个影响，来自系主任周扬。

1937 年 8 月，周扬奉命从上海来到延安。不久担任陕甘宁边区教育厅厅长。1938 年 5 月，鲁迅艺术学院成立，周扬是发起人之一。副院长沙可夫主持鲁艺工作，但有关鲁艺的人事调动，毛泽东却委托给周扬。

1938 年 7 月，鲁艺创建了文学系，周扬兼任系主任。主讲全院各系全体学员都来听的两门大课：《艺术论》和《中国新文学运动史》，很受欢迎。戏剧系第一期学员陈锦清回忆："周扬同志讲授的《艺术论》和《中国新文学运动史》，吸引了全校各系的学生，他讲课时没有什么提纲，而是侃侃而谈，有说有笑地看看这边同学，望望那边同学，他用马克思主义的美学原则，阐述了艺术和生活的关系；用辩证唯物主义的反映论阐述艺术是经济基础的上层建筑之一，同时又可以反作用于经济基础；他引用了车尔尼雪夫斯基、别林斯基、卢那察尔斯基、鲁迅的论述，却从不见带书本，可见他渊博的知识和惊人的记忆力。"⑲文学系第三期学员陈涌回忆：周扬"每星期从城里骑马来学校给我们讲一两次课，有时是光脚穿草鞋的。他总是雄辩的，有一种吸引人甚至慑服人的逻辑力量。他不带讲稿，而且往往连简单的提纲也没有。讲话时不时凝注着他前面的什么地方，看来他习惯于一面讲一面思考"。⑳

晚年蔡其矫说："周扬来讲《艺术论》很精彩。周扬真是个才子，他翻译的《安娜·卡列尼娜》到现在还没有人超过他，理论课讲两次艺术论，非常棒。"㉑说周扬是才子，而不说他是理论家，表明鲁艺的周扬吸引学员蔡其矫的是他的艺术才华而不是理论。可惜的是，周扬的《艺术论》讲稿，没有留下来。

当年在上海，周扬英俊潇洒，穿西装，爱跳舞，搞话剧，还上台参加演出，在鲁艺的课堂上，周扬表现出来的艺术感觉，特别是对艺术规律的精彩分析和揭示，讲课中强大的逻辑力量，使当年文学青年蔡其矫，很大的震撼和启迪。后来蔡其矫在教学、研究和创作中，对于艺术规律的特别关注和不倦的探究，可以追溯到的最初源头，正是来自周扬的《艺术论》。所以，一直到晚年，蔡其矫还对周扬《艺术论》发出"非常棒"的由衷赞叹！

除了讲课，周扬在鲁艺的另一个影响，来自他翻译的《安娜·卡列尼娜》。虽然当年出版的只是上册，而且是从英译本转译的。但在当时的鲁艺，《安娜·卡列尼娜》是抢手货，在学生中广为传借，影响深远。在鲁艺，蔡其矫虽然还没有开始写诗，但对艺术的敏感和诗人的气质，已经被周扬讲课和译作所唤醒了。

蔡其矫虽然钦佩老师周扬的学识和才华，但不像第一期学员康濯那样，主动与周扬交往，并保持一种亲密的师生关系。1946 年，在晋察冀边区的华北联合大学，周扬当副校长，蔡其矫是文学系教师，两人再一次交集，但蔡其矫也不曾积极建立与老师周扬的私交。

1952 年 8 月，蔡其矫调到中央文学研究所，又在周扬领导下工作。但由于他当时的调动是托沙可夫、陈企霞找的丁玲，因此被周扬等人看成是丁玲一派的人。1955 年，蔡其矫自编第一本诗集《回声集》，所长公木支持他，但告诉他最好先请周扬看看。时任中宣部副部长和中国作协党组书记的周扬，对曾是鲁艺文学系学生的蔡其矫，虽然批评他的诗作"艺术性不错，但战斗性不足"，但态度还是友好的，同意《回声集》出版②。这似乎还有老师对学生的爱护之情。（富有戏剧性的是，周扬并不知道，蔡其矫诗歌的艺术性，有他在鲁艺所讲的《艺术论》的影响。）

但 1955 年开始的中国作协对丁玲和陈企霞的批判，引起了蔡其矫的不满和对丁、陈的同情。到了 1956 年的"大鸣大放"期间，蔡其矫对周扬等人的做法提了意见，导致与周扬的"结怨"。在 1958 年的"补右"中，中国作协在报刊上组织了对蔡其矫诗作的一连串批判，最后把蔡其矫划为不公开宣布的"内控中右"。蔡其矫被贬回福建后，两人的师生之情，也就不存在了。

不过，蔡其矫对晚年周扬的态度发生了根本的改变，2003 年 10 月 6 日，蔡其矫在福州的省文联寓所与笔者的访谈中，称赞晚年周扬是"思想家"。他似乎又回到鲁艺时期，对老师周扬充满着崇敬之情。

何其芳与蔡其矫的师生关系，颇为特殊。

1938 年 8 月 31 日，26 岁的何其芳到达延安，9 月到鲁艺文学系当教员，为第一期学员授课；11 月 19 日，与沙汀带部分学员到八路军 120 师实习，1939 年 7 月回到延安鲁艺。而蔡其矫则是 1938 年 10 月考入鲁艺文学系第二期，1939 年 5 月结业留校在教务处，7 月到晋察冀边区。与何其芳同时在鲁艺的时间，大约是一个多月。根据现在的史料，没有看到何其芳担任蔡其矫的第二期教学的记载③。但何其芳的诗，却深刻影响了蔡其矫的诗歌创作。是他的启蒙老师。从创作层面看，何其芳对他的影响超过了沙可夫和周扬。

何其芳与卞之琳和李广田出版过诗歌合集《汉园集》，《画梦录》荣获《大公报》文艺奖金，在当年产生了很大的影响。所以，何其芳和沙汀要来鲁艺当教师的消息，早早就在文学系传开了，学员们翘首以待。或许这种仰慕，以及未能聆听著名诗人、散文家何其芳上课的遗憾，使得蔡其矫到晋察冀边区后，特别关注和研读何其芳的诗作，尤其是他到延安写的新作。1941年从延安传来的《中国文化》上，刊载了何其芳叙事诗《一个泥水匠的故事》，蔡其矫读后深受启发。他学习何其芳那种"叙事中抒情"的写法，写出处女作《乡土》和《哀葬》。

但正如写叙事诗不是何其芳的专长，蔡其矫也同样不擅长写叙事诗。他随后转向学习何其芳的抒情诗《夜歌》(组诗)。到延安后，何其芳放弃了《预言》写法，转向学习马雅可夫斯基和惠特曼的浪漫主义，主要表现一种告别旧我，追求新生活的清新的格调。《夜歌》组诗(8首)，是何其芳1940年创作于延安的组诗，可见，当年蔡其矫对何其芳新作的追踪是非常及时的。他晚年在访谈中说："何其芳是我在一段时期内深受影响的诗人，他的《夜歌》是我最初走上诗坛时非常心仪的作品。"㉔又说："我开始时是向何其芳学习，我喜欢他的《白天和黑夜的歌》，我的有些诗就模仿他那样的写法，叙事里有抒情。"㉕

受何其芳《夜歌》组诗的影响，1942年，蔡其矫写了《生活的歌》《挽歌》《欢乐的歌》，1943年写了《夜歌》。蔡其矫对何其芳的学习，主要是手法而不是内容，不是像何其芳那样写内心的矛盾，而且用抒情手法，表现抗日战争；所以不是像《肉搏》那样，写具体的战争故事，而是抒发抗战时代的勇敢快乐，与敌人战斗的激情。比如，在《生活的歌》中，战争只是作为淡淡的背景，"告诉战斗的人们，生活要快乐健壮"。而作为诗的主体，则是诗人对新生活一种理想化的浪漫想象、抒情和歌唱："超过所有的歌声，美丽像那晴空。/在绿色的树林里，勇敢的人们在歌唱。//这歌声充满生活的爱情，/割绝了忧愁，舍弃了悲伤，/拥抱生活的人将永远健康！"写得最好的是1943年的《夜歌》(与何其芳的《夜歌》同名)，手法上有创新，以个人优美的浪漫情感和梦幻般的想象，把战争的场景诗化了。这样的写法，在当年确属罕见。从中可以看出，蔡其矫的抒情诗作，也具有何其芳作品中的唯美倾向。

> 光明的夜呵！
>
> 你穿着幻梦的衣裳，

到地上来撒播冥想

在那沉静的河上，你撒下安静，

让前进的队伍无声地渡过；

在那士兵的头上，你撒下和平，

抚爱他们宽阔的肩膀

与闪光的枪……

夜啊，你是战争的姐妹，士兵的伙伴！

更具戏剧性的是，何其芳早期写的诗集《预言》，还影响了蔡其矫后期的诗歌创作。在当年，20多岁的何其芳，自己"否定"了《预言》的艺术道路，奔赴延安，创作了《夜歌》系列，歌颂延安新生活带给他的思想和情感的变化。所以，在当年延安和晋察冀边区的时代环境中，《预言》的审美价值还得不到充分的理解和评价。这也是为什么，当年蔡其矫学习的是《一个泥水匠的故事》和《夜歌》系列，而没有学习《预言》的原因。

但是，到了1975年，下放到福建永安果林场的蔡其矫，与舒婷结识后，看到当年在闽西当知青的舒婷，曾手抄何其芳的《预言》诗集；他受到启发，也抄了一本。因为那时他正在探索如何将西方现代诗与中国古典诗歌相融合。他在研读《预言》诗集之后，感悟到：《预言》早已这样做了，并且取得了成功的经验。他在舒婷的早期诗歌中，也看到了这种影响。

1991年5月，蔡其矫在桂林诗会的一次诗歌讲座中，谈道："中国对何其芳的诗研究不够，他的语言决不会比艾青差。艾青是在法国受了比利时诗人的影响，何其芳则是唐宋诗词的影响，所以何其芳的作品具有我们民族的传统特点，而且里面又有一些西方的东西。中国诗歌界对两本诗估计不够，评论不够，学习不够，一本是上面所说的《预言》，另一本是鲁迅的《野草》……"[20]

1998年4月20日，晚年蔡其矫在福州的省文联寓所接受笔者的访谈中，谈到20世纪50年代虽然与何其芳同在北京，但没有与这位鲁艺的老师交往，未能发展为诗友关系，感到深深的遗憾。

概言之，蔡其矫虽然在鲁艺只有半年多，但三位老师沙可夫、周扬和何其芳却不同程度地影响和奠定了诗人蔡其矫的思想和艺术的底色。

四、留校在鲁艺

1939 年 6 月，蔡其矫在鲁艺文学系第二期结业，留校在教务处实习科工作。但 7 月就随着新成立的华北联合大学开赴晋察冀边区。

蔡其矫去延安前，还不是一个有志于文学创作的文艺青年。他那时的理想，是想上北京燕京大学新闻系读书，毕业后当一名到处跑的记者。虽然在中学时代，他也喜爱文艺，也和那个时代的青年人一样喜欢读茅盾、巴金的小说，还有那些"革命加恋爱"的流行小说。考入鲁艺文学系后，他才真正开始研读文学。是鲁艺，把蔡其矫引上文学之路。

当年的鲁艺，有很浓厚的创作氛围。教师的主体多数是艺术家、作家和诗人。有剧作家沙可夫，小说家沙汀、陈荒煤，诗人何其芳，杂文家徐懋庸，音乐家冼星海，还有理论家周扬等。茅盾也曾在鲁艺短暂授课，丁玲也开过讲座。文学系的学生中也出现了一批在创作中崭露头角的青年作者：文学系第一期的天蓝（长诗《队长骑马去了》的作者）、莫耶（《延安颂》的词作者）、孔厥、康濯，第二期的黄钢、梁彦、陆地、毛星等。

在鲁艺，蔡其矫还没有开始写诗，但他身上潜藏的诗人才华已经被激活了，只是还没有表现出来。所以，他虽然留校，但不像天蓝那样，留在院部的编译处，从事翻译和研究工作；也不像康濯和同班的毛星，留在文艺室当研究生；而是留在教务处实习科当科员，从事行政工作。

如果没有从印尼泗水到延安，蔡其矫可能像他父亲和叔叔一样，是一个成功的爱国华侨富商。但抗日救国的时代大潮，召唤着这个充满浪漫理想的侨生，使他不远万里奔赴延安。

延安一年的经历，是他人生的转折点，或者说是一个光辉的起点和崭新的开端。

注释：

①蔡其矫：《我和朋友们奔赴延安》，《蔡其矫研究资料专集》，李伟才主编，海峡文艺出版社 2017 年版，第 952 页。

②成仿吾：《战火中的大学》，人民出版社2014年版，第26至28页。

③成仿吾：《战火中的大学》，人民出版社2014年版，第48、49页。

④成仿吾：《战火中的大学》，人民出版社2014年版，第31、32页。

⑤王永志：《蔡其矫 诗坛西西弗》，海峡文艺出版社2018年版，第57页。

⑥何洛、岳慎：《鲁艺新花开不败》，《延安鲁艺回忆录》，光明日报出版社1992年版，第70至72页。

⑦《光影的记忆》(蔡其矫百年诞辰照片纪念册)，蔡三强等编，自印，第7页。

⑧蔡其矫：《纪念母亲》，《蔡其矫全集》(第8册)，王炳根编，海峡文艺出版社2021年版，第293页。

⑨沙汀：《漫忆担任代主任后二三事》，《延安文艺回忆录》，中国社会科学出版社1992年版，第79页。

⑩王炳根：《少女万岁——诗人蔡其矫》，海峡文艺出版社2004年版，第12页。

⑪王培元：《延安鲁艺风云录》，广西师范大学出版社2004年版，第26至34页。

⑫蔡其矫：《小传》，《蔡其矫诗选》(附录)，人民文学出版社1997年版，第340页。

⑬陶然：《我和诗人蔡其矫》，内部资料，第208页。

⑭贺志强等：《鲁艺史话》，陕西人民出版社1991年版，第64页。

⑮王培元：《延安鲁艺风云录》，广西师范大学出版社2004年版，第45、46页。

⑯贺志强等《鲁艺史话》，陕西人民出版社1991年版，第67页。

⑰刘运辉、谭宁佑：《沙可夫生平年表》，《沙可夫百年诞辰纪念文集》，浙江大学出版社2004年版，第186、187页；又见何洛、岳慎：《鲁艺新花不败》，《延安鲁艺回忆录》，光明日报出版社1992年版，第66至68页。

⑱王培元：《延安鲁艺风云录》，广西师范大学出版社2004年版，第134页。

⑲陈锦清：《兴奋 自豪 感慨——忆延安鲁艺的大课和演出》，《延安鲁艺回忆录》，光明日报出版社 1992 年版，第 167 页。

⑳陈涌：《我的悼念》，《延安鲁艺风云录》，光明日报出版社 1992 年版，第 195 页。

㉑王炳根：《少女万岁——诗人蔡其矫》，海峡文艺出版社 2004 年版，第 11 页。

㉒王炳根：《少女万岁——诗人蔡其矫》，海峡文艺出版社 2004 年版，第 88 页。

㉓蔡其矫晚年回忆："延安鲁迅文学院的教学很不正规，并无教学提纲和教学方案。我在那里半年，只上十次课：徐懋庸讲《文艺与政治》五次，周扬讲《艺术论》两次，陈荒煤讲《创作方法》三次。"见曾阅《诗人蔡其矫》，作家出版社 2002 年版，第 18 页。

㉔闫延文：《诗歌的幻美之旅——蔡其矫访谈录》，《诗刊》2001 年第 3 期。

㉕刘士杰：《呼唤中国的超现实主义诗人——访老诗人蔡其矫先生》，《蔡其矫研究资料专集》，李伟才主编，海峡文艺出版社 2017 年版，第 1055 页。

㉖蔡其矫：《在桂林诗歌讲座谈诗歌创作》，《诗的双轨》，海峡文艺出版社 2002 年版，第 62 页。

（原载《新文学史料》2023 年第 4 期）

蔡其矫的"太阳石"

邱景华

一

1998 年 4 月 19 日晚上，我到福州凤凰池省文联的蔡其矫寓所。一进门，看见蔡老脸上没有以往常见的笑容，而是神情凝重。他声音低沉，缓缓地告诉我：帕斯今天逝世，他才 84 岁！我沉默了一会儿，80 岁的蔡老谈起这位拉美大师，表达了他的怀念之情……

蔡其矫很早就喜欢帕斯的诗歌，1990 年，帕斯荣获诺贝尔文学奖，蔡老常常把他与聂鲁达一起谈论和比较。1993 年 1 月，蔡其矫到哈尔滨参加冰雪节，与女诗人李琦聊天。当谈到帕斯时，李琦的爱人马含省是北方文艺出版社的编辑，说他曾编辑过一本董继平翻译的《帕斯诗选》，随后他给蔡其矫寄赠两本。蔡老看后，觉得董继平的翻译不佳，就萌发了自己翻译《太阳石》的念头。

1998 年 8 月，我给蔡老寄帕斯的诗论集《批评的激情》。9 月 5 日，他收到书后，给我回信："我当下即用整一天的时间粗略地从头到尾读了一遍。帕斯的文章和谈话与他的诗一样，简略因而不好立即领受。他提倡纯粹诗歌与社会诗歌并进的看法，我立即在给《人民文学》写的《诗的双轨》一文中应用了。"①

1999 年夏，蔡其矫在北京探亲时碰到北岛的前妻邵飞，托她转告在美国的北岛，请他寄英译本的《太阳石》(1997 年，邵飞已经与北岛离婚，但两人仍有交往，保持朋友关系）。秋天，北岛从美国寄来《太阳石》，英译者是艾略特·温伯格。北岛与温伯格、帕斯都有过交情。蔡其矫收到书后大喜，开始做翻译的前期准备。

2000年"五一节"假期，我到厦门旅游，回程到福州拜访蔡老。走进省文联的寓所，看到83岁的蔡老，精神特别好。他乐呵呵地告诉我：今年3月，他只用10天，就译出《太阳石》初稿。我坐在小客厅的小桌旁，听他讲翻译的经过。他还谈到《太阳石》的序诗，是引用法国诗人涅瓦尔的《幻影》中的一首十四行，因缺少资料还没有完全弄懂它的意思……

这就是83岁老当益壮的蔡老！

2000年9月13日，我收到蔡老的信："最近我译《太阳石》，昨天寄给你"，"希望《太阳石》多读几遍"②。我记得蔡老寄来的《太阳石》，是福建一家文化公司资助印制的，小小的开本，黄色封面上印着帕斯的头像。我虽然反复翻阅《太阳石》，但一时还看不太懂。（后来这本书被一个诗友借走，说是弄掉了。我只有痛惜！）

不久，我借到赵振江翻译的《太阳石》（花城版），立马写信告诉蔡老。2001年2月13日，他回信："赵振江翻译的《太阳石》（花城版），我没见过，非常想对照参考修改我的译文，你能把它寄给我看看吗？看过我即寄还。""《太阳石》的写作技巧，十分有看头，将来见面，不妨对谈，一定很有趣。其中写爱情的词句，极其朦胧美丽。北京的几个朋友，如唐晓渡、王家新等，都称赞我的译文。不过我觉得还有改进的地方，特别是序诗法文，我定要重新翻译得明白些。"③

我先将赵振江译的《太阳石》，与蔡老的译诗粗粗做了比较，觉得还是蔡译好。22日，我将赵振江译的《太阳石》寄给蔡老。26日，蔡老给我回信："《太阳石》前两天已读头段和二三段，并已参考做局部小改。以前我只见过董继平译本，可能他赶时间（出集），匆忙中粗糙，有不求甚解之处。赵振江也是专译南美洲文学，又是出选本，时间也稍后，比较细心，可靠。但要说翻译'信、雅、达'之外，也要求既保有原味又照顾民族习惯的差异。董添油添醋，赵也一行成多行，不免松散。埃利蒂斯传达希腊史诗真谛，聂鲁达和帕斯写南美洲历史和文物，都有把超现实和民族性结合的优点。"④

蔡老修改后定稿的《太阳石》，收入《蔡其矫诗歌回廊》译诗系列《太阳石》，2002 年 9 月由海峡文艺出版社出版。这本译诗集，很独特，前面是"古译今"，将中国古典诗词译成新诗；后面是"外译中"，将外国诗译成中文诗，有惠特曼、聂鲁达、埃利蒂斯和帕斯的诗，展示了蔡老会通古今中外的大手笔。

二

1990 年 10 月，帕斯获诺贝尔文学奖，国内多家出版社争相出版他的作品。

《世界文学》1991 年第 3 期迅速刊出"帕斯专辑"，主打的是北京大学拉美文学专家赵振江从原诗西班牙语译出的《太阳石》。1992 年 8 月，花城出版社推出赵振江《太阳石》的单行本。1991 年 9 月，重庆董继平从英译本译出《帕斯诗选》，收入《太阳石》，由北方文艺出版社出版。1992 年 4 月，漓江出版社推出朱景冬等译的《太阳石》，收入"诺贝尔奖作家丛书"。

蔡老译诗，从青年时代就开始了，他已经有丰富的经验。20 世纪 40 年代在晋察冀边区，蔡老从沙可夫那里借到英文版的惠特曼《草叶集》，就译出他所喜爱的表现南北战争的短诗。20 世纪 50 年代，蔡老在中央文学研究所当教师，为了更好地讲授惠特曼的诗，自译一本《惠特曼的诗》诗集，发给学员当教材，署名"其矫试译"。虽然自谦是"试译"，但后来诗界认为，蔡其矫译的惠特曼最为传神。

1962 年，他译出聂鲁达三首长诗《马楚·比楚高峰》(后改为《马丘·比丘高处》)、《让那劈木做栅栏的醒来》《流亡者》，译后没有发表。1976 年，蔡老把《马楚·比楚高峰》译稿给北岛看，北岛又拿给江河和杨炼传抄。1984 年，蔡老又译出埃利蒂斯的长诗《英雄挽歌》。这些译诗有一个特点，就是主译外国大师的代表作，如惠特曼《当紫丁香最近在庭院开放》、聂鲁达《马丘·比丘高处》、埃利蒂斯的《英雄挽歌》和帕斯的《太阳石》。通过译诗，向大师学习。蔡其矫的译诗，延续了百年新诗中诗人译诗的传统，并为现代汉诗增添了新的成果。

《太阳石》最让蔡老心仪的是：帕斯吸收了超现实主义手法，不只是表现内心世界，而是扩大到表现本民族的历史文化。他认为："《太阳石》对墨西哥古老的太阳崇拜意识和民族美学情结有非常精彩的复现，这种寻觅文化之根，树立本民族诗歌形象的价值取向，又与我进入90年代的创作路子很切近。"⑤他赞誉《太阳石》是"深刻的民族性与广泛的世界性结合，为拉丁美洲现代派诗歌的代表，又是世界现代派诗歌的杰作"⑥。

聂鲁达的诗歌创作在20世纪40年代达到高峰，埃利蒂斯的《英雄挽歌》也写于1945年，他们主要是受欧洲现代派诗歌的影响。而历史却给了帕斯更多的机遇，《太阳石》写于1957年，那时的世界文坛已经从现代主义转向后现代主义。帕斯的创作既深受超现实主义诗歌的影响，又受到后现代主义的启示，所以，他博采众长，又能独辟蹊径，开一代新风。

帕斯诗中的太阳石，是古代墨西哥阿兹特克人把太阳历刻在巨石上。太阳石很像一个大圆盘，直径3.6米，重2.4吨。通过它能计算出金星绕太阳公转的一个周期为584天。帕斯就以584，作为《太阳石》的行数。整首诗的结构，也是取自金星绕太阳不断旋转的圆形结构：一个周期结束，又是另一个周期的开始，周而复始，以至无穷。所以，开篇部分与结尾部分是相同、重复的；全诗没有一个句号；诗的最后是冒号，表示新的循环又重新开始。帕斯说："《太阳石》是一首不停地绕着自己旋转的线形诗，是一个圆，或者更确切地说，一个螺旋。"⑦这就决定了《太阳石》的主旋律，或者说语言的内在节奏，是不断循环流动，整首诗才能旋转起来。

帕斯说："要理解一首诗的含义，首先是倾听这首诗。"⑧倾听什么？就是倾听诗中语言的音乐性——旋律和节奏。遗憾的是，因为翻译家不是诗人，不具备诗人的敏锐耳朵，很难捕捉到这种隐秘的内在旋律和节奏。赵振江虽然是直接从西班牙文翻译，但因听不到这首诗独特的声音，所译的《太阳石》语言，缺少这种不断循环流动的节奏。他对这首大诗的理解，也未能深入。《太阳石》表现的是古代墨西哥印第安人的圆形时间，而不是西方的线性时间。但赵译的开头和结尾："前进、后退、迂回，总能到达／要去的地方："⑨却译成是直线到达目的地的线性时间了。

　　蔡其矫虽然是从英语转译，但他所译的《太阳石》开头和结尾部分："轮番回归，以圆满的循环／不断来到:"却很好地传达出帕斯原诗的圆形时间和圆形结构。蔡其矫是真正理解和把握了这首诗的内在精神，并以诗人的耳朵，听到了这首诗的独特声音。他所译的语言，达到了一种"神似"——那种纯净、洗练、流畅的现代口语，具有行云流水般的节奏，使整首译诗流动和旋转起来：

> 我继续我的冥想，房间，街道，
> 我通过时间的走廊摸索我的道路，
> 我上下梯级，手扶墙壁
> 原地未动，又走回
> 开始的地方，我寻找你的脸，
> 在一个没有年龄的太阳下，我身边
> 你同行如一棵树，你走过如一条河
> 跟我说话如一条河的流淌，
> 你生长如我手中一枝小麦，
> 你悸动如一只松鼠在我手中，
> 你飞翔如一千只鸟，而你的笑
> 是如同大海的浪花，你的头
> 是我双手中的一颗星，世界
> 再一次充满绿意，当你微笑
> 吃下一粒橙子，
> 　　　　世界改变了
> 如果两个人神醉魂迷，躺倒
> 在草地上，天落下，树
> 升起，空间将无物只有光明

和寂静，为鹰的眼睛

开放的空间，云的白色部落

悠然飘过，体重抛锚

灵魂驶出，我们失落

我们的名字并在蓝与绿之中

漂流，全部时间什么也没有

发生，除了幸福地流逝的完美的时光

　　这样的汉译，哪有超现实主义手法的晦涩？读蔡译《太阳石》，我常常是看着看着，心里就响起诗中的旋律和节奏，嘴里不知不觉吟诵起来。我常想：假如西方现代诗的中国译者，都能达到这样的水平，那么青年诗人对西方现代诗的理解，就有可能比较到位，也不会写那种晦涩不通的"翻译体"。

　　学者译诗，因为没有写诗的实践，不能深入到诗的内部，特别是现代诗形式的奥秘；而诗人译诗，主要是学习西方现代诗新的表现方法和新的隐喻。用王家新的话来说，就是"寻找那种把汉字逼出火花的陌生力量"。

　　蔡译《太阳石》，在语言上既保持汉诗的凝练和神韵，又融入外国现代诗的"异质性"，从而激发出汉语新的潜能、新的活力，形成一种崭新的现代汉诗语言，达到了炉火纯青的境界，也是他译诗的最高水准。

三

　　为了能听到蔡老更多精辟的见解，有一段时间，我反复研读《太阳石》，并搜集阅读有关帕斯的资料，慢慢地对《太阳石》有了入门的感觉；也通过几个不同译本的比较，渐渐体味到蔡译的好处。于是，有一天，我带着相关材料，兴冲冲地到福州凤凰池省文联蔡老的寓所。

　　那是一个寂静的夜晚，刚在小客厅里坐下，蔡老听说我带来新资料，要一起对谈《太阳石》，很是高兴。他说："咱们到卧室里谈吧。"温暖的卧室里只有我们两个人，蔡老神采飞扬，谈起《太阳石》：虽然是用超现实主义手法，但写的内容都是历史上发生的大事，都是现实的。不要把超现实主义看成是很神秘，超现实主义是一种技法、技巧。技法不是很重要，是内容决定形式。因为现实不同，写法也不同，技法也不同。这首诗的形式是太阳石的历法，决定它的结构，首尾一致……

我静静地倾听着。在他激情的感染下，我也谈到他译的《太阳石》，特别喜欢那富有音乐性的语言，像泉水一般清亮和流动。说着说着，情不自禁，就朗诵起《太阳石》中的一个片段：

> 去爱就是去战斗，如果两个人接吻
> 那样世界就会起变化，希望需要肉体
> 思想需要肉体，翅膀在
> 奴隶的肩背萌发，世界是真实和
> 可知的，酒就是酒，水就是水
> 去爱就是去战斗，去开门，
> 去结束一大串的幻影
> 永远在锁链中，永远被一个
> 没有脸孔的主人宰割：
> 　　　　　倘若两个人
> 互相对视世界就会起变化去看见
> 去爱就是去脱下我们名字的衣服

蔡老高兴地听着、听着，慢慢合上眼睛，沉浸在喜悦之中。一会儿，眼泪涌出来，流在他微笑的脸上。

简朴的卧室里，只有诗的声音在回荡……

好的译诗，就是另一种的创作，或者说是艺术创造，它更新了新诗的语言，得到一代又一代读者的喜爱。于是译者与原作就连在一起，不可分开。如郭沫若的"鲁拜集"、冰心的泰戈尔、戴望舒的洛尔伽、卞之琳的"海滨墓园"、艾青的凡尔哈伦、赵萝蕤的"荒原"、冯至的里尔克、陈敬容的波德莱尔、穆旦的"唐璜"、袁可嘉的叶芝、蔡其矫的惠特曼，现在，还应该加上——蔡其矫的"太阳石"。

注释：

①②③④《蔡其矫书信集》，陶然编，大象出版社 2011 年版，第 58、59、61 页。

⑤闫延文：《诗歌的幻美之旅——蔡其矫访谈录》，《诗刊》2001 年第 3 期。

⑥蔡其矫：《太阳石》，《诗的双轨》，海峡文艺出版社 2002 年版，第 155 页。

⑦帕斯：《批评的激情》，云南人民出版社 1995 年版，第 155 页。

⑧帕斯：《诗论》，《世界文学》1991 年第 3 期。

⑨赵振江译：《太阳石》，《世界文学》1991 年第 3 期。

附录："诗歌口述史"主持人语/蓝　野

我们知道蔡其矫先生是具有重要影响力的著名诗人、散文家，却往往忽略了他的翻译家身份。蔡其矫曾译介过惠特曼、聂鲁达、埃利蒂斯、帕斯等对当代汉语诗歌具有深远影响的外国诗人作品。1954 年，文学讲习所曾油印出版蔡其矫翻译的《惠特曼的诗》。20 世纪 70 年代，北京"今天派"诗人们曾传抄蔡其矫据英译本翻译的聂鲁达的《马楚·比楚高峰》，对江河、杨炼等人产生了重要影响；2004 年，蔡其矫先生又重译了此诗，题目修订为"马丘·比丘高处"，这 20 多年后的重译与修订，可见蔡其矫先生对所译诗歌是多么用心，多么念念不忘！诗坛盛传蔡其矫先生作为诗人多么有趣可亲，但对作为学者、翻译家的蔡其矫先生的认识或许失之偏颇，蔡其矫先生的深厚学养与在诗歌译介上的贡献值得我们重新评价。本期"诗歌口述史"刊发评论家、蔡其矫研究专家邱景华先生所写的《蔡其矫的"太阳石"》。《太阳石》是诺贝尔文学奖获奖者、墨西哥诗人帕斯的长诗,国内有多个译本。该作具有世界性影响,西班牙诗人、哲学家拉蒙·希劳曾经说:"我有三本《太阳石》,一本为了读,一本为了重读,一本将是我的随葬品。"蔡老译的《太阳石》流畅、洗练,深受国内诗人们的推崇。本文作者邱景华先生早在蔡老生前就细致地开始了他的蔡其矫研究,他与蔡其矫先生有过多次关于《太阳石》的交流,文章生动地讲述了蔡其矫在翻译诗歌上的较真劲儿,为蔡其矫研究和帕斯、《太阳石》的译介史贡献了极有价值的资料。

(原载《诗选刊》2024 年第 5 期)

蔡其矫：革命者与诗坛常青树

刘志峰

在著名侨乡福建省晋江市紫帽山脚下的园坂村，有一座建于 1932 年的中西合璧的番仔楼——济阳楼，作为诗人蔡其矫的故居，现在已得到了保护，开辟为蔡其矫诗歌馆，成为爱国主义教育基地和蔡其矫研究基地。

蔡其矫有着强烈的爱国心和远大的革命抱负。他在烽火岁月开始写诗，一生顽强地、不屈不挠地，在更多时候几乎是悲壮地坚持创作近 70 年，直至生命的最后一刻。他既用手中的笔创作了大量反映民族气节、讴歌革命胜利和社会主义建设成就的诗篇，也创作了大量反映乡土历史、人文、地理、艺术和民情风俗的诗篇。他一生乐在名山大川间壮游，既用心中的情创作了大量描写山水游历的诗篇，也创作了大量歌唱爱情与自由的诗篇，铸就了他对正义和公理的热爱、对人类和自然万物的悲悯和同情、对美的尊重与倾心、对理想的永不疲倦的追求的诗歌精神，留下一笔宝贵的诗歌财富。他享有"海洋诗人""诗坛独行侠""诗坛常青树"等赞誉，也有评论家称之为"长寿青春诗人""中国诗坛不老松""20 世纪下半叶中国当代诗歌的抒情诗王"，成为中国诗歌史天空的一道特殊的风景、一个奇迹，成为中国诗坛的"蔡其矫现象"，为开拓中国南方乡土诗歌和海洋诗歌、为引领中国新诗走向繁荣发展做出了奠基性的贡献，是对中国新诗艺术建设贡献最大、已被我国诗歌界充分认同的最重要的诗人之一。

1918 年 12 月 11 日，蔡其矫出生于晋江市紫帽镇园坂村。幼年曾入园坂村私塾启蒙。1926 年，因战乱随家人到印尼泗水，插班入振文小学读书。1929 年，独自回国，在厦门鼓浪屿福民小学插班读书。1930 年，转到泉州培元小学读书，后升入泉州培元中学。1934年，考入上海泉漳中学。1935年，转学到上海暨南大学附中。20世纪30年代的中国，正处在民族危机深重、救亡大潮汹涌的非常年代，使蔡其矫这位归侨少年的血液燃烧起爱国的熊熊火焰。在泉州，他积极参加学生们的抗日宣传；在上海，他积极参加"一二·九"运动，参加共产党的外围组织——地下救国会，各种游行示威都当冲锋队，发表抗日运动的特写和参加吊唁鲁迅的活动，全身心地投入到抗日救亡运动中。中学毕业后遵照父命回到印尼，但他已经无法在印尼的洋房里过那种舒适富有的少爷生活。

1938年，蔡其矫放弃在印尼富家少爷的奢华生活，回国参加抗战，辗转奔赴延安。参加延安抗日军政大学开学典礼，调往陕北公学二十五队华侨训练班。受训结束后，分配到海外工作团任秘书，又到河南确山新四军第四支队任宣传干事。后考入鲁迅艺术学院文学系第二期。1939年，主持鲁迅艺术学院文学系的文学团体路社研究工作，编墙报《路》。毕业分配到教务处实习科工作。参加由延安陕北公学、鲁迅艺术学院等四校联合成立的华北联合大学，开赴敌后，到达河北阜平花山根据地。开学后，在文学系当教师。1940年，加入中国共产党。1943年，任晋察冀军区政治部抗敌剧社文学辅导员，一度下放到河北涞源县委机关任通讯干事。1945年，调到晋察冀军区作战处任军事报道参谋，在晋察冀画报社当文字编辑，并作为随军记者赴绥远前线，开始了他与祖国的民族战争与解放战争同呼吸共命运的战地生活，不断接受革命理想教育，成长为一名经历了血与火洗礼的革命干部。并且由此唤起人生与诗歌的激情，走上诗歌创作道路，成长为一位诗人、一名党的文艺战士。1946年，回华北联合大学文学系当教师，参加"土改"。1948年，奉调中央社会部训练班，后任该部一室一科军政组长。1949年，随中共中央进入北平，任中央人民政府情报总署亚洲处东南亚科科长。1950年，奉命到香港为情报总署建立全世界重要报刊收购转运站。

从20世纪40年代到50年代初，蔡其矫以表现主流意识的革命诗人形象，出现在中国诗坛上。他的诗的行程是以跃身投入革命激流作为起点的，他的诗的行程便是战斗的行程。1941年，蔡其矫的处女作《乡土》《哀葬》，即产生于晋察冀边区战地的土壤上，获鲁迅诗歌奖。1942年，蔡其矫的成名作《肉搏》，直接表达抗日战士与日本侵略者进行肉搏的惊心动魄的战斗场面，引起很大的反响。1942年，蔡其矫作词的《子弟兵战歌》，由鲁肃谱曲，获征歌第三名，成为当时的军歌之一，在部队中传唱。1945年，蔡其矫的《兵车在急雨中前进》等诗作，被徐迟称为"解放战争中的好诗之一"。

1952年，蔡其矫到中央文学研究所当教师。1954年，中央文学研究所改称"中国作家协会文学讲习所"，任教研室主任。在新中国成立初期的特殊年月里，蔡其矫也遭受过不公正的待遇。1957年，讲习所停办，中国作家协会批准其为专业作家，挂职任长江流域规划办公室政治部宣传部部长。1958年，蔡其矫主动申请到福建省文联当专业作家。1970年被下放到永安县坂尾果林场监督劳动，直到1977年才结束这段生涯，从坂尾果林场迁回园坂居住。恢复工作后，蔡其矫先后当选福建省作家协会副主席、名誉主席和中国诗歌学会副会长。享受"老红军"和国务院特殊津贴待遇，被聘请为福建省政协委员，被福建省文联授予"福建省首届老文艺家成就奖"荣誉称号。

蔡其矫说："如果可以为诗下个定义，我以为，人生一段经验或一时感受，加上全人类的文化成果，便是诗。"这也是蔡其矫对自己近70年诗歌创作的理论总结。"爱"和"自由"是蔡其矫诗歌中的两个核心理念，与他的生命同在，也是他作为诗人所追求的诗歌的最高境界。即使在严酷的情势下，他仍唱着爱和自由的诗篇，在当代新诗史上是少有的也值得研究的现象。学者谢冕说："从蔡其矫的生平和创作的情况看，展现在我们面前的，是一位一手举剑、一手举着玫瑰的典型的、传统诗人的形象……这种坚持体现了作为一个诗人的最重要的品质，也为蔡其矫赢得了历时愈久愈确定的诗名。"其作品质量和数量都远超同辈的许多诗人。曾有编者说，翻阅中华人民共和国成立以来出版的诗集，并以十年为一阶段来遴选每一时期的优秀作品时，发觉可以入选的作品最多的竟是蔡其矫。诗人邹荻帆评价："蔡其矫更多从生活中取材，给我们一幅幅水墨画，或浓或淡，或写意或描真，兴之所至，无一定的章法，但都是蔡其矫体。"从叙事体、自由体到忠于现实主义、追求浪漫主义，他的作品一类表现对现实社会生活的直接关注；一类寄情山水和自然景物，对祖国的一山一水、一草一木都深情脉脉；一类表现爱情和友谊，是当代诗坛上独具个性特色的爱情诗章。《红豆》《风中玫瑰》《莺歌海月夜》《迎风》《双虹》《雾中的汉水》《川江号子》《玉华洞》等，均是他的名篇。晚年蔡其矫曾将自己的作品分为"大地""海洋""生态""乡土""情诗""人生""译诗""论诗"系列，结集为《蔡其矫诗歌回廊》八卷本出版。近年来，海峡文艺出版社先后出版《蔡其矫全集》和《蔡其矫全集（补遗）》。

蔡其矫是中国当代最著名的行吟诗人之一。从1938年奔赴延安"含辛茹苦去接近诗"，终生游历，浪迹四方，数十年在旅途中边走边想边写。1980年初，他发现旅行写作、朗诵、演讲、交友四者结合，是最好的生活方式。20世纪80年代他找到了另一条道路：走遍全中国，追寻历史文化的足迹，反照现实。开始了一年三个月的单独远程考察旅行。从1981年8月开始，这样的壮游共有8次：

第一次，1981年从河南、陕西、甘肃、青海，然后进新疆直达伊犁和喀什。第二次，1982年由湖南、湖北、河南、山西，再到内蒙古西部。第三次，1983年应邀参加洛阳牡丹诗会后，重游华北的战争岁月旧地，从河北西部穿过山西，到延安等地。第四次，1984年春由福建入云南、贵州，访石林和滇西北，直至丽江。第五次，1985年春"沿着李白晚年的足迹"，在皖南一带漫游；沿长江而上至重庆，再到成都飞拉萨，走遍前藏、后藏、东藏、藏南、藏北，并从拉萨到中尼边境看珠穆朗玛峰。第六次，1988年到广西北海参加北部湾诗会后，到海南岛独自环岛旅行，寻访苏东坡流放地的遗迹。第七次，1989年从广州入云南，从瑞丽到西双版纳，参加泼水节。第八次，1991年自扬州、南京到武汉、南昌、岳阳，然后到桂林、长沙，回程结伴到西安、龙门石窟。

在近20年间，他还采取省内短途与省外长途相结合的方式，旅行考察数十次，几乎走遍中国的每一个省、福建的每一个县。

诗人公木评价："这才是中国诗史上空前的壮游，论其行踪广袤，远远超过徐霞客倍数的倍数。"蔡其矫诗旅的目的，就是要发现各种各样的美。所到之处皆有诗作，以多样化的艺术，既表现旅游中所见的自然风物和人文景观，探访和重踏历史文化人物留下的遗踪，也传达在旅途中被激活的诗人生命体验，沉思人与自然、人与社会的深层内涵。美的多样化和各种形态在他的诗篇中得到全面展示，也使他的人和诗永久地焕发着青春的光芒。他说："要让更多的文化进入诗歌，要把中国的历史地理、中国的未来、中国在世界的地位，在诗歌中表现出来！""写作都是为了现实的需要，为了时代的需要。我们这个民族能生存到现在，有很多特点，我们这个民族很伟大，这些民族的特点要宣传，要提高我们民族的自信心。民族的复兴也不是恢复，而是发展。"他的《在西藏》《腾格里沙漠》就是这样的"大诗"。

蔡其矫更是位致力于写故乡的归侨诗人。童年的海外生活印象，少年时代对故乡的深切感受，使他对故乡悲哀的历史习俗，对漂泊游子的凄婉而又含蓄的眷恋，获得了更为深刻的认识。中华人民共和国成立后，诗人深情的目光，透过霭霭的历史烟云，以饱含着故乡的血泪和愁思的笔，画出一幅闽南侨乡在黑暗年代的沉重画卷。1958年，蔡其矫主动下放福建，从事专业创作。他说："我终于回到福建老家来了，就暗下决心，要写故乡的近代历史以及它的人文地理甚至它的风景、它的花木、它的习俗和艺术。"他时常独自一人携带简单的背包一座山、一条河、一个县一个县地跑，所到之处都有诗留下来。他创作的大量山水风物诗中，写福建的就出版了整整一部《福建集》。改革开放新时期，蔡其矫始终搏动着一颗可触摸到的眷恋乡土的诗心，在故乡栽花种树、建设公众花园，继续在故乡的大地上行吟，表达对故乡美好而又深沉的祝福。曾有评论家说："在福建的文学史上，除了郭风之外，或许再也找不出另外一个作家像他这样深情地关注自己生长的故土。对于福建文学界来说，这是一份丰厚的财富。"

2006年，蔡其矫再次参加中国作家协会第七次全国代表大会，会议期间因脑瘤住院治疗。2007年1月3日2时30分，在北京寓所因病逝世。"汹涌三万诗行，都成海上波浪；起落九十人生，不老风中玫瑰。"这是福建著名作家黄文山为蔡其矫遗体告别仪式所作的挽联。2007年清明，走完一生的蔡其矫，诗魂重又回归故里，安息在家山的凤凰木下。他与晋江籍著名人民音乐家李焕之合作创作的《晋江之歌》《紫坂小学校歌》，以及他为家乡园坂村所写的诗文

《1932年的园坂》《紫帽山》，还一直在故乡的天地间回响。

蔡其矫得天独厚地继承了故乡海洋文化的基因。一生酷爱大海，自认是"大海的子民"，有着海的气质。青壮年时代，他说："我要向水讨生活。"晚年认为："海洋的蓝色文化成了我生命的基色。"1954年和1956年两次深入海军部队体验生活，从此与大海结下不解之缘，写了许多以海为题材的诗作，使他在现代中国诗坛上成为第一位"大海诗人"。艾青曾说："海都给他写完了。"他一生走遍了"四海"（东海、南海、黄海和北海）。尤其是晚年，他更加关注故乡的海，对海洋文明与"海上丝绸之路"进行了探究和思考。他从大海的涛声找到自己的心声，满怀激情地赞颂大海的女儿。他爱波浪勇猛又温柔，波浪的灵魂也如他的诗魂。大海的洗礼，让他的诗形成了独特的个性：他的诗，性格是双重的，刚劲与柔丽、奔放与细腻奇迹般地统一在他那不受拘束的诗行中，展现了诗人如大海般的自由、深沉，以及广阔的心胸。闻名于世的海洋诗篇有《风和水兵》《船家女儿》《贝壳线》《海上丝路》《海神妈祖》等等。

蔡其矫以淳朴清洁的人格和品质卓异的诗艺给予中国当代诗歌以相当深刻的影响，不但在同代诗人中树立起一个面向真和美的典范，而且成为新一代抒情群体的知音和导师，并和他们一起开拓出一个新的审美时代，同时像一座桥梁一样在两代诗人和多种艺术观念之间发挥了良好的跨越、沟通、交流功能。从早期在鲁迅艺术学院、华北联合大学任教，到担任中央文学研究所教师、中国作家协会文学讲习所教研室主任，他一直在培养新生文艺创作力量。

20世纪70年代末和80年代初期，蔡其矫是朦胧诗历史的参与者、见证人和推动者，促成舒婷与北岛等结识，由此奠定了"今天派"的基础。当朦胧诗还处在沉默期，蔡其矫和其他老一代诗人努力把青年诗人托出水面；当朦胧诗受到不公正的批判时，蔡其矫全力支持，与反对朦胧诗的观点论辩，并到处宣扬和推荐青年诗人的佳作。学者张陵说："朦胧诗正是中国诗歌历史转折时期的一个承上启下的重要诗派，直接影响到中国当代诗歌发展。中国改革开放走过了40年，回过头来看朦胧诗，应该可以更加确认这个诗派思想文化价值，也能更加深刻认识蔡其矫的意义。"

在福建，蔡其矫对诗歌作者的发现、培养和扶持尤其着力，引领了"三明诗群""闽东诗群""晋江诗群"的形成，被尊称为"晋江诗群"的第一代，是一名最具有亲和力和影响力的诗人。

北岛在《远行——献给蔡其矫》的纪念文章中，高度评价蔡其矫："他用自己一生穿越近百年中国的苦难，九死而不悔。"

从 20 世纪 50 年代开始，蔡其矫的诗歌之旅就屡屡受到诗坛的关注。1986 年福建省作家协会在福州市召开蔡其矫诗歌作品讨论会和蔡其矫诗歌朗诵会时，他说："我自认是一块跳板、一层台阶，踏着它是为跃向对岸或走向高处。我的历史任务是过渡，我的地位是在传统和创新的中途。研究我，是为回顾和前瞻，检阅来路的曲折、缺欠和不足，准备向更高的质量和层次进军。"2004 年，中国作家协会诗刊社、中国当代文学研究会、中国诗歌学会、福建省文联、泉州师范学院、晋江市人民政府、福建省作家协会、福建省文学院、泉州市文联、晋江市文联、紫帽镇人民政府又在晋江市召开蔡其矫诗歌研讨会。

2017 年，晋江市成立蔡其矫诗歌研究会。学者洪辉煌认为，这已经奠定了坚实的学术基础，也标志着新的起点，启发我们对今后的深入拓展做出认真思考，譬如在"一带一路"语境下如何传承他的精神遗产。蔡其矫肯定要在新诗史上占有重要的一席之地，蔡其矫研究也必然获得参与新诗史的机会。著名诗人林莽认为："作为从延安走出来的老红军，蔡老的一生是诗化的一生，他的人文理性精神，代表了当代知识分子的良知，体现了知识分子独特的人格魅力。他是中国诗坛的常青树，更是文化名城晋江的一张可贵的文化名片，值得大力宣传。"学者张陵说："把诗人放到历史发展进程中，把诗人的命运和国家、民族、人民的命运紧紧地联系在一起，从而考察和评价诗人作品的时代意义和价值，认识诗人对国家民族文化的贡献。这是蔡其矫研究的基本方法。这种方法的正确运用，是和马克思主义的立场、观点、方法的学习和实践相联系的。"而诗人公木则曾言："蔡其矫是说不尽的……"

值得一提的是，当下诗人的家乡正在极力打造蔡其矫文化品牌 IP。除了已经建成蔡其矫诗歌馆，编辑出版近千万字的《蔡其矫研究资料专集》及年谱、传记外，2023 年开始设立蔡其矫诗歌节和蔡其矫诗歌奖。

学者张陵在为《蔡其矫研究》作序时指出："我以为还可以从现当代华侨

文学史研究的层面上，去认识和评价诗人的地位和贡献。蔡先生是归国华侨，他的创作和华侨文化的发展也是密切相关的。华侨文学史是中华民族文学史的一个重要组成部分。在中华民族文化向世界展开的历史进程里，华侨文学的重要性将越来越被我们深刻认识到。华侨文学中与世界文化冲突、对话、沟通到融合的历程，也是一个民族文化开放、成熟、进步的过程。蔡其矫应该是华侨文学的一面旗帜、一座高峰。"

"我不知生命从哪里开始：盘古辟地，女娲补天，航行海上的探险家，含辛茹苦的垦荒者；也不知生命到哪里结束，百年后，千年后，文字才终于泯灭。我也不知创作从哪里开始：无数天才的著作，历代伟大的前辈，远行考举的先人，崇拜英雄的童年；也不知创作的结束在何时何日何分何秒。从英雄到海洋，从海洋到英雄，从热爱大自然到热爱一切人，也如回廊一样，分不出开始和结束。人生不是梦，人生也并不清晰，我不知道路为什么这样崎岖，也不知它引向何方，我总是一个平常人，过普通人的生活，爱和恨都不掩饰，这就是我的诗。"蔡其矫的这篇《蔡其矫诗歌回廊·自序》，正是他本人发出的最好的心声。

（原载《海内与海外》2024 年第 7 期）

蔡其矫诗歌的"晚期风格"研究

文　慧

摘要：

在中国现当代诗歌史上，蔡其矫是一位堪称"诗坛常青树"的诗人，他写诗的时间长达 60 余年。蔡其矫是一个特立独行的诗人，无论是在 20 世纪 50 年代书写纤夫的痛苦，还是在 20 世纪 60—70 年代"文革"期间批判社会的不公，抑或是 20 世纪 80 年代后从历史和自然来观照现实，他的诗歌中都充满了否定性的精神和自由意识。

本文立足于萨义德的"晚期风格"，来研究分析蔡其矫晚年的旅游诗。"晚期风格"是萨义德晚年理论研究的核心概念，他将其划分为"适时"与"晚期"两个方面。本文将萨义德"晚期风格"总结为三个艺术特征："自我放逐""不合时宜"以及"回归传统"。蔡其矫晚年的诗歌写作与萨义德的"晚期风格"有所契合，他在晚年以现代主义为晚年的诗歌背景进行创作，实现了诗歌风格的转变和深化。

蔡其矫的"晚期风格"有其独特的生成语境，本文主要从家庭的影响和自我的选择、诗学语境以及历史语境三个部分入手，来阐释其"晚期风格"出现的原因。从 20 世纪 50—60 年代，蔡其矫开始与主流意识形态有所疏远，自觉地探索、创作真正符合艺术规律的诗歌，开始了"庙堂"走向"民间"的诗歌历程，也逐渐地形成了"晚期风格"。蔡其矫的"晚期风格"在美学维度上表现在三个方面。第一，在 20 世纪 80 年代，随着身心解放和写作权利的恢复，蔡其矫主动疏离时代和政治，开创出一种新的生活方式和诗歌类型。第二，蔡其矫晚年注重从中国古典诗歌、西方现代主义诗歌以及中国现代新诗这"三大传统"中学习诗歌理论知识。基于此，蔡其矫晚年的诗作呈现出主客观高度融合的趋势，创作出了具有民族性、世界性的大诗。第三，蔡其矫注重对诗歌形式的探索创新。在写诗时，蔡其矫认为应根据题材的特征来选择相应的诗歌形式。因此，他主张"一诗一形式"的不定型模式，为诗歌写作注入了新质。

蔡其矫在晚年深化了"晚期风格"，这有着极其重要的诗学意义。本文首先从"归来诗人"这一群体出发，通过阐释"归来诗人"的整体特征，再将其与蔡其矫的晚年诗歌进行比较研究，从而凸显出蔡其矫"晚期风格"的诗学意义。其次是通过蔡其矫与朦胧诗人、晋江诗人等青年诗人间的诗学活动来探究蔡其矫"晚期风格"对青年诗人的影响，以及青年诗人对蔡其矫晚期诗风变革的作用。最后从新诗史的历史视野出发，来研究蔡其矫"晚期风格"所具备的新诗史意义，详细阐述其对于新诗民族化的重要意义。

关键词：蔡其矫；晚期风格；生成语境；美学特征；诗学意义

绪　论

一、蔡其矫其人其作

(一) 初涉诗歌殿堂

蔡其矫（1918—2007），按邱景华所撰《蔡其矫年谱》为准，蔡其矫在1918年12月11日出生于福建省晋江市紫帽镇园坂村。蔡其矫是一个华侨诗人，在9岁之前，他一直在园坂村私塾念书，主要学习了《三字经》《千家诗》等中国传统文化知识。在1926年，福建爆发了南北军混战，蔡其矫与家人一起移居印度尼西亚（简称"印尼"）。作为一名华人，蔡其矫常常被外国人和当地人欺侮，"放学后经过附近的印尼小学，常绕道以避侮辱"①。这种生活环境激发了蔡其矫的自由意识和爱国主义思想，为其"爱"和"自由"的诗歌基调提供了生长的基础。

1929—1931年，蔡其矫在福建求学。1990年在《颂母校培元》中这样写道："你的泥土培育果实／清水将心灵灌溉／已是人生的一个海港／驶出的风帆走遍世界。"1935年，蔡其矫在上海暨南附中就读，这是一所专为华侨学生开设的华人学校。在此他正式接触了学生爱国运动，为后续奔赴革命圣地延安奠定了思想革命基础。同年，蔡其矫随同学们一起参与上海"一二·九"学生运动。1936年成立上海学生救国会（1987年中共中央将上海学生救国会列为共产党组织，蔡其矫晚年获得"老红军"待遇即源于此次运动），蔡其矫积极参与到此次活动中，并发挥了积极的作用。

1937年"七七"卢沟桥事变和"八一三"淞沪会战爆发，父亲蔡钟泗从香港发来电报，让其带着祖母、母亲及其三个幼小弟妹返回印尼泗水，蔡其矫不得不放弃抗战计划离开祖国。

1938年，蔡其矫以前往云南大学求学为由，携友王孙静、陈丽莉和陈日梅奔赴抗战圣地延安，进入鲁迅艺术学院文学系。在延安这一时期，蔡其矫开始了个人的创作和学习："战争环境书少，遇到什么就读什么：屠格涅夫、普希金、莱蒙托夫、纪德、雨果，最后遇上惠特曼，就全心向往。但基础薄弱又酷爱诗，不宜为人师，只好略试写作。"[②]

在20世纪40年代，蔡其矫的创作时间主要集中于1941年至1942年和1946年至1947年这四年内。1940年"10月，蔡其矫写《百团大战》《狼牙山》《白马》等，现已失佚"[③]。如今研究其诗歌文本，可寻得踪迹的最早诗作为1941年创作的《乡土》和《哀葬》，当时这两首诗分别获得了鲁迅诗歌奖一等奖和二等奖。次年，蔡其矫受惠特曼指引，创作了《肉搏》和《子弟兵战歌》，诗歌从侧面描述了战争为人们带来的伤痛和危害。除此之外，在20世纪40年代蔡其矫还创作了《兵车在急雨中前进》《张家口》《一九四七年》等诗作。此期的诗人师法美国诗人惠特曼的创作手法，诗歌中充满了浪漫主义的精神，且多以白描手法来描绘生活中的所见所闻，以诗歌内容的真实性来感动读者。在这一时期，蔡其矫学习的热情高涨，学习的范围也十分广泛。公木后来回忆："在讲习所，蔡其矫也曾帮我读惠特曼，又钻唐诗，抠诗学。"[④]

（二）海洋歌者和乡土之音

蔡其矫虽然从20世纪40年代就进入了诗歌的殿堂，但直到50年代他的诗歌写作才逐渐走上正轨。在这一时期，蔡其矫将目光投向被人忽视的海洋，试图跟上时代的节奏来书写独属于中国的海洋诗歌，借此唱出颂扬新时代的诗声。因此，在 20 世纪 50 年代，蔡其矫两次返回故乡福建，并沿浙江至广西访问了沿岸诸多海岛和军港。他以海洋和士兵作为自己的诗歌题材，主要书写"献给保卫海疆的士兵、水手和渔夫的歌"⑤。在此期间，蔡其矫创作了一系列受人关注的海洋诗歌，其中最为典型的当属《雾中汉水》(1957) 和《川江号子》(1957)，除此之外还有《风和水兵》(1953)、《海岸》(1953)、《海上歌声》(1954)、《西沙群岛之歌》(1956)、《海峡长堤》(1956)，且于 1956 年发行了首部诗集《回声集》。诗人追随主流的时间越长，他越发觉颂歌写作与自己所坚持的诗歌道路有所背离。在反思以往的海洋颂歌写作之后，诗人决定将"自我放逐"到故乡福建，从故乡的山水出发写作符合艺术规律的诗歌。

此时蔡其矫受智利诗人聂鲁达的影响，以故乡福建及其他南部地区为题材，誓要写出故乡璀璨的历史和迷人的风采，为此专门写下乡土诗歌《榕树》(1956)、《南曲》(1956)、《红甲吹》(1956) 等诗。蔡其矫在学习聂鲁达诗歌思想和创作技巧的同时，也着力于翻译中国古典诗歌，将唐诗宋词翻译为现代诗歌。蔡其矫从翻译的过程中获得启发，模仿传统的绝句结构和律诗结构，创作出《夜泊》(1956)、《桂林》(1956)、《太湖的早霞》以及《莺歌海月夜》等诗。诗人公木在谈及《太湖的早霞》时，认为"从腔调上，从语言节奏上，从诗句韵律上，这里都寻不见旧诗的影子，但它的的确确得力于旧诗，甚至脱胎于旧诗"⑥。

1957 年蔡其矫的诗集《回声续集》与《涛声集》出版。在福建期间，蔡其矫常常只身一人踏遍福建各个地区，留下了许多描写福建地域特色的乡土诗歌。

(三)"文革"时期的潜在写作

在 20 世纪 60—70 年代的"文革"时期，蔡其矫经历了抄家、监禁和下放到福建永安果林场劳改等事件，这些个人经历使他此期诗作多以反思时代、批判政治为主，他在诗作中将时代给予个人的伤痕展现在读者面前。"文革"结束后，由于恢复了人身自由和写作权利，蔡其矫开始重启旅游交友的写作活动，在旅游过程中结识了许多有共同志向的福建青年，还结识了北岛、江河等人，与朦胧诗人们结下了深厚的情谊。其间，蔡其矫主要创作了《波浪》《九鲤湖瀑布》《才溪》《屠夫》《祈求》《丙辰清明》《常林钻石》《玉华洞》《九曲溪》《漠风》《贝壳线》等诗作。

"我从现存的蔡其矫手稿看，他从1965年到'文革'结束的十几年间，创作的诗歌超过一百首，翻译了司空图的《诗品》和为数不多的中外名篇，而且写作的题材更为广泛，其中有政治抒情诗、山水诗、爱情诗、乡愁诗、怀古诗。"⑦在这些诗作中，蔡其矫书写了个人在"文革"期间所遭受的磨难，以及为此而产生的苦难体验。蔡其矫的"文革"体验暗合了整个时代的伤痛体验，表现了对黑暗社会和扭曲人性的批判。

社会和时代带给诗人深刻的苦痛和伤痕，正当诗人以为"文革"结束后就可以自由地写作时，时局发生了重大的变化。蔡其矫所参与的《今天》被迫停止发刊，政治意识形态再次影响蔡其矫的诗歌写作。社会环境的变化迫使诗人认清现实，逼迫诗人在政治与诗歌之间做出选择。由于蔡其矫是从"腥风血雨"中走出来的，精神上就更倾向于追求自由自在的写作，所以与政治诗歌相比，蔡其矫更喜欢接近自然和普通民众。因此，无论是在福建时期，还是在20世纪80年代以后，蔡其矫的诗歌都尽量远离政治，从自然山水、历史文化来反映生活的变化和时代的精神。"在那些年代里，多变多难的生活，写这种不为人注意的题材，也许是必行的。"⑧既然社会和时代不让书写现实生活中的磨难，那就走到历史中去，以历史观照现实。在真正确认晚年的诗学道路之前，蔡其矫就已经寻得最佳的生活方式。在福建武夷山旅游的过程中，蔡其矫认为"旅游写作、朗诵、演讲、交友四者结合，是最佳生活方式"⑨。而在1981年的青海、新疆、敦煌的旅行考察活动后，诗人决心在晚年深入历史中去，从历史出发来反观时代生活和社会现实，无疑是更好地践行了这一最佳生活方式。

（四）重启诗歌征程

从1980年开始，蔡其矫就逐渐走上写作旅游诗的道路，他每年都会独自一人进行长达三个月的旅游考察活动。他的这一活动主要在中国的大多数地区开展，除此之外还会去国外汲取异域的文化因素，为旅游诗加入新质。蔡其矫晚年的旅游诗写作长达十余年，他有计划地寻访了全中国各具特色的自然风景、名胜古迹和历史名人旧址等。在此时期，蔡其矫把旅行考察和民族文化结合在一起，以期系统化地写出民族化的"大诗"。同年10月，蔡其矫将《祈求》《波浪》《竹林里》以及《双桅船》等38首诗合而形成《祈求》诗集，在江苏人民出版社出版。

此后，蔡其矫在1981年遍游河南、新疆、青海等地，在新疆写下了《伊犁河》《乌鲁木齐的黄昏》，还在参观三大石窟后，将其艺术文化与宗教色彩展现在《伊水的美神》《龙门石窟》《敦煌莫高窟》《云冈石窟》中。这年5月，上海文艺出版社发行了诗集《双虹》。1982年，蔡其矫行经湖南、湖北、青海、内蒙古等地，写下《张家界》《武当山》《杏花村》等诗。同年6月由福建人民出版社出版《福建集》，7月由人民文学出版社出版诗集《生活的歌》，这是诗人自选出版的诗集，总共分为六辑。1983年蔡其矫与夫人徐竞辞重游故地，写下《过延川》《二十岁》《庐山》等诗。1984年游览江苏苏州、浙江杭州、湖南张家界、云南昆明等地，在苏州写下《赠人》，在福州写《香雪海》，在故乡晋江园坂写《李叔同》等诗作。同年12月，四川人民出版社出版诗集《迎风》。

1985年蔡其矫追寻李白晚年的游行足迹，写下《逍遥津》《桃花潭踏歌》以及《沿着李白晚年的足迹》(组诗)等诗。1986年写下长诗《李贽》《海神》，还在西藏漫游了两个多月，写下《长江七日》《达娃》《赛马会》等诗。同年9月，花城出版社出版了蔡其矫的诗集《醉石》。1987年，蔡其矫在福建省内参观本地的文化古迹，写下《闽东组诗》《冯梦龙》《影子的笑》《松溪》等诗。此外，值得一提的是，蔡其矫在这一年的沉寂中感悟到西藏的大气象，时隔一年后创作出《在西藏》《拉萨》这两首既具有民族特色又饱含现代意义的"大诗"，引发出对于自身悲剧性经历的感叹和对苦难生活的感怀。1988年，蔡其矫旅行区域主要集中在福建、广西和海南三个省区，写下《寄三亚》《美女峰》《苏轼暮年在桄榔庵》《柳永》等诗。1989年，蔡其矫写下了《雅鲁藏布江》《在芒市》《瑞丽》《西双版纳》等诗。

1990年写下了《百合花》《泼水节》《闽江水口》等诗。1991年，蔡其矫寻访了著名的三大名楼，写下《烟波岳阳楼》《雾罩滕王阁》《风雨黄鹤楼》。在寻访三大名楼时，蔡其矫想起古往今来很多文人曾在此处发出慨叹，但文人的笔墨"安慰不了忧患的心 / 纵使八百里气象注胸中 / 也忘不了十年的荒唐 / 名楼胜迹受批判 / 水天躲不开风鞭雨箭"（《烟波岳阳楼》）。此外，蔡其矫还写下了备受王光明称赞的《客家妹子》，以及《翠江之夜》《暴风雨中万木林》等诗作。1992 年，蔡其矫将呼伦贝尔草原作为重点考察对象，写下了《呼伦贝尔草原》，引发读者对于呼伦贝尔草原的无限想象："雄鹰低空如梦飞翔 / 牡鹿脉脉斜晖中焕发金黄 / 延伸成带的萱草花 / 光照远野的白麻圈 / 勾魂摄魄的缠绵 / 全如黯然落泪暮色中 / 消逝的驼铃叮响。"同年 11 月，漓江出版社出版了蔡其矫的诗集《倾诉》。1993 年，蔡其矫北达黑龙江哈尔滨，南至海南，写下《火山口》《冰雪节》《萧红》《美在武夷山》等诗。1994 年，诗人再次踏上西沙群岛，感受当地的人文风情和自然景观，写下《赴西沙》《二赴西沙》《永兴岛》《遥望西沙》等诗，感慨"榆林港海水不再透明 / 浮油和垃圾赶走蓝纹热带鱼 / 现代豪华的码头 / 持枪的水兵岗哨肃立船舷下"（《二赴西沙》）。1995 年，蔡其矫写下《梦之谷》《金海岸》《南澳岛》等诗。1996 年，蔡其矫去往宁夏银川，感受了腾格里沙漠的壮阔。宁夏的张建忠写道："烈日暴晒，迷途恐惧，漆黑夜晚的寂静，都使他毫不退却，以一个老人的精神，征服了一次沙漠险旅……大漠的神秘，沙海的黄昏，驼队的行进，一幅幅远古壮观的画卷被他摄入镜头，收入底片，跃然在报刊的画面上，写在诗句的字里行间。"⑩其间，蔡其矫写下《重返爪哇岛》《梭罗河》等诗。

1997—2007 年，蔡其矫的旅游范围主要集中在北京、福建两地。其间，蔡其矫写下《林语堂》《江南第一华西村》《如歌的吉山》《茶歌》《闽北小妹》《梦中大武夷》等诗。在这一时期，诗人有感于民族海洋复兴的时代号召，希望从海洋历史和文化出发来总结海洋文化兴盛、衰退的原因，为中华民族复兴拓展新的诗学领域，以诗来传达对历史重大事件的评价和思考。在生命的最后六年，蔡其矫写下了《郑和航海》《海上丝路》《徐福东渡》《霞浦的海》《蒲寿庚——泉州一段史实》等 27 首海洋长诗。除诗歌写作外，1997 年 5 月，蔡其矫还在《诗刊》5 月号上发表了经典诗集《蔡其矫诗选》(13 首)。2002 年 9 月，海峡文艺出版社出版了《蔡其矫诗歌回廊》(八卷本)。

综上所述，可以得知蔡其矫晚年的诗思诗情主要是在寻访名胜古迹和历史人物的过程中生发出来的，借这些题材以传达时代的回声和现时的诗意。他将埃利蒂斯、帕斯等人的超现实主义诗歌翻译成现代汉语诗歌，再将其与中国古典诗歌的创作技巧相互结合，写下了《在西藏》《拉萨》《海神》等艺术性和民族性兼具的"大诗"。蔡其矫晚年创作了大量的旅游诗，但由于诗人特立独行的性格和文学史对诗人的忽视，他的研究价值和诗学意义还没有得到充分的认识。评论家刘登翰认为："在20世纪中国新诗的历史上，蔡其矫可能是对中国新诗艺术建设贡献最多而迄今未被充分认识的最重要的诗人之一。"⑪还认为在时代的发展过程中，随着人们对蔡其矫了解程度的加深，他"将成为20世纪的一份见证"⑫。因此，对蔡其矫晚年的旅游诗创作进行研究和探讨，有着极其重要的文学史意义和现实意义。

二、"晚期风格"的概念

"晚期风格"是萨义德晚年思想研究的核心概念，在其"晚期风格"中既研究了莫扎特、让·热内以及理查德·施特劳斯等20世纪艺术家各自的"晚期风格"，又阐述了他自身对于"晚期风格"的体验和看法。萨义德"晚期风格"的理论多收入著作《论晚期风格：反本质的音乐与文学》(后文简称《论晚期风格》）中，通过研究萨义德"晚期风格"及其相关内容，可以挖掘其研究艺术家们"晚期风格"的独特方式，也能够从中窥见萨义德个人所拥有的晚期体验。

在本文中，我们将萨义德的"晚期风格"简述为"一个理论""两种风格""三个特征"。一个理论是指"晚期风格"理论。两种类型的风格是指"适时"与"晚期"，"适时"是普遍意义上的"晚期风格"，它的存在让作家在某种意义证明了"正是晚期作品，才使得艺术家毕生的美学努力臻于圆满"⑬。"晚期"则是萨义德更为关注的内容，它包含了对现存事物的否定性和对抗性，就像贝多芬的晚期作品一样充满否定、野蛮甚至是破坏性的力量。三个特征主要是指自我放逐、不合时宜以及回归传统的倾向。我们将从这三个方面出发，去完整地阐述萨义德"晚期风格"的内涵及其特征。

在论证"晚期风格"的概念之前，需要先就"晚期"这一概念进行探讨。通常意义上来说，在漫长的历史发展过程中，"晚期"一般被认为是时间上的概念，主要是指生命临近末期的时间，这意味着人为死亡的阴影所笼罩。在《论晚期风格》中，"晚期"具有较为丰富的内涵，"它的范围从错过了的约定，到自然的循环，再到消失了的生命"⑭。萨义德从阿多诺"晚期"的定义出发，认为"晚期是超越可以接受和常规之物的生存理念；此外，晚期还包括这一理念：即人们实际上不可能在根本上超越晚期"⑮。这就是说，作家的"晚期"在本质上超越了常规物体和初期的作品。但对于作家来说，他本人仍然处在晚期阶段，只能够不断地深化晚期，超越过去的时间和状态，而不能超越当下的"晚期"。

此外，萨义德认为"晚期"的范围也在不断地变化，它常常指代"太晚"这一含义，如从未完成的约定或生命消逝。经过对"晚期"进行研究后，萨义德发现"晚期"与时间并不只是单一的关系，但"晚期"最终仍会呈现出一种时间带来的后果。"晚期"被认为是记住时间的一类方式，这种时间包括过去的时间、现在的时间以及错过的时间等。

相对于阿多诺对"晚期"简单的定义来说，萨义德"晚期"的内涵显得更为丰富。"晚期风格"用英语表示为"Late style"，"late"丰富的含义与萨义德笔下内涵丰富且意义繁多的"晚期"相互对应。陈维在《"时代精神"的超越与"身份政治"的反抗：爱德华·萨义德"晚期风格"理论研究》⑯中综合分析了萨义德笔下的诸多晚期作家之后，认为萨义德笔下的"late"可分为三个含义：首先是"晚的，晚期的"。此概念是相对于早、中期而言，在萨义德的研究著作中，特意将艺术家的晚期作品与早、中期的作品进行比较，进而指出晚期作品显现出一种异常的、断裂的形态。萨义德认为"适合早期生活的东西并不适合晚期阶段，反之亦然"⑰。其次为"原来的、之前的"。这个含义主要是萨义德在分析施特劳斯、让·热内以及兰佩杜萨等人的时候，指出其作品中呈现出回到传统的创作趋势。尤其是施特劳斯的作品表达了对同时代音乐的疏离，并明显表现出一种回归 18 世纪的倾向。最后，萨义德的"晚期"也指涉生理和精神上的衰老，包含"晚年、老年"的含义。正如在论述普鲁斯特的《追忆似水年华》时，萨义德认为这本书的结尾融入了作者的痛苦体验，这种痛苦体验则来自身体的衰退和死亡的迫近。

萨义德在探讨年龄与"晚期风格"间的关系时，认为"晚期风格"主要是指："生命中的最后时期或晚期，身体的衰退，疾病或其他因素的肇始——甚至在年轻人那里——造成不合时宜的结局的可能性。我将把焦点集中在一些伟大的艺术家身上，集中在他们的生命临近终结时其作品和思想怎样获得了一种新风格，即我所谓的一种晚期风格。"⑱

萨义德的"晚期风格"与阿多诺的理论一脉相承，他们在分析作家作品时都注重强调死亡、疾病对"晚期风格"的触发。因此，在晚期阶段，作家们虽然对自身早期的作品和常规之物持否定性态度，但其仍能够自觉地将晚期状态深化，直至获得成熟的"晚期风格"。"晚期风格"不仅适用于研究处于生命晚期的作家作品，还适用于研究处于时代的晚期阶段。例如文艺复兴的晚期阶段巴洛克时期，陈晓明还用萨义德的"晚期风格"来研究 20 世纪末的中国文学，将 20 世纪末定义为"晚郁时期"⑲。萨义德在提及现代主义时，认为在文学领域中的现代主义也属于"晚期风格"的范畴。在他的著作《论晚期风格》中，萨义德研究了多位 20 世纪著名的作家作品，如贝多芬和施特劳斯的晚期音乐、卡瓦菲的晚期诗歌以及让·热内的小说等。萨义德从他们的晚期生活状态和具体作品入手，来探索"晚期风格"的概念和适用领域。

从这些作品出发，萨义德认为"晚期风格"可以分成"适时"与"晚期"两种类型，第一种"晚期风格"类型"反映了一种特殊的成熟，一种新的和解精神与平静，通常是以一种对共同现实的奇迹般的转换而表达出来"⑳。这种类型的晚期作品也显现出臻至圆熟、炉火纯青的状态，如巴赫和瓦格纳等艺术家。

第二种类型的"晚期风格"则更为萨义德所喜爱，这种类型的风格中"涉及一种不和谐的、不安宁的张力，最重要的是，它涉及一种蓄意的、非生产性的、相悖的生产力……"㉑这种蓄意的、不安宁的张力在贝多芬的晚期作品《第九交响曲》中表现得尤为明显。萨义德认为贝多芬晚期音乐与中期的相比，晚期的音乐显得更加的松弛、破碎、晦涩。阿多诺在研究贝多芬的音乐作品时，认为由于死亡的不断迫近，贝多芬在晚期作品中对固有的音乐创作模式发起反叛，将个人自传的因素融入晚期音乐。因此，贝多芬在创作中"似乎习惯于将晚期作品当作一种悲叹人格的方式"，"无法使自己与作品相分离"[22]。

"晚期风格"多表现为不安定的张力和否定性的批判精神，晚期作品更是一种不妥协、不情愿以及尚未解决的矛盾产物。如在易卜生的《我们死者复苏时》与贝多芬的《庄严弥撒》等晚期作品中，戏剧和音乐并没有屈从于时代与观众的需求，从而展现出一种强烈的超越时代的反叛精神。贝多芬的音乐作品中存在一种否定性的力量，它打破听众的期待，在观众希望看到成熟和平静的时候，却遇到了艰涩的、野蛮的挑战。这些艺术家不妥协的精神使晚期作品得以产生，让艺术家在晚年形成"晚期风格"。这种"晚期风格"突破以往"风格"研究的壁垒，形成一种新的美学批判范式，且还在客观上提升了作品的审美力度和语言魅力。

进而言之，"晚期风格"的重要特点之一就是"不合时宜"。萨义德认为"晚期风格"作为一种美学风格是通过对常规事物的否定性超越而形成的，这种否定性的力量构成了"晚期风格"最为明显的特征：不合时宜。作家晚期作品的"不合时宜"一方面体现在对早期作品的反叛，另一方面则是指在面对社会主流意识形态时，呈现出一种否定性批判和反抗的态度。萨义德在《论晚期风格》中表明："我在这里讨论的每个人都构成了晚期或不合时宜，一种容易受到攻击的成熟，一个可以选择和不受约束的主体性方式的平台，与此同时，每个人——如晚期的贝多芬——都有在技巧上努力和做准备的一生。"[23]比如在论及兰佩·杜萨的小说中，萨义德认为杜萨的晚期恰好出现在个人历史向集体历史转向的时刻，他的小说结构和情节安排都极好地展现了那个时刻，但又坚决地拒绝附和那个时刻。杜萨的小说在描绘出时代变化的同时，也对这一时代持否定性的批判态度，他的小说深刻地显示出了一种不合时宜的晚期状态。让·热内的晚期作品中包含有忘我的、不妥协的斗争性精神，《爱的俘虏》就隐晦地展示了这种精神，这部作品中"没有任何叙事，没有任何对于政治、爱情或历史有序的或在主题上有组织的反思"[24]。艺术家古尔德在晚期试图让音乐使人愉悦的同时加入理性思想，他并不为观众和日常世界而妥协，而是一直坚持自己的反叛性精神。

萨义德认为在研究作家的"晚期风格"时，死亡这一因素不可避免地会融入晚期作品，它所特有的表现形式就是"不合时宜与反常"。在探讨"晚期风格"与死亡之间的关系时，杨有庆认为："'晚期风格'作为一种向死而生的美学，是艺术家直面死亡时深层次的审美体验，是濒临死亡时通过艺术实施的自我救赎。"㉕在此意义上来说，萨义德的"晚期风格"是一种向死而生的美学风格，表现了作家们在死亡日益趋近时，在作品中以隐晦的方式将其对死亡的思考、感悟和超越呈现出来。随作家的身体状况日渐愈下，死亡问题在晚期作品中就成为一种深刻的审美体验，作家"释放出他惯于构成的大量素材；它的疾驰与分裂，证明了我面对在之时的有限的无能为力，成就了其最终的作品"㉖。死亡不因人力而有所变更，死亡临近时作家往往倾向于选用熟悉的材料来写作，以表达出他们对于存在的无能为力。但这种无能为力并不意味着作家会屈服于"死亡的最终步调"，他们更倾向于在作品中书写死亡的体验，展现出一种超越死亡的审美态度。

在研究"晚期风格"期间，萨义德正在遭受白血病和胰腺癌的折磨，这种濒临死亡的感受和痛苦并没有磨灭他研究的热情。在研究各个艺术家的"晚期风格"时，萨义德与他们隔空形成了一种对话关系，甚至把"自己的生与死不露痕迹地渗透其间了"㉗。因此，萨义德在研究"晚期风格"的时候，在书中不仅阐述了各个艺术家晚期的美学风格变化，还阐述了他本人对于死亡的审美体验和超越。

综上所述，可以将"晚期风格"的主要特征概括如下：

首先是"自我放逐"的反抗和否定性精神。这种反抗和否定性精神存在于许多拥有"晚期风格"的艺术家身上，它主要是来源于对社会、时代的否定性批判。这类作家身上有着同样的一种特质，他们都与当下的社会、时代存在隔阂和冲突，所以在精神上选择了自我放逐，就显得与时代生活和常规之物格格不入。

其次是"不合时宜"的写作状况和艺术创作模式。"晚期风格"是一种特殊的风格类型，它主要出现在艺术家的晚年阶段，且是一种"不合时宜"的产物，它显示了艺术家对于时代的疏离和风格的嬗变。在具有"晚期风格"的作品中，艺术家们通常摒弃了青年阶段的稚嫩和盲目，彰显了作家"晚期风格"

的成熟。这类晚期作品难以被同一时代的批评家和读者所接受，也不会因接受者的需求而有所改变。因此，"晚期风格"常常充满不合时宜的否定性精神，但其作品中所具有的理性思维和令人愉悦的感官体验还是给人以巨大的启迪。

最后是"晚期风格"呈现出强烈的回归传统的精神。在艺术家疏离时代的同时，他们也展现出对于传统巨大的兴趣。因此，他们自觉地从时代生活中抽身而出，转而投入传统的文化中，在作品中表现出一种令人心驰神往的自由状态。因此，"晚期风格正是这样一种形式，它藐视当下的弊端和过去的姑息，为的是寻找这种未来，即使是以现在看来使人迷惑的、不合时宜的或不可能的言辞与形象、姿势与表现法去设想它和实践它"㉘。

三、蔡其矫研究综述

就现有的蔡其矫及其诗歌的研究资料而言，20 世纪 70 年代后才大量出现了研究蔡其矫的文章。鉴于此，本文按照时间划分的原则，将蔡其矫研究划分为 1949—1978 年与 1979 年至今两个时段，以纵向的编年顺序来阐述蔡其矫研究的相关综述。

（一）1949—1978 年

在 1949—1978 年，学界对于蔡其矫及其诗歌的研究文章较少，这一阶段的文章也多以批判为主。特别是在蔡其矫发表了《雾中汉水》《川江号子》之后，这种批评变得更加剧烈。

1958 年 5 月，《人民日报》文艺部主任袁水拍在《文艺报》上发表了文章《诗歌中的现实主义和浪漫主义的结合》，批评蔡其矫的《雾中汉水》缺少饱满的热情，作品中没有反映生活的真实和社会主义的真实，难以起到鼓舞群众的作用。同年，《文艺报》文学评论组组长、理论组组长杨志一，用"陈骢"的笔名，在《诗刊》上发表了《"改了洋腔唱土调"》，批评蔡其矫在内容上远离时代和生活，诗歌通篇都是洋腔洋调的韵味。杨志一认为在蔡其矫的诗歌中感受不到生活在沸腾、跃进的现实，他的诗歌中充斥着冷漠的沉寂的诗歌基调。

1958 年 7 月，《诗刊》发表萧翔《什么样的思想感情？——对蔡其矫〈川江号子〉〈宜昌〉等诗的意见》（1958），萧翔认为蔡其矫的诗歌没有反映当下建设的激流，比如蔡其矫的诗作《川江号子》："你撕碎人心的呼号……你悲歌的回声在震荡"中以"撕碎人心""悲歌"等词描述了一幅悲惨的画面，这印证诗人没有面对现实，没有深入人民的生活。1958 年 8 月，诗人沙鸥在《文艺报》上发表《一面灰旗》的批判文章，把蔡其矫的《雾中汉水》和《川江号子》说成是"灰旗"。这几篇文章从当时的社会语境出发，批判蔡其矫的诗歌"举灰旗""唱反调""唯美主义"的小资情调。从此，蔡其矫的诗歌发表受限，在沉寂了近 20 年之后，他的诗歌才开始大量地出现在读者面前。在短短几年，他出版了《蔡其矫诗选》《祈求》《双虹》《生活的歌》《福建集》《醉石》《倾诉》《迎风》《蔡其矫抒情诗》等诗集。

这一时期对蔡其矫诗歌的评论，主要是从现实和政治的角度出发，以批判的态度为主，去评判蔡其矫的诗歌创作。从文学史发展的角度来说，这种评价是不公平的，也是不公正的。在后续研究蔡其矫的文章中，有的研究者基于这一时期的诗歌出发，纠正了对蔡其矫《雾中汉水》《川江号子》等诗歌的偏颇评价，以公平、公正的态度来研究蔡其矫和他的诗歌。也有的研究者从蔡其矫 20 世纪 70 年代及其之后的诗歌出发，来研究其诗歌的价值。

（二）1979 年至今

进入新时期，蔡其矫在文学史和期刊中的研究比重都呈上升的趋势。本文主要通过文学史、诗歌史对蔡其矫的身份进行划分，以此来阐述蔡其矫与"归来诗人"的同与不同，凸显出蔡其矫作为"归来诗人"的文学史意义。通过分析相关的文学史可知，因为蔡其矫诗歌的内容和形式较为多样，因此在文学史上难以准确地将其划分至某一流派或者某一群体。但可以明显地观察到，从蔡其矫开始诗歌写作至今，他在文学史中所占的篇幅越来越大，其文学史上的地位也在逐渐提高。其中，又主要以朱栋霖和洪子诚的文学史为主，从他们所编撰的文学史出发，来探讨文学史对于蔡其矫"归来诗人"身份的定位和评价。

通过比对朱栋霖 1999 年主编的《中国现代文学史 1917—1997》和 2007年《中国现代文学史 1917—2000》，可以发现其中明显增加了对于蔡其矫的介绍篇幅。朱栋霖在简论 20 世纪五六十年代诗歌时，将蔡其矫划分到"行吟诗群"里，而在涉及 20 世纪 80 年代的相关内容时，朱栋霖将蔡其矫划入"归来者诗群"，其中简要提及了蔡其矫部分类型诗歌的重要性，主要包括了爱情、山水和乡土诗等，但并未引入具体的诗歌。在严家炎的《二十世纪中国文学史》(2010) 中谈及蔡其矫 20 世纪五六十年代的诗歌创作时，认为他是一个相当有成就的诗人。在论述中引用了蔡其矫的诗作《波浪》，并阐释了蔡其矫与其他"颂歌"诗人之间的区别。

更为重要的评述在于洪子诚的《中国当代新诗史》(2010)，洪氏重点论述了诗人在各个年代的代表作及创作手法，且对部分诗歌做了详细的解读，如《波浪》《祈求》等。可以说，洪子诚的《中国当代新诗史》是目前诗歌史中评述蔡其矫最为详细的文学史著作。在《中国当代文学史》(2010) 中，洪子诚认为蔡其矫是当代的重要诗人，他从 20 世纪 40 年代写诗开始直至逝世，终生都没有中断对诗歌的探索和追求。书中论述了蔡其矫在 20 世纪 40 年代解放时期，曾受惠特曼的影响来创作自由体诗。他虽 20 世纪 50 年代曾短暂地加入"颂歌"的时代，但在整体上仍然坚持自由诗的创作。在阐述蔡其矫 20 世纪 70 年代的写作状况时，洪子诚把蔡其矫 70 年代的诗歌创作归入"归来者"的诗。

无疑，部分文学史的关注点集中在蔡其矫 20 世纪 50—70 年代的诗歌创作，也认同蔡其矫 20 世纪 40 年代的解放区诗人身份。还有一部分文学史关注到了蔡其矫 20 世纪 70 年代的诗歌，并且重点强调了蔡其矫"归来诗人"的身份。但很多文学史却忽略了蔡其矫 20 世纪 80 年代之后的创作，据此，学界对于蔡其矫新时期以来相关诗歌的研究，还呈现出相对不足的趋势。

总的来说，蔡其矫的文学史地位虽然有所上升，但仍然属于边缘化的人物，这主要有两方面的原因。

一是文学史书写话语权力的变更。在 20 世纪 50—60 年代，政治意识形态影响了文学史编撰的过程，导致文学史中录入的多为主流作品，忽视了对于边缘化人物的挖掘。在这一时期的文学史编撰过程中，蔡其矫的诗歌创作因不符合主流文化，便被文学史排除在外。而在 20 世纪 70—80 年代编撰文学史时，政治和文学话语权力注重发掘边缘化的文学人物，蔡其矫因诗歌创作的特色，在相关的文学史叙述中留下了更多的篇幅。但是，文学史家的关注重点多在于如何定位蔡其矫的身份和地位。因为蔡其矫创作的时间跨度较大，一时难以将他归入某一时期或流派，再加上蔡其矫声名不显和这一时期文学史个人化创作，文学史家的个人选择标准不一。因此，在 20 世纪 70—80 年代"重写文学史"思潮中，导致文学史书写中的蔡其矫模糊化甚至隐而不彰。进而言之，蔡其矫在文学史叙述中的地位仍然没有公正地凸显出来。

二是诗人个人的选择。从"颂歌时代"之后，蔡其矫自觉地站在时代的边缘，远离政治意识形态，孤寂地走在真诗的创作道路上。蔡其矫曾有无数次可以声名鹊起的机会，如在 20 世纪 80 年代盛行的朦胧诗潮，蔡其矫本可以加入这次大讨论。但其清醒地知道声名和政治对于诗歌的损伤，于是远离时代的喧嚣，选择"独自考察旅行"。

作为"诗坛的常青树"，随着蔡其矫研究者对其诗歌创作不断地深入和挖掘，他的诗作的价值和重要性得到了体认。对于蔡其矫的研究，首先是从香港开始，然后再引起大陆学者对蔡其矫及其诗歌创作的关注。

1980 年，香港《文汇报》发表梅子《反映时代，勇于创新——〈蔡其矫选集〉读后》(1980)，香港彦火（潘耀明）发表《蔡其矫诗歌的特色》(1979)、《速写抒情诗人蔡其矫》(1980)，美籍华人聂华苓致力于研究和翻译蔡其矫的诗作。聂华苓为蔡其矫的《雾中汉水》《川江号子》等诗作所感染，写下《"发光的脸上仿佛有歌声"——诗人蔡其矫》(1979)，论述了蔡其矫 20 世纪 50—70 年代诗歌中所呈现出来的民族性，认为在诗人 80 年代写作的诗歌中，能让人从中看到生活的欢乐和希望。

在聂华苓的另外一篇文章《景山下——关于社会主义现实主义的小插曲》(1980) 记录了聂华苓与蔡其矫的交往过程，以及聂华苓对蔡其矫的诗歌的传播小片段。香港学者和聂华苓评论蔡其矫的文章多收入李伟才的《蔡其矫研究资料专集》和陶然的《蔡其矫诗歌作品评论选》中，后文所言多数文章亦是如此。1980 年 4 月香港文学研究社出版《蔡其矫选集》，收录蔡其矫近 40 年诗歌作品的精粹，诗歌选集的出版为香港学界对蔡其矫诗歌评论提供了原始的资料。虽然在当时的诗歌评论中，大多数只是关注蔡其矫诗歌中体现的"海洋精神"，研究的也仅仅只是蔡其矫的部分诗作，但正是这一时期香港评论界对蔡其矫及其诗歌的关注，推动了大陆学界对蔡其矫诗歌写作的关注程度，进而肯定其诗歌创作的学术价值和现实意义。

由于香港、大陆一些热爱蔡其矫诗歌的评论家的推波助澜，引起了国内一些著名学者、评论家对蔡其矫及其诗歌创作的关注，他们也纷纷撰文加以评论，如：刘登翰《你雕塑历史，历史雕塑你》(1992)、公木《干雷酸雨走飞虹》(1995)、邱景华《"独行侠"的诗旅——蔡其矫在西藏》(2000) 和《诞生于世界屋脊的大诗——蔡其矫〈在西藏〉解读》(2002)、邵燕祥《蔡诗印象——蔡其矫"大地系列""海洋系列"笔记》(2005) 等研究文章。

在此期的研究成果中，有关蔡其矫的研究可分为以下几类：

第一类是对诗人的身份进行定位，以便追寻诗人的创作倾向。在对蔡其矫的研究中，很多文章趋向于对诗人身份进行定位，将其判定为"山水诗人""民主诗人""行吟诗人""雕塑诗人"等。如戴冠青的《蔡其矫：一个特立独行承前启后的浪漫诗人》(2005) 概括诗坛的蔡其矫是浪漫诗人，在传统与现代之间撑起一片风景。蔡其矫也说过："我自认是一块跳板、一层台阶，踏着它是为跃向对岸或走向高处，我的历史任务是过渡，我的地位是在传统和创新的途中。"[②]蔡其矫晚年的诗歌创作，正是走在传统与创新的途中，为当代中国新诗继续发展提供了前行的道路，蔡其矫本人也充当了指路的灯塔。尤其是蔡其矫对中西诗艺的探索与实践，为当时缺乏"传统之根"的朦胧诗人和第三代诗人提供了继续前行的方向。陈祖君的《人、自由、爱：蔡其矫论》(2005) 从蔡其矫诗歌出发，认为蔡其矫的诗歌呈现出一种雕塑美，并从自由、爱、美三个基点来将蔡其矫判定为雕像诗人、爱情诗人、海洋诗人等。刘登翰在《中国诗坛的"蔡其矫现象"》(2007) 总结概括出当代的"蔡其矫现象"，刘登翰认为蔡其矫是长寿、青春的诗人，他走上了一条与大多数中国当代诗人不同的道路：由主流走向民间。蔡其矫从民间的视野来反思现实和时代，创造了多样的诗歌内容和形式。蔡其矫诗歌的多样性从 2002 年出版的《蔡其矫诗歌回廊》中就可反映出来，蔡其矫将他的诗歌以"乡土""生态"等词语进行定型，体现了他身份的多样性。由此可见，蔡其矫的诗歌创作是一个连续、复杂的过程，对其身份的定位也具有一定的难度，真的很难将蔡其矫限定在某一种类型上，他的诗歌具有丰富性和层次感。

第二类是从比较与影响的角度出发，探究蔡其矫与中西诗人的密切关系。在研究蔡其矫的过程中，有学者注意到了蔡其矫晚年的诗学活动，也注意到了蔡其矫的诗学活动对朦胧诗人、新生代诗人的影响。其中，又以对朦胧诗人的影响最为明显。

邱景华《蔡其矫与朦胧诗》(2005) 通过对蔡其矫与北岛、舒婷等几个朦胧诗人的交往与对他们的影响，解析蔡其矫晚年诗歌在当代诗歌史上的独特意义。邱景华将蔡其矫与朦胧诗人的多重关系概括为：参与、交流和互相影响。蔡其矫与舒婷是亦师亦友的关系，他的译诗作品对北岛和舒婷也起到了一定的影响。王炳根的《朦胧诗的桥梁——蔡其矫反思中的诗情》(2017) 中论述了蔡其矫与艾青的重逢，这场重逢为蔡其矫与朦胧诗之间的渊源奠定了基础，也为蔡其矫与艾青、北岛、舒婷等人的交往奠定基础。曾念长的《共鸣与变奏——诗人通信与朦胧诗的发生》(2019) 也详细介绍了蔡其矫与朦胧诗人之间的交往。

蔡其矫的诗歌创作，不仅注重对中国古典诗歌进行"纵的继承"，也注重对中外诗人的诗歌艺术进行"横的移植"，学界对此有详细的论述。邱景华在《苦难时代的欢乐美学——蔡其矫与巴乌斯托夫斯基》(1995) 中论述诗人受巴乌斯托夫斯基的美学引导，坚决不去书写苦难中的悲剧主义，而是另辟蹊径，表现在苦难中获得救赎的欢乐主义。闫延文在《诗歌的幻美之旅——蔡其矫访谈录》(2006) 记载着诗人在不同时期受国外不同诗人的影响，其中包括惠特曼、聂鲁达、艾利蒂斯、普希金和雨果等作家。另外，还受本土诗人郭沫若、艾青、何其芳等的影响。闫延文的文章为了解诗人蔡其矫提供了一手的资料，也为了解蔡其矫在诗歌创作中"横的借鉴"提供了确切的资料。徐振忠的《蔡其矫和惠特曼——中美杰出的民主诗人》(2008) 和《惠特曼和蔡其矫诗歌风格比较》对蔡其矫与惠特曼诗风进行了详细的比较，认为两者都是杰出的民主诗人。

邱景华的《蔡其矫与外国诗歌》(2017) 分年代详细地叙述了蔡其矫在各个时期受到的外国作家的影响，主要论述了蔡其矫借鉴于惠特曼、聂鲁达、埃利蒂斯、帕斯等西方诗人的诗歌技艺的影响，诗风逐渐浑融。王炳根《从印尼到延安——蔡其矫战火硝烟中的诗情》(2017) 讲述了蔡其矫 1938 年早春二月从印尼泗水出发前往延安的过程中，邂逅了美国诗人惠特曼的作品，这对蔡其矫书写战争、大自然、女性有重要的影响。在惠特曼的引领下，蔡其矫写下了《乡土》《哀葬》《肉搏》等诗。王炳根的《放逐之歌——蔡其矫苦难中的诗情》(2017) 中提及蔡其矫的福建永安时期的放逐生活，尽管物资匮乏，但蔡其矫仍然坚持创作诗歌。他在聂鲁达的影响下，写永安的自然景观和永安的山水，还创作了这一时期的代表作长诗《玉华洞》(1975) 和《祈求》(1975)。

学界注意到蔡其矫在接受外国诗人影响的同时，也从中国古典诗歌中汲取诗歌的营养，还继承和发展了以郭沫若、艾青和何其芳等人为代表的新诗传统。如《诗与生命交相辉映——蔡其矫访谈录》(2017) 中提及诗人常常学习借鉴绝句、律诗的写作方式，写下类绝句、律诗的格式。王炳根在《大地行吟——蔡其矫行走中的诗情》(2017) 中认为 20 世纪 80 年代是蔡其矫诗歌丰收的季节。文章主要论述了蔡其矫在龙门石窟和敦煌石窟的诗歌行旅，感召于自然和历史的真实之美、宗教之美，从而走上"行吟诗歌"的道路。在 20 世纪 80 年代后，蔡其矫"为自己找到另一条道路：走遍全中国，追寻历史的痕迹，反照现实"[30]。在长途旅行考察的活动中，蔡其矫和李白、柳永等人的行吟精神产生了呼应，他追寻这些历史文化人物的足迹去游览祖国的自然山川。邱景华《蔡其矫与新诗传统》(2017) 介绍了蔡其矫与新诗传统的关系，认为他一方面继承了艾青的新诗战斗传统和何其芳的新诗民族化方向，另一方面又在新的层面上将两者加以综合创新，形成了新的现代诗艺术。蔡其矫对诗歌艺术的学习、借鉴和创新，贯穿了蔡其矫晚年的诗歌创作，使他的诗歌表现了浓厚的民族性、鲜明的地域性和个人隐秘深邃的内心世界等。

研究蔡其矫对中外诗人的吸收借鉴，有助于探索蔡其矫诗歌创作的艺术之根。但在蔡其矫"纵的借鉴"和"横的移植"研究中，研究者注重研究外国诗人对蔡其矫诗歌的影响。而关于蔡其矫对中国古典诗歌传统和新诗传统的学习借鉴，这部分的研究文章较少，即使部分文章中有所涉及，都是大致概括，没有展开详细论述。

第三类是从语言写作的角度出发，来阐述蔡其矫诗歌语言的特色，由此凸显出蔡其矫诗歌独特的艺术魅力。周佩红在《诗探索》发表《蔡其矫诗歌的语言特色》(1981)，认为蔡其矫诗歌语言的特点在于：一、新鲜，遣词新颖，出语不凡。二、密度大，表现力强，意象蕴藉。曾焕鹏《清丽柔婉、谨严多元与直率温情——走进福建文坛三老：郭风、何为与蔡其矫》(2006)则从诗歌的语言表达简洁、直率，从语言、意象等写作策略来论述蔡其矫诗歌的直爽与温情诗美。邵燕祥《蔡诗印象——读蔡其矫"大地系列""海洋系列"笔记》(2017)阐释了诗人对语言的关注，主要表现在炼字、大胆试验各样写法、以文为诗、语言具有散文美等方面。

第四类是从蔡其矫晚年的旅行线路出发，以《在西藏》《拉萨》等代表作为主，来探索研究蔡其矫晚年的诗歌创作。邱景华的《"独行侠"的诗旅——蔡其矫在西藏》(2000)主要论述了蔡其矫1986年的第六次长途考察线路：西藏线，在西藏的两个多月时间，蔡其矫走遍前藏、东藏、藏南、藏北及后藏，在这次旅行中创作出《在西藏》《拉萨》等有分量的大诗。邱景华的文章为我们了解诗人的单次旅行提供借鉴，将他评论蔡其矫及其诗歌创作的文章结合起来，可以考察到蔡其矫远游的细节，对古今、中西诗艺的吸收借鉴，以及与新诗传统的关系等，为蔡其矫研究提供了丰富的学术资料。

曾阅的《诗路奇人蔡其矫——记十八年来连续二十二次单独远程考察旅行》(2000)以列举的方式，论述了从1981年8月下旬到1998年7月，蔡其矫连续十八年共二十二次单独远程考察旅行的经过。在生命的晚年，蔡其矫投身苦旅之中，铸就了诗歌道路上的远游奇迹。但文章只是通过蔡其矫的远行足迹来列举其晚年诗歌成果，并没有过多地言及其诗歌的风格。子张《用男性的欢乐拥抱大地——诗人蔡其矫在"新时期"的远游生活与诗歌写作》(2010)认为蔡其矫的晚年诗歌创作从题材、意象到主题都表现出明显的"文化地理"特质和"历史——现实"的思考模式。蔡其矫立志要"走遍全中国"，以图"追寻历史文化痕迹，反照现实"，让诗与生活融为一体。这篇文章为研究蔡其矫的晚期创作提供较为全面的参考，使人了解到"走遍全中国"不仅是诗人的创作理想，也是诗人的生活方式。邱景华在《沿着李白晚年足迹——蔡其矫1985在皖南》(2013)中详细阐述了蔡其矫在67岁时，在皖南重踏李白晚年的足迹。

蔡其矫通过实地考察李白行经的城市和遗迹，切实地获得了对历史文化更真切的体验和理解，使他的诗歌呈现出一种诗性智慧。这种诗性智慧不仅体现在与李白有关的诗歌里，也是其晚年诗歌的共同特质。

张立群的《"诗歌中的晚年"——20世纪80年代后蔡其矫旅游诗创作论析》(2020)从萨义德提出的"晚期风格"出发，去对蔡其矫晚年的诗歌写作进行研究，为学界研究蔡其矫提供了一个新的视角。文章从"诗歌中的晚年出发"，认为蔡其矫之所以在晚年创作旅游诗，主要出于三方面的原因，分别是诗人性格、文学趣味和创作理想。张立群认为蔡其矫在晚年发现了"一类新主题和一种新生活"，即旅游诗，并以此为基础进入了"诗歌中的晚年"。张立群还在文末提出了"晚期风格"相应的问题，留待后来的研究者填补空白。

据目前掌握的资料可知，关于蔡其矫研究的硕士学位论文有三篇。这三篇论文大都从整体去观照诗人的诗歌创作，论述其诗歌呈现的总体特征，没有具体指向某一时期。乔婷婷的《自由不倦的超拔——论蔡其矫的诗歌创作》(2009)从诗人与时代的关系、诗人的精神，以及诗歌的艺术特色等三个方面来论述，提出诗人现时态写作和政治抒情诗的创作，以及诗人热爱自由和青春的海洋人格，这种诗化的人格对其的创作影响巨大。同时，论者提出蔡其矫诗歌对传统的借鉴与突破。另外，还有对诗歌形式的探索，以及对典型意象的运用和诗人在当代诗歌史上的贡献和地位。

陈婷的《有如顽强的花在黑暗里——蔡其矫诗歌创作论》(2018)从刘登翰提出的"蔡其矫现象"出发，论述在各个时代蔡其矫浪漫不羁的诗情。在论述蔡其矫诗情的过程中，陈婷既注意到了蔡其矫每一阶段的独特诗情，也注重探讨了诗人的诗歌技巧，认为蔡其矫师法中西，在诗语策略、诗歌意象、诗歌结构上，既有古典性，又有先锋性。独特的诗情结合诗歌技巧，蔡其矫的诗歌创作呈现出欢乐美、智性美、悲壮美和婉约美的美学特征。

金慧的《地域想象及其超越——论蔡其矫的行吟诗》(2018)认为蔡其矫是一个不断行走在祖国疆域的行吟诗人。他以爱、美、自由、生命为旗帜，从20世纪40年代以解放区诗人身份登上文坛直至生命的终结，行吟诗占据了他毕生创作的半壁江山。文章从诗歌的地域空间、主体气质与时代色彩的双重观照、地域想象的不同路径、蔡其矫行吟诗的艺术成就等四个方面出发，探讨蔡其矫行吟诗歌的整体性特征，对其文学史意义的发掘具有重要意义。

最后，对有关蔡其矫研究的论著进行论述。由于研究者的不懈努力，从2002年开始，学界陆续出版了有关蔡其矫研究的专著。2002年，曾阅编著《诗人蔡其矫》(作家出版社)以日记的形式记录了作者与诗人交往的细节，以及蔡其矫工作、生活、创作的许多片段。因此，文本中的资料，十分详细可靠，是研究蔡其矫的重要文本。2002年《蔡其矫诗歌回廊》(共八集)由海峡文艺出版社出版，正像这部诗集的前言说的，"八集'回廊'犹如一扇扇窗口，探视诗人的心灵，也窥见人生的风景"。书中收录诗人较多的诗作、译诗还有诗论等，在《蔡其矫全集》(海峡文艺出版社，2021年)出版前，该诗集是收录蔡其矫诗作最多的著作，是蔡其矫研究最为详尽的诗歌材料。2004年王炳根著《少女万岁——诗人蔡其矫》(海峡文艺出版社)，在其中着重介绍了蔡其矫的生平事迹，书中记载了诗人的"访谈记录"，为阐述诗人的创作理想、诗艺探索的历程和艺术的规律发挥重要的作用。

2004年10月，由中国当代文学研究会、福建省作家协会、晋江市文联举办的蔡其矫诗歌研讨会在福建省晋江市召开，诗人牛汉、邵燕祥、舒婷，评论家谢冕、吴思敬、王光明等人与会，晋江市文联编辑《蔡其矫研究》(北方文艺出版社，2006年)论文集，这是一次大规模对蔡其矫及其诗歌创作的探讨，文集中留下了与会者研究蔡其矫的文章，对推动蔡其矫的研究与传播有重要意义。

2010年，香港学者陶然编选了《蔡其矫诗歌作品评论选》(香港文学出版社)，该评论选中收录了许多著名评论家研究蔡其矫的文章，为港内与港外交流蔡其矫研究建构了联系的桥梁。2012年吴绵绵的专著《蔡其矫诗歌研究》(厦门大学出版社)，该著作从文本内外两方面对蔡其矫进行研究，着重探讨了蔡其矫诗歌创作的主题、诗艺流变、艺术特色，还将蔡其矫与余光中、舒婷的诗歌创作进行比较，进而凸显出蔡其矫的诗歌地位和影响。该书第四章节展示了蔡其矫诗歌风格的流变，粗略说明了蔡其矫的早期、中期、晚期之间的风格变化，有助于从诗歌风格层面研究蔡其矫的诗歌创作。

2016 年，邱景华编著《蔡其矫年谱》(海峡文艺出版社)，且在 2022 年再编《海的子民——蔡其矫年谱新编》。在《海的子民——蔡其矫年谱新编》中，邱景华详细记录了关于蔡其矫的事迹，尤其是 20 世纪 80 年代后每一次长途考察旅行的详细过程，均为研究者研究蔡其矫提供了详细的资料。邱景华记录了蔡其矫长达 90 年的生命历程，全面梳理了蔡其矫生活和创作的全过程。2017 年初，在晋江成立了蔡其矫诗歌研究会，并提出让蔡其矫走出晋江、走出福建、走向中国和世界的愿景。同时，陈仲义提出建立蔡其矫纪念馆。同年，海峡文艺出版社出版了李伟才编的《蔡其矫研究资料专集》(上下册，2017 年)和《蔡其矫研究》(共六辑，2017 年) 等。

2021 年，《蔡其矫全集》(海峡文艺出版社) 也正式出版，里面收录了诗人很多未发表的诗作，是目前学术界对于蔡其矫相关的诗歌创作、诗论等收录最多的著作。毫无疑问，《蔡其矫全集》(8 卷) 的出版将为后续蔡其矫研究的深入与细化奠定重要基础。

整体而言，在蔡其矫研究的进程中，对蔡其矫晚期的诗歌创作研究多从 21 世纪开始，其中又以王炳根、曾阅、邱景华、子张、张立群的研究为代表。但从整体去考察，对于蔡其矫晚期作品研究的文章仍相对较少，还有待后之来者继续挖掘。

鉴于此，本文拟从萨义德的"晚期风格"出发，去探索蔡其矫"晚期风格"生成的原因，并将诗人每一阶段诗歌创作之间的内在联系梳理出来。在此基础上，进一步概括出蔡其矫诗歌"晚期风格"的特点、美学呈现方式以及重要诗学意义。在蔡其矫晚年写作诗歌时，诗人书写自身生命体验和生活情感的同时，也传达着时代精神和观照现实，写下了诸多自然山水诗和海洋长诗等诗作。

从蔡其矫的诗歌写作时间入手，可以发现福建乡土诗歌创作是一个准备的阶段，它昭示了晚年旅游诗出现的可能性，为旅游诗歌创作奠定了基础。20世纪 80 年代既是经济腾飞的年代，也是诗坛逐渐复苏的年代。自由宽松的社会环境为蔡其矫实现诗歌理想提供了机遇，推动了蔡其矫晚年诗歌风格的深化和成熟。进入 20 世纪 80 年代后，蔡其矫在旅游中发现了新的生活方式和诗歌主题，即在长途旅行考察中观照现实，抒发内心的思想情感。旅游诗是蔡其矫实现诗歌理想的必然性诗歌路径，也为其"晚期风格"的成熟发挥了推动作用。

在旅游诗写作的过程中，为了提升诗作的品质，蔡其矫继续从中外古今的传统文化汲取新质，在传统的基础上实现诗歌的创新。20世纪80年代以后，蔡其矫将中国古典诗歌传统、西方现代主义传统以及中国新诗传统融合在一起，以创新诗歌表现形式和内容。在此基础上，蔡其矫将主客观高度融合的超现实主义和中国古典诗歌的"物我合一"思想紧密融合在一起，以诗为笔记录下了旅途中的所见所闻和真情实感，充分继承和发扬了艾青的抗战传统和何其芳的新诗民族化传统。除此之外，为了在诗中能够容纳更高的体量和更丰富的内容，蔡其矫多次以长诗的形式来进行写诗活动。如1987年蔡其矫创作的长诗《在西藏》，蔡其矫既向读者展现了西藏神秘广袤的大境和风土人情，又充分发挥了超现实主义的想象力色彩，构建了诗学意义上的洪荒之境。

本文在分析蔡其矫晚年诗歌的基础上，将蔡其矫和"归来诗人"进行比较，凸显出蔡其矫"晚期风格"的独特意义。此外，还将通过考察蔡其矫晚年的诗学活动，研究蔡其矫"晚期风格"对朦胧诗人和晋江诗人等青年诗人所产生的影响。通过与"归来诗人"和青年诗人们的影响与比较研究，确定蔡其矫"晚期风格"对诗坛诗歌发展的重要意义。最后，结合蔡其矫相关的诗作、译诗和诗论，力求从新诗史的研究背景出发，探讨蔡其矫"晚期风格"深刻的诗学意义。

第一章　回旋与变奏："晚期风格"的生成语境

"晚期风格"的出现不仅彰显了蔡其矫诗歌风格的成熟和深化，也体现出诗人在人格和气质上的升华。为了更好地探索研究蔡其矫诗歌的"晚期风格"，应先对其"晚期风格"的生成语境进行探讨。本节将从三个方面来探讨蔡其矫"晚期风格"的生成语境，分别是家庭的陶冶、福建乡土时期的准备阶段和历史语境的影响，这三个因素共同形成合力的作用，使蔡其矫在晚年出现了"晚期风格"。

首先是家庭环境和华侨身份对蔡其矫的影响。家庭环境和华侨身份对蔡其矫的影响很大，在晚年时更加深入地影响了他的诗学路径、诗学理论以及诗学活动等。蔡其矫出生于华侨家庭，童年就和家人一起移居印度尼西亚，生活在一个充满异域文化的环境里。再加上祖辈经商传统的影响，蔡其矫形成了开阔爽朗的性格和勇于冒险的精神，这种人格特质极其有利于蔡其矫晚年开展长途旅游考察活动。正是因为他这种生性好动、性喜远游的精神，他才能够在耄耋之年出游西藏。在西藏旅行考察的时期，诗人领略了藏区独特的自然景色和人文风情，在西藏广袤神秘的环境中将诗歌境界提升到了一个新的高度。蔡其矫这种独特的个性贯穿了他的一生，也推动了他的诗歌观念的转变和深化。在20世纪30年代的时候，蔡其矫就放弃了安逸的富家公子生活，千里迢迢奔赴抗战圣地延安。20世纪60—70年代，即使身处政治重压之下，蔡其矫身心都遭受折磨的时刻，他仍致力于游历故乡的山山水水，以诗为笔书写故乡风景，写下富有地域特色的乡土之音。因此，20世纪80年代选择以长途旅游考察活动的方式来写诗，不过是蔡其矫卸下历史重负后，遵循天性和内心真实的想法而做出的诗歌选择。

其次，蔡其矫在福建创作乡土诗的时期，是蔡其矫开启晚年旅游诗写作的一个准备阶段，是晚期诗歌的一段序曲。蔡其矫在创作乡土诗期间，福建成为蔡其矫诗歌创作的文化地理空间。在20世纪50—60年代，蔡其矫敏锐地嗅到了社会政治环境的变化，因此主动地将"自我放逐"到熟悉的故乡福建。福建时期诗人就开启了"自我放逐"和"不合时宜"的写作活动，在晚年蔡其矫回归历史文化传统则加深了这种放逐的程度，他的晚期作品某种程度上就是其"自我放逐"的最终结果。在放逐的过程中，蔡其矫邂逅了智利诗人聂鲁达，他有感于聂鲁达诗歌中对南美洲的历史、现状以及人情风俗等的描述，想要写作出具有民族性和世界性的诗歌。但出于诗学视野、写作经验以及人生经历等因素的局限，蔡其矫只好将目光转向熟悉的故乡福建。从具有明显地域色彩的乡土诗歌出发，蔡其矫慢慢地将写作范围扩展到了福建的周边地区，最终在晚年开启了民族化的诗歌写作活动，写出了代表人类普遍文化成果的"大诗"。

因此，福建时期为蔡其矫晚年的诗歌写作提供了一个诗学语境，是开启晚年旅游诗写作的一个序曲、一个准备阶段。福建乡土诗写作与晚年诗作之间的关系主要表现在两个方面。第一通过比对福建时期诗歌与晚年诗歌，可以明显发现福建时期的乡土写作是蔡其矫诗歌上的转向，此时他的诗歌方向及风格都发生了变化。这种变化为蔡其矫晚年的诗歌写作奠定了诗学基础，扩展了诗人的诗学视野，丰富了诗人的写作经验。因此，蔡其矫晚年的诗歌写作可以看作是对福建乡土诗歌的承续和深化。第二是诗学空间的变化。蔡其矫在福建时期的写作主要集中于现实空间，诗人采用直抒胸臆的方式，在诗歌中将福建的山水自然、风俗人情和历史文化等一一呈现出来。福建时期的诗歌注重对自然景色和人文风俗的描绘，诗歌情感也显得直白清楚。在晚年写作诗歌时，注重将长途旅行考察过程中的所见、所闻、所感融合在一起，在关注现实空间的真实事物的同时，也将其与精神空间相互融合，提升了晚年作品的美学鉴赏性。

最后，蔡其矫在晚年开启了长途旅行考察的诗学活动，这不仅得益于诗人长期对诗歌写作的坚守和性喜山水的人格品质，还是因为 20 世纪 80 年代宽松自由的社会环境为其提供了一个契机。在福建时期，因为身体和精神都受到限制，蔡其矫只能在福建区域之内开展旅游交友活动，诗歌的写作内容也主要集中于福建的历史人文和自然山水。在漫长的下放和监禁生活结束后，新的历史时期开启了社会发展的新阶段，也开启了蔡其矫生活与诗歌写作的黄金时代。正是在这样的契机下，蔡其矫才能成功地找到自己晚年的诗学路径：走遍全中国，以历史观照现实。他不但以这种诗歌理想影响着周围的人，还将他的行旅精神写进自传并时时在诗中加以阐释，以此表达他对诗歌理想的执着追求。在诗作《李叔同》中，蔡其矫写下："往事不是终结而是更新 / 让死者信念再现青春 / 用男性的欢乐拥抱大地 / 也让失去的羽翼重新飞翔 / 经过迷惘去迎接风雨。"苦难的结束意味着生命和诗歌的新生，蔡其矫在新的历史语境中重新焕发写作的活力和热情，从走遍福建的自然山水到足迹遍至祖国的山山水水。

总而言之，蔡其矫由福建的乡土到中国的本土，他的诗歌表现范围越来越大，其"晚期风格"的特质也越发明显。可以说，蔡其矫得以在晚年获得完满、成熟的"晚期风格"，与家庭环境、社会环境以及个人漫长的准备期有着极其密切的关系。

第一节　古典家风的影响和自我追寻

蔡其矫在晚年之所以走上写作旅游诗的道路，一方面是因为家学渊源与华侨身份的影响，另一方面则是出于诗人自身的选择与诗学的追求。蔡其矫的家庭培养了他对于中国古典文学的热爱，使他具有较为深厚的中国古典文学修养。而且，蔡其矫的家族有经商的传统和阿拉伯人的血统，祖父的航海精神使诗人具备了远行的精神和潜质，祖母的阿拉伯人血统使异域色彩成为蔡其矫生命的基色，这些因素都对蔡其矫的诗歌产生了重大的影响。此外，蔡其矫的华侨身份也对他的诗歌有着重要的影响。在印度尼西亚生活的日子，让诗人对祖国和中国古典文学的情感更加深厚，也让他有机会将中西方的诗歌经验融汇入诗。

蔡其矫在晚年选择了较少人写作的旅游诗，这既是时代的要求，也是蔡其矫个人的诗学选择。这种诗学倾向主要是因为早期的诗歌道路的影响，蔡其矫早在20世纪50年代就选择了从主流走向民间的诗学道路。蔡其矫的选择既是因为他敢于冒险和特立独行的性格，也是出于追求真正表达时代回声的真诗的追求。因此，在晚年，蔡其矫才会选择从自然和民间的视角出发，来传达时代的回声和全人类的文化情感。

一、家学渊源和华侨身份

蔡其矫向来性喜远游，善于在自然山水中寻觅诗意，这种喜好明显地体现在他数量众多的旅游诗中。在20世纪80年代后，蔡其矫无视年龄和身体的客观限制，只身一人踏上长途旅行考察的路程，他选择旅游写诗的原因之一就是他血液中隐含着的远行潜质和冒险精神。这种远行潜质和冒险精神的形成离不开家庭的培养和影响，也与祖母身上的阿拉伯血统具有密切的关系。

家族经商的传统极深地影响了蔡其矫特立独行和敢于冒险的诗歌精神，他认为"阿拉伯人的血统和蔚蓝色的海风海浪，雕塑了我独特的性格"[㉚]。蔡其矫的曾祖父是一名航海商人，这种勇于冒险和探索的精神影响了蔡其矫。此外，蔡其矫具有阿拉伯人的血统，他的祖母生活在泉州新店，母亲则生活在泉州旧铺，这两个地区均位于宋元阿拉伯商人的居留区域，因此异域色彩成为蔡其矫的生命基色。他晚年曾言："这种异域色彩造就了我的文化氛围和气质，海洋的蓝色文化成了我生命的基色。"㉜蔡其矫曾自称为"海的子民"，因此他本身的精神就富含探索精神和冒险精神，对于远行的渴望在蔡其矫每一时期的创作中均有体现。

纵观蔡其矫的生命历程，他生性好动且充满青春的活力，爱好交际且性喜远游。蔡其矫的性格特点在其人生经历中表现得十分明显，"他喜欢活动，喜欢生活多样化的性格，对于自然山水、风土人情、社会习俗，具有永不疲倦的观赏与考察的豪兴"㉝。他童年迁居印尼泗水，12岁返回故乡福建求学，后又以求学的名义奔赴抗战圣地延安参加革命。在20世纪50年代立志创作具有世界性和民族性的"海洋诗歌"，即使在身心双重受限的20世纪六七十年代，蔡其矫仍将足迹踏遍福建的各个地区，创作了大量形式、内容各异的乡土诗歌。在福建时期，蔡其矫将故乡的历史和现实交织融合，为他的诗歌生涯添上浓墨重彩的一笔。

蔡其矫的诗歌经历和诗歌精神对他晚年的诗学路径产生了深远的影响。因此，蔡其矫才会在20世纪80年代之后，卸下历史重负，恢复天然本性，选择以旅行考察的方式来书写中国各地区的人文风景和历史文化。他以远行的方式不断穿梭在中国的各个地区，遍访中国各地（台湾以外）的名山大川和历史古迹。他的足迹每到一处，便会写下相对应的诗歌作品，将个人生命体验与民族情感一同融汇入诗。

华侨身份也对蔡其矫晚年选择的诗学路径产生了影响。蔡其矫的故乡福建和迁居的印尼都紧邻海洋，可以说，蔚蓝色的海风海浪雕塑了他的诗歌。蔡其矫来自华侨家庭，迁居印尼的人生经历为他晚年探索海洋历史奠定了基础。在20世纪50年代，蔡其矫计划奔赴祖国的南端，为守卫海洋的士兵写下赞歌。后来因为社会环境和历史条件的限制，蔡其矫不得不暂时搁置海洋诗歌的写作。但在蔡其矫后期的诗歌创作中仍弥漫着海洋的气息，尤其是在新世纪海洋文化的影响下，蔡其矫开始关注海洋的历史，传达了海洋复兴和海洋开放的时代主题，写下长诗《郑和航海》《海上丝路》等。

究其根本，蔡其矫的家庭、华侨身份和诗歌经历一起影响了他晚年的诗歌写作。也正是因为这段人生经历，培养了蔡其矫对祖国的深厚情感，使其在晚年执着于创作具有民族性、世界性的现代诗歌。在异国他乡生活的过程中，华侨们十分注重孩子的中国传统文化熏陶，同时又让他们接受外国先进文化的知识。蔡其矫迁居的地方"聚居着很多华侨，中华语言和文化氛围极为浓厚。华侨中的富商，开办了一批华文学校，出版华文报纸，还有孔庙和关帝庙"㉞。蔡其矫所在的华文学校保留了完整的祖国文化的精粹，课上常常用闽南乡音来教授古文，令蔡其矫产生了亲切和怀念的情感。对于华人华侨来说，华文学校为他们保留了文化之根，使他们跟祖国密切地联系在一起。正如汪土星所言："华侨学校的教育目标是要把这些华侨子弟教育成中国人，有中国人的外表，更要有中国人的内涵和实质。"㉟除此之外，因为生活在异国他乡，蔡其矫主动或被动地学习了许多西方的文化知识。

因此，对于迁居于异国他乡的华侨来说，中西文化合璧是培养他们综合素养的文化之基。蔡其矫的童年经历使他了解中国传统文化，华文学校的就读经历加深了他的了解程度，使他对中国传统产生了浓厚的兴趣。与此同时，印尼当地的学校采用英文授课的方式，为蔡其矫翻译、学习和借鉴西方现代诗歌提供了语言基础。蔡其矫具有中外互涉的人生经验，他在诗歌创作过程中不断地尝试将中西方的诗歌经验融合入诗。在晚年开展诗歌试验时，蔡其矫主要师法西方超现实主义的埃利蒂斯和帕斯，将他们的诗歌创作经验与中国古典诗歌结合起来。他还将这种创作经验传递给朦胧诗人、晋江诗人等青年诗人，影响了青年一代的诗歌选择和走向。正是多方面的综合原因，使得蔡其矫选择了不同于其他诗人的诗歌道路，也为其写作传统与创新的现代新诗提供了保障，为中国新诗发展带来了新质。

二、由主流走向民间的诗路历程

在 20 世纪的中国诗坛，蔡其矫往往以另类的形象出现。相较于追求名利、附和主流文化的诗人而言，蔡其矫性喜独处和远游。蔡其矫有意识地疏离政治意识形态和受限于书桌课堂的校园诗人，在晚年选择以远行考察的方式走入祖国的自然山水。蔡其矫除只身一人进行旅游考察活动外，还会偶尔与志同道合的诗人们一起游山乐水，真正地做到了淡泊名利。

在中国的诗歌史上，许多诗人一般是崛起于民间，然后在写作的过程中逐渐向主流诗坛靠拢。而蔡其矫则选择了与此大相径庭的诗歌道路：由主流诗坛走向民间创作。蔡其矫最开始接触诗歌时，主要在诗中描绘抗日战争给祖国带来的苦难和有关抗日英雄的事迹，这些诗作符合社会意识形态需求，也符合青年时期诗人的诗歌追求和思想情感走向。在新中国成立以后，蔡其矫以笔为枪来进行诗歌写作，他说："我经历了一段长长的战争的岁月，我已清楚海对祖国安全的重要，我接受人民交托给我的战斗任务，要用热烈的诗句来歌颂海上卫士和海上建设者。"[36]于是蔡其矫开始接近海，写下以海为题材和主题的诗歌。但吊诡之处在于，蔡其矫越往主流道路上行进，越察觉前进的诗歌道路和诗歌艺术规律相背离。因此，蔡其矫凭着对诗歌的热爱和真诚，从主流"颂歌"的道路上转向民间，开启了新的诗歌创作历程。

在 20 世纪 50 年代，蔡其矫主动申请从主流文化中心北京返回故乡福建创作，便开始了他从"庙堂"走向"民间"的诗歌道路历程。这种转向意味着蔡其矫开始疏离主流诗坛，诗歌写作也由不自觉写作走向自觉写作。蔡其矫在福建三年的民歌搜集和写作，使他更为清晰地意识到"颂歌"写作是一种对诗歌艺术规律的摧毁，诗歌变成了政治意识形态的传声筒，成为历史与时代主流的传声载体。诗人在这种探索的过程中领悟到了诗歌的真谛，触摸到了诗歌的内在规律和真正意义上的时代价值，加快了诗歌风格的转变。蔡其矫随后写下的《雾中汉水》《川江号子》等诗，为他招致了批评家强烈的批判，导致他与主流文化进一步疏离。

在当时的社会历史条件下，主要存在两种时代和回声，"一种是被权力规范的给定的时代，一种是需要诗人发现、分辨的时代；一种是接受主流意识形态的定义，只承担修辞功能的回声，一种是有自己的主体性，能体现个人感受、认识和想象的回声"[37]。蔡其矫的时代回声与主流的回声有所差异，并为他招致了许多规训、责难与惩罚，但即使处于这样的状态下，诗人仍坚持走在探索诗歌真谛的道路上。无论是写于 20 世纪 50 年代的《雾中汉水》《川江号子》《南曲》《鼓浪屿》《红豆》，20 世纪 60 年代的《波浪》《双虹》《泪珠》，20

世纪 70 年代所创作的《玉华洞》《也许》《风中玫瑰》《女生二重唱》等，还是在 20 世纪 80 年代进入新时期以后创作的《在西藏》《拉萨》《飞天之歌》《西行三首》等，都代表了蔡其矫对时代的另一种回声。对于两种回声的不同选择，决定了诗人后续选择的诗歌道路。他们有的成为时代和政治意识形态的传声筒，有的直接搁置了诗笔，还有的则在时代的重压下矢志不渝地继续前行，使诗歌写作成为一种持续性的行为，且在晚年创作了较多质量上乘的诗作，形成了较为成熟的"晚期风格"。

蔡其矫迥异于他人的"另类"选择，使他逐渐成为文学史和诗歌史的边缘性人物。蔡其矫敢于冒险和特立独行的性格，就是造成这种现象的其中一个原因。蔡其矫的选择使他发出了迥异于主流诗人的时代回声，并招致了同时代批评家的反对。但这只是一时的现象，随着社会更迭和时代变化，文学史逐步肯定了蔡其矫所发出的"另类"时代回声。在 2004 年，刘登翰将这一问题总结为"蔡其矫现象"③，这一现象主要包含有四个方面。第一，诗人总是以青春的心态去面对时代、社会和现实生活，在晚年仍然坚持跋山涉水创作旅游诗。第二，蔡其矫与大多数文学家选择的诗歌道路有所不同，多数文学家主要是沿着民间走向主流的传统道路，而蔡其矫则与之相反。第三，蔡其矫不断地探索新的诗歌形式和内容，他的诗歌内容涉及自然、历史、社会、生态、乡土、爱情等内容，为了完整地将内容和情感表现出来，蔡其矫不遗余力地探索新的诗歌形式。第四，蔡其矫广泛吸收和借鉴中外优秀诗人的诗学思想和创作经验，丰富了自身的创作领域，为中国新诗指明了新的发展道路。刘登翰概括的"蔡其矫现象"所包含的四项内容，简洁地展示出了蔡其矫的特立独行之处，也展现了蔡其矫晚年诗歌创作内容的丰富性和多样性。正是因为诗人保持青春的心态和不断创作的热情，才能够在晚年创作出数量众多的旅游诗歌。

刘登翰在提出"蔡其矫现象"的同时，还将蔡其矫的诗歌创作基点总结为以下两点：爱和自由。爱和自由是蔡其矫终身的创作基点，其以爱和自由为标杆，在战争时代唱响英雄之歌，在苦难年代以执着的心写下对爱和自由的诉求，在晚年于自然山水、名胜古迹和风土人情的体验中写下旅游诗。

蔡其矫对爱和自由的坚持与执着，使他的诗中饱含年轻人般的热情，才能在行将就木的晚年创作出具有大境界的"大诗"。在晚年，蔡其矫回归诗歌的本真状态，从自然和民间出发来观望现实生活和探索新诗发展方向，在诗中融合了诗人的个体经验和全人类的文化情感。

第二节　诗歌地理空间的想象：从闽地到中国

蔡其矫在晚年能够创作出大量的旅游诗歌，与福建时期的乡土诗歌写作具有密不可分的关系。对于蔡其矫的诗歌而言，从福建时期的乡土诗歌到晚年的旅游诗歌，既是一种诗歌道路上的转向和发展，也是诗歌空间上的扩展。

福建时期的乡土诗歌为晚年旅游诗的写作奠定了基础，晚年旅游诗是乡土诗歌的深化和承续。这种承续关系主要体现在三个方面，首先体现在蔡其矫敢于冒险和性喜远游的诗歌精神和行为上，其次是两个时期蔡其矫写作了相似的诗歌题材和内容，最后是诗人根据诗歌题材来创造诗歌形式的自由诗写作模式。更为重要的是，相较于福建时期的乡土诗歌，蔡其矫在晚年自觉地扩大了旅游诗的表现范围和写作空间，并且在描绘真实的地域空间之外，还加强了对于精神空间的描绘与书写。

一、诗歌的转向和发展

从萨义德的著作《论晚期风格——格格不入的音乐与文学》出发可知，"晚期风格"主要是指作家晚年创作的作品与之前的作品"构成一种本质有异的风格"，但在作家中期阶段会显现出"晚期风格的影子或种子"[39]。因此可以说，蔡其矫在 20 世纪 80 年代前的诗歌写作为其晚年的诗歌创作奠定了诗学基础。晚期创作在本质上与中期创作有所差异，但在形式和内容上又有所承续，它们既有不同之处，又有一脉相承的诗歌经验。因此，在详细阐述蔡其矫"晚期风格"的美学呈现之前，有必要对其中期的创作进行探讨，从中发现其晚年写作的思想和实践基础。

在 20 世纪 70 年代，蔡其矫以福建乡土为诗歌背景写下了许多乡土诗，他的乡土诗详细描述了"故乡的近代历史以及它的人文地理甚至它的风景、它的花木、它的习俗和艺术"[40]，这些诗歌大部分能够在《福建集》之中找到，少部分则收录到《祈求》《双虹》和《迎风》等诗集中。这些乡土诗歌追溯其源头最早出现在 20 世纪 50 年代，在那时诗人综合考量了政治、生活和写作多方面的因素之后，申请从北京回到福建工作，远离政治文化中心，这也意味着诗人选择了一条与众人格格不入的诗歌道路。在福建停留的这一时期，蔡其矫也逐渐从惠特曼的浪漫主义走向聂鲁达的现代主义，并且开始借鉴律诗和绝句的结构来写作诗歌，先后创作了诸如《玄武湖上的春天》《莺哥海月夜》等富有古典传统意味的现代诗。

　　20 世纪 60 年代，蔡其矫为聂鲁达《漫歌集》所吸引，在有所限制的时代大环境下，决心从故乡福建的山水入手，来提高自身的诗学视野和诗歌创作经验。对于此时的蔡其矫来说，他感叹于聂鲁达诗歌的高度系统化，有心学习聂鲁达"有计划地写出了南美洲的历史、现状和它的人情世事"[①]的创作技巧和诗歌形式，但碍于时代社会、诗学视野以及创作经验的限制，他将诗歌创作的空间从整个中国地域历史收束至福建地域空间，由此开始了其乡土诗歌的创作历程。在描述福建的近代历史、人文习俗和花草树木的同时，蔡其矫还将笔触延伸到南方其他省份的海洋风景。他有意识地借鉴聂鲁达的创作技巧和诗歌形式，将这种诗歌形式具象化为南国的山水，将山水自然景色营造为一系列的诗化空间。在 1973 年之后，蔡其矫写作数量开始增加，并实现了"以身长在丈量信仰的一生"（《拉萨》，1987），呈现了一种空间上的变化和诗学思想的成熟。

　　正是聂鲁达诗歌对蔡其矫的影响，使蔡其矫的乡土诗有别于表现乡村、田园风景的当代乡土诗，他的诗歌主要书写了乡土的历史文化、人文风景以及人情风俗等。因此，观其晚年的旅游诗写作，可以发现福建时期的乡土诗歌与晚年的旅游诗最为相似。换言之，福建时期的乡土诗歌为晚年旅游诗提供了诗学基础，旅游诗则是对乡土诗歌的承续与发展。

　　基于蔡其矫这两个时期诗歌内容的承续关系，以下将从三个方面来分析其乡土诗和旅游诗的关系。

　　首先，在晚年，蔡其矫仍然保持敢于冒险和性喜远游的诗歌精神和行为。在福建写作乡土诗时期，蔡其矫就主动从政治风云中脱身而出，主要书写福建的自然风景和人文风情。蔡其矫的诗歌题材更多来源自福建以及其他南方地区，在内容和形式上都与当时的主流相背离。对于蔡其矫而言，乡土诗歌是他自觉地疏离主流意识形态的产物，他的乡土诗遵循了诗歌创作的艺术规律，在真正意义上创造了一种现代诗的艺术。蔡其矫特立独行的精神和行为在晚年表现得尤为明显，他在晚年继续疏离主流文化和政治意识形态。在多数诗人都在追名逐利和沉湎于伤痛时，蔡其矫很快地从时代伤痛中抽身而出，转而开始了为时代所忽略的旅游诗写作。

在晚年，从蔡其矫与朦胧诗人的相处过程中，可明显观察到蔡其矫对于政治的疏远。在刚刚参与朦胧诗人的诗学活动时，蔡其矫提醒朦胧诗人勿要过多地参与政治活动，这不仅会对自身有所影响，也会损伤诗歌的艺术性。除此之外，在朦胧诗论争十分激烈的时候，蔡其矫虽然写了文章表示对于朦胧诗人的支持，但其仍倾向于远离时代纷争。无论是在福建时期还是在晚年漫游时期，蔡其矫的情感和理智都倾向于远离政治和主流文化，这也导致这两个时期蔡其矫的诗歌写作和诗歌内容具有承续性。从 20 世纪 50 年代到 60 年代，中国诗坛诗歌创作主要诗体为政治抒情诗，蔡其矫也写下了诸如《海峡长堤》《西沙群岛之歌》等政治抒情诗歌。但除此之外，蔡其矫仍然在积极尝试其他诗体创作，如他所执着创作的乡土诗，主要在借鉴聂鲁达诗歌创作技巧的基础上，再结合海涅等人的浪漫主义抒情诗歌创作手法，创造出独具个人特征的现代抒情诗。诗人以多样诗体创作的形式，将故乡的历史、人文和地理等表现出来，在诗中，诗人通常以旁观者的姿态书写乡土，以期"从容地以写实的意象、画面、场景，来传达乡土的历史、地理和艺术"[②]。在晚年，蔡其矫继续探索新的诗歌内容和写作形式，从自然和历史出发来展现民族的、世界的文化情感。

其次，蔡其矫的晚年旅游诗和福建时期的诗歌内容和题材保持了高度一致，但其诗歌的表现领域却远远超出福建时期。福建是蔡其矫的故乡，也是著名的华侨之乡，因此，蔡其矫的诗歌中也表现了侨乡的风情，构成了蔡其矫笔下的乡土诗歌的重要内容。蔡其矫童年随家人迁居印尼泗水，他的父亲蔡钟泗是印尼的华侨富商，蔡其矫本人也是归国华侨。他在 1962 年创作的诗作《侨乡的歌》就将华侨的时代伤痕呈现出来，尤其是将海外谋生的华侨和闽南老家的亲人之间的相思之情写得真实动人，表现了华侨最为普遍的真情实感。蔡其矫还在乡土诗歌中表现了闽南所拥有的南曲、红甲吹等极具地域特色的艺术，他写下了诸多闽南所拥有的独特民间艺术，它们在祖祖辈辈之间传承，节奏旋律中蕴含着闽南人特有的奋斗精神。如"闽南民间喜庆的音乐"红甲吹就像是"收藏已久的玫瑰"，虽然岁月导致"玫瑰"的生命力逐渐消逝，但其所具有的香气永存。《榕树》将闽南人的性格具象化为榕树，用以实写虚的手法将榕树的细节展现出来，以实写的榕树局部来反映榕树整体之高之大，使榕树成为一个象征性的物体，将闽南人不断抗争、勇于冒险的精神展现出来。

蔡其矫在描绘福建风景的同时，也喜欢探寻山水和社会的历史。蔡其矫曾在《生活的歌》序言部分写下："在水和泥沙的气味里，/我指出山岳万年以前的历史"⑬，海浪、榕树、白帆、玉华洞等组成了蔡其矫的乡土诗。如蔡其矫在感悟到历史的苦难后，写下诗作《南曲》，以乡土诗为承载体将厚重而深沉的历史呈现给读者。在晚年，蔡其矫更加重视历史人文的文化意义，他的旅游范围从福建扩大至整个中国的自然风景，他的诗歌表现范围也由福建的历史转为中国的自然、社会以及海洋的历史等，加强了诗歌的表现力度。蔡其矫在自然风景和名胜古迹中寻觅民族精神发展的历史，他以全人类共同的文化成果为基础，在晚年更深入地开拓题材、追寻历史和观照时代。

最后，蔡其矫在晚年仍然继续根据诗歌的创作题材和主题，来创造与其相适应的诗歌形式。在福建时期，蔡其矫的诗歌题材主要来自福建的山水、历史和人文习俗等，并按照诗歌内容来选择诗歌表现形式。如1956年创作的现代格律诗体《鼓浪屿》每节每句都比较匀称，在此基础上还借鉴了宋词的结构模式，将匀称与变化融为一体。蔡其矫以新鲜而奇特的想象力，从三个维度来展现鼓浪屿的美："水上的鼓浪屿，一只彩色的楼船""花间的鼓浪屿，永不归去的春天""月下的鼓浪屿，在睡眠中的美人"。再如蔡其矫在1975年所创作的《崇武半岛》，就运用了情景诗体来书写"文革"时期故乡的现状。还有在写作《泉州》时，蔡其矫选择以自由体的叙述诗来将泉州辉煌的历史展现出来。这首诗是蔡其矫对长诗的探索产物之一，他的长诗写作使其诗歌进入了新的艺术空间，并在晚年得到了极大的发展。蔡其矫以清晰简练的语言融史入诗，从自身情感和经历出发书写历史和评价历史。这与蔡其矫后期书写其他地区历史文化有异曲同工之处，如书写云南、新疆以及龙门石窟的《西双版纳》《伊犁河》和《伊水的美神》等诗，蔡其矫对这种自由体叙述诗的艺术探索，在其中后期写作的大多数内容中均有所体现。

在蔡其矫创作乡土诗期间，他先从福建的历史发展历程入手，在诗作中描摹福建的历史人文和发展脉络。如蔡其矫在 1956 年的第一首乡土诗歌《南曲》以及《南曲又一章》，两首诗均以"因物兴感"的方式将诗人的所见所闻所感呈现出来。《南曲》描述了先民的苦难："我仿佛听见了古代闽越谪罪人的疾苦 / 和蛮荒土地上垦殖者的艰辛…… / 妇女在深夜中独坐，/ 生者长别，死者无消息…… / 故乡呀，你把过去的痛苦遗留在歌中，/ 让世世代代的后人永不忘记。"诗歌以民间乐曲南曲为主，向读者展示古代先人沉重的历史。在福建从古早时期走向现代社会的过程中，人们需要与艰苦的自然环境和苦难的生活作斗争，才能够获得美好的生活。在《南曲又一章》中，蔡其矫将所有的福建少女浓缩为一个具体的人物，表现了福建女孩温婉的柔情，也表现出蔡其矫关注普通民众的诗歌倾向。以乡土诗歌为起始，蔡其矫晚年诗歌中的民间化倾向越发明显，他在诗歌中着重描述了普通民众的生活和情感。因此，他的诗和主流文化之间的距离也变得更远，这点在其 20 世纪 80 年代之后的诗作中极为显著。

在福建时期的经历和创作，可以说是为晚年蔡其矫的写作奠定了坚实的基础。在晚年，蔡其矫在乡土诗的基础上继续出发，以山水自然、人文历史为自己诗歌的系列空间来有计划地创作了数量众多的旅游诗。蔡其矫的旅游诗从山水自然中激发审美情趣，从中把握和呈现民族精神的发展历史。诗人在诗歌中追寻历史，展现历史的厚度和深度，使他的旅游诗具有更深的内涵、更广的诗歌空间和更高的审美情趣。

二、诗歌空间的扩展

蔡其矫是在体悟到"'每首诗都要有一个空间'的自觉之后，下了决心'要写故乡的近代历史以及它的人文地理甚至它的风景、它的花木、它的习俗和艺术'"[44]。因此，蔡其矫先将目光集中在福建地域空间，待诗歌创作经验相对成熟之后，再从福建这个相对较小的空间转向全国性的诗歌空间。在蔡其矫诗集《福建集》的前沿部分，蔡其矫曾就诗歌空间发表过相关言论："每首诗都要有一个空间，或叫地域，或叫场所，或叫立脚点，没有空间的诗是不存在的。"⑤这种思想最先体现在他的乡土诗中，他从"最称心的空间"福建出发，以《回声续集》中的"故乡"和山水系列为起始，再到《福建集》中收录了他的大多数乡土诗，诗歌内容的变化彰显了诗歌空间的持续性扩大。

这种现象的出现主要有两方面的原因。一方面，因为诗人的人身自由和写作权利逐渐恢复，蔡其矫可以活动的地域空间版图就不断扩大，导致他的诗空间进一步扩展；另一方面，随着蔡其矫诗歌经验的丰富和诗学视野的提升，他在诗歌中描写空间的能力也随之提升，因此他的诗歌空间也在不断地扩大。

在福建时期，蔡其矫的诗歌空间更小，且他的乡土诗歌更为关注福建山水的自然美。而在晚年，蔡其矫的诗歌多呈现出历史美的哲思特点。如描写名胜古迹的《龙门石窟》(1982)、《风雨黄鹤楼》(1991) 等诗作，慨叹历史名人《冯梦龙》(1987)、《朱熹在武夷山》(1988) 等诗作，书写海洋历史的《徐福东渡》《闽粤海商——泉、漳、潮海盗》等诗作。这些诗歌都呈现出了明显的历史化色彩，蔡其矫在诗中描绘了自然历史、人文历史的发展脉络，也表达了对个人、社会和时代的反思之情。如"王勃一篇序 / 使王侯歌舞地不朽 / 一千三百年中 / 已经二十八番生死"(《雾罩滕王阁》，1991) 短短四句，蔡其矫在诗歌中就书写了历史的更迭和时间的流逝，体现了时间上的哲理。

但总体而言，蔡其矫在福建时期的空间书写与晚年全国性的空间书写具有一脉相承的关系。在福建时期，蔡其矫注重以诗的形式来呈现福建风貌和人文历史，使闽山闽水的神韵和气质转换成具体可感的诗歌意象。蔡其矫从福建空间出发，将这一小空间系统地延伸到其余南方地域空间。他对于诗歌空间的探索和实践，让他能够从福建到南方地区，再从南方各个地区走向全中国。相较于福建时期，蔡其矫晚年的诗歌空间的范围更广，他的足迹遍及全中国，诗歌中内容和情感的层次也更加丰富和多样。

值得注意的是，蔡其矫晚年的空间书写不仅是在描绘地域性的空间，还强调对精神空间的想象和营造。蔡其矫晚年创作的旅游诗，具有更广阔的空间意识和世界意识。在晚年，蔡其矫的诗笔更为凝练，诗中的名胜古迹和花草树木都蕴含着人类的美好情感，更书写了永恒的人生经验和生命意识，将个人的经验和全人类共同的文化经验结合在一起。

"对于诗歌来说，空间形式不仅是其结构的重要组成部分，而且具有象征、隐喻意味，更是诗人情感的投射、灵性的灌注。"⑯蔡其矫晚年的诗歌具有明显的空间意识，他的旅游诗中不仅有许多空间类的意象，而且意象和意象间还显示出相应的顺序关系和位置关系。"北面来的沙漠风／西面来的戈壁云／南望昆仑在烟雾中／为什么水草丰富的地方／成了古战场？"（《青海湖》，1982）蔡其矫用方位词来叙述青海的空间位置，在对青海的描写中发出历史的疑问，最终抒发了"白骨傍草根""士卒双泪垂"的慨叹。蔡其矫利用地理空间将历史内容场景化，并在其中呈现出诗歌主体的行为状态或情感状态。在晚年，蔡其矫常常以自己考察过的旅游情景和足迹入诗，使其诗歌有着浓厚的时代性，并在诗中使社会环境、自然环境和诗歌主体可以直接"交流"，扩展了诗歌的精神空间和情绪体验。诗歌空间是根据诗人的主观意愿构建而成，受诗人的诗学经验和主观情感影响极大，因此诗笔下可能描绘了真实的地理空间，也可能描绘的是诗人通过主观想象构建的精神空间。无论是现实的地理空间还是想象中的精神空间，都为诗人创作诗歌提供了诗学空间，带有诗人主观的情感色彩。

在晚年时期，蔡其矫常驻的旅游基点是福建和北京，从这两个基点出发行经全国各地（台湾除外）。但因为福建是其乡土时期写作的诗歌空间，再加上并不是孤身一人游览福建和北京，因此大多数评论家将福建、北京的作品排除在远游范围之外。"但无疑，恰恰是70年代中后期的故乡考察活动启发了他的远行计划，故而可以把这段时间的省内旅行视为他正式开始独自远行考察的一个序曲、一个准备期。"⑰

正是蔡其矫在20世纪70年代中后期的故乡旅游行为启发了他的远行考察计划，可以说，蔡其矫的乡土诗歌和晚年旅游诗具有一脉相承的气质。他福建时期的诗歌带有早期的海洋色彩，而晚年的诗歌则蕴含着闽山闽水的色彩。从蔡其矫的诗歌来看，他的诗歌空间和空间书写方式既是不断变化的，又具有一脉相承的诗歌内涵。无论是描写真实的地域空间，还是晚年注重抒发美、自由、希望和感动等精神空间的内容，蔡其矫的诗歌都抒发了生命体验和真情实感，将全人类共同的文化情感融汇入诗。

第三节　历史语境的"断裂"与"承续"

"意义应当从特定历史情境与诗人生命际遇的碰撞、冲突中寻找。"⑱为了凸显蔡其矫晚年诗风的转变和深化，本节从诗人所处的社会环境入手，探讨其与社会生活之间存在的冲突，并在这种冲突之中寻找到了晚年诗歌道路，实现了自我的嬗变与超越。从蔡其矫历年的研究出发，可将蔡其矫的诗歌历程划分为四个阶段，以区分其创作主题和诗歌风格的演变，更好地展现其"晚期风格"形成的历史语境。

蔡其矫是在20世纪40年代进入诗歌领域，因此可将这一时期划分为其诗歌的起步阶段。蔡其矫因战争走入诗歌，而又因为诗歌在时代中蒙尘受难，从20世纪50年代政治落难到"反右"前夕可视为其转折和准备阶段。1958年因政治落难直至"文革"结束期间，是其在黑暗的历史语境下实现诗歌的嬗变与超越的阶段。最后一阶段即是20世纪80年代、90年代，被视为蔡其矫的晚年诗歌生涯，在这一时期诗人形成了"晚期风格"，并注重从多方面探索诗歌的艺术规律。在诗人探索诗歌的四个阶段中，二、三阶段推动诗人诗风的转折、成熟，因此将着重对这两个阶段的历史环境进行探讨，阐述环境对诗人诗风造成的影响。

一、诗歌起步阶段

人总是处在社会之中，因此人的思想和行为都会为社会环境所影响。蔡其矫认为童年独特的经历培养了他的探索精神，尤其是在家庭和环境的影响下，诗人性喜自然山水和历史人文。正是因为对自然的热爱，蔡其矫才会在新时期创造了旅游诗。

蔡其矫在战争年代进入诗歌，主要内容包括战争见闻和英雄颂歌两个方面。在中华人民共和国成立之后，有的诗人放弃了诗歌写作，大多数还在写诗的人却摒弃原有的创作风格，随大流将诗变为传递政治意识形态的工具，导致诗歌逐渐失去原本的意义。蔡其矫在搜集民歌三年之后，逐渐明白模式化的

"颂诗"所存有的弊端，以及这种写作给诗歌艺术性带来的损伤。于是他自觉远离政治中心和文化中心，申请返回故乡福建，在坚持诗歌艺术规律的同时，继续以诗为载体来传递时代的回声。这种回声是真实的、人性化的回声，代表了时代的精神和人们普遍的情感。

20世纪40年代的战争环境和50年代的社会解放，社会环境和风气的趋同使许多诗人的创作主题、情感都趋于一致。因此，无论是蔡其矫的战争诗歌还是海防诗歌，均处于主流意识形态范围内并带有浓厚的时代色彩。但从20世纪50年代开始，诗人所生活的社会环境发生了变化，在时代和政治的引领下诗歌成为政治的传声筒。在这种大环境下，蔡其矫逐渐显现出写作个性，甚至写出了与时代主流意识相背离的诗作，尤其是20世纪70年代那些暗含讽喻的政治抒情诗。诗人将自己对现实的感悟和评价寓于风景和历史之中，将历史的沉痛和个人的经验充分地展现出来。

二、诗歌转向阶段

蔡其矫在20世纪50年代从民歌迷途中脱离后，便开始寻求符合诗歌艺术规律的创作手法，在动荡的社会中，他完全坚信："诗歌是时代的回声这一真理，如果没有坚实的生活基础，那么诗人的声音必将是微弱的——微弱得只有他自己和周围的人才能听到。只有作者确实是站在时代生活的中心，他才有可能把那强有力的感人心肺的时代声音传布出来，而这才是真正的诗。"[49]

1957年"反右"运动开始，到1961年写下自由体新诗《双虹》，标志着蔡其矫在诗歌审美上进入了一个新的审美维度。

1957年，因为"反右"运动，蔡其矫从文学讲习所转到中国作家协会，并且被指涉与"丁陈"案件有关联，于是蔡其矫被迫放弃了原有的海洋考察写作计划。在下放的过程中，蔡其矫看到了汉水两岸的风景和正在拉船的纤夫，于是写下《雾中汉水》《川江号子》等诗。因为诗中所蕴含的苦痛与"颂歌"格格不入，蔡其矫招致了沙鸥、袁水拍、萧翔、吕恢文等人的批判，他们认为蔡其矫的诗歌与政治和现实高度不符，诗歌中隐含了对于文艺服务政治的否定。这些评论使蔡其矫的政治处境更加艰难，他的诗歌写作道路也更为艰辛。为了能够继续诗歌写作，蔡其矫选择返回故乡福建。但即使政治和文学上均遭遇了挫折，蔡其矫仍然没有脱离主流"颂歌"的创作道路，他继续在福建搜集本地民歌，并创作了许多民歌体诗歌。

但在多年后，当诗人回顾这一段诗歌历程时说道："'大跃进'三年，1958年到1960年，我写了大量的民歌体诗，但是没有一篇成功的，我一篇都不收进集子。"㊿这三年民歌迷途给蔡其矫留下的唯一经验就是：写诗应该从个人的体验、见解出发，而不是一味模仿。蔡其矫之所以能够从民歌迷途中脱身而出，主要是因为诗人的经验和直觉让他意识到诗歌作为政治意识形态传声筒的荒谬性，他认为应该写作符合诗歌艺术规律的诗歌，而不是在统一安排下写作诗歌。这些行为体现了蔡其矫与当时时代和社会之间的疏离性，他的"不合时宜"已经在诗歌中初见端倪。这种"不合时宜"使蔡其矫回归诗歌领域，在美学维度上实现了新的转向，否定了原有的同一的审美风格。

在抛却民歌体之后，蔡其矫沿袭之前的旧路继续创作自由体，就诗歌内容和形式方面继续尝试多样化试验。蔡其矫1961年写下了自由体新诗《双虹》，此诗代表了蔡其矫回归自由体写作，且在诗歌审美得到了极大的提升。

1962—1966年，蔡其矫因"军婚案"再次陷入困顿之中，他在这一时期经历了判刑、监禁以及劳改等。即使在这样艰难的时刻，诗人仍然完成了诗歌上的转向和审美素养的提升。在这一时期，蔡其矫的人身行动受到了限制，但其仍然在翻译和写作上有了长足的进步。在翻译方面，蔡其矫主要翻译了聂鲁达的诗歌作品，受聂鲁达诗歌的影响，蔡其矫觉醒了乡土意识，并自觉地走上乡土诗歌的创作道路。20世纪50年代聂鲁达以"红色大诗人"的形象出现在中国诗坛，许多诗人注重的是聂鲁达结合了惠特曼的自由体和马雅可夫斯基的革命热情的长诗，认为这种新质可为政治抒情诗服务。但蔡其矫与他们有所不同，他翻译了聂鲁达的代表诗歌《马楚·比楚高峰》，这首诗将浪漫主义与超现实主义结合起来，不仅推动蔡其矫从浪漫主义转向现代主义，还为其晚年创作奠定了思想基础。在创作方面，生活的艰辛磨炼了蔡其矫的人格品质，提升了他的思想境界，但其诗歌中的悲剧色彩和矛盾冲突明显加剧。因为现实的磨难，蔡其矫的诗歌无论在歌咏女性时，还是在书写乡土风景时，均染上了悲剧色彩。蔡其矫开始在诗歌中表达自身的寂寞和孤独，但又执着地坚守着作为一名诗人的品格，不让诗歌变成政治的传声筒。在20世纪60年代初，他在诗歌《无题》中留下心灵的呐喊："我活着不是为别人凑数字，填雄心，/我要做一个真正的人。/我不愿被谩骂，受冤屈，/剥夺生活的欢快我不干……"但他仍以"欢乐美"的诗学思想来看待苦难，认为"作家都是通过痛苦，宣扬欢乐，颂扬生命的庄严，经过眼泪和痛苦的挣扎，将光明和欢乐带到世上，这就是诗人的任务"[51]。

蔡其矫在生活和写作都受到极大限制的状况下，仍然积极接受西方现代诗歌的影响，翻译聂鲁达的诗歌作品，从中汲取新质作为乡土诗的艺术营养。对蔡其矫而言，乡土诗不仅是他背离主流意识形态的开始，还是他从内容和形式两方面出发来进行诗歌试验，以寻求多样化发展的诗歌道路的开始。他的乡土诗创作为其指明了诗歌前进的方向，也为晚期的旅游诗创作提供了丰富的诗歌经验和理论基础。

1966年蔡其矫结束了监禁生活，但其时恰逢"文革"开始，蔡其矫被定义为"三反分子"，遭到造反派"抄家"与被关进"牛棚"。蔡其矫的生命进入了另一个低谷，从1966年到1968年，蔡其矫坚决反对诬陷，但所有的努力和抗争均被驳回。1968年9月到1970年8月，即是蔡其矫被关"牛棚"的时间，在这期间他将司空图的《诗品》翻译为现代新诗。1970年8月，蔡其矫被下放至福建永安的一个小林场进行劳动改造，直至1972年下半年恢复人身自由和写作权利。在恢复写作权利后，蔡其矫开始就地取材来进行诗歌创作，增强了诗歌的思想性和审美性。在这段"文革"后期的日子里，蔡其矫恢复自己旅行考察的诗歌计划，他的诗歌空间由福建扩展至福建以外的其他地区，诗歌的表现内容得到了极大提升。也正是在这一时期，蔡其矫结识了许多青年诗人，蔡其矫为青年诗人传递最新西方现代诗歌思想和创作经验，青年诗歌蓬勃的生命力和斗争意识感染了蔡其矫，促进了彼此诗风的变革。

蔡其矫在1963年翻译了聂鲁达的诗歌作品和在1967年翻译了司空图的《诗品》之后，他就致力于将中国古典诗歌与西方超现实主义结合在一起，这种融合在其晚年也表现得十分明显。这种试验初步体现在1975年创作的长诗《玉华洞》，诗人以玉华洞为诗歌题材，在真实记录下现实经历和感受的同时，又结合超现实主义的想象因素，在自然景物中融合诗人对社会的批判和感悟。此外，《玉华洞》还呈现出过渡时期的审美特征，在这一时期诗人的艺术主观性特别明显，但相较于晚年创作而言，这一时期的诗歌写作缺乏营造阔大诗歌境界的能力，难以与宏大的历史文化时空相联系。

在"文革"期间，蔡其矫选择了背离政治抒情诗创作浪潮的写作路径，并在诗歌写作实践过程中发现了一条新的写作道路：在中西互涉中革新现代诗风。这种多样化试验一直持续到蔡其矫的晚期创作，可以说，正是诗人不断地进行各类诗歌试验和创作，才能够在晚年生成"晚期风格"。

综上所述，从1958年落难到"文革"结束，蔡其矫都积极地进行诗歌的创作，给人留下极深的震撼。首先是蔡其矫面对苦难的态度，他以"欢乐美"的审美态度面对各种磨难。无论是被囚禁在福州西郊的看守所，还是"文革"期间的"牛棚"，抑或是永安县的劳改林场，诗人都将经历和体验融入诗歌的篇章。而且，蔡其矫并没有因为生活的磨难而弃置诗歌的笔触，在每一时期都有诗歌产出，彰显了诗人坚韧不拔、积极乐观的诗学精神。其次是在内容和形式方面进行多样化试验。就其所创作的《玉华洞》《木排上》《丙辰清明》而言，蔡其矫的诗歌笔触都十分尖锐地触及时代的核心，将时代所赋予人们的苦难诉诸笔下。最后是蔡其矫在翻译了聂鲁达的《漫歌集》和司空图的《诗品》之后，自觉地开始尝试将中国古典诗歌和西方现代诗歌相结合，形成多样化的诗歌风格。蔡其矫的这种中西互涉的试验，在当时的社会很少有人进行，显示了蔡其矫诗歌的独特性和重要性。

三、诗歌的承续阶段

在20世纪80年代，社会环境发生了极大的变化，这种变化给蔡其矫的写作带来了希望的曙光。在1977年之前，诗人的写作仍然处于政治意识形态的管控和限制之中，但随着"文革"的结束，中国社会也发生了相应的变化。首先从国际方面来讲述社会的变动，在当时的历史语境下，因为国际冷战结束，因此世界格局朝着多极化方向发展。蔡其矫向来注重将中国古典诗歌与现代诗歌结合在一起，他的诗歌写作在追求"纵的借鉴"的同时，也不忽略"横的移植"。因此，当社会环境相对自由，多极化发展成为世界性的潮流时，蔡其矫就可以相对自由地学习西方现代诗学理论与最优秀的诗歌，而不必像"文革"期间那样历经千辛万苦地抄写。诗歌写作是世界性、全球性的诗学活动，蔡其矫晚年也注重在诗歌中表现出独特的民族性和世界性。新的社会环境为蔡其矫提供了一份机遇，使他更自由地进入诗歌写作的天地，与世界诗歌建立新的联系，在诗歌中加入新质，化古为新，借鉴和学习中国古典诗歌和西方现代优秀诗歌，在诗歌中显现出新的元素、新的意象。

在世界格局的影响下，国内的社会市场开始重点深化市场经济，这种经济格局和社会格局的变化带动了诗坛的改变，也促进了诗人创作方式的改变。市场化经济对诗坛的显著影响在于它将诗歌推向边缘化的同时，也降低了诗歌的创作门槛。诗歌边缘化主要是因为市场经济深化而引发的消费主义热潮，在热门畅销小说盛行时，诗歌便处于边缘化的尴尬地位，尤其是长诗写作。谢冕曾称 20 世纪 80 年代后期至 90 年代初期为"丰富而又贫乏的年代"②，丰富主要是针对 20 世纪 80 年代的"归来诗人"和朦胧诗人，这两个群体的创作体现了艺术变革时代的全部丰富性。贫乏主要是指在 20 世纪 90 年代这一时期，诗歌的创造力显得相对贫乏，一方面是由于前期朦胧诗人硕果累累的诗歌成就，显得 20 世纪 90 年代相对匮乏；另一方面是指 20 世纪 90 年代扬弃了社会或时代的代言身份，诗歌中极强地凸显出诗人的个性，缺乏诗歌应有的深度和崇高感。此外，由于 20 世纪 80 年代后社会消费潮流的影响，写诗的门槛降低，出现了写作者比阅读者还多的边缘化现象。

蔡其矫身处消费主义的浪潮中，仍然执着地坚持以诗歌书写历史文化和自然山水。消费主义浪潮影响了诗人们的写作倾向，如从黑暗时代走出的欧阳江河，在恢复写作自由权利后最为显著的特点在于"继续以'消费时代的长诗写作'，来处理诗歌与时代现实之间的关系"③。欧阳江河在晚年关注诗歌所具有的对抗消费时代的力量，以诗意的语言将诗带往更深的空间，显现出更为开放、成熟的气质。这一点与蔡其矫晚年所身处的历史语境以及诗歌追求有所契合，两人都从时代的伤痕中走出来，"再出发"之后发现新的诗歌主题和诗歌空间，将诗歌带向一个成熟、圆融的境界。

从 1977 年诗人结束长达 20 多年的囚禁生活后，新的社会环境和历史时期为诗人进入新的创作阶段提供了契机，使蔡其矫开启了诗歌的自由写作时段和黄金时代。在福建武夷山和闽东地区考察期间，蔡其矫发现了最佳生活方式，而在接下来的长途考察旅行中，蔡其矫更是进一步感受到祖国河山和历史文化的魅力，探索到与他性格、美学观念以及诗歌理想较为切近的生活和写作方式：独自远行考察，在旅途中写作、交友。这种选择是蔡其矫在深思熟虑之后的结果，即使处于新时期的自由、开放的社会环境中，但政治的压迫和历史的伤痛仍使诗人难以直接书写时代，蔡其矫认为"不能书写现实，那就走到历史中去"，从历史中生发新意，诗歌也因此迈向了一个新的高度。

第二章　嬗变与超越："晚期风格"的美学呈现

"晚期风格"的提出和面世，为我们历时性地去探讨蔡其矫晚年的诗歌创作提供了机会，而且，用"晚期风格"去研究蔡其矫的诗歌，可以发现他晚年诗歌的历史化和理论化倾向。蔡其矫晚年的诗歌创作正式开始于 20 世纪80 年代，时间在他的诗歌中发挥了独特的作用，使他的诗艺随时间的推进而不断地呈现出深化的趋势。他的诗歌创作一方面呈现为对时代生活和社会生活的不妥协，显得尤为不合时宜；另一方面却着力于从自身的诗歌体验出发，书写全人类共同的文化情感，尤其是对普通人的命运和感情的歌唱占据了大多诗篇。这种"晚期风格"的写作既是表达了诗人独特的生命和旅游体验，也可以为读者研究诗人晚年的创作提供独特的理论视角。

蔡其矫在晚年选择了一种新的写作方式和一类新的主题。在 20 世纪 80 年代后，蔡其矫开启了创作旅游诗的诗歌步伐，他认为旅游诗不仅应该承续中国古典诗歌传统，具有厚重的历史感，也应该积极观照现实，显现出深刻的现代性。因此，在晚年探索诗学路径时，蔡其矫以独自远行考察的方式来体验生命和观照现实，从旅游见闻中触发新鲜真实的诗思哲语。

诗歌题材和诗歌形式在蔡其矫的诗歌中占据着非常重要的地位。在晚年，蔡其矫根据题材的多样性来探索诗歌创作形式，诗人从中国古典诗歌传统、西方现代诗歌传统和中国现代新诗传统出发，来研究适配于诗歌题材的表现形式和写作手法。蔡其矫最开始主要是在浪漫主义的影响下开始探索自由诗的写作形式，他在写作抒情诗体时，将西方现代诗歌传统、中国古典诗歌和新诗传统的创作手法融汇在一起，加深抒情诗的表现力，通过诗歌来表现个人情感与时代精神。在晚年时期，蔡其矫从浪漫主义转向西方现代主义，他所师法现代主义主要是以聂鲁达、埃利蒂斯和帕斯为代表的超现实主义。可以说，从新时期以来，蔡其矫开始借鉴学习难度更高的现代诗，根据主题和题材的不同，对现代诗进行改造，除开其抒情因素之外，还增加了诗歌音乐性和画面感，以及加入叙事、叙述等多种写作手法。

在中国古典诗歌传统中，蔡其矫推崇李白、苏轼、柳永等人，西方现代诗歌是惠特曼、聂鲁达、埃利蒂斯和帕斯等诗人，新诗传统则主要是郭沫若、艾青和何其芳等人。在吸收借鉴这三方诗学思想和诗歌影响的同时，蔡其矫也积极将他们的诗歌翻译为现代诗歌形式。如李白的《梦游天姥吟留别》、苏轼的《少年游·寄远方》《念奴娇·赤壁怀古》、杜甫的《春望》《登高》、埃利蒂斯的《英雄挽歌》、帕斯的《太阳石》以及鲁迅的旧体诗《自嘲》《无题》等。在这"三大传统"的影响下，蔡其矫将中国古典诗歌传统的"物我合一"与超现实主义的主客观写作方式结合，营造出具有超现实想象力的阔大诗歌境界。而且在何其芳和艾青等人的影响下，蔡其矫一直坚持新诗自由体的创作试验，确立了新诗民族化的诗学路径。

第一节　时代新声：旅游见闻的诗性沉思

蔡其矫诗歌的"晚期风格"在他的主题和题材上均有体现，他对于主题和题材的选择呈现出强烈的回归传统和不合时宜的倾向。在晚年，蔡其矫开启了新的生活方式与诗歌道路。蔡其矫认为随着物质生活水平的提高，人们对于旅游生活的需求也会日益加大，因此，写作旅游诗契合了时代的要求和人们的普遍情感，但在当时的社会中写作这类诗歌的人却极少。

蔡其矫之所以在20世纪80年代开启旅游诗的写作计划，一是因为福建武夷山和闽东地区的旅游体验，二是1981年和北岛、江河、杨炼旅游过程中受到启发。因此，蔡其矫在20世纪80年代发现了新的诗歌主题，为了更好地表现出诗歌的主题，他积极地寻访祖国的名胜古迹和自然风光，探索多样化的诗歌题材和写作形式。在各类诗歌题材中，本节主要阐述了名胜古迹和自然风光类、历史文化人物类、生态环保类以及海洋文化类，并概述了蔡其矫晚年旅游诗歌独有的特征。

一、新的诗歌主题

在蔡其矫的诗学理论中曾提及"旅游诗"这一概念。蔡其矫认为："中国旅游诗源远流长，但作为一个概念，则在 20 世纪 80 年代才可能提出，它是改革开放产生的新事物之一。旅游生活的普遍化，是人类社会发展到一定阶段，物质的无限丰富和精神的相对自由，它必然成为世界性的文学一个新主题。"[53]取意于蔡其矫对旅游诗的定义，可以得知物质、精神的提升为旅游诗的出现奠定了基础，旅行过程中的所见所闻则成了诗歌灵感的来源。在蔡其矫看来，旅游诗不仅具有个人性和时代性，它还具有世界性。20 世纪 80 年代，旅游生活的普遍化让蔡其矫开启了新的生活模式，并发现了新的诗歌创作道路。

蔡其矫之所以走上旅游诗的道路，得益于两次旅行带给他的创作体验，使他将诗与生活融为一体。第一次是在 20 世纪 80 年代初，蔡其矫游览了福建武夷山以及闽东地区，由自身经历出发发现"旅游写作、朗诵、演讲、交友四者结合，是最佳生活方式"[55]。而后在 1981 年 8 月与北岛、江河、杨炼等人的青海、甘肃等地区的旅游之举，则开启了其第一次独立远行考察的序曲。这次旅游兴起的源头在于 1981 年的新诗大讨论，与会者大多为当时很有分量的青年诗人，如北岛、舒婷、江河、杨炼等人，蔡其矫没有被邀请。但舒婷在厦门开往南昌的火车上丢失所有财产，蔡其矫便因为这个偶然的契机赶往兰州。因时间较为宽松，蔡其矫先经河南洛阳游览龙门石窟，从窟龛、神像服饰、造型以及色彩中获取诗歌的灵感，领略历史的风采。蔡其矫从现实生活进入了历史的现场，受此影响在次年写作《龙门石窟》《伊水的美神》两首百行长诗。从洛阳行至兰州，再进入青海游观青海湖，蔡其矫在无边美景的影响下生发出盎然诗意。此后，蔡其矫一行人行经甘肃张掖和酒泉，叹息"沙场琵琶声 / 已不再闻""星月在绿云之上沉默 / 沉默后面 / 溢满历史的芬芳"（《夜光杯》，

1982)。蔡其矫将自然与历史在诗中结为一体，将边关景色直接展示在读者面前。后又行至敦煌莫高窟，蔡其矫在敦煌莫高窟与悠久的历史文明相遇，精神上受到了巨大的震撼和冲击。面对着悠久而灿烂的历史文明，时代给予蔡其矫的苦难色彩在逐渐淡化，他走出了前二十几年所经受的苦难以及"伤痕"，发现新的创作天地。

此后，蔡其矫只身前往新疆，以乌鲁木齐为中心游遍天池、伊犁、北疆霍尔果斯山口、南疆喀什等地，写下了《天池》《乌鲁木齐的黄昏》《流放中的诗人》等28首诗。这次旅行经河南、山西、甘肃、青海、新疆，其间前半段旅程由北岛、江河、杨炼等人陪同游览青海湖和日月山，后半段由蔡其矫自己独自游览新疆。这次旅行为期3个月，蔡其矫不仅通过诗作记录旅途所见所闻，还在新疆进行了一次关于诗歌创作的讲座，首次将写作、朗诵、演讲、交友在旅行中结合起来，实现了最佳生活方式。敦煌莫高窟、新疆之行既结束了蔡其矫首次旅行，也开启了蔡其矫晚年诗歌创作的理想道路："走遍全中国，追寻历史文化痕迹，反照现实。"⑥他想要在诗歌中触及历史和传统真实的一面，将诗与生活结合起来，从历史文化中反照、思索现实。在走遍中国各个地区后，蔡其矫以诗歌记载了历史文化、名胜古迹和现实生活，表达了对中华民族和同胞们深沉的爱。

除了蔡其矫晚年诗歌焕发出新的活力之外，蔡其矫本人的精神也呈现出年轻人的活力和精神状态，且并不认为自己处于晚年阶段。蔡其矫不可避免地经历着生命意义上的晚年，但这种晚年体验并没有减少诗人对自然和远游的喜爱，在69岁那年，他为了探索最高境界的美，不顾众人的劝阻前往西藏。在西藏的旅途中，蔡其矫感受到自然的瑰丽和西藏神秘宏大的景观，他在中国古典诗歌天人合一的思想中，结合了超现实主义的梦幻想象手法，创造出一种现代诗的新结构。

对于蔡其矫来说，新时期的远游考察诗学活动开启了他的晚年写作进程，"以历史观照现实"这一诗歌理想则贯穿了他晚年的写作历程，他的旅游诗标志着晚年诗学实践的顺利开展，其主题、题材的多样性以及诗歌形式的多样性，让蔡其矫的晚期诗歌焕发出新的色彩和活力。即使是在新世纪以后，诗人在身体状况日渐衰退和死亡阴影笼罩的情况下，他仍然积极地探索新的写作方式来表现诗歌的民族性，探寻民族文化之根。在这一时期，蔡其矫仍然坚持贯彻和落实探索民族文化之根的诗歌理想，将其完整地融进诗人的主题思想，诗人从文献资料中来研究中国的海洋历史，以期实现中华民族伟大的海洋复兴。

二、多样化的诗歌题材

以曾阅的《诗人蔡其矫》一书为准，并从 1980 年福建武夷山和闽东之行起始，将蔡其矫 20 世纪 80 年代以来的旅行考察行为简记下来并整理分类，借此探索他晚年时期的诗歌题材和主题的来源。曾阅[57]从蔡其矫 1981 年 8 月开启远行考察计划起算，以 1999 年结束远游状态为终，认为蔡其矫在这 18 年里总共远行 22 次。结合蔡其矫远行的经历，可以发现他的足迹遍及大江南北，除了没能去过台湾，他真正实现了走遍全中国的宏大愿望，且每次旅游都会创作相应的诗歌来记录旅游见闻。

在晚年写作生涯中，蔡其矫依据抒情主体和类型的不同来编选了诗集《蔡其矫诗歌回廊》(八卷本)。该诗集共划分为八卷，其中有两卷是译诗和相关诗论，剩余的六卷按照抒情主体和诗歌内容的不同，被蔡其矫划分为"大地""海洋""生态""乡土""情诗"和"人生"六卷。这六卷本足以彰显诗人晚年主题和题材的多样性，从诗卷的划分中也可以大致窥见诗人晚年诗歌中的情感走向和诗歌精神。在六卷本中，"海洋""乡土""情诗"及"人生"多为 1957 年至 1976 年的诗作，但这并不意味着这四类诗歌内容仅出现在 1957 年至 1976 年，他晚年的诗歌对这些内容仍有所涉及。在晚年，蔡其矫将这些诗歌题材与新时期后的现实生活和时代内容相结合，在诗歌中生发出新的意蕴，增添了诗歌的深度和丰富性。尤其是"海洋"系列，在新世纪之后占据了诗人的大多数诗作，展现了中华民族海洋复兴的主题和重访为人遗忘许久的海洋历史。在 20 世纪 80 年代后的主要为"大地"和"生态"，"大地"系列总括了蔡其矫大部分的旅游诗。从蔡其矫一生的诗歌写作出发，可将其诗歌主题概括如下：英雄—海洋—乡土—大地—海洋。

接下来依据现存的蔡其矫晚年旅游诗的研究资料，再结合蔡其矫重要远行考察活动，将其题材的种类简述如下：

蔡其矫晚年多寻访名胜古迹和自然风光，从这类题材中寻找诗歌的意象，来表达对于时代和社会的关切。蔡其矫晚年注重从自然风景中寻觅诗意，常常以景物和地名为题创作旅游诗。如1981年，蔡其矫行经甘肃、青海、新疆等地。在新疆之行以前，蔡其矫是与北岛、江河、杨炼等人同行；青海之行后，蔡其矫只身一人前往新疆南部、北部，足迹远至伊犁、喀什等边界区域。此次旅程，蔡其矫写下《乌鲁木齐的黄昏》《天池》《喀什的日蚀》《伊犁河谷》《敦煌莫高窟》等诗。1984年，蔡其矫行经苏州、杭州、云南、贵州等地。正是在这次西南线路旅行中，蔡其矫看到了生活在贫困和苦难中的普通民众，认为诗歌中不仅应该展现旅途中的所见所闻，也应该融入更多的真情实感。此次旅行主要写下了《十里浪荡路》《洱海月》《大理》《华山》《过怒江》《西双版纳》等诗。1986年，蔡其矫行经重庆、成都、西藏等地。这年夏天，蔡其矫在西藏漫游了两月有余，寻访了前藏、后藏、藏南、藏北等地。这段旅程给了蔡其矫极其深刻的体验，物质的匮乏并没有磨灭其旅游的兴致，他的身心都沉醉在西藏这片神秘大地上，创作出了《花市》《走向珠穆朗玛峰》《在西藏》等诗。

　　蔡其矫晚年常常追寻历史文化人物的足迹，在诗歌中书写他人的事迹和精神。但实际上，蔡其矫是"借他人的酒杯"，来抒发自己的情感和志向。"蔡其矫晚年在10多次走遍中国大地的诗旅中，有一个重要内容，就是去探访和重踏历史文化人物留下的遗踪。"⑧在追寻和书写历史文化人物的过程中，蔡其矫借鉴了冯至以十四行体书写历史文化人物的方式。在1982年6月，蔡其矫最先去旅行考察了历史名人屈原，写下了《屈原在故乡》与《屈原沱赛龙舟》等诗。1985年，蔡其矫行经安徽、浙江、苏州等地。这一年，68岁的蔡其矫开启了新的长途旅行计划，其主要目的在于踏寻"李白晚年的足迹"，表达了"渴马奔泉的文思 / 终止在浪游地 / 为什么那胸中块垒 / 至今犹叫人垂泪"（《当涂太白墓》，1985）的思想情感。蔡其矫倾心于李白飘逸、浪漫的诗歌风格，想通过寻访李白的足迹更加贴近这位诗人，从他的诗歌中发现写作的指引和生命的感召，由是写下《秋浦歌》《横江词》等诗歌。1987年，蔡其矫写下《严羽沧浪阁》，借严羽来讲述自己走在诗坛边缘的寂寞，"照亮诗坛七百年 / 也寂寞七百年"，这正是对蔡其矫的晚年状态最好的写照。1988年，蔡其矫只身一人环游海南，目的是为了寻访苏轼晚年流放的踪迹。在寻访苏轼流放之途后，蔡其矫写下《苏轼暮年在桄榔庵》《载酒堂》《朝云墓》等诗。同年，蔡其矫还去寻访了柳永和朱熹的纪念馆，在《柳永》和《朱熹在武夷山》中表达了对生命、人性的观点。2000 年，蔡其矫写 79 行长诗《林语堂》来简述自己的一生，表达了对林语堂"脚踏东西文化两条船"的认可。在蔡其矫追寻和寻访历史文化人物时，其重点在于借他人来写自己，将心中的情感、志向等投射在历史文化人物身上，实现晚年诗歌风格的升华和成熟。

蔡其矫晚年在欣赏山川自然风景之外，还关注到了被人类破坏后的自然环境，并在诗中直接地发出批驳之声，表达了对于生态环保的关注。蔡其矫在恢复人身自由和写作权利后决心走遍全中国，去领略祖国河山的伟大壮阔。在行旅期间蔡其矫亲眼看到"文革"十年给生态带来的影响，发出"精神贫乏又目光短浅 / 对自然淡漠无情 / 世界上最漂亮的国家公园 / 十年中被败家子毁尽"（《神农架问答》，1984）、"我瞧不起那些目光如豆 / 不去栽花种树 / 让污水流入花溪 / 消灭了五里山径桃花"（《花溪无花》，1985）的批判之声。1984 年，蔡其矫和徐迟、严辰等人前往神农架和武当山等地区。在神农架观赏原始森林时，蔡其矫为被破坏的原始森林发声，写下了《神农架问答》《湖南张家界》《翠鸟》等诗。在此之后，蔡其矫的旅游诗中仍出现了许多关于生态环保的诗歌，如《花溪无花》(1985)、《鲤鱼溪》(1986) 等诗歌。蔡其矫的这类诗歌中包含对自然生态的关注，谴责了人们对自然过度的索取和破坏，呼吁人们关注生态环保。蔡其矫的生态环保诗是顺应 20 世纪社会大环境需求而产生的诗歌，直到如今仍然契合时代发展的主题。蔡其矫的生态环保诗以传统的自然山水诗为基，经诗人巧妙的创新和扩展，形成了新的时代内涵，贴合蔡其矫的诗歌主题。

海洋文化是蔡其矫晚年的重点题材之一，这类诗歌写作彰显了诗人对于海洋的关注和热爱。海洋类诗歌占据了蔡其矫晚年行旅诗歌的较大篇幅，尤其是在新世纪之后的这几年，他的诗歌重心更是完全转移到了海洋诗歌的写作上。从 20 世纪 80 年代初开始，蔡其矫就计划创作出可以展现独属于中国海洋历史的诗歌，期冀能够复兴中国的海洋文化。因此，蔡其矫在关注现实海洋的同时，也在史料书籍中不断地了解中国海洋的历史。1980 年和 1981 年这两年，蔡其矫行至闽东沿海，写下《海啊》《三沙渔港》《东冲半岛》等诗，借大海的意象来表达对当下政治格局的忧思，也表达了对海洋文化的关注。1986 年，蔡其矫写下长诗《海神》，将神话传说中海神林默娘带到诗中，成为诗中美的象征。海神林默娘不仅具有民族性的意义，也具有世界性的意义。"是官家女或渔家女都无所谓 / 东南大姓把她带到中国台湾、日本 / 成了海峡两岸的和平女神。"（《海神》）20 世纪 90 年代初，蔡其矫仍在继续海洋长诗的尝试，写下《阳光海滩》《夏之风》《巨浪》等诗。在 1994 年，蔡其矫行经海南、福建、北京等地。此次旅行蔡其矫原计划去考察云南边境地区，但碍于雨季气候从而转战海南海口，时隔 37 年，诗人再次踏上西沙群岛，感受当地的人文风情和自然景观，写下《赴西沙》《二赴西沙》《永兴岛》《遥望西沙》等诗，感慨"榆林港海水不再透明 / 浮油和垃圾赶走蓝纹热带鱼 / 现代豪华的码头 / 持枪的水兵岗哨肃立船舷下"（《二赴西沙》）。

进入 21 世纪，蔡其矫在生命的最后 6 年写下了《郑和航海》《海上丝路》《徐福东渡》《霞浦的海》《蒲寿庚——泉州一段史实》等 27 首海洋长诗。海洋文化对蔡其矫具有极其重要的意义，从 20 世纪 50 年代写给水兵的诗开始，蔡其矫就有意创作海洋类诗歌。但受限于时代和社会的限制，蔡其矫将目光从海洋转向陆地，《泉州》（1959）是蔡其矫首次尝试写作中国海洋历史的诗篇。而在蔡其矫晚年写作的海洋诗歌中，主要有三大主题："一是重现中国古代海洋历史的辉煌，发现中国海洋文化的民族性，希望当代中国能成为海洋强国，成为世界航海的中心。二是继承外国浪漫主义诗歌'海是自由象征'的传统，结合自己所处时代内容和历史大事件，发展新的主题，表现海洋诗的时代性。三是以新的感觉新的内容，写出属于他的海洋自然美。"⑤

蔡其矫的晚年旅行考察写作有其独有的特征，首先，对于蔡其矫来说，他的晚年生活主要就在旅行考察中度过，其中最为固定的两个基点就是北京和福建，他以这两处地点为基石，将足迹辐射到祖国的大江南北，甚至远至其他国家部分地区。蔡其矫的旅游行为与古代的行吟诗歌和山水诗歌保持着一脉相承的联系，蔡其矫性喜李白、苏轼的性格和写作，追寻两人的足迹写下相应的诗歌，表达出自身的文学向往和诗歌理想。

因为时代和政治的限制，旅游诗在现代诗坛并不多见，因此蔡其矫从旅游见闻中触发诗意的行为显得十分不同寻常。就蔡其矫个人而言，他不愿意追随主流文化的步伐，以自己的频率和步调来写作旅游诗，这种远游计划是蔡其矫慎重考虑之后的选择，代表了他这一时期的诗学倾向。蔡其矫的旅游诗创作扩展了诗歌空间，是中国古代山水诗和行吟诗的延伸，也是中国古典山水诗与现代诗歌结合的产物。蔡其矫在晚年遍访名山大川，并没有为了政治和现实而放弃自身的写作权利。为了写作出真正符合艺术规律的诗歌，蔡其矫努力平衡政治和艺术之间的关系，尽量将诗歌的艺术性保存完整，因此在晚年蔡其矫具备了非常明显的"晚期风格"。

其次，蔡其矫晚年的题材主要来源于他在旅游途中的所见所闻所感，他每次的旅游都具有时间长、范围广以及路程远等特点。正是因为题材的多样化，促使蔡其矫不断地探索诗歌的表现形式，为诗坛的发展注入了新的活力。从蔡其矫晚年的诗歌题目来看，他的诗歌命名呈现出明显的地理文化模式，经常直接以所旅游考察地区的名字来命名。从蔡其矫的诗歌内容出发，可以发现其历史色彩特别浓厚，他总是从历史脉络和事件入手，将现实生活的感悟在诗歌中表现出来，形成较为突出的"历史—现实""文化—地理"的写作模式。

这样的模式相当贴合蔡其矫晚年的诗歌理想，为其表现历史文化和现实生活提供了便利，从历史文化来观照现实社会，将世界性、民族性和个人性在诗中展现出来。如此一来，蔡其矫既在诗歌中发出了时代的回声，又使政治与诗歌保持了一定的距离，避免了政治意识形态影响诗歌的艺术性。

最后，蔡其矫晚年写作旅游诗是对时代和政治意识形态的回避，诗人以写作旅游诗的方式来对抗政治诗和消费文化的影响。从1980年开始，蔡其矫就开始抛却过往痛苦的经历和个人感伤的模式，在个人诗歌理想和内心情感的驱动下走向旅游诗，将中国的自然、历史和人文风俗等展现在读者面前，推动新诗民族性的发展。在新世纪之后，蔡其矫又想要通过写作海洋诗歌，进而实现中华民族海洋文化的伟大复兴。即使蔡其矫年事已高，但蔡其矫从未放弃过旅游诗写作模式与最佳的生活方式，他晚年的所有时光都致力于创作具有民族性和世界性的现代新诗。如在 1986 年，蔡其矫远行西藏，走过藏南、藏北等地区，写下了《在西藏》《拉萨》等长篇诗歌。牛汉在阅读蔡其矫的《在西藏》《拉萨》之后，将其创作的诗歌称为"大诗"，认为蔡其矫的诗歌之"大"并不是意味着"题材重要，结构庞大而言，他写出只属于大自然的那种神奇而浑朴的大境界"⑩。

公木称其晚年创作为"中国诗史上空前的壮游，论其行踪广袤，远远超过徐霞客倍数的倍数"⑪。而蔡其矫在新世纪开始写作的海洋长诗，虽然还未能形成大规模写作，但他海洋长诗的体量和诗中容量丰富的历史内容，就已经超过诸多快餐式和即兴式的潮流短诗。在社会和时代的冲击下，蔡其矫并没有迷失在诗歌的海洋里，而是坚持诗歌的艺术规律，以诗来抵抗时代主流的侵袭和消费文化的冲击。在当代文学史的发展过程中，蔡其矫以一己之力实现了独自远行考察的诗歌理想，从旅行考察中获取诗歌的灵感。

第二节　师法中西：中国古典诗歌与现代诗歌

在写作旅游诗歌时，蔡其矫主张在中国古典诗歌传统、西方现代诗歌传统和中国新诗传统的基础上来写作诗歌，他认为只有在传统的基础上才能够实现诗歌的创新。

在晚年学习中国古典诗歌传统的过程中，蔡其矫喜爱李白、苏轼和柳永等历史名人，他不仅在形式和内容上借鉴传统诗歌的体式，还在精神上自觉贴近这些诗人的行旅精神。在晚年学习西方现代诗歌的过程中，蔡其矫主要受埃利蒂斯和帕斯两位诗人的影响，去写作出具有时代性、民族性和世界性的诗歌。在晚年学习中国新诗传统的过程中，蔡其矫主要受艾青的抗战传统和何其芳的新诗民族化传统的影响颇深。正是在这"三大传统"的影响下，蔡其矫晚年的诗歌呈现出主客观融合和"物我合一"的诗学色彩。

一、坚持"三个传统"

蔡其矫在创作诗歌的过程中，强调在"三个传统"的诗学基础上寻求创新，这"三个传统"主要是指中国古典诗歌传统、西方现代诗歌传统以及中国新诗传统。蔡其矫认为"传统与创新是相对而言，只有在传统的基础上才有可能创新，完全离开传统，哪来创新？没有基础的创新不能持久，原因在于一般的规律尚未能掌握"㉒。因此，蔡其矫主张在写作时"回归传统"，从传统中寻找诗学之根，为现代新诗增添新质。他的诗歌中没有中与西、古与今、传统与现代的对立思想，他主张融汇中西、博采众长。

蔡其矫与古典诗歌传统的渊源可追溯至幼年阶段，祖父是当时有名的知识分子，其家庭积淀相当丰厚。家庭培养了蔡其矫对中国古典诗歌浓厚的兴趣，并促使蔡其矫进行相关的诗歌试验。再加上华侨华人多重视汉文化教育，也为蔡其矫喜爱中国古典诗歌奠定了基础。蔡其矫在学习对仗、千家诗、汉语、传统文言文等内容时，体验到了华侨对祖国的眷恋和强烈的思乡之情。正是这样的生活环境和文化教育，使蔡其矫从一开始就不自觉地走近中国古典诗词传统，这种诗学上的倾向直接贯穿了蔡其矫的一生。

蔡其矫回忆："中国教育的传统做法是从诗开始，而诗的基本手法是对比。这从世界观的培养来说，是很有道理的……那时候对诗的思想内容是无知的，但对语言形式已经先入为主了。这种旧式教育并不是毫无可取的地方：记忆的力量是无穷的，习惯成自然，认识的过程是感觉先于理解。"㉓这就是蔡其矫最初和中国古典诗歌接触的体验和感受，在这种无形的影响中，蔡其矫形成了对诗的直觉。蔡其矫与中国古典诗歌传统之间的联系是密切的，他的诗歌写作最开始就是受中国古典诗歌的影响，之后才是现代新诗和西方诗歌。在此基础上，蔡其矫主张将"横的移植"与"纵的借鉴"高度结合起来，提高了诗歌的审美维度。

在晚年的时候，蔡其矫自觉回到传统和历史之中，不仅在形式和内容上借鉴传统诗歌的体式，还从历史名人的事迹和精神中汲取营养。如他晚年寻访李白、苏轼、柳永等人的旅游考察活动，就是诗人自觉地去接近、感受这些诗人行旅精神的体现。蔡其矫认为从中国诗歌到西方诗歌的发展过程，充分显现了现代诗歌从古诗河床中流出的轨迹。在蔡其矫晚年时，他追寻中国古典诗词传统中蕴含的山水诗传统和道家精神。因此，相较于西方人对自然的征服与改造精神，蔡其矫认为中国的"物我合一"更契合时代的主题和需要，能够医治"文革"给自然留下的弊病。

历史证明，在新诗发展的进程中，"新诗，同样要在原来的基础上，在古典传统和五四以来的传统上，吸收西方诗歌的经验和方法，来反映中国现实生活和体现这个时代的精神"⑭。因此，蔡其矫积极地将超现实主义和"物我合一"结合在一起，但他的侧重点并不是在旧诗词的写作腔调上，而是主要学习旧诗词的表现手法和语言技巧。如公木评论蔡其矫时，认为蔡其矫的短诗《太湖的早霞》即可寻见旧诗的影子。从"天空罗列着无数鲜红的云的旗帜，/湖上却无声地燃烧着流动的火；/归来的渔船好像从波中跃出，/转眼之间它已从火上走过"，公木从腔调、韵律以及语言节奏出发，将其翻译为较为传统的绝句模式："长空焱焱树云旗，湖上飘飘流火影；倏见渔舟穿浪归，飞桨拨火霜帆冷。"⑮

这种倾向在晚年代表长诗《在西藏》中十分明显，蔡其矫借鉴了超现实主义神奇的想象力，将主观想象与客观事物结合在一起，以想象力构建出了一个具有神奇大境的西藏世界。

在晚年，蔡其矫在思考中国古典诗歌的承续问题时，注意到了希腊诗人埃利蒂斯。蔡其矫为埃利蒂斯诗歌中对土地、自然和生命之情的追念以及恢复希腊史诗传统的主张所吸引，开始翻译埃利蒂斯的诗作。在埃利蒂斯的影响下，蔡其矫更深入地思考诗歌传统的承续问题。诗人在多个方面借鉴了埃利蒂斯的诗歌写作技巧和手法："如《长江七日》吸收了埃利蒂斯《夜曲七章》的结构；《拉萨》吸收了埃利蒂斯长篇组诗《玛利亚·尼菲莉》中的一些诗句。"⑯

除此之外，蔡其矫还重点关注了另一位超现实主义诗人帕斯的诗作。帕斯的诗歌不仅描述了叙述者的内心思想情感，还表现了本民族的历史文化。帕斯诗歌中所表现的民族情感和本土性倾向吸引了蔡其矫的注意，与蔡其矫20世纪90年代的诗学路径相契合。在这一时期，蔡其矫的诗歌写作重点在于寻觅民族海洋历史文化之根，创作出具有本土性、民族性的海洋诗歌。因此，蔡其矫翻译了帕斯的经典诗作《太阳石》。但由于蔡其矫翻译《太阳石》时已经83岁，他的海洋史诗写作也就仅仅持续了几年，并没有发展成为系统性的写作。

此外，在"横的移植"和"纵的借鉴"的过程中，蔡其矫还注重从中国新诗传统中汲取营养。在中国现代的诸多诗人中，蔡其矫主要承续了艾青的抗战传统和何其芳的新诗民族化传统。"艾青是在法国受了比利时诗人的影响，何其芳则是唐宋诗词的影响，所以何其芳的作品具有我们民族的传统特点，而且里面又有一些西方的东西。"⑰蔡其矫自称"嗜读艾青"，认为艾青以《大堰河》和诗集《北方》"喊出了这土地的儿子的不平，表达出这民族的气质"⑱。蔡其矫熟读艾青的抗战诗歌，学习他对于抗战诗歌的书写手法和诗歌精神，其中对蔡其矫影响最大的是艾青以诗表现时代的写作经验，这使得蔡其矫的诗歌中饱含民族忧患意识和人道主义思想，更具备宏大的艺术概括能力。并且在艾青的影响下，蔡其矫终生走在写作自由诗的道路上。

在晚年与舒婷交往的过程中，蔡其矫再一次接触了何其芳的诗集《预言》，蔡其矫认为何其芳的诗集中有着浓厚的中国古典诗歌内涵，并且他的诗歌倾向暗合了新诗民族化的发展方向。在研读何其芳的相关诗作后，蔡其矫开始了新诗民族化的试验创作，力图在诗中表现出世界性、民族性的思想情感。

著名诗人余光中指出："一个当代诗人如能继承古典的大传统与五四的新传统，同时又旁采域外的诗艺传统，他的自我诗教当较完整。"⑲蔡其矫作为一名诗人，自觉地将这"三个传统"相互融合，创造出了既源于生活又超越生活的时代"大诗"。正是这样的原因推动了蔡其矫晚期诗歌风格的成熟和深化，他在晚年自觉承续中国古典诗歌传统，追随李白、苏轼、柳永等人，开启了旅游诗的写作。又将中国古典诗歌传统中的"物我合一"与超现实主义的主客观写作方式结合在一起，丰富了自己的写作方式，营造出悲壮、阔大的诗歌境界。还积极主动地从中国现代新诗传统中汲取营养，确立了新诗民族化的诗学路径。

概言之，蔡其矫在晚年所接受的诗歌影响是多元性的。正是他对多个传统的转化和借鉴，才使得他晚年的诗歌呈现出多样性和丰富性。也正是因为对于三个诗歌传统的坚持，蔡其矫才能够探索和创造多样的诗歌形式，在晚年深化了诗歌的风格。

二、主客观融合和"物我合一"

蔡其矫晚年的诗作中蕴含有一种诗歌技巧：他能够将书写历史转换成对现实世界的个人体验和敏锐表达，他所表达的个人体验中融汇了全人类共同的文化情感，成为一种更为广阔和丰富的人类经验。最为重要的是，蔡其矫晚年的诗作在以下几方面体现出主观和客观结合的晚期风格。

首先，蔡其矫在书写题材时，通常会采用中国古典诗歌情景交融的写作模式，在起承转合的诗歌结构中表现出诗歌写作者的思想情感。此外，宋词上半阕写景、下半阕抒情的写作模式也影响了蔡其矫晚年的诗歌写作，主要表现为在诗中将客观景物和主观情感有机地结合起来。其次，蔡其矫的诗歌主要来源于旅游途中的所见所闻，这种旅游经验不仅是属于个人的专有记忆和体验，还带有时代和社会的属性。简言之，蔡其矫在诗歌中通过书写历史的方式来对现实进行观照。蔡其矫以主观性的力量借用客观存在的事物来观照现实和社会，从自身内在的个人经历和生命体验出发，将旅程中的体验熔铸为诗歌的语言。最后，蔡其矫借鉴超现实主义诗人埃利蒂斯、帕斯等人的主客观写作手法，在诗歌中将主观与客观高度地融合在一起。邱景华在研究蔡其矫与外国文学时，记下了蔡其矫与他的谈话并对此加以解析："'现实主义侧重于客观，浪漫主义侧重于主观，超现实主义则是客观与主观更高的融合。文学发展有内在的规律。'何谓主观与客观的融合？就是把表现内心世界与表现社会和时代融合起来，形成新的艺术真实——超现实的艺术世界。"[20]

蔡其矫在探索诗歌传统与现代性的过程中，发现了中国古典诗歌和超现实主义之间的相通之点，即超现实主义的主客观融合和中国古典传统的"物我合一"之间具有相似性。在这一发现的基础上，蔡其矫在诗歌写作中将中国古典诗歌和西方超现实主义紧密地融合在一起，增加了诗歌容量，提升了诗歌境界。"中国古典诗歌的'物我合一'是主观和客观的一种融合，但偏重于景与情的兴发和融汇。超现实主义诗歌也追求主观和客观的融合，但侧重于梦幻与现实的同一性，特别注意表现诗人来自无意识的深层意象。"[21]如 1987 年的长诗《在西藏》，就体现了蔡其矫对于中国古典诗歌和超现实主义的运用。《在西藏》借鉴了中国古典诗歌起承转合和情景交融的写作模式，再结合超现实主义的想象色彩，在诗中高度融合了主观情感和客观色彩，使景物中饱含诗人的情感色彩。蔡其矫晚年的很多诗歌都体现了"物我合一"和主客观融合的写作方式，这类诗歌既有中国古典诗歌的色彩，又兼具了现代诗歌的特性，符合现代诗歌的写作标准。此外，蔡其矫 20 世纪 90 年代的海洋系列诗歌明显具有主客观融合的特点，他以超现实主义的想象方式来书写海洋历史，表现了时代的海洋复兴的主题。在 21 世纪倡导海洋全面复兴的现代社会，蔡其矫晚年创作的海洋诗歌具有文化层面上的启迪作用，彰显了中华民族海洋文化重要的文化价值和意义。

在蔡其矫旅行的过程中，他主动走进历史文化传统，并在书写历史文化时抒发了自身的生命体验，他的诗歌具有极强的历史感和时代感。可以说，蔡其矫的晚年诗作与历史文化密切相关，历史为他提供了诗学空间，他可以在这个空间中肆意地发挥自己的想象力，将对时代的体验和看法在书写历史的过程中表达出来。在这一空间中，政治意识形态对诗人的约束将会极大降低，他在历史中将现实转化为碎片融入诗歌。就"晚期风格"而言，艺术家们的写作方式与现实产生了联系，但某种程度上却奇怪地远离了现存。这种远离现存的写作方式正是蔡其矫一贯坚持的诗歌写作方式，他晚年的诗歌某种程度上是对现实和主流意识形态的背离，这种特立独行的写作方式加深了蔡其矫的"晚期风格"，让他在诗歌道路上走得越远越深，达到旁人难以企及的高度。

第三节 "一诗一形式"：自由诗形式的艺术探求

蔡其矫主张根据诗歌的内容和题材来选择诗歌形式，他的诗歌常常以"一诗一形式"的写作模式来开展诗歌活动。在探索诗歌写作形式的过程中，蔡其矫认为语言也是诗歌形式重要的一部分，他的诗歌语言呈现出新鲜和简洁的倾向。为了表现出诗歌所特有的意义，蔡其矫大胆尝试各种诗歌的语言，注重锤炼诗歌的语言。

在晚年所使用的诗歌形式中，蔡其矫的长诗占据了极为重要的地位。蔡其矫为了表现历史题材的长度和深度，大多选择以长诗的形式来进行写作，他的长诗既承担了反消费时代和主流文化的任务，也逐渐由表现旅游见闻到书写自身的体验和全人类的普遍情感。这种转变在 1985 年之后表现得格外明显，也正是 1984 年的云南之行促进了蔡其矫诗歌上的变化。

一、不定型的自由诗形式

在现当代文学史上，蔡其矫是一个独特的诗人。他的独特之处不仅在于诗歌写作的时间之长，还在于他的诗歌表现形式的多样性和丰富性。为了能够更好地表现诗歌的内容和题材，蔡其矫常常自觉地探索新的诗歌形式。可以说，蔡其矫一般以"一诗一形式"的方式来写作诗歌。在探索诗歌创作形式的过程中，蔡其矫既借鉴了郭沫若、艾青和何其芳等人的自由诗写作形式，还借鉴了闻一多、卞之琳等人的现代格律诗写作形式。他在这两种诗歌写作形式的基础上探索自由诗形式，创造出各种各样的自由诗。蔡其矫认为自由诗也需要讲究诗歌的形式，不然就会流于散文化，但新诗形式并没有出现规律性、统一性的诗歌形式，因为"格律体、民歌体是一种定型化了的诗体，只能根据形式来安排内容，而自由体诗则是根据内容来选择形式。诗体的简化性包含着诗形的无固定性、多样性和多变性。郭沫若说：'诗体体式的不定型，正是自由体的意义和价值所在。'"㉒自由诗的写作内容决定了他整首诗歌的体量，诗歌的长度按照内容来安排，少则几行，多则在百行以上。蔡其矫晚年所进行的自由诗写作正是这样的一种创造性活动，他所提及的"一首诗有一种形式"㉓也正是在描绘自由诗体的不定型。因此，在蔡其矫漫长的诗歌生涯中，他一直坚持探索不定型的自由诗创作形式，按照主题内容和题材特点，选择或创造适合的诗体来表现诗歌内容。

自由诗的不定型与题材的多样化有着极为密切的关系，因为多样化的题材能够引发诗人创造体式的灵感和活力。在晚年，蔡其矫行走在祖国的自然山水中，他的诗歌题材的来源极广。他总是自觉地从生活中寻觅新鲜的题材，根据题材的特点和内容来选择合适的诗歌形式。从 20 世纪 80 年代到 2007 年蔡其矫逝世，蔡其矫在长诗写作方面取得了突出的成就。

就诗歌形式而言，"白话的语言和自由的问题，都是形式问题，并成了自由诗的关键"㉔。在蔡其矫写作自由诗的过程中，他不仅关注自由诗的形式问题，还关注自由诗的语言表现形式、自由诗的风格等问题。蔡其矫的自由诗具有多样性和丰富性，他晚年的自由诗的体量和容量都极大，他还创造了多种多样的自由诗形式。艾青说："在文学上，所谓形式，里面饱含着题材、格式、结构、手法、风格、韵律等等。而所有这一切，都是通过语言文字表现出来的。语言文字构成两个部分：一个是它的外表，即所谓的形式；一个是它的含义，即所谓的内容。在这里，语言文字又是工具又是材料。"⑤在蔡其矫探索自由诗时，他的诗歌语言为他创造自由诗形式提供了载体，旨在更好地将诗歌内容和形式结合起来。写作旅游诗期间，蔡其矫非常注重锤炼诗歌的语言，他的诗歌语言具有新鲜、密度大和表现力强等特点。

在晚年，蔡其矫追求诗歌内容与形式的多样化，语言的新鲜和简洁化。蔡其矫从写作伊始，便格外注重引入新鲜、简洁的诗歌语言，避免"当下诗歌写作过程中与消费趋势相对应的若干弊端如语言的碎片化、口水化、娱乐化以及小我、自恋等"⑥写作趋势，学习传统诗歌的炼字、炼句的写作方式，他晚年的诗歌多以自由体的叙事诗形式出现。蔡其矫从诗歌创作伊始，便格外注重诗歌语言的运用，他在《自由诗向何处去》中曾写下："诗是语言的艺术，这对于自由诗尤其重要。因为自由诗不以音韵取胜，就必须以语言的新鲜见长。即使构思怎样巧妙，如果没有独特的、个性化的语言，自由诗就会失色。"⑦程光炜也曾说过诗歌语言是诗人被公认为诗人的原因之一，这说明了诗歌语言的重要性。

蔡其矫认为应该尽量简化诗歌的体式和语言，以有限的诗歌语言来表现无限的诗歌想象世界。蔡其矫晚年师法西方现代主义学派，现代派认为简化是创作出有意味形式的艺术的手段之一。蔡其矫在现代派的基础上书写自然，将现代派和中国古典诗歌对自然的描写方式高度融合起来。这是蔡其矫对现代派诗歌形式的创新性认识，也是对诗歌这种文体艺术形式的再认识。

就现代派简化的艺术手法而言，它与中国古典诗歌简洁的美学精神相互契合，蔡其矫充分发挥了这种诗歌的写作优势，诗歌遣词造句呈现出简洁且浓缩性强的艺术特点。蔡其矫在写作诗歌时，总是选择最鲜明的意象来书写社会和时代，以极其简洁、精炼的字句来表现阔大、深邃的诗歌内容。蔡其矫诗歌语言的表现力极强，他在注重使用表现力强的字词之外，还注重炼字炼句，增加语言的密度和精度。

"语言的考量首先在于为诗歌意义的表现选择合适的字词和句法，形成有个性特征的诗体，现代白话的多样化诗性元素为现代诗歌诗体的自由性、丰富性、复杂性建构提供了广阔的空间。"㉘蔡其矫晚年对诗歌语言的锤炼，首先体现在对动词的应用，如《湖南张家界》(1982) 写"向我流来绿色音节"的"流"字，《桂林》写山"从平地踊起"的"踊"字，《重见鼓浪屿》(2001) 写"穿过一片浓荫"的"穿"字，以及《古尔班节的鼓声》写击鼓"起落抑扬 / 一心扑在协调上"，这些动词以相对陌生化的状态出现在诗中，音节是流动的，山是从平地踊起的，甚至连击鼓的鼓声都是扑过来的。动词的灵活运用，使得无生命的物体带上生命的灵动性，给读者带去新鲜的感受和震撼。

其次是注重语言的新鲜和大胆试验各种写法。蔡其矫的诗歌用语言来创造诗意的画面和音乐，陈祖君在《人、自由、爱：蔡其矫论》中将蔡其矫与艾青的诗歌进行对比，认为："在艾青的诗歌中，强调的是看，是色彩、构图、色调，他诗作中的许多经典细节几乎都落实在视觉上"，营造了一种"绘画感"，而"蔡其矫的细节刻画，不只是平面的看（绘画的），而且是凹凸的触（雕塑的）"，在《肉搏》中以"一个归国赤子沸腾的心和雕塑家的手，为中华英雄树立了一座雕像"㉙。这种雕塑感贯穿蔡其矫一生的写作，只不过在晚年蔡其矫将目光从英雄转移到了普通民众，从民间出发来书写全人类共同的文化情感。

在遣词造句方面，蔡其矫能够用较为贴切的字词传达当下的新鲜诗意，他的诗歌向来是来自现实生活。尤其是在晚年的旅游诗中，他多从旅行途中发现诗意，选用具有动态感和雕塑感的字词，诗歌的形象、画面、整体意境均显得阔大有力。在探索诗歌形式方面，蔡其矫具有永不疲倦的创新精神，这种创新精神出现在晚年更显得尤为可贵，是他"晚期风格"的表现之一。

二、时代长诗的艺术探索

在晚年，蔡其矫积极地以长诗来展现历史的深度和长度，使诗歌的容量和体量均得到了扩大。一方面，他的长诗承担了反消费时代和主流文化的任务，因此没有落入歌颂时代的窠臼。而且，在人们追捧短诗的时代写作长诗，既体现了蔡其矫诗歌选择上的不合时宜，又体现了他远离时代和坚守自我的本心。另一方面，蔡其矫晚年的长诗发生了改变，主要是由书写旅游见闻转至书写精神自传。他在诗歌中抒发个体的情感，进而更深入地书写全人类共同的文化情感。

1.反消费时代和主流文化

诗体是自由诗写作的众多艺术因素之一，它也是构建自由诗形式的最重要的艺术因素，又被称作"诗体形式"。蔡其矫进入新时期后，其最为引人注目的一点在于对长诗的写作，他认为"长诗，产生在奴隶制度时期。奴隶主豢养行吟诗人，为他在宴会上演唱历史故事"[⑩]。因此，长诗总以叙事诗的形式出现，这种形式有助于以叙事诗庞大的体格来容纳蔡其矫对于历史的探寻。在蔡其矫这里，他的"晚期风格"不只指向主题、内容方面的变更，还在于他突破了时代的限制和读者的期待，将诗重新返回叙事诗的传统，生成大体量、大境界的"大诗"。在盛行短诗的时代，蔡其矫打破了时代的藩篱，在诗中容纳了更多的内容，如历史、现实体验和诗人评价等。在这种探索的过程中，蔡其矫的思想和创作经验也走向了更为广阔的空间，晚年的诗歌风格日趋成熟。诗人晚年注重从历史事件中激发诗歌的灵感，以简洁的语言和结构来向读者展示出历史更迭的过程。而且，在蔡其矫的长诗写作中，诗体的大容量使诗人可以充分地开展诗歌相关的试验，如诗体试验、语言试验等。

"在诗歌艺术中，短诗致力于集中表达特定的诗思，诗人凭借灵感的突然抵达释放创作激情和全部情感，在有限的篇幅内提炼最大化、最集中的诗性表达，发挥意象选择和技法的长处。长诗则不同，它以特有的包容性传递更为开阔宏大的主题意蕴，塑造更具持续性、永恒性的诗意空间，凝练更为磅礴有力的气势，展现更为多变的艺术风格与高超的艺术技巧。"[⑪]蔡其矫之所以在晚年坚持创作大容量的诗体形式，主要也是为了以长诗所特有的包容性，来营造出更为阔大、悲壮的诗歌境界，在诗中观照社会、时代和超越自己，强化了诗人的诗歌意识和时代责任感。蔡其矫认为："以诗写史，最大的长处，是可以在最短时间内以最快速度把历史事件解释清楚；在这过程中，诗与史这两大端，并驾齐驱，二头皆重，互为第一，而且紧紧结合成为统一体。"[⑫]如1981年写作的《喀什的日蚀》和《敦煌莫高窟》。"喀什噶尔，是各民族的家园。/从张骞通西域，/就是伊兰人、羌人、汉人，/还有西来的大月氏人聚居的地方。/任何统治者都不能长久。"（《喀什的日蚀》）在这短短的几句诗中，蔡其矫将喀什的历史环境和现实状况展现给读者，它是"各民族的家园"，因此

353

"任何统治者都不能长久"。正是因为"任何统治者都不能长久"，导致"鲜血迸流，怒火燃烧"。只有"唱起永久团结的歌"，才能走向更为光明的未来。蔡其矫在诗中不仅描述了喀什的历史状况，更将历史与现实结合起来，发出希望的呐喊。在《敦煌莫高窟》中，蔡其矫将"天人合一的洞府""沉睡千年的丝绸古道""融汇中西智慧的东方壁画彩塑"等一一用简洁的语言描绘出来，最终得出一个结论："让真实，/从神话经典中解放，/自一个无始无终的梦。"

蔡其矫在以长诗描绘历史变化和现实状况的同时，也是在以长诗形式承担"反消费""反时代"的责任。"诗文既反映时代，/又批判时代，/这才是它完整的使命。/既不能盲目歌颂，/也不是无穷忧伤。"（《鹳雀楼》，2006）蔡其矫认为诗歌既是时代的回声，又是时代的监督工具。蔡其矫获得写作自由权利的时代，正是物质条件和经济状况急速发展的年代。市场经济的成型推动了消费社会的形成，人们对经济的过分追捧导致了"消费异化"的出现。

这种"消费异化"已经影响到人们的精神和生活，导致诗歌处于社会的边缘化地位，甚至因为"快餐文化"的侵蚀，人们过度追捧只有几行的短诗，而对长诗嗤之以鼻。蔡其矫曾在其诗论中提及这种现象，认为在商品社会中，人们更为喜爱短诗，而忽视了长诗，长诗不为这个时代的读者所欢迎。甚至在出版诗集时，蔡其矫认为选诗主要选取"20 行以下的短诗，有代表性的稍长者，采用节选和选段的办法，并基本用编年为经反映时代风貌"⑧。由于消费社会的影响，诗人无论是写诗还是选诗，都受到了一定程度上的限制。这种限制不仅仅只出现在诗坛，还影响到了整个文学环境，尤其是 20 世纪 80 年代中后期以及 90 年代以后，当代文学受多种因素的共同影响，呈现出"整体的边缘化与局部的热点化"。这种现象表现在文学表现形式、语言、手法以及思想感情和审美维度等各个方面，它的影响范围颇广。

但尽管处于消费时代"文化大分裂"和这种分裂下掩藏的"更深层的动力和逻辑"⑭环境下，蔡其矫仍然坚持以史诗性的宏大体式、结构、品格和阔大的诗歌意境来对抗异化的社会，写下《瑞丽江》(1984)、《西双版纳》《李贽》(1986)、《郑和航海》(2001) 等长诗。蔡其矫的"不合时宜"和与时代的"不和解"融入长诗写作中，他怀着批判甚至是超越时代的立场，回归历史文化和名胜古迹，以历史和山水为题材建立诗歌的史诗审美品格，这种写作方式构成了蔡其矫"晚期风格"的特征之一。

蔡其矫是一个生命力和精力非常旺盛的人，他的诗歌显示了生命和主体的自觉。在蔡其矫的一生中，尤其是晚年时期，他不断地探索诗歌生命的边界，形成具有鲜明进取精神的诗歌理想。在他的诗歌中还显现出主体的自觉性，蔡其矫在晚期诗歌写作道路上自觉地远离政治、主流，自觉地遵循诗歌的艺术规律来创作诗歌，写下《在西藏》《拉萨》等"大诗"。他的晚年诗歌并没有受限于时代和政治，也没有刻意地去迎合市场和读者的需求，展现出一种远超于时代和现实的超越性精神。

蔡其矫为自己构建了一个诗歌空间，它在帮助诗人远离社会、时代以及意识形态管控的同时，还为诗人提供了一个"可以选择和不受约束的平台，与此同时每个人——如晚期的贝多芬——都有在技巧上努力和准备的一生"⑥。蔡其矫和阿多诺、施特劳斯、兰佩杜萨以及维斯康蒂一样，都逃避了20世纪末期的消费社会，他们到了一定的年龄之后，就不想要任何假装的宁静状态，也不想要追捧和跟随主流、政治，而是探寻自己的精神天地，遵从内心最真实的想法，不断地深化自己的主题，提升了他们的艺术表现方式和美学维度。在探索长诗的过程中，蔡其矫根据主题和内容选用合适的长诗结构，使长诗既可容纳丰富的内容，又具有灵活多变且严谨的结构，延展了长诗的表现空间。诗歌自有其发展的艺术规律，在"异化"倾向明显的年代，蔡其矫仍保持了自己独立自信的诗学品格，在时代潮流的冲击下，仍然保持自己的理性思维和人道主义精神，责无旁贷地在诗歌中担负以历史观照时代和复兴海洋文化的职责。

2.由旅游见闻到精神自传

从1985年开始，蔡其矫的旅游诗开始注重对情感的描写，在整体上可视为其晚年的精神自传。蔡其矫晚年赏遍祖国大多数地区的山水风景，留下了许多脍炙人口的诗篇。

但当仔细阅读这些诗歌作品时，我们会发现部分诗作仅仅只是将旅途中的所见所闻简洁地记载下来，这种现象在其1980—1985年间的作品中体现得更为明显。在这期间，蔡其矫只是客观地在描绘风景，将兴之所至时生发的感想直接地吐露出来，并没有更深入地以历史和自然来观照现实生活。如在看到云彩的一刹那，诗人吟出："缝在天空追逐 / 这是我对你色彩的无限热爱 / 啊，朝云！"（《朝云》，1981）从"千年的岩壁上 / 御风的女神 / 丰满圆润的面型"和"宗教的深情"（《飞天之歌》，1982）中，蔡其矫感受到了"美的最高境界就是宗教，而宗教的最高境界是美"⑧。在1984年写《大理》，诗人看到"微风流入深草""田坎上坐着看琴女孩"，现实的场景让诗人"仿佛回到少年时 / 眼风因深情而柔软"。

到了1985年，在蔡其矫游览了云南和贵州的一些地区后，他的诗歌审美维度发生了变化。在1985年3月10日，蔡其矫在旅行考察云南的风土人情后，还曾写信给曾阅，在信中蔡其矫谈及自己对于诗歌的疑惑。疑惑是否诗歌就是单纯表现风景，还是应该在描绘风景的同时，将诗歌的艺术倾向和思想情感进一步升华。这种由旅行见闻引发的疑惑，促进蔡其矫进一步思考诗歌内容所应表现的深度。

因此，在1985年之后，蔡其矫开始表现出超越自然风景的情感，更深入地将中国的历史文化和现实社会结合在一起。这种思考呈现在诗歌中，主要表现为在写作自然山水、人文习俗、生态环保以及生命自由等内容时，蔡其矫在书写所见所闻时，都以历史性的眼光审视现实生活，将诗人的体验、忧思统统表达出来，达到情景交融的诗学目的。《横江词》一诗，在诗的第一节就表达了对远古历史逝去的感慨："东西梁山双眉紧蹙 / 江心洲绿树凄迷 / 云烟横空有如罗网 / 远古的波涛已成陈迹。"从现代社会回望久远的历史，"千古从高处看只是一回首"，无论是作为失败者的项羽，还是胜利者的刘邦，都只能在时间的流逝中接受历史的评判。在《横江词》中，诗人还抒发了对诗歌与历史关系的理解："人如果自卑 / 头上的黑暗就无比猖狂 / 历史不给怯弱者以同情 / 诗就是一种私下的反抗。"

蔡其矫在1988年写下《武夷桃花源》，以简洁的语言描述了在动荡的历史中，诗人愿意独自一人在桃花源中品尝寂寞。同年写的《苏轼暮年在桄榔庵》更是以苏东坡即使处于被放逐的境地，也仍然"本心潇洒如花"的生活态度，表达了蔡其矫晚年的生命追求："做个流浪民间的老歌手 / 踏歌颠步在荒野里。"这首诗中既蕴含了诗人对苏东坡的仰慕之情，也是蔡其矫对晚年生活的诗意想象。《腾格里沙漠》更是凸显了人与自然之间的紧张关系："一代又一代的杀伐征战／悲剧舞台屡次使历史中断／先是人的残酷／然后是自然的报复。"在诗歌的第二节，蔡其矫以19行诗歌描述了腾格里沙漠的西北方的历史文化，这里记录了老子、张骞、班超、李广、霍去病等人的历史足迹，各个朝代的人不断地给自然留下伤害的烙印，最终到达自然的临界点之后，自然就开始反噬人类。蔡其矫在诗歌中揭示了人与自然不和谐的关系，从过去的历史过渡到现代社会中"正一场秋雨淋过"的腾格里沙漠，更深层次地揭露了"人和自然的严峻对峙"的关系，使"全世界的观光客"在游历中反思人与自然，正确看待人与自然的关系。

其余作品如《野渡》(1981)、《翠鸟》(1982)、《神农架问答》(1984)、《水乡》(1984)、《当涂太白墓》(1985)、《花溪无花》(1985)、《海神》(1986)、《走向珠穆朗玛》(1986)、《护诗女神》(1989)、《雾罩滕王阁》(1991)、《醉海》(1992)、《运河行》(2000) 等，都显示了蔡其矫想要融汇历史现实、从历史出发观照现实的诗学理想，他无疑是按照其诗学目标来规划远行考察。但在进入新世纪后，蔡其矫试图继续以长诗的形式书写海洋文化，将"蔚蓝色文化"带入中国诗学的表现领域，但因为年纪较大再加上史料繁多，诗人在新世纪的作品较少且内容较为散漫，远不如新世纪以前的晚年作品意蕴深长。

品鉴蔡其矫晚年的诗歌作品，最能体现其主体性精神的主要是"数次堪称'重访'和'朝圣'的旅程"[⑥]。如蔡其矫在1983年重温已逝的青春岁月，追随过往的脚步绘制青春的地图。1985年蔡其矫追随李白的足迹，表达了对李白浪漫、飘逸的诗风的兴趣和喜爱，尤其欣赏李白特立独行的性格和思想。蔡其矫对李白、苏轼、柳永等人格外关注，在寻访古人的历史遗迹和足迹之外，还常常去搜寻与他们相关的书籍、史料。"比如收藏有海外出版的李白英译本。后来，他买到一本《李白在安徽》。"[⑧]通过仔细研读这本书，蔡其矫对李白晚年的皖南生活经历有了更为深入的了解。这极大地激发了诗人重访李白晚年足迹的热情，他通过考察李白故地，更好地梳理和完善了自身的精神空间，实现精神和思想上的更新和超越。有鉴于此，可以发现蔡其矫晚年寻访历史名人，不仅是为了更深入地感受他们留下的艺术文化，还是为了获得生命和诗艺的重大启迪。正如他在晚年所说的："在中国古典诗歌中，唯有李白、苏东坡能赢得我的心，大约不仅是文学风格的向往，也是对他们命运有某种感应。因而，也就随他们对自然山水、对旅游、对友情、对艺术的无限倾心，看作是自己生活的导向，一再纵横远行，不计利害，往往独回，自得其乐……"⑨

蔡其矫寻访历史文化和历史名人的过程，也是自我发现的过程。这部分内容通常呈现为以第一人称"我"来写作的诗歌，它们不仅体现了蔡其矫对于自身生命和精神的深入探索，也因为其诗作中具有浓厚的人道主义精神，使读者的精神产生了深刻的震动。"肉体和灵魂都不能跨越死亡 / 信仰也曾经倒塌 / 历史冷冷如这荒岛 / 却也不能夺去最后一点幻想。"（《海神》，1986）蔡其矫描述的信仰崩塌，折射出了许多人共同经历过的苦难记忆，引起了读者深深的共鸣。重访历史名人的足迹，使蔡其矫的思想得到了升华，诗歌的表现力也得到了扩展。

"晚期作品的风格既是客观的，也是主观的。"⑩因此，蔡其矫 1985 年以后主体性更为明显的诗歌，与萨义德著作中所描绘的"晚期风格"更为契合。足迹甚至远至国外少数地方。蔡其矫每次都独自一人远行考察，时间大都长达三个月以上，可以说，蔡其矫每次的长途旅行都带有极其主观的目的性，在诗歌中彰显了个人的主体性。

第三章　先锋与过渡："晚期风格"的文化观照

在朱栋霖的《中国现代文学史 1917—1997》和洪子诚的《中国当代文学史》以及其他文学史著作中，蔡其矫均被划分到"归来诗人"的群体。"归来诗人"这一群体具有非常显著的"自叙传"的气质，他们往往通过对时代和历史进行反思，来表现个体和整个时代的苦痛经验。在"归来诗人"的诗歌中，多充满了被掩埋的感受，蔡其矫和艾青就曾以"常林钻石"为题表达过同样的感受。他们从个体的苦痛经验和悲剧命运出发，来思考社会、民族的命运。"贝壳""珍珠"以及"化石"是"归来诗人"比较常用的诗歌意象，他们对苦痛的描写形成了"悲剧美"的审美向度。但蔡其矫在与"归来诗人"保持一致的同时，还在积极地凸显自己的个性。在许多"归来诗人"一直沉浸在苦痛的生活经历中时，蔡其矫在诗歌中已经显现出对于生活和时代的超越态度。相较于其他"归来诗人"，蔡其矫以"化痛苦为欢乐"的精神来面对生活的苦难。而且在 20 世纪 80 年代中期，"归来诗人"对于诗歌的选择已经开始产生了分化。一些"归来诗人"继续沉湎于过去的痛苦，一些直接搁置诗笔投身现代化经济发展热潮中，还有一些仍在继续创作但却才思枯竭。蔡其矫则继续他晚年的诗歌创作，并在 1984 年云南之行后，对以往的诗歌进行深刻的思考，在后期探索的过程中深化了诗中的思想情感，更好地将诗歌、历史以及现实联系在一起。在 1985 年，蔡其矫积极反思以往的诗歌创作模式，使他的诗歌境界进一步提升，诗歌思想和精神也更为深厚。因此，相较于同时期的其他"归来诗人"，蔡其矫以"化痛苦为欢乐"的态度面对生活的苦难，在时代中实现对现存事物的超越，不断地丰富和扩展自身的诗学视野和诗学思想，使其诗歌呈现出历久弥新的诗学特点。

在 20 世纪 80 年代，蔡其矫已经进入耳顺之年，但他并没有因为身体衰退和健康状况下降就故步自封、停滞不前，而是继续以年轻的心态来面临新的时代环境。正是因为蔡其矫的青春心态，他才能够与青年一代的诗人形成亲密的关系，尤其是他与朦胧诗人、晋江诗人的交往活动，对青年诗人的诗歌写作有着极其重要的意义。特别是在朦胧诗起步的阶段，蔡其矫积极地鼓励和支持朦胧诗人，促进朦胧诗群体的南北融合。作为一名具有青春心态的诗人，蔡其矫以近乎年轻人活力完成了"走遍全中国"的诗歌理想，实现了传统与创新的结合，为新诗的发展起了推动的作用。蔡其矫在晚期确认了新诗民族化这一诗学路径，他的诗歌情感与一代人的情感体验具有高度的相似性。而且，蔡其矫的晚年作品从历史传统出发来观照现实，对整个社会的意识形态进行审视和批判，进而接续了新诗抒情的传统和推动新诗民族性的发展。

第一节　归来的时代歌者

本节将蔡其矫与"归来诗人"进行比较，从而凸显出蔡其矫晚年诗歌的独特性和重要性。与"归来诗人"相比，蔡其矫与他们有着相识的经历和体验，他们的诗歌内容和诗歌风格在某种程度上呈现出高度的相似性。但蔡其矫与"归来诗人"的不同之处在于两点：一是蔡其矫对于苦难的审美态度与"归来诗人"不同，他以欢乐美的审美倾向来看待以往的苦难经历，试图在诗歌中表现出爱和自由的诗歌精神；二是蔡其矫对于苦难的审美超越，他1985年之后的诗歌情感更为浓厚，写作出超越自然和时代的诗歌。

一、悲剧美学和欢乐美学

在文学史叙述中，"归来诗人"通常被认为是一群在"文革"结束后重新回归诗坛，并且重新获得写作自由权利的诗人。在20世纪50至60年代，"归来诗人"因政治意识形态的变化而蒙尘罹难，这一苦难的经历持续了20余年，直至20年后社会环境发生变化才重新恢复写作权利。他们在同一历史环境下为时代所放逐，也在相同的社会环境下重回诗坛、重拾诗笔。在这之前"归来诗人"可以说是"不同背景、不同创作心态以及不同审美情趣"的一群人，但在经过"文革"之后他们的诗风呈现出相似性，成为推动诗坛发展的强大动力。"他们就这样带着无法抹去的历史遗痕重新写作，历史的断裂和错动，凝定在他们个人的生命力，并且在他们重续自己曾被阻断了的社会理想、美学理想和歌唱方式中表现出来。"① "归来诗人"的形成有其特定的历史背景，在这样残酷的历史语境下，"归来诗人"暗哑了诗歌的声音。等历史和社会对他们的束缚消失后，这一群人重新回归诗坛，在诗歌风格、审美向度以及思想情感等方面大致上保持一致。

在2010年洪子诚、刘登翰出版的《中国当代新诗史》②对"归来诗人"的身份界定如下：

> 对"复出"（或"归来"）诗人的身份存在不同的认定。广义的理解是，指当代不同时期（包括"文革"期间）写作、发表权利受到限制/剥夺的诗人。不过，诗界在使用"复出"这一概念时，大多认可下面的这种说法：指在"文革"发生以前（特别是20世纪50年代）就受到各种打击而停止写作和发表作品的那一部分，这也是本书所使

用的"复出"概念的含义。

在洪子诚的《中国当代文学史》中，他将"文革"期间归来的诗人称为"归来者"，并在诗人的名单中增加了诗人蔡其矫。在程光炜的《中国当代诗歌史》中，蔡其矫也被划分到"归来诗人"的群体中。程光炜认为蔡其矫在归来后，主要沿两条诗歌道路进行诗歌写作，一条是描写改革开放后社会的变化和新生的事物；另一条则是寄情于山水自然，表达生命的体验和宇宙的玄思。

在"文革"期间，"归来诗人"只能以潜在写作的方式进行诗歌创作，这些诗歌被看作"异端"，只能私底下交流、传播。在归来后，他们的诗歌创作呈现出强烈的个人化色彩，这是因为"文革"期间集体化意识对个人化的限制和压抑，导致"归来诗人"对个人的自由存在强烈的渴望。因此，"归来诗人"的作品中常常表达出被掩埋的痛苦，书写在"文革"时期处于苦难状态的个体生命历程，其中又常以"化石""珍珠""贝壳"以及"钻石"等来表达这种感受。如艾青的《鱼化石》将鱼变化为化石的场景描绘出来，用"化石"这一静止的意象暗喻了诗人被埋没的命运。蔡其矫的《常林钻石》中所述："仿佛是作为一次大变革的纪念／你于无人知的地下储存／忍受长期黑暗的埋没……"在"文革"时期，所有的作家都像是掩埋在地底的"常林钻石"，在归来之后再次为人们所了解、熟悉，迎来"出土"的日子。艾青的《虎斑贝》、周良沛的《珍珠》以及陈敬容的《珠和觅珠人》等也表现了这样的思想感情，诗歌里面提及的"化石""贝壳""珍珠"等都是一种符号，诗人以这些符号来表现了被尘封的岁月和时代的伤痕。

此外，中国新诗的发展与苦难有着密切的关系，因此许多"归来诗人"常常在诗作中书写苦难，"忧患""苦难""患难"等等成为许多诗人重回诗坛后常常描绘的关键词。中国新诗写作诗人擅长于描述苦难，他们多数人"是在一个苦难的年代开始写诗，又因为写诗进一步蒙受苦难"⑧。"归来诗人"多在战争时代走进诗歌的殿堂，他们一起在20世纪50—70年代在历史、社会的风云中蒙尘罹难，这就使他们的诗歌创作呈现出趋于一致的创作特征，即以苦难为主题书写人生的经验和时代的伤痛。如艾青前期的诗着重于呈现从大地中感受到的苦难色彩，他的《我爱这土地》《雪落在中国的土地上》《北方》等都将国土沦陷、人民遭受苦难的场景刻画出来。在艾青"文革"后期创作中也仍然没有放弃对苦难的书写，只是其苦难再现与抗争的方式有所改变。绿原在书写苦难时曾言："我和诗从来没有共过欢乐，我和它却长久共过患难。"㉞牛汉在《华南虎》中呐喊："老虎，笼中的老虎，/你是梦见了苍苍莽莽的山林吗？/是屈辱的心灵在抽搐吗？/还是想用尾巴鞭打那些可怜而可笑的观众？"这正是牛汉在"文革"后期回望被困的经历，从而以"华南虎"为审美对象书写苦难经历，展现出不屈的抗争姿态。曾卓1976年春天回望逝去的壮年时代，不禁发出喟叹："当我真正懂得人生的严肃和诗的庄严时，却几乎无力歌唱了，这是我的悲哀。"㉟而在20世纪80—90年代回归诗坛后，诗人曾卓在《生命炼狱边的小花》一诗中提出："那种冰冻到内心深处的孤独感，那种积压在胸腔而不能出声的长啸，那种困在笼中受伤的野兽般的呻吟，那种在无望和绝望中的期望，那些单调、寂寞的白日和惨淡的黄昏，那些无眠的长夜……"㊱在那些令人痛苦的日子里，曾卓以诗来缓解生命所经受的苦难，在"文革"结束后仍一遍又一遍地对苦难发出诘问，为那个特殊时代留下了真实的生命记载。

蔡其矫与其他"归来诗人"不同，他们的诗学视野一直聚焦在以往苦痛的经历和书写黑暗的时代，且对苦痛的书写也越来越缺乏诗歌的深度，只是一味地在书写苦痛和伤痕，这种情况导致他们的诗歌很快就失去了生命力。"他们稳定的思想艺术基点成为前进的限制，而毕竟为时已晚的'归来'，也使他们的创作成为'一场浩劫之后的一丝苦涩的微笑，/永远无法完成的充满遗憾的诗篇……'（艾青：《致亡友丹娜之灵》）"㊲。而蔡其矫的诗歌则超越时代的苦难，在书写苦难时还描述了他对于爱和自由的向往，以其深厚阔大的人道主义思想来捍卫人的自由权利和基本人权。因此，即使在特定的时期频频罹难、历尽艰难，蔡其矫仍在诗中高呼："没有自由/美也片刻难存。"（《无题》）他在诗歌中不断强调美与自由的重要性，赞美勇敢地盛开在悬崖上的百合花，颂扬敢于与风暴抗争的玫瑰，讴歌在大海上勇敢地迎风踏浪的飞舟，尤其是在更具讽喻意义的《丙辰清明》《玉华洞》中，他直接地表现出反抗强权、争取自由的不屈的诗歌信念。

由于"归来诗人"多经历过苦难年代，这些经历为生命留下了难以磨灭的深刻痕迹，他们以不同的审美态度面对苦难，就形成了各有差异的审美风格。但相较于其他"归来诗人"以现实主义"悲剧美"为主的审美风格，蔡其矫的审美风格则有所不同。蔡其矫虽然也经历了苦难年代，也因为写诗而遭受苦难，但他对苦难则呈现出新浪漫主义"欢乐美"的审美倾向。他不去重复描述那段苦难的历程和苦难的"悲剧美"，而是从自身经历出发去表现超脱于苦难之上的"欢乐美"，将自救与救世的审美态度在诗中表现出来。写诗的过程不免要经历痛苦，但蔡其矫坚持以"化痛苦为欢乐"的态度面对人生的苦难，以"爱"去战胜和超越苦难，将自身的痛苦化为同情他人的泪水。因此，蔡其矫对于"文革"的描述和生命体验在与"归来诗人"保持一致的同时，又凸显出了自身的特点。可以说，"归来诗人"的诗作整体上呈现出一种"悲剧美"的色彩，蔡其矫的诗歌则展现出"欢乐美"的诗歌精神。

蔡其矫将人道主义的大爱与争取自由权利的抗争紧密结合在一起，以爱和自由作为诗歌的双翼，将他的诗作带入了一个新的艺术领域，赋予诗歌以动人心魄的力量。比如他在面对社会不公的时候，针对异化的现实生活和被扭曲的心灵发出呼唤："我祈求花开有红有紫；/我祈求爱情不受讥笑，/跌倒有人扶持；/我祈求同情心——/当人悲伤/至少给予安慰/而不是冷眉竖眼；/我祈求知识有如泉源，/每一天都涌流不息，/而不是这也禁止，那也禁止；/我祈求歌声发自各人胸中/没有谁要制造模式/为所有的声调规定高低。"（《祈求》，1975）蔡其矫在诗中祈求的事物本应为人所正常拥有，但因社会异化的影响而统统被迫失去。因此，他在诗中以恳切的语气祈求炎夏有风、爱情正常和自由发声等，将尖锐的思想寓于诗歌的字里行间，表达了不为扭曲的社会所异化的思想情感。1976年在《迎风》中直面人生的波浪，表达了诗人无惧风浪的大无畏精神："所有的飞鸟全不见，/暴怒的风谁敢抗衡？/唯独你不躲闪，迎风站立/发光的脸上仿佛有歌声。"还有以象征手法创作了《灯塔》一诗，在诗中以"灯塔"为审美意象，来隐喻苦难时代的生活经历和审美的态度。

正是蔡其矫这种书写苦难，而又超越苦难的诗歌精神，扩展了当代美学的审美维度，给中国新诗注入了新的活力。他的诗歌超越了以往用暴力来抵抗暴力的传统思想，基于个人的利益而做出危害社会和他人生命财产安全的事，而是在诗中保有"自己的个性，但没有个人的利益"⑱。在充斥着仇恨和迫害的年代，蔡其矫以诗歌为武器，在拯救自我心灵的同时也在影响着他人，"只有这种以爱心代替仇恨，以美取代丑恶和强暴的'爱的反抗'，才是对民族苦难心灵的真正拯救"⑲。无论社会环境和时代生活如何更迭，蔡其矫始终坚持在诗歌中追寻美学的最高境界，在归来时期他不仅和相熟的诗人写下许多赠答之章，而且还在时代赋予的重大压力下，从心中发出由衷的"祈求"。他在诗歌中的祈求化为利箭，冲破黑暗的社会和时代的伤痕，为身处绝境之中的人们带去一种震撼人心的力量。

二、诗歌情感的深化

在 1972 年，蔡其矫的冤案得到平反，政治所赋予他的限制也在慢慢地消逝。在自由和公开写诗的权利得到保障之后，蔡其矫就开始与福建青年诗人一起漫游，在山水之间感受自然的魅力。在 1975 年，蔡其矫写下了诸如《玉华洞》《答》《悬崖上的百合花》的作品，同年的《玉华洞》则有更深意义的内涵："玉华洞呀，告诉我／那传说中的王／是不是为无上的权威弄得昏聩／相信自己的金口能创造一切／醉心于无声的秩序／使歌喉冻结／笔端凝止？"这些诗歌传达了批判社会和时代的思想情感，是对民族灾难的清醒反思和深刻认识。这些写于"文革"后期最黑暗岁月的诗歌达到了一种新的思想高度，但至今还未得到应有的重视和解读。

"或许缘于制度的因素，或许更深地缘于自我内在性的消失，20 世纪里大多数中国诗人没有晚期写作，更没有晚期风格。"⑳在 20 世纪，由于受之前社会环境的影响，许多诗人都放下诗笔转投其他行业，或在书写时代的苦难之后发现诗思枯竭。因此他们呈现出来的只有青春写作风格，这种风格还没来得及转换为"晚期风格"，就消逝在时代的磨难之中。但蔡其矫却与这些消失在诗坛的诗人相反，他在"文革"期间仍坚持地下写作，翻译司空图的《诗品》，试验如何将中国古典诗歌与西方现代诗歌融汇在一起。在"文革"结束后，蔡其矫由潜在写作状态到可以自由写作后，便迅速地写下《雨后》《常林钻石》《风景画》《风中玫瑰》等诗，在诗中将"以无声的号角响遍沉睡的大地，／唤醒人的思想，向一切 / 寻求最高的美，连自己的心灵 / 都要无愧你深情的馈赠！"（《常林钻石》，1978）诗人想要以诗为思想的载体，唤醒沉睡在黑暗中的有志之士，在诗歌中表现出对美和自由的强烈渴望。这种渴望向读者展现了一个更为广阔的诗歌境界，并宣告诗人的内心信仰并没有因身体限制和政治迫害而有所削减。

尤其是在20世纪80年代中后期及其之后的90年代，许多诗人的创作热情下降，其诗歌题材、主题以及原有的叙事模式难以保持创作活力。这也是这一时代中，中国所有作家共同遭遇的问题。这个问题的产生原因主要有两个，一是20世纪80年代对西方现代派的学习和借鉴，推动了80年代中后期文学和诗歌的转型和深化的速度；二是90年代社会市场经济的发展，导致人们普遍受消费社会的影响，转而投身经济领域。在这种大环境的影响下，蔡其矫的诗歌语言、写作方式以及整体风格都发生了变化。这种改变与早中期的写作方式形成了强烈的对比，是蔡其矫"晚期风格"的深化与成熟。

在早期阶段，蔡其矫响应主流意识形态的号召，在诗歌中歌颂英雄和描写与战争有关的事物。在福建时期，蔡其矫主要面对的是故乡熟悉的景色，他的诗歌远离大爱和小情，多以旁观者的身份看待这熟悉的福建故土。如在《鼓浪屿秋夜》从第三视角来写路边的小花："我举头在墙上看到你，/ 低头又在栏杆的阴影里发现你，/ 你依旧是那样：/ 半开半合，/ 欲言又止。"描述风浪中的船只无所谓主体是谁，直接以"看哪！这里是风吹浪打的海港 / 一只小艇在横风穿浪"（《风帆》，1962）。在谈及熟悉的故乡时，从华侨和故乡的角度来描绘满树的龙眼和贴满红砖的高楼，"啊，海外旅人的故乡 / 谁能够看见你而不记得 / 那龙眼树盖满的山丘 / 那黄土路边小小的园圃 / 那耸立水田边的 / 一栋栋红砖的高楼 / 都饱含离人的眼泪 / 和游子的乡愁！"（《侨乡的歌》，1964）

蔡其矫在最初写作旅游诗时，沿袭福建时期的创作模式，以旁观者和叙述者的姿态来看待各个地区的乡土文化和历史人文。在1984年，蔡其矫在厦门、广东、广西、贵州之后，乘坐汽车直达昆明，其间去了大理、丽江等地，这次旅行经历给诗人留下深刻的印象，直至1985年3月10日，蔡其矫还在信中与曾阅说起此次旅行给他带来的震撼，表达了他对诗歌前进道路的困惑："我去年未能到达西双版纳，只走了石林和滇西北，直到丽江，目睹那贵州和云南的贫穷，总在考虑写作究竟能否单纯描写大自然？是应该把自己的思想与艺术朝向更高目标前进。"⑩蔡其矫反思自己的诗歌现状，认为1985年之前的作品多着重描绘风景，缺乏对人文习俗的展现。

因此在1985年之后，蔡其矫写作出超越自然、时代的诗歌，蔡其矫在诗歌中将情与景融合在一起，更深入地思考中国的历史和现状。无论是其晚期的大地系列旅游诗，还是海洋系列的海洋史诗等，都深刻地表达了诗人对生命的体验和历史现实的反思。如在1987年写下的《仙霞岭》中，蔡其矫先是描述了仙霞岭险峻的自然风光，"盘行在云岭重叠中/山路如蛇腹旋转"就生动形象地表现出了仙霞岭的道路状况。在最后一节自然流露出诗人对历史和现实的理解。"青苔的石垣关壁/历史怆然泪迹/虽是通途又是樊篱/可屡次无人守卫/让军旅长驱直入/唯有黄巢在这里安营扎寨/拓道数百里/如今游人络绎不绝/于草木蒙茸中/雄关成了风景地。"在《烟波岳阳楼》(1991)中，诗人借历史来批判现实，表达了不只是人们在经受政治的磨难，名胜古迹也受到了破坏，见证了社会和政治给人留下的苦痛和伤痕。从20世纪80年代开启旅行道路，蔡其矫在持续不断的行为中将诗歌与历史、地域联系在一起，推动了自身生命体验和历史、现实经验的转化与交融，使诗歌具有历史的纵深感。

第二节 "代际"诗学的桥梁

在晚年，蔡其矫仍然保持了早期的写作状态和生活模式，他不仅开始了新的远游计划，还继续积极地与青年诗人进行交流和学习，促进了彼此诗风的变革。本节主要将蔡其矫与"归来诗人"和晋江诗人进行比较，进而体现出诗人对于青年诗人的帮助和扶持，以及青年诗人对蔡其矫诗风成熟的影响。在将蔡其矫与朦胧诗人进行比较时，主要从共同的现代文学背景和相互影响的诗学活动两个方面出发来进行比较。在将蔡其矫与晋江诗人进行比较时，主要从共同的文化地理环境和蔡其矫对晋江诗人的影响两个方面来进行比较。

一、蔡其矫与朦胧诗人

在比较蔡其矫与"归来诗人"时，主要从他们共同的现代主义文学背景出发，来分别论述蔡其矫对朦胧诗人的影响和朦胧诗人对蔡其矫诗歌的影响。除诗学方面的影响之外，蔡其矫还会对朦胧诗人的写作和活动进行反思，借此进一步明确自己的诗歌道路和诗歌定位。

1.现代主义文学背景下的诗歌共鸣

在结束了监禁和流放生涯之后，蔡其矫最先与福建青年诗人一起漫游福建的山山水水。在与青年诗人的交往过程中，蔡其矫不仅淡化了"文革"带给他的苦难和伤痕，还积极主动地向青年诗人学习和指导青年诗人，促进彼此诗风的变革。特别是在20世纪70—80年代，蔡其矫先后结识了朦胧诗派的两位领军人物舒婷和北岛。

蔡其矫是朦胧诗人认识较早且时间较长的一位诗人，他与朦胧诗人们之所以可以和谐相处，是因为他们在生活经历和诗学理念上产生了共鸣。在1974年的某天，蔡其矫收到诗人黄碧沛的来信，信中向蔡其矫介绍了人称"鼓浪屿女王"的舒婷（原名龚佩瑜），之后蔡其矫细读了舒婷的诗歌《致大海》。蔡其矫从舒婷的诗中窥探到一个新颖的艺术世界，她的诗与当时的政治抒情诗迥然不同，契合蔡其矫一贯的诗歌理想。从此蔡其矫和舒婷成了生活和诗歌上的挚友，他们常常就诗歌、人生、理想等方面进行交流、探讨。

蔡其矫在结识舒婷后，在命运的推动下又结识了朦胧诗的另一位代表性人物北岛。在1975年的9月，蔡其矫去拜访暂时留居王府仓4号的艾青，恰好结识了北岛。蔡其矫甫一与北岛相识，两人就感受到了诗歌情感上的共鸣，成了莫逆之交。在经受过监禁、流放以及劳改等磨难后，即使"文革"之后诗人已经恢复了写作权利，但许多诗人还是搁置了诗笔，再也不敢用诗歌来表达诗思诗情。因此，这一时期的诗人是孤独的，他在精神上充斥着一种难以言喻的孤寂感。这种孤寂感在遇到朦胧诗人后有所消解，他感受到了他们所具有独立意识和思想上的觉醒，认为当代诗歌的未来就靠这些青年诗人来创造。

蔡其矫和朦胧诗人都是从"文革"重压下走出来的，蔡其矫在"文革"期间经历了下放、监禁等，朦胧诗人们在"文革"期间被迫去"上山下乡"，这种生活经历激发了朦胧诗人的反抗意识，使他们与蔡其矫产生了思想上的趋同。朦胧诗人是最先具备清醒意识的青年诗人，他们以清醒的目光看待社会的不公和生活的苦难。在"文革"期间，朦胧诗人就以地下传播、聚会交流以及阅读"黄皮书"等方式，来学习西方先进的诗歌思想内容。因此，即使"文革"时期空前闭塞的文化条件下，朦胧诗人的诗歌仍然融合了中西诗歌艺术的特点。事实上，朦胧诗"源于中国特殊的文化语境——朦胧诗人在'文革'时期独特的生命体验——并受惠于西方现代主义诗歌，是现代主义文学思潮"⑩。朦胧诗人与现代主义文学间具有密切的联系，他们从西方现代主义文学中汲取营养，疏离了现有的文学理论规范，形成了求新求变和锐意变革的现代意识。

蔡其矫和朦胧诗人都喜爱现代主义文学，拒绝假大空的诗歌潮流，都具有写作朦胧含蓄诗歌的倾向。正是这种清醒批判的意识和共同的文化背景，使蔡其矫和朦胧诗人产生了思想上的共鸣。蔡其矫常常借助香港诗友的力量，去抄写、学习最新的现代主义文学理论。作为一名诗歌经验和理论都很丰富的诗人，蔡其矫给舒婷、北岛等人抄写外国诗歌，让他们了解学习最新的外国诗歌动向。在当时的社会环境下，西方诗学思想要想传入中国需经过重重关卡，最终能够为国内诗人所借鉴学习的诗学思想更是寥寥无几。但因为蔡其矫的华侨身份，以及香港、澳门等地众多的诗人朋友的帮助，尤其是旅港作家陶然等为他抄寄了大量最新的西方现代诗歌。蔡其矫热情、主动地为这些过于年轻的诗人灌入新鲜血液，他通常会在细致研读这些诗歌几遍之后，再将其中对于朦胧诗人有益的诗歌抄写下来，并附上个人的见解和评论。如给北岛分享了他1963年翻译聂鲁达的代表作《马楚·比楚高峰》的译稿。北岛将这首译诗传抄给江河、杨炼等人，对他们的诗歌创作思想产生了深刻的影响。如杨炼和江河后期创作的表现中国历史与文化的长诗，就受到了《马楚·比丘高峰》的影响。舒婷曾言："他不厌其烦地抄诗给我，几乎是强迫我读了聂鲁达、波特莱尔的诗，同时又介绍了当代有代表性的译作。从我保留下来的信件中，到处都可以找到他写的或抄的大段大段的诗评和议论。"⑩正是在蔡其矫的无私帮助下，舒婷接触到了聂鲁达、波特莱尔等人的诗，并进而获得了丰富的诗学经验和开阔的诗学视野。

总而言之，蔡其矫与朦胧诗人的相遇有其特定的历史语境和文学背景。他们"都是从浪漫型诗歌向现代型诗歌转变。与朦胧诗人的交往，大大强化和促进蔡其矫对西方现代诗的借鉴。假如没有与朦胧诗人的交往，蔡其矫晚年的艺术变革，不可能取得如此突出的成就。同理，假如没有蔡其矫的影响，舒婷、北岛、江河、杨炼等诗艺上的成熟，也许会慢些"[108]。对西方现代主义的学习和借鉴，在中国当代的诗坛构成了一种新的诗学背景，使他们的阅读和诗歌创作都呈现出一种疏离主流文学和传统文学艺术的异质性。

2.相互影响的诗学活动

"从 20 世纪 70 年代后期开始，我和舒婷等后来被称为'朦胧诗人'的年轻诗人群交往较多，他们是'文革'后较早清醒并有独立思考的一些年轻诗人，我们的交流促进了彼此诗风的变革。"[109]朦胧诗潮是在新时期出现的诗歌思潮，其代表性人物主要有北岛、舒婷、江河、杨炼、芒克等。它主要起源于朦胧诗派早期创造的地下刊物《今天》，后期爆发的朦胧诗论争将朦胧诗派推向新的历史地位。在朦胧诗派崛起的过程中，一帮老诗人也加入到了这场诗歌运动之中，如牛汉、蔡其矫、孙静轩、公刘等人，支持者也有谢冕、徐敬亚等。在这群着意于扶持朦胧诗人创作的老诗人中，蔡其矫积极地参与到朦胧诗人的创作过程中，他与朦胧诗人结为诗友，互相唱和。在这一过程中，蔡其矫不仅给予朦胧诗人理论指导，还积极参与他们组织的诗学活动，从精神上和行为上给予朦胧诗人极大的帮助。

蔡其矫对于朦胧诗人的崛起有着深远的影响。在 20 世纪 80 年代初，诸多评论者认为朦胧诗人的写作难以读懂，也有人认为朦胧诗人的写作是可以理解并需加以引导的，这种观念上的不同引发了关于朦胧诗的论争。在论争趋于白热化的时候，蔡其矫曾提笔撰写《您真的看不懂?》(未发表) 一文来表示对于朦胧诗人的支持，并在人们抵抗朦胧诗时向出版社举荐朦胧诗人的作品。

因此，"蔡其矫不仅是'今天派'(朦胧诗派的主力军) 的参与者，也是朦胧诗历史的见证人!"[110]1977 年 8 月，在蔡其矫的极力引荐下，北岛与舒婷开始了书信往来。在这之后，蔡其矫鼓励舒婷前往北京，并在信中向舒婷直言:"为什么不出来走走? 下定决心，带上两百块钱，你就直奔北京，让振开带你游……"[111]正是在蔡其矫的引导和帮助下，朦胧诗的两位领军人物才有机会相遇在一起，并使朦胧诗形成了南北合力。蔡其矫以自己为媒介促进了朦胧诗的南北融合，并为朦胧诗派的创立和发展奠定了良好的基础，他所引领最终形成的"南北合力"对朦胧诗的发展是至关重要的，"因为作为朦胧诗的主将，北岛和舒婷正好代表朦胧诗的两面：反叛与爱心"⑩。北岛和舒婷的写作是朦胧诗不可或缺的一个部分，他们的诗歌丰富了朦胧诗的表现内容，促使朦胧诗潮更为全面地发展。

综上所述，蔡其矫的大力扶持对朦胧诗人有着重要的意义。蔡其矫和朦胧诗人有着相同的现代主义诗学背景，蔡其矫为朦胧诗人输送了诗歌创作所需的文学营养，推动了朦胧诗人的崛起和发展。除此之外，蔡其矫还积极参与朦胧诗人的诗学活动，促使了舒婷和北岛的相交相识，形成了"南北合力"。

蔡其矫在影响朦胧诗人的同时，也接受了朦胧诗人的影响。蔡其矫除参与朦胧诗人娱乐活动之外，还常与他们进行诗歌唱和活动，这一系列的活动促使蔡其矫更快地回归诗坛，走上旅游诗歌写作的道路。这也正是蔡其矫诗心不老的原因之一，他积极地与青年诗人交流，借鉴青年诗人诗歌思想和艺术的长处。如在 1981 年，蔡其矫在阅读北岛的诗作《一束》之后，有感而发写下了《距离》一诗。蔡其矫在《一束》的基础上充分发挥了自身的长处，将真实的生活细节与虚拟的想象事物结合在一起，创作出了诗体更为严谨、对称的诗作《距离》。蔡其矫与舒婷认识时间更长，他们长达十多年的诗歌唱和更能显现出双方在诗学上的影响。蔡其矫与朦胧诗人相遇在苦难的时代，他们"延续了近十年的诗歌唱和，是苦难年代在精神上相互呼应和相互支持的一种象征，也是他们诗歌创作灵感和激情的一个重要源泉，并构成一种具有深厚时代内涵的互文性"⑩。

而且，在蔡其矫与朦胧诗人交往的过程中，不止蔡其矫会评价朦胧诗人的诗歌，朦胧诗人也会对蔡其矫的写作进行评价。在谈及对蔡其矫诗歌的印象时，北岛直言："我喜欢您的宽广、奔放、舒展（这是一大特点），也喜欢您在某些细微之处的含蓄和分寸感。但总的来说，您的句子要比整首诗给我留下的印象深得多，这是比较委婉的说法。如果尖锐一些，我有时感到您的结构过于松散，'诗眼'不够集中和凝练。这大概和您的风格有关。"⑪北岛常常从诗歌技巧和诗歌形式两个方面入手来分析蔡其矫诗作，舒婷则是从诗歌情感出发来分析蔡其矫的诗歌，认为他的诗歌中蕴含的饱满、热烈的诗歌情感。北岛和舒婷为蔡其矫提的意见和建议，囊括了诗歌形式和内容两个方面，在一定程度上使蔡其矫诗歌技巧趋于成熟和圆融。

此外，在蔡其矫与朦胧诗人交往的过程中，还可以清晰地看到蔡其矫不断对朦胧诗进行思考，并在这种反思之中调整自身的诗学道路。

1991 年，蔡其矫在参加桂林召开的全国诗歌座谈会时，在一次讲座上谈及朦胧诗产生的原因，他觉得有三方面的原因："第一是政治上的原因，当时他不能不用朦胧的说法，秘密地来写，你抓不住他，这是政治上的需要；第二是因为朦胧诗派大部分是爱情诗，爱情诗是不能不朦胧的，是不能讲得太清楚的；第三是对过去那种假大空的直白的反感，追求艺术上的含蓄。"[11]在这三个成因中，蔡其矫认为政治因素占据了最主要的地位，现实物质条件的匮乏加大了朦胧诗人的生存难度，社会政治的压迫加剧了朦胧诗人的精神压力，使他们处于巨大的痛苦中，这种痛苦给予朦胧诗人反抗的力量。

在朦胧诗发展后期，蔡其矫认为朦胧诗沿着当前道路继续发展下去，将会导致对中国传统文化的背离，并在写作上呈现出西方诗人的写作模式。因此，蔡其矫在一篇诗评中直言道："朦胧诗如果不能约束，很难不发生变异，也很难不走入形式主义的泥淖中。一味追求玄奇诡异的发明，只能是艺术的衰落。"[12]在 20 世纪 80 年代后期，北岛、顾城、江河等朦胧诗人选择移居海外。对于朦胧诗人的选择，蔡其矫和牛汉等老诗人是持否定意见的，蔡其矫认为诗人离开熟悉的文化环境后，就会与他所生活的时代和民族逐渐脱离，再加上青年诗人们并不能融入移居的地方，也不能熟练地使用外语来进行诗歌写作，因此他们的诗思和诗情就会快速萎缩。蔡其矫这些预言在后面得到了证实，而且由于这些因素的影响，朦胧诗也逐渐走向没落。

在蔡其矫与朦胧诗人接触的过程中，他通过对朦胧诗人的诗学活动进行反思，借此来确认自身的诗学路径。他说："我的位置在传统与现代之间。与老一代诗人相比，我大胆采用和吸收西方现代派手法；与青年诗人（朦胧诗人）相比，我又没有割断传统。"[13]蔡其矫对自己诗学路径的选择，是在辩证反思朦胧诗人得与失的基础上完成的，也正因为他能够理性地看待朦胧诗人的诗学活动，他才在晚年找到了自己诗歌的创新点和生长点。当朦胧诗刚刚起步的时候，蔡其矫倾尽全力对朦胧诗人进行帮助和扶持；当朦胧诗人为人所欢迎和追捧时，蔡其矫没有迷失在这种诗学的热潮之中，而是远离政治后继续开展远行旅游活动；当朦胧诗没落的时候，蔡其矫看到远离故土的危害性，坚持从历史出发来反观现实，更积极地书写祖国的自然、历史以及人文等。在现实的地域空间和文化的历史长河中，蔡其矫的诗歌在艺术上呈现出高度的概括性，他晚年的诗歌也随之呈现出阔大的诗歌意境。

二、蔡其矫与晋江诗人

在比较蔡其矫与晋江诗人时，先从他们共同的文化地理环境晋江出发，来论述蔡其矫与晋江诗人在诗学上一脉形成的关系。再从蔡其矫对晋江诗人的影响出发，来论述他们在诗歌写作上的相似性。晋江诗人不仅借鉴了蔡其矫的诗歌写作题材，还认真探索和学习蔡其矫的诗歌观念和写作技巧，推动晋江诗群继续向前发展。

1.共同的文化地理环境

蔡其矫是晋江园坂人，从其出生到晚年，他都与晋江这片神奇的土地紧密联系在一起。晋江文化底蕴深厚，为蔡其矫的诗歌写作提供了丰富的地理文化资源。20 世纪 60 年代，蔡其矫受聂鲁达的影响，开启了漫游乡土的诗歌旅程，有计划地写下福建的历史、人文风俗和自然风貌。在晚年写诗期间，蔡其矫将诗歌写作重点转到故乡晋江。晋江之名可追溯到西晋时期，中原知识阶层为躲避战乱而南下入闽。由于这些中原知识分子过于思念故乡，于是将当地的古南安江更名为"晋江"。吴谨程在谈及晋江时认为："它的源头在晋。从脚趾的裂痕开始 / 审视这群士族，他们的衣冠 / 在迁徙中凌乱、散漫，但眼里有光 / 一路上的山水，押上仄声，我只读到 / 仓皇、惊慌的时代。线条蜿蜒曲折 / 意境高深，每一个独立的行囊 / 都是一行诗。从河洛，直抵大海。"（《说到晋江》）由这首诗可以看出，晋代时期晋江就已经接受了中原先进文化的影响，晋江精神也随之产生。晋代的中原士族从河洛出发，直抵濒临大海的泉州晋江。

由于文化环境和地理环境的独特性，晋江拥有深厚的文化底蕴，是古代"海上丝绸之路"的重要港口之一。因此，海洋精神融入向海讨生活的晋江人的血脉里。蔡其矫就是一个具有明显海洋精神的诗人，他自称为"海的子民"。在晚年，蔡其矫将研究重点转至泉州的刺桐海洋文化，立志写出具有民族性、世界性的海洋史诗。为了追寻古代辉煌的刺桐海洋文化历史，蔡其矫从寻找刺桐树开始，一遍又一遍地在泉州城内寻访古迹。他在翻阅泉州历史书籍、地方志的同时，还寻访了蕃人坊旧址、西街开元寺以及涂门街清净寺等历史古迹。在蔡其矫坚持不懈的努力下，古代刺桐港的辉煌历史在蔡其矫的诗笔下渐渐呈现，为人们了解晋江提供了新的途径。

晋江，对于晚年的蔡其矫来说，既是他怀有浓厚乡土之情的故乡，也是为他提供海洋历史题材的沃土。在新世纪之后，蔡其矫以 83 岁的高龄创作了一系列关于海洋文化的长诗。在长诗《海上丝路》中，蔡其矫历史性地回望了泉州的"海上丝绸之路"，认为："两条丝路的胜地，北有敦煌 / 南有泉州，我心中的骄傲 / 海洋之歌已响彻千年 / 敦煌有敦煌学 / 泉州有泉州学，扬帆 / 迎风嘶鸣，航向——远洋。"此外，蔡其矫还关注了郑和、徐福等人在泉州的活动，在描述他们曾经生活的环境和参与的历史事件后，还歌颂了他们的历史贡献和重要地位。

除蔡其矫之外，其他的晋江诗人也深受晋江文化地理的影响。不管是有意还是无意，晋江诗人的诗歌中总是充斥着海洋精神。郭志杰在研究晋江青年诗人的作品时，认为："这种因海的根深蒂固的影响产生的对海的自觉的意识，说明了精神世界对海的依赖，已变成一种尺度和规范，变成潜意识里肯定要发生的事件。"⑱蔡其矫和其他晋江诗人生活在晋江这片土地上，受同样的地理环境和文化语境影响，他们之间具有极其密切的联系。可以说，他们在精神上是具有共通性的。在历史的纷纭动乱中走出来的晋江，向来具有忧患意识和家国情怀，这种文化氛围影响了一代又一代的晋江诗人。

2.蔡其矫对晋江诗人的影响

在晋江热烈地开展着经济发展热潮的同时，这里也弥漫着诗歌创作的灵思。在晋江诗群崛起到发展的过程中，蔡其矫对他们的影响和扶持是难以忽略的。蔡其矫是晋江诗群发展道路上的领军人物，他的诗歌活动影响了曾阅、李灿煌、倪淼森等晋江诗人，并让许多晋江中青年诗人出现或闻名于诗坛，如蔡桂章、范龙泉、黄良等。这些因蔡其矫而进入诗坛的诗人们，在后期成为晋江诗群崛起的主力军。

20世纪80—90年代，蔡其矫来往于北京与福州（包括晋江园坂老家）的机会增加，这给予他一个契机来关心晋江诗群的发展。于是，他积极地参加晋江的诗学活动和扶持新诗人，推动了晋江诗群的崛起和发展。蔡其矫关注晋江青年诗人的成长，主动积极地与曾阅、安安等年轻的作家通信，在信中指导他们进行文学创作，并对他们的作品进行品评。曾阅是蔡其矫回福建老家后成为忘年交的晋江诗友，他们几十年荣辱与共、肝胆相照。曾阅一直尊蔡其矫为师，在蔡其矫指导影响下，曾阅成为福建的名诗人，他的诗在《北京文学》《星星》等国内著名刊物上发表，蔡其矫曾赞他的诗"写得不俗、耐人深思"。此外，蔡其矫在晋江活动期间，也注重关注晋江女诗人的写作状况，1993年11月，他生病住院，"他还关心晋江一位女诗人（许燕影）的诗集《轻握的温柔》能够早日出版问世"⑮。1998年10月，蔡其矫给晋江青年诗人安安的信说："每个人都有他的局限，在诗观上也不免有所偏颇。我倾向于那些既有广厚深远的中外文化修养，又有与众不同的独特风格的作者；从你的诗文看来，你阅读的范围不广，写的也未脱俗，但如果能确如你提及对佛学有涉及，并应用在写作中，也许来日未可限量。"⑯

在与晋江诗群接触的过程中，蔡其矫的创作理想和创作精神影响了晋江一代又一代的诗人们。从"蓝鲸诗派"的诗歌革命，再到刘志峰、洪连进等新生代诗人敢于张扬个性的特征，都或多或少地带有蔡其矫诗歌的影子。蔡其矫对晋江青年诗人既关心爱护，又谆谆教诲、循循善诱，所以，得到了他们的爱戴，每次蔡其矫回到晋江园坂村老家，都有一大群青年诗友聚集到他的身旁，向他讨教诗艺。除此之外，蔡其矫还积极参加在晋江开展的各式各样的活动，他的活动和会议都较多，但他还坚持"为家乡紫帽镇编辑的《泉州紫帽山》一书作序"⑰。1994年，蔡其矫应家乡晋江市南英诗社邀请为学术顾问，并致函表示祝贺。"蔡其矫70多岁了，从不摆老资格。凡是向他约稿、求诗，他有求必应。"⑱为了鼓励晋江诗群崛起，晋江主办的《星光》刊物也是他发表诗歌的阵地，一些学校文学社要他题词赋诗，他也不会推辞。2006年5月12日至15日，晋江市人民政府主办晋江诗歌节，由诗刊社、文艺报社、中国妇女报社、福建省文联、福建省作家协会等联办，在蔡其矫的带动下，著名诗人叶延滨、林莽和洛夫等应邀参加。

可以说，正是因为蔡其矫这种乐于分享的态度，使他跟晋江的年轻诗人建立了良好的关系，促进了家乡诗歌艺术的长足发展。回望晋江诗歌发展的历程，蔡其矫可谓是晋江诗群第一代的代表人物，他以自己的现代诗歌艺术为晋江诗群的发展树起一座丰碑。晋江诗群在蔡其矫之后，又出现了以曾阅、李灿煌为代表的第二代诗人，他们的诗歌受蔡其矫的影响，这些诗人又通过自己的诗歌直接影响了晋江中青年诗人的写诗热情。蔡芳本、蔡桂章等是晋江诗群第三代诗人，他们崛起于朦胧诗潮兴盛之际，与蔡其矫一道成为中国新诗第三阶段历程的见证人和参与人，推动了中国新诗的转向和发展。吴谨程、颜长江等是晋江诗群第四代诗人，他们具有强烈的探索精神，创作的诗歌具有较好的品质。安安、楼兰等是晋江诗群第五代诗人，他们直接进入后现代主义的诗场，成为先锋诗歌的时代旗手。洪连进、林文滩等是晋江诗群的第六代诗人，他们的诗歌写作展现了强烈的生命感受，以及突出的文化对抗意识。

晋江诗群与蔡其矫间具有密切的联系，蔡其矫既是晋江诗群的参与者，也是晋江诗群的引导者之一。邱景华认为："晋江诗群所继承的主要是蔡其矫的诗歌精神，而不只是模仿他的诗歌题材、手法和风格。"⑲晋江诗群从形成之初，就在认真探索和学习蔡其矫的诗歌观念和写作技巧，从乡土乡音、注重诗的当下性和真实性以及爱和自由中汲取诗歌的营养。

在诗歌题材上，晋江诗人也延续了蔡其矫晚年的诗歌题材。蔡其矫晚年多从历史、自然、人文中寻觅诗意，尤其是在新世纪后重点研究泉州的海洋历史，"晋江诗群的诗歌创作以咏史诗、咏物诗为多，注重以史喻今、以物写人，体现出一种较为浑厚的历史感和人文气息"⑳。在诗歌地域空间上，晋江诗人的写作背景、海洋精神和蔡其矫是一脉相承的，但他们却在这种相同之中创造出了独属于个人的诗歌风格，推动了晋江诗歌继续向前发展。

在蔡其矫逝世后，为了发扬蔡其矫的诗歌精神，晋江政府开展了建立蔡其矫诗歌纪念馆、征集蔡其矫书信资料和征收相关评论文章等活动，为晋江诗歌更好地发展提供了现实基础。对于晋江诗人而言，蔡其矫不仅是中国当代诗坛的常青树，更是晋江诗歌发展进程中重要的艺术资源。

第三节　新诗的先行者

在中国新诗发展史上，蔡其矫晚年的诗歌写作有其不可忽视的诗学意义，他晚年所呈现的风格也推动了诗坛的发展，为诗坛注入了新质。为了展现出蔡其矫晚年诗歌的重要性，本节主要从两个方面来观照蔡其矫晚年的诗歌写作。

第一，就蔡其矫晚年的诗歌而言，他的诗歌写作某种程度上是对于新诗抒情传统的承续。在蔡其矫从浪漫主义转向现代主义的过程中，他坚持在多元借鉴的基础上进行诗歌写作，他的诗歌具有先锋性和开创性。第二，蔡其矫晚年的诗歌推动了新诗民族性的发展，实现了本土化和现代化的诗歌写作模式。在晚年，蔡其矫致力于将中国古典诗歌现代化和西方现代诗歌本土化，并在这两个方面均取得了较高的成就。

一、接续新诗抒情的传统

在中国新诗发展史上，抒情传统主要以郭沫若的《女神》为开端，他"以其新诗《女神》的创作开'五四'浪漫主义文学之先河"[⑩]，而抒情性是他的浪漫主义文艺思想的理论支柱之一。郭沫若将自己的浪漫主义思想概括为"主情主义"，他在写作诗歌时强调应表现诗人的真情实感，认为诗的主要职责在于抒情，"抒情的方式不必是'做'，而是无意识的'写'，'自然流露'更容易传达宇宙的律吕，达到形式与内容的体相一如"[⑫]。

此后，梁实秋、徐志摩、何其芳、艾青等人致力于发展和深化抒情传统，将现实主义、现代主义等思想融入抒情传统之中，提升了抒情传统的文学价值文化意义。就蔡其矫晚年的诗歌写作而言，他在抒情传统的发展和深化方面也发挥了积极的作用。在 20 世纪 80 年代后，蔡其矫在经历了革命浪漫主义和个人浪漫主义之后，将目光转向了现代主义。但蔡其矫的不同之处在于，他在吸收借鉴现代主义的诗学观点和创作手法的同时，仍坚持"爱"与"自由"的浪漫主义精神。在实际写作过程中，蔡其矫主动吸收现实主义、浪漫主义的优点，在多元融合中实现"晚期风格"的发展和成熟。

蔡其矫由浪漫主义转入现代主义，承续了新诗发展历史中的抒情传统，并将其继续深化和发展。蔡其矫"向中国当代诗歌展示的最意味深长的现象就是：在一种禁锢的体制中出走，实际上是回家，回到灵魂的故土，回到诗歌的家园，回到言志抒情的诗歌传统"⑫。相较于穆旦、郑敏、昌耀等其他现代主义诗人，蔡其矫的诗歌更具浪漫主义色彩和理想主义色彩。蔡其矫"在山水风物之间，寄托浪漫主义的情怀，和对大自然、生命等微妙的情思"⑬。在艺术上，蔡其矫更多接受的是埃利蒂斯、帕斯等超现实主义诗人的影响，在主客观融合的基础上创造出新的现代诗艺术。更为重要的是，蔡其矫不像现代主义一样着重表现内心世界，而是更为注重表现时代与社会。

在新时期至新世纪的语境中，蔡其矫所创作的现代诗歌有两方面的积极意义。一方面，蔡其矫坚持在多元借鉴的基础上创作现代诗歌，纠正了以单一"智性诗"为评判的偏颇标准。

在新诗传统中，除抒情传统外还存在一个主智传统，主要代表人物是卞之琳、冯至、穆旦和郑敏等人。主智传统也是接受了现实主义、浪漫主义和现代主义的影响，但该传统以放逐情感的"智性诗"为主，在西学之风盛行时被用作衡量诗歌好坏的标准，极大地影响了诗歌写作的正常发展。这与蔡其矫晚年的诗歌有极大的不同，蔡其矫在接受西方诗学思想时，也注重从中国古典诗歌中汲取新质，简言之，蔡其矫"要在多元诗歌传统的融合中，实现对中国古典诗歌传统在继承中创新的目的"⑭。因此，在许多人大力宣扬西方诗学思想和主智传统时，蔡其矫仍继续学习、继承和发展中国古典诗歌中的基型。蔡其矫的现代主义（超现实主义）是对多元诗歌传统的承续，他将现实主义、浪漫主义以及现代主义等集于一体，创造出独特新颖的现代诗艺术。从新时期及其之后的诗坛状况来看，蔡其矫的现代诗艺术对过分西化的诗坛起到了纠偏的作用，并且为诗坛多向度发展提供了成功的借鉴经验。

另一方面，蔡其矫的现代诗艺术契合了文化发展的脉络，具有先锋性的意义。在新时期后，诗界一些研究者认为新诗发展是一个线性的过程，主要是从浪漫主义到现实主义再到现代主义。正是由于这种线性进化论思想的影响，许多诗人大力追捧现代主义，将浪漫主义看作陈旧的、过时的思想。蔡其矫接受了西方现代主义对他诗歌创作的影响，但同时也在诗歌中保留了浪漫主义的美学精神，坚持浪漫主义抒情的诗歌传统。这种坚持与20世纪下半叶的世界诗潮相契合，后现代主义的前进方向之一就是融合现代主义和浪漫主义。"浪漫主义与后现代主义之间关系密切，在某种程度上，正是浪漫主义开启了后现代主义，并且二者均致力于对启蒙运动的反叛。"⑪

这也就是说，在20世纪下半叶，浪漫主义在后现代主义中重新焕发了活力，以另一种新的姿态出现在世界现代新诗中。由此可知，蔡其矫诗歌中所蕴含的浪漫主义精神契合于世界诗潮的发展趋势，在中国当代新诗发展史上具有先锋性。而且，这是蔡其矫在晚年的创作中，在诗歌探索的道路上体悟而得的诗歌艺术真理，并不是受后现代主义思想的影响。可以说，蔡其矫晚年创作不仅是民族性的现代艺术，更是世界性的现代艺术。

二、推动新诗民族性的发展

新诗民族化是中国诗歌的发展趋势。从新诗出现以来，许多诗人就自发自觉地走在探索新诗民族化的诗歌道路上，并为此付出了艰辛的努力。"20世纪中国诗歌的民族化是对西方现代诗潮的本土化，又是对中国古代诗歌的现代化。正是这样一种本土化与现代化双向选择与双向改造过程中，形成了20世纪中国诗歌的独特景观。"⑫蔡其矫对于新诗民族化的发展路径，与20世纪中国诗歌民族化的诗学路径有所契合。因此，本节将从中国古典诗歌现代化和西方现代诗潮本土化两个方面出发，来论述蔡其矫对于新诗民族化的价值和贡献。

在蔡其矫写诗的过程中，他一直致力于中国古典诗歌现代化的诗学追求。在20世纪80—90年代，新诗民族化进入了多元化的探索阶段。在这一时期，蔡其矫在他的诗歌中表现出了强烈的社会责任感和历史使命感。因此，蔡其矫的晚年诗歌多描绘历史、现实和时代。如他的诗歌加入了20世纪时兴的生态环保主题，进而写作了许多关于生态环保的诗歌。较为著名的诗作有《云冈石窟》《神农架问答》《花溪无花》等，这一系列的诗多收入诗集《翠鸟》中，展现了蔡其矫山水诗的其中一个创新点。"民族文化惨遭破坏，使诗人痛不欲生。这棵当代诗坛的常青树，就像中国文学史上的大诗人杜甫、李清照一样，越到晚年诗歌越加炉火纯青，诗歌的命运与国家、民族、人民的命运结合得越紧。"⑫

中国传统文化为蔡其矫提供了诗歌写作的营养，他晚年的诗歌充满了历史和传统的气息。在写作诗歌时，若想要获得民族特征鲜明的诗歌，就需要诗人去深入了解和描绘民族的历史和现状，将特定区域的民族精神、民族文化和民族历史等表现出来。

中华民族具有源远流长的历史文化，它的自然风光、人文历史和民族风俗都是中国诗歌的写作对象，只有写作具有民族性特色的现代新诗，才能够推动新诗民族化的可持续发展。"蔡其矫希望通过对祖国的壮丽河山、名胜古迹的歌咏来探索中国古老而年轻的历史、悠久而璀璨的文化，从而激发作为炎黄子孙的读者的自豪感和责任感。"⑫

蔡其矫的晚年诗作不仅涵盖了历史的内容，还从历史出发来观照现实。蔡其矫在观赏菜溪岩时，就曾从"唐宋以来幽居之所的历史"过渡到"新的追求在时间的进程上"（《菜溪岩》，1982），还有那"因一首诗而被长久记忆"（《白帝城》，1982）的白帝城，以及在参观鹳雀楼时发出"诗文既反映时代 / 又批判时代 / 这才是它完整的使命"（《鹳雀楼》，2006）的慨叹。

蔡其矫在写作诗歌时，致力于将中国古典诗歌中的民族化表现出来，创造了许多意蕴深远的民族性作品。在晚年长途旅行考察的过程中，蔡其矫深入历史中挖掘民族资源，将民族性和世界性结合起来，既表现了民族的文化精神，又与世界文化相接洽。

其中，中国古典诗歌中的山水诗对蔡其矫晚年的诗歌产生了巨大的影响，催生了他的旅游诗。山水诗大致出现自魏晋时期，"魏晋南北朝的士子们静观山水，在自然中去寻找心灵的纯净，得到一份精神的依托，所谓'屡借山水，以化其郁结'"⑬。此后经过一代又一代人对山水诗的继承、发展，山水诗就成了中国诗歌的主体，颇受文人墨客的钟爱。但在 20 世纪的当代诗坛，极少有人大规模地以山水自然为诗歌空间来写作诗歌。蔡其矫就是那个不走寻常路的诗人，他在晚年独辟蹊径创造出了旅游诗，以山水自然为基创作出了一系列山水诗歌。蔡其矫在继承传统山水诗固有的基型之外，还致力于在传统上继续创新，让山水诗更具现代性，更契合社会和时代的需求。蔡其矫晚年的旅游诗就是创新的产物，这种创新的精神也是当下社会所急需的品质。

蔡其矫在继承传统山水诗的过程中，将以往山水诗中存在的出世隐逸思想转变为积极入世思想，为他的诗歌增添了深厚的社会家国意识和人道主义精神。蔡其矫的旅游诗植根于中国传统的山水诗，他主张从诗歌意境上来借鉴中国古典诗歌，去表达人性中基本情感。但蔡其矫却能够超越传统山水诗的出世隐逸思想，形成了以诗歌观照现实的入世情趣。晚年的蔡其矫受入世思想影响，更为自觉地走近民间，去关注普通民众的生活和情感。因此，蔡其矫的诗歌关注普通人的情感生活，也蕴含了深切的人道主义思想，这种思想情感在晚年更为明显。他晚年每旅游到一个地方，必然会仔细观察当地的人文风景，和当地人交谈，写出反映当下普通人生活的诗歌。蔡其矫是个社会意识和政治意识都较强烈的诗人，他既歌唱生活中的光明，也能够严肃正视生活中的时事和苦难。20世纪80年代后，蔡其矫寄情山水，以民间的视野来写作诗歌，从历史和自然来表达对于社会事件的看法和观点。

此外，晚年的蔡其矫还一直致力于西方现代诗潮本土化。蔡其矫学习聂鲁达、埃利蒂斯和帕斯等西方现代主义诗人的过程，就可以视为现代主义思潮中国化的实践过程。蔡其矫晚年的诗歌理想和写作方式和西方现代主义思潮有许多契合之处。他从埃利蒂斯的诗歌思想出发，立意于学习埃利蒂斯恢复希腊史诗传统的写作方式，将中国传统文化和现代社会对接。蔡其矫认为帕斯的《太阳石》在表现诗人内心世界的同时，还将诗歌的表现领域扩展到本民族的历史文化传统。因此蔡其矫决心学习帕斯写作历史文化传统的方式，来寻觅民族文化之根，构建具有民族性的诗歌形象。

在20世纪80年代至新世纪这段时期，蔡其矫在自然山水中尝试将西方现代主义诗潮本土化。在新世纪之后他的研究重点则转向海洋历史，他的海洋诗写作开启了新诗史上的海洋长诗先河。在晚年，蔡其矫将传统的山水诗的表现领域扩大，从山水自然领域延伸到了海洋历史领域。蔡其矫晚年走遍了祖国的大江南北，但他并没有局限于传统的自然山水所描绘的意象、题材，而是积极地从山水诗转向为人所忽视的海洋诗，创作了一系列的海洋长诗。蔡其矫从20世纪50年代就开始了海洋诗歌写作，写下了《风和水兵》(1954)、《水兵的心》(1954) 以及《西沙群岛之歌》(1957) 等，主要是为了歌颂保卫祖国边疆的士兵。1962年，蔡其矫写下了影响较大和传播范围较广的海洋诗歌《波浪》，他将波浪这一事物拟人化，表现出对苦难和不公的反抗精神。更重要的是，蔡其矫将中国和西方的海洋文化进行比较，认为："西方古代的地中海，海神是拿三叉戟的战神，那里只有征服、攻占、屠杀和惨败；近代的大西洋，更是贩奴、海盗、争霸权的海战和对亚洲、美洲殖民地的血腥掠夺。而东方的太平洋，古代和近代，都是和平的海洋。"⑪蔡其矫在中西方的比较视野中，加深了海洋诗歌中的民族性。在晚年再次将诗的目光投射到海洋上时，蔡其矫更多的是关注大海自然的美，目的是为了展现出中华民族灿烂辉煌的海洋历史。蔡其矫写下了《郑和航海》《海神》等长诗，这种长诗为中国海洋诗歌注入了新质，扩大了海洋诗歌的影响，契合海洋复兴的时代主题，具有前瞻性。

蔡其矫对于传统和现代、西方和本土的创新性发展，有助于纠正当时诗坛盲目创新的状态，也推动了新诗的发展。在中国新诗发展的过程中，中国诗坛曾一度处于盲目创新的状态。自朦胧诗兴盛后，诗歌创新成了一个热度高涨的创作趋势，青年诗人常常借此来表现自身的前卫性和先锋性。这种具有先锋性的诗歌创新，实际上是新诗领域内一种错误的创新行为，它倡导全盘西化并完全与传统割裂。在那时，诗坛常常出现这样的现象："你写朦胧诗，我就搞'反朦胧'；你写'文化诗'，我就搞'反文化诗'，你写意象诗，我就搞'反意象诗'；你写抒情诗，我就搞'反抒情诗'……"⑫这种现象普遍存在于当时的诗坛，只要对前面的诗潮发起否定和反驳，就可以称之为创新。

在这种情况下，晚年的蔡其矫仍保持了诗人的清醒和理智，告诫这些青年诗人不要沉迷于单向度的创新模式，而应该在吸收借鉴多元传统文化的基础上，实现诗歌的综合创新。在尝试综合创新的诗人中，蔡其矫是一位极具代表性的人物，他将多元的诗歌传统融合起来，写出了《拉萨》《在西藏》等传统性、现代性兼具的"大诗"。时至今日，那种直线式的单向度创新已经被诗坛所抛却，诗人们都致力于学习蔡其矫、牛汉、郑敏等老诗人的创新方式，在诗歌写作中践行正确的诗歌创新模式。蔡其矫对传统和西方现代诗潮的吸收、借鉴和创新，对中国新诗的发展有着极其重要的意义。从创作诗歌始，蔡其矫一直致力于传统与现代、西方与本土的交汇，他的中国古典诗歌现代化和西方现代诗潮本土化，为诗坛的后续发展提供了成功的先例，提供借鉴的经验。

总而言之，蔡其矫晚年的诗歌创作是一种创新性的现代诗艺术。他晚年的诗歌不仅将中国古典诗歌现代化，改变了山水诗的"出世"传统，还将西方现代诗潮本土化，写作出具有民族性、世界性的现代诗歌。在晚年，蔡其矫从中国乡土中挖掘诗歌资源，向读者展示了中国各地域所特有的人文风俗和地理风貌。在写作的过程中，蔡其矫出入中西，丰富了中国新诗民族化的写作传统，为中国新诗民族化提供了可行的诗学路径。

结语　说不尽的蔡其矫

在中国新诗史上，蔡其矫的诗歌创作具有极其重要的价值和意义。纵观蔡其矫一生所留下的诗歌，可简要将其概括为如下四个方面：时间长、空间广、题材丰和代表性强。

时间长指的是蔡其矫写诗的时间长达 60 余年。从 20 世纪 40 年代进入诗歌的殿堂，直至新世纪以长诗展示悠长的海洋历史，在此期间蔡其矫亲身见证了时代的更迭和社会变化。正是基于自身经验的基础上，蔡其矫以诗的笔触来描绘历史大事件，将人们共同的心声隐藏在诗句之中。可以说蔡其矫的诗歌就是历史发展的一种见证，具有很高的研究价值。但从目前的研究资料来看，对蔡其矫的研究和认识仍处于相对不足的状态。蔡其矫的诗歌具有多层次的诗歌内容和思想情感，他的诗歌意蕴深远，正如谢冕所言："他是一条地下河，地面上芳草萋萋、花枝摇曳，而地下层却是惊心动魄的激流奔涌。"[133]

空间广指的是蔡其矫诗歌中所涉及的空间地域非常的宽广。在蔡其矫 60 余年的诗歌生涯中，他的诗歌所涉及的空间范围非常的广泛，无论是福建时期的乡土诗歌，还是晚年所写作的旅游诗歌和海洋史诗，都具有鲜明的地域性和空间性。随着蔡其矫诗歌技艺的成熟，他的诗歌空间从周边事物延伸至福建区域，再到中国的各个地区，最终延伸到神秘广袤的宇宙空间。

题材丰指的是蔡其矫诗歌选材的范围非常广泛。蔡其矫认为诗人在现实中写诗时，他所选取的诗歌题材应符合其想要表达的诗歌主题，这才是最为契合的素材。为了寻找符合诗歌主题的题材，蔡其矫在晚年不断地行走在旅途中，期冀写作出具有民族性、世界性的诗歌。因此，蔡其矫的诗作有抒发个人情感的，也有表现环保意识和人道主义的，还有对历史伤痛的反思之作。

代表性强主要指的是蔡其矫诗歌的分量之重，他的诗歌极具代表性和典型性。从目前的研究比重来看，蔡其矫在现当代文学史中占据的内容较少，但其人其诗却具有不可忽视的研究意义。蔡其矫各个时期的诗歌，都可以看作是历史和时代的回声，这些诗歌较为真实地显示出了时代发展的脉络。除此之外，蔡其矫的诗歌具有借鉴性意义，无论是诗歌的内容、题材、形式以及创新的精神，都值得为后来的诗人们所借鉴。蔡其矫一直走在诗歌探索的道路上，他所写作的意象诗、朦胧诗以及自由诗等都兼具传统性和现代性，这些诗歌不局限于一时一地，不因时间的流逝而失去其原有的研究意义。

旅游诗作为蔡其矫晚年诗歌创作的主体，不仅在数量上占据较大的比例，也为现代诗提供了可供借鉴的艺术先例。结合以往的研究内容可知，多数研究者常常把"晚期风格"看作思维僵化、艺术性退化的标志。但就蔡其矫的诗歌而言，他的晚期诗歌中即使充满了否定性的批判精神，但他的"晚期风格"却切实地遵从了诗歌的艺术规律。在身心都不自由的年代，蔡其矫依然对生活保持充沛的热情和活力，一直从未间断诗歌的创作。这种精神在晚年表现得更加明显，蔡其矫关注诗人命运、家国命运，一生都在创造反映社会和时代的诗歌。

从创作年代来看，蔡其矫写作诗歌长达60余年，但他从来没有因为年龄增长和身体衰老而放弃诗歌创作。在蔡其矫晚年写诗期间，他焕发出如年轻人一般的活力与热情，立志走遍全中国，写下新鲜真实的旅游诗歌。在蔡其矫晚年的诗学活动中，他积极、热情地与年轻诗人交往，以年轻的心态、新鲜的诗学观念，鼓励和支持青年诗人创作。也在与青年诗人的交往中，唤醒诗歌的灵感，迸发创作诗歌的欲望，如促进朦胧诗群体的南北融合。

本文的重心主要是蔡其矫晚年的诗歌文本和研究内容，再结合其早中期诗歌和研究的内容，寻找蔡其矫“晚期风格”形成的基点，即论述蔡其矫“晚期风格”形成的现实原因和理论基础。在此基础上，继续从主题题材、诗歌传统和诗歌形式等三个方面出发，来具体分析其诗歌中呈现的“晚期风格”。最后通过其与“归来诗人”、朦胧诗人以及现代新诗间的关系，将蔡其矫在现代新诗中的重要作用呈现出来。对蔡其矫的“晚期风格”的成因、表现以及意义等内容进行研究，既可以从整体上丰富蔡其矫的诗歌研究内容，也对当代文学史（诗歌史）的书写有着重要的价值。

就蔡其矫的诗歌研究而言，仍旧存在许多不足之处，尤其是当下对蔡其矫晚年诗歌的研究文章较少。目前，以“晚期风格”为基础去研究蔡其矫晚年的诗歌，仅有张立群的一篇文章，蔡其矫“晚期风格”相关的研究成果仍旧太少。因此，从“晚期风格”出发去研究蔡其矫晚年的诗歌，是一件极具挑战性的事情。

注释：

①③⑨邱景华：《蔡其矫年谱》，海峡文艺出版社，2016年8月版。

②蔡其矫：《蔡其矫诗选》，人民文学出版社，1997年版。

④㉝㊻㊰公木：《干雷酸雨走飞虹（代序）》，蔡其矫：《蔡其矫诗选》，人民文学出版社，1997年版。

⑤㊾蔡其矫：《回声集·后记》，王炳根编：《蔡其矫全集（第七册）》，海峡文艺出版社，2021年版。

⑥公木：《谈中国古典诗歌传统问题——答友人书（节选）》，李伟才编：《蔡其矫研究资料专集（上册）》，海峡文艺出版社，2017年版。

⑦王永志：《蔡其矫永远是我们的同辈人》，李伟才编：《蔡其矫研究（第1辑）》，海峡文艺出版社，2017年版。

⑧蔡其矫：《福建集·自序》，王炳根编：《蔡其矫全集（第七册）》，海峡文艺出版社，2021年版。

⑩张建忠：《传达心声才是一张名片》，《朔方》1998 年第 7 期。

⑪⑫刘登翰：《新诗史上的蔡其矫》，李伟才编：《蔡其矫研究资料专集(上册)》，海峡文艺出版社，2017 年版。

⑬⑰⑱⑳㉑㉒㉓㉔⑨ [美] 爱德华·W.萨义德，阎嘉译：《论晚期风格——格格不入的音乐与文学》，北京三联书店，2022 年版。

⑭⑮㉘㊅ [美] 爱德华·W.萨义德，阎嘉译：《论晚期风格——格格不入的音乐与文学·导言》，北京三联书店，2022 年版。

⑯陈维：《"时代精神"的超越与"身份政治"的反抗：爱德华·萨义德"晚期风格"理论研究》，西南交通大学 2020 年学位论文。

⑲陈晓明：《新世纪汉语文学的"晚郁时期"》，《文艺争鸣》2012 年第 2 期。

㉕杨有庆：《作为一种批评概念的"晚期风格"——萨义德对身体状况和美学风格关系的思考》，《武汉理工大学学报 (社会科学版)》2010 年第 2 期。

㉖㉗李林俐：《论萨义德"晚期风格"的概念内涵与本质特征》，《武汉科技大学学报 (社会科学版)》2014 年第 4 期。

㉙戴冠青：《蔡其矫：一个特立独行承前启后的浪漫诗人》，《诗探索》2001 年第 1 期。

㉚⑩⑮⑯⑰⑱曾阅：《诗人蔡其矫》，作家出版社，2002 年版。

㉛㉜⑩闫延文：《诗歌的幻美之旅——蔡其矫访谈录》，《诗刊》2001 年第 3 期。

㉞⑩邱景华：《海的子民——蔡其矫年谱新编》，海峡文艺出版社，2022 年版。

㉟赵惠霞、樊静静：《新时代菲律宾华人华侨的文化属性与身份认同》，《今传媒》2020 年第 28 期。

㊱邱景华：《从主流走向边缘——蔡其矫的艺术道路》，李伟才编：《蔡其矫研究资料专集》，海峡文艺出版社，2017 年版。

㊲王光明：《蔡其矫与当代诗歌》，李伟才编：《蔡其矫研究资料专集 (上册)》，海峡文艺出版社，2017 年版。

㊳刘登翰：《新诗史上的蔡其矫》，李伟才编：《蔡其矫研究资料专集（上册）》，海峡文艺出版社，2017年版。

㊴黄德海：《知识结构变更或衰年变法——从这个角度看周作人、孙犁、汪曾祺的"晚期风格"》，《南方文坛》2015年第6期。

㊵㊶㊺蔡其矫：《福建集·自序》，王炳根编：《蔡其矫全集（第七册)》，海峡文艺出版社，2021年版。

㊷㊹邱景华：《蔡其矫乡土诗的艺术探索》，李伟才编：《蔡其矫研究资料专集（上册）》，海峡文艺出版社，2017年版。

㊸蔡其矫：《生活的歌·自序》，王炳根编：《蔡其矫全集（第七册)》，海峡文艺出版社，2021年版。

㊻李建平：《中国现代诗歌叙述研究》，山东大学2015年学位论文。

㊼子张：《用男性的欢乐拥抱大地——诗人蔡其矫在"新时期"的远游生活与诗歌写作》，《名作欣赏》2010年第6期。

㊽子张：《困境与突围——蔡其矫"反右"后和"文革"时期的诗歌写作及其文学史意义》，李伟才编：《蔡其矫研究资料专集（上册）》，海峡文艺出版社，2017年版。

㊿67蔡其矫：《在桂林诗歌讲座谈诗歌创作》，王炳根编：《蔡其矫全集（第七册)》，海峡文艺出版社，2021年版。

51《蔡其矫诗作朗诵会自序》，《福建文学》1986年第8期。

52谢冕：《丰富又贫乏的年代——关于当前诗歌的随想》，《文学评论》1998年第1期。

53 76 84张立群：《晚期风格的自我认同——新世纪以来欧阳江河诗作论析》，《星星》2017年第9期。

54 87张立群：《"诗歌中的晚年"——20世纪80年代后蔡其矫旅游诗创作论析》，《当代作家评论》2020年第4期。

55蔡其矫：《简历及著作》，《蔡其矫诗选》，人民文学出版社，1997年版。

57曾阅：《诗路奇人蔡其矫——记十八年来连续二十二次单独远程考察旅行》，李伟才编：《蔡其矫研究资料专集（上册）》，海峡文艺出版社，2017

年版。

⑱邱景华：《现代诗新的基型——读蔡其矫历史文化人物诗》，邱景华：《波浪的诗魂——蔡其矫论》，海峡文艺出版社，2018 年版。

⑲邱景华：《波浪的诗魂——读蔡其矫海洋诗》，邱景华：《波浪的诗魂——蔡其矫论》，海峡文艺出版社，2018 年版。

⑳牛汉：《浅谈飘逸》，《天津文学》1990 年第 5 期。

62蔡其矫：《我的诗观——蔡其矫诗歌朗诵会自序》，王炳根编：《蔡其矫全集（第七册）》，海峡文艺出版社，2021 年版。

63蔡其矫：《我的童年》，蔡其矫：《南曲》，海峡文艺出版社，2002 年版。

64蔡其矫：《诗歌的传统与现代化》，王炳根编：《蔡其矫全集（第七册）》，海峡文艺出版社，2021 年版。

65公木：《谈中国古典诗歌传统问题——答友人书》，《长江文艺》1957 年。

66 70邱景华：《对全人类文化成果的继承——蔡其矫与外国文学》，邱景华：《波浪的诗魂——蔡其矫论》，海峡文艺出版社，2018 年版。

68邱景华：《蔡其矫与新诗传统》，李伟才编：《蔡其矫研究资料专集》，海峡文艺出版社，2017 年版。

69余光中：《先我而飞：诗歌选集自序》，《长江文艺》1997 年第 10 期。

71邱景华：《诞生于世界屋脊的大诗——蔡其矫〈在西藏〉解读》，李伟才编：《蔡其矫研究资料专集（下册）》，海峡文艺出版社，2017 年版。

72杜荣根：《寻求与超越——中国新诗形式批评》，复旦大学出版社，1993 年版。

73伍明春：《诗与生命交相辉映——蔡其矫访谈录》，《新诗评论》2006 年第 1 期。

74金莉莉：《自由与诗情——试论汉语自由诗的形式》，《浙江学刊》2016 年第 4 期。

75艾青：《诗的形式问题——反对诗的形式主义倾向》，杨匡汉、刘福春编：《中国现代诗论（下编）》，花城出版社，1985 年版。

77蔡其矫：《自由诗向何处去？》，《花城》1979 年。

⑱王泽龙：《新诗语言诗学传统及其当代启示》，《中国文学批评》2021年第4期。

⑲陈祖君：《人、自由、爱：蔡其矫论》，《香港文学》2005年第7期。

⑳蔡其矫：《断想》，王炳根编：《蔡其矫全集（第七册）》，海峡文艺出版社，2021年版。

㉑李悦宁：《无界限的伟大整体——洛夫长诗的本体价值》，《文艺争鸣》2022年第4期。

㉒蔡其矫：《李迎春〈生命的高度〉·序》，王炳根编《蔡其矫全集（第七册）》，海峡文艺出版社，2021年版。

㉓王炳根编：《蔡其矫全集（第八册）》，海峡文艺出版社，2021年版。

㉖北岛：《远行——献给蔡其矫》，陶然编：《蔡其矫诗歌评论作品选》，香港文学出版社有限公司，2010年版。

㉘邱景华：《沿着李白晚年的足迹——蔡其矫1985在皖南》，李伟才编：《蔡其矫研究资料专集（上册）》海峡文艺出版社，2017年版。

㉙蔡其矫：《蔡其矫诗选》，人民文学出版社，1997年版。

㉑㉗洪子诚：《中国当代文学概说》，北京大学出版社，2010年版。

㉒洪子诚、刘登翰：《中国当代诗歌史》，北京大学出版社，2010年版。

㉓李胜勇：《拯救与复活——归来诗人研究》，西南大学2015年学位论文。

㉔曾卓：《绿原和他的诗》，《诗刊》1984年第6期。

㉕曾卓：《曾卓文集·第一卷》，长江文艺出版社，1994年版。

㉖何向阳：《曾卓的潜在写作：1936—1976》，陈思和、张新颖、王光东编：《无名时代的文学批评》，广西师范大学出版社，2004年版。

㉘蔡其矫：《自由诗在向民族化的方向发展——关于诗的断想（五）》，王炳根编：《蔡其矫全集（第七册）》，海峡文艺出版社，2021年版。

㉙邱景华：《苦难时代的欢乐美学——蔡其矫与巴乌斯托夫斯基》，邱景华：《波浪的诗魂——蔡其矫论》，海峡文艺出版社，2018年版。

⑩⑩耿占春：《穆旦的晚期风格》，《文学评论》2013年第5期。

⑩⑫秦艳贞：《朦胧诗与西方现代主义诗歌比较研究》，苏州大学2004年学

位论文。

⑩舒婷：《生活、书籍与诗——兼答读者来信》，《福建文学》1981年第2期。

⑩⑩吴绵绵：《蔡其矫诗歌研究》，厦门大学出版社，2012年版。

⑩⑩⑩⑫⑬邱景华：《蔡其矫与朦胧诗》，《诗探索》2005年第1期。

⑪蔡其矫：《诗的双轨》，海峡文艺出版社，2021年版。

⑭郭志杰：《海，诗最大的认识——从海的视角看晋江十位青年诗人的作品》，《福建文学》2002年第9期。

⑲张明：《永远的蔡其矫无尽的蔡其矫——蔡其矫与晋江诗群研讨会综述》，《语言与文化论坛》2017年第2期。

⑳戴冠青：《在诗的田野上驰骋》，《福建文学》2014年第5期。

㉑蔡震：《论郭沫若早期文艺思想中的"主情主义"》，《中国社会科学》1987年第5期。

㉒刘奎：《泛神论、主情主义与"五四"时期郭沫若的情感总体观》，《中国现代文学研究丛刊》2021年第4期。

㉓王光明：《蔡其矫与当代诗歌》，李伟才编：《蔡其矫研究资料专集（上册）》，海峡文艺出版社，2017年版。

㉔程光炜：《中国当代诗歌史》，中国人民大学出版社，2019年版。

㉕邱景华：《在继承传统中创新——蔡其矫与中国古典诗歌》，邱景华：《波浪的诗魂——蔡其矫论》，海峡文艺出版社，2018年版。

㉖仲霞：《浪漫主义与后现代主义关系之分析》，《云南大学学报（社会科学版）》2012年第4期。

㉗王泽龙：《新诗的民族化》，《理论与创作》2000年第5期。

㉘吴绵绵：《蔡其矫诗歌意境的创造和人格涵养》，《神州》2011年第3期。

㉙王永志：《大自然的歌者——访诗人蔡其矫》，李伟才编：《蔡其矫研究资料专集（下册）》，海峡文艺出版社，2017年版。

㉚杨雨佳：《魏晋南北朝山水文学研究》，西华大学2022年学位论文。

㉛蔡其矫：《女性的海——评伊路诗歌》，《星星》1992年第4期。

⑫邱景华：《"老生代"在诗歌创新中的地位和意义》，李伟才编：《蔡其矫研究资料专集（上册）》，海峡文艺出版社，2017年版。

⑬谢冕：《最公正的是时间——蔡其矫诗歌研讨会综述》，李伟才编：《蔡其矫研究资料专集（上册）》，海峡文艺出版社，2017年版。

参考文献：

作品类：

[1] 蔡其矫：《回声集》，作家出版社，1956年版。

[2] 蔡其矫：《涛声集》，新文艺出版社，1957年版。

[3] 蔡其矫：《回声续集》，作家出版社，1958年版。

[4] 蔡其矫：《祈求》，江苏人民出版社，1980年版。

[5] 蔡其矫：《双虹》，上海文艺出版社，1981年版。

[6] 蔡其矫：《福建集》，福建人民出版社，1982年版。

[7] 蔡其矫：《生活的歌》，人民文学出版社，1982年版。

[8] 蔡其矫：《迎风》，四川人民出版社，1984年版。

[9] 蔡其矫：《醉石》，诗刊社、花城出版社合编，1986年版。

[10] 蔡其矫：《蔡其矫诗选》，人民文学出版社，1997年版。

[11] 蔡其矫：《蔡其矫诗歌回廊之一·大地系列·伊水的美神》，海峡文艺出版社，2002年版。

[12] 蔡其矫：《蔡其矫诗歌回廊之二·海洋系列·醉海》，海峡文艺出版社，2002年版。

[13] 蔡其矫：《蔡其矫诗歌回廊之三·生态系列·翠鸟》，海峡文艺出版社，2002年版。

[14] 蔡其矫：《蔡其矫诗歌回廊之四·乡土系列·南曲》，海峡文艺出版社，2002年版。

[15] 蔡其矫：《蔡其矫诗歌回廊之五·情诗系列·风中玫瑰》，海峡文艺出版社，2002年版。

[16] 蔡其矫：《蔡其矫诗歌回廊之六·人生系列·雾中汉水》，海峡文艺出

版社，2002 年版。

[17] 蔡其矫：《蔡其矫诗歌回廊之七·译诗系列·太阳石》，海峡文艺出版社，2002 年版。

[18] 蔡其矫：《蔡其矫诗歌回廊之八·论诗系列·诗的双轨》，海峡文艺出版社，2002 年版。

[19] 王炳根编：《蔡其矫全集》，海峡文艺出版社，2021 年版。

论著类：

[1] 唐弢、严家炎：《中国现代文学史》，人民文学出版社，1980 年版。

[2] 杨匡汉、刘福春：《中国现代诗论（下编)》，花城出版社，1985 年版。

[3] 洪子诚、刘登翰：《中国当代新诗史》，北京大学出版社，1993 年版。

[4] 杜荣根：《寻求与超越——中国新诗形式批评》，复旦大学出版社，1993 年版。

[5] 曾卓：《曾卓文集·第一卷》，长江文艺出版社，1994 年版。

[6] 曾阅：《诗人蔡其矫》，作家出版社，2002 年版。

[7] 程光炜：《程光炜诗歌时评》，河南大学出版社，2002 年版。

[8] 王炳根：《少女万岁——诗人蔡其矫》，海峡文艺出版社，2004 年版。

[9] 陈思和、张新颖、王光东：《无名时代的文学批评》，广西师范大学出版社，2004 年版。

[10] 晋江市蔡其矫诗歌研讨会组委会：《蔡其矫研究》，北方文艺出版社，2006 年版。

[11] 朱栋霖、朱晓进、龙泉明：《中国现代文学史 1917—2000》，北京大学出版社，2007 年版。

[12] 洪子诚：《中国当代文学史》，北京大学出版社，2010 年版。

[13] [美] 爱德华·W.萨义德，阎嘉译：《论晚期风格——反本质的音乐与文学》，北京三联书店，2009 年版。

[14] 陶然编：《蔡其矫诗歌作品评论选》，香港文学出版社，2010 年版。

[15] 洪子诚：《中国当代文学概说》，北京大学出版社，2010 年版。

[16] 朱栋霖、丁帆、朱晓进：《中国现代文学史 1917—1997》，高等教育

出版社，2011 年版。

[17] 吴绵绵：《蔡其矫诗歌研究》，厦门大学出版社，2012 年版。

[18] 张桃州：《语言与存在：探寻新诗之根》，社会科学文献出版社，2013 年版。

[19] 邱景华：《蔡其矫年谱》，海峡文艺出版社，2016 年版。

[20] 李伟才：《蔡其矫研究资料专集（上册）》，海峡文艺出版社，2017 年版。

[21] 李伟才：《蔡其矫研究资料专集（下册）》，海峡文艺出版社，2017 年版。

[22] 邱景华：《波浪的诗魂——蔡其矫论》，海峡文艺出版社，2018 年版。

[23] 程光炜：《中国当代诗歌史》，中国人民大学出版社，2019 年版。

[24] [美] 爱德华·W.萨义德，阎嘉译：《论晚期风格——格格不入的音乐与文学》，北京三联书店，2022 年版。

[25] 邱景华：《海的子民——蔡其矫年谱新编》，海峡文艺出版社，2022 年版。

硕博论文类：

[1] 乔婷婷：《自由不倦的超拔》，首都师范大学，2009 年。

[2] 秦艳贞：《朦胧诗与西方现代主义诗歌比较研究》，苏州大学，2004 年。

[3] 袁一月：《王家新 2000 年以来诗思诗作研究》，复旦大学，2014 年。

[4] 李胜勇：《拯救与复活——归来诗人研究》，西南大学，2015 年。

[5] 李淼然：《张爱玲晚期自传小说与 "晚期风格"》，中央民族大学，2015 年。

[6] 程小强：《张爱玲晚期文学论》，陕西师范大学，2015 年。

[7] 李建平：《中国现代诗歌叙述研究》，山东大学，2015 年。

[8] 宋丹丹：《"归来派" 诗歌创作论》，中国矿业大学，2017 年。

[9] 金慧：《地域想象及其超越》，福建师范大学，2018 年。

[10] 陈婷：《"有如顽强的花在黑暗里" ——蔡其矫诗歌创作论》，广西师范学院，2018 年。

[11] 周文：《论汪曾祺的 "衰年变法"》，南京大学，2019 年。

[12] 陈维：《"时代精神"的超越与"身份政治"的反抗——爱德华·萨义德"晚期风格"理论研究》，西南交通大学，2020年。

[13] 季凤：《九十年代诗歌抒情形态研究》，哈尔滨师范大学，2021年。

[14] 卓娜：《张爱玲晚期风格的形成》，中国社会科学院研究生院，2021年。

[15] 杨雨佳：《魏晋南北朝山水文学研究》，西华大学，2022年。

[16] 程锦：《文学地理学视阈下的福建当代海洋诗歌研究》，集美大学，2022年。

期刊类：

[1] 公木：《谈中国古典诗歌传统问题——答友人书》，《长江文艺》1957年。

[2] 萧翔：《什么样的思想感情？——对蔡其矫〈川江号子〉〈宜昌〉等诗的意见》，《诗刊》1958年第7期。

[3] 陈鲗：《"改了洋腔唱土调"》，《诗刊》1958年第5期。

[4] 沙鸥：《一面灰旗》，《文艺报》1958年第8期。

[5] 萧翔：《蔡其矫的诗歌创作倾向——评〈回声集〉〈涛声集〉和〈回声续集〉》，《读书杂志》1960年第6期。

[6] 蔡其矫：《自由诗向何处去？》，《花城》1979年。

[7] 舒婷：《生活、书籍与诗——兼答读者来信》，《福建文学》1981年第2期。

[8] 周佩红：《蔡其矫诗歌的语言特色》，《诗探索》1981年第3期。

[9] 曾卓：《绿原和他的诗》，《诗刊》1984年第6期。

[10] 《蔡其矫诗作朗诵会自序》，《福建文学》1986年第8期。

[11] 蔡震：《论郭沫若早期文艺思想中的"主情主义"》，《中国社会科学》1987年第5期。

[12] 牛汉：《浅谈飘逸》，《天津文学》1990年第5期。

[13] 蔡其矫：《女性的海——评伊路诗歌》，《星星》1992年第4期。

[14] 公木：《干雷酸雨走飞虹》，《诗探索》1995年第2期。

[15] 王光明：《本真生命的赞歌——读蔡其矫〈客家妹子〉》，《写作》1996年第8期。

[16] 余光中：《先我而飞：诗歌选集自序》，《长江文艺》1997 年第 10 期。

[17] 张建忠：《传达心声才是一张名片》，《朔方》1998 年第 7 期。

[18] 谢冕：《丰富又贫乏的年代——关于当前诗歌的随想》，《文学评论》1998 年第 1 期。

[19] 邱景华：《"独行侠"的诗旅：蔡其矫在西藏》，《诗刊》2000 年第 11 期。

[20] 王泽龙：《新诗的民族化》，《理论与创作》2000 年第 5 期。

[21] 闫延文：《诗歌的幻美之旅——蔡其矫访谈录》，《诗刊》2001 年第 3 期。

[22] 戴冠青：《蔡其矫：一个特立独行承前启后的浪漫诗人》，《诗探索》2001 年第 1 期。

[23] 邱景华：《诞生于世界屋脊的大诗——蔡其矫〈在西藏〉解读》，《福建文学》2002 年第 2 期。

[24] 郭志杰：《海，诗最大的认识——从海的视角看晋江十位青年诗人的作品》，《福建文学》2002 年第 9 期。

[25] 戴冠青：《蔡其矫：一个特立独行承前启后的浪漫诗人》，《诗探索》2005 年第 1 期。

[26] 邱景华：《蔡其矫与朦胧诗》，《诗探索》2005 年第 1 期。

[27] 杨远宏：《从时间的方向看诗人蔡其矫》，《诗探索》2005 年第 1 期。

[28] 陈祖君：《人、自由、爱：蔡其矫论》，《香港文学》2005 年第 7 期。

[29] 伍明春：《诗与生命交相辉映——蔡其矫访谈录》，《新诗评论》2006 年第 4 期。

[30] 刘登翰：《中国诗坛的"蔡其矫现象"》，《厦门文学》2007 年第 1 期。

[31] 王光明：《蔡其矫与当代中国诗歌》，《香港文学》2007 年第 4 期。

[32] 徐振忠：《蔡其矫和惠特曼：中美杰出的民主诗人》，《华侨大学学报(哲学社会科学版)》2008 年第 2 期。

[33] 陈仲义：《永无止息的"波浪"——蔡其矫诗歌论》，《东南学术》2009 年第 6 期。

[34] 徐振忠：《惠特曼和蔡其矫诗歌风格比较》，《星光》2010 年第 2 期。

[35] 子张：《用男性的欢乐拥抱大地——诗人蔡其矫在"新时期"的远游

生活与诗歌写作》，《名作欣赏》2010 年第 6 期。

[36] 杨有庆：《作为一种批评概念的"晚期风格"——萨义德对身体状况和美学风格关系的思考》，《武汉理工大学学报（社会科学版）》2010 年第 2 期。

[37] 周飞伶：《独行侠式的艺术创作——探析蔡其矫的〈川江号子〉与〈雾中汉水〉》，《名作欣赏》2011 年第 5 期。

[38] 吴绵绵：《蔡其矫诗歌意境的创造和人格涵养》，《神州》2011 年第 3 期。

[39] 吴绵绵：《"花"原型意象在蔡其矫诗歌中的现代性意义》，《福建论坛（人文社会科学版）》2012 年第 10 期。

[40] 仲霞：《浪漫主义与后现代主义关系之分析》，《云南大学学报（社会科学版）》2012 年第 4 期。

[41] 陈晓明：《新世纪汉语文学的"晚郁时期"》，《文艺争鸣》2012 年第 2 期。

[42] 邱景华：《沿着李白晚年足迹——蔡其矫 1985 在皖南》，《诗歌月刊》2013 年第 12 期。

[43] 耿占春：《穆旦的晚期风格》，《文学评论》2013 年第 5 期。

[44] 涂文晖：《在自然中印染自己的色彩——论闽籍诗人蔡其矫的大自然抒写》，《华侨大学学报（哲学社会科学版）》2014 年第 2 期。

[45] 戴冠青：《在诗的田野上驰骋》，《福建文学》2014 年第 5 期。

[46] 李林俐：《论萨义德"晚期风格"的概念内涵与本质特征》，《武汉科技大学学报（社会科学版）》2014 第 4 期。

[47] 黄德海：《知识结构变更或衰年变法——从这个角度看周作人、孙犁、汪曾祺的"晚期风格"》，《南方文坛》2015 年第 6 期。

[48] 金莉莉：《自由与诗情——试论汉语自由诗的形式》，《浙江学刊》2016 年第 4 期。

[49] 张明：《永远的蔡其矫无尽的蔡其矫——蔡其矫与晋江诗群研讨会综述》，《语言与文化论坛》2017 年第 2 期。

[50] 王炳根：《走向珠穆朗玛——蔡其矫最后的诗情》，《神剑》2017 年第 6 期。

[51] 王永志：《大海歌者蔡其矫》，《海内与海外》2017 年第 10 期。

[52] 王炳根：《大地行吟——蔡其矫行走中的诗情》，《神剑》2017 年第 5 期。

[53] 王炳根：《放逐之歌——蔡其矫苦难中的诗情》，《神剑》2017 年第 3 期。

[54] 王炳根：《遨游于大海长江——蔡其矫大自然的诗情》，《神剑》2017 年第 2 期。

[55] 王炳根：《从印尼到延安——蔡其矫战火硝烟中的诗情》，《神剑》2017 年第 1 期。

[56] 王炳根：《朦胧诗的桥梁——蔡其矫反思中的诗情》，《神剑》2017 年第 4 期。

[57] 张立群：《晚期风格的自我认同——新世纪以来欧阳江河诗作论析》，《星星》2017 年第 9 期。

[58] 曾念长：《共鸣与变奏——诗人通信与朦胧诗的发生》，《创作评谭》2019 年第 3 期。

[59] 张立群：《"诗歌中的晚年"——20 世纪 80 年代后蔡其矫旅游诗创作论析》，《当代作家评论》2020 年第 4 期。

[60] 赵惠霞、樊静静：《新时代菲律宾华人华侨的文化属性与身份认同》，《今传媒》2020 年第 4 期。

[61] 刘奎：《泛神论、主情主义与"五四"时期郭沫若的情感总体观》，《中国现代文学研究丛刊》2021 年第 4 期。

[62] 邱景华：《一诗一形式——蔡其矫对自由诗形式的探求》，《诗探索》2021 年第 1 期。

[63] 王泽龙：《新诗语言诗学传统及其当代启示》，《中国文学批评》2021 年第 4 期。

[64] 李悦宁：《无界限的伟大整体——洛夫长诗的本体价值》，《文艺争鸣》2022 年第 4 期。

（本文为华侨大学硕士毕业论文，指导教师：钱韧韧，学科：中国语言文学，研究方向：中国现当代文学，所在学院：文学院，提交时间：2023 年 5 月 9 日）

浅析全集类图书高质量出版的实践经验与方法

——以《蔡其矫全集》为例

蓝铃松

全集就是收录一个人的所有著作以及相关图文资料，涵括作者所书写的有意义的文字和记录下来的其他言论。全集类图书的出版并不代表将所有资料进行笼统整合和粗放呈现，相反地，它是一个搜索、爬梳、验证、精选的严谨、复杂的精神文化遗产创造过程。因此，全集类图书出版是一个规模大、周期长、综合性强的精品出版工程，需要遵循高质量出版的标准和要求，在出版过程中统筹规划、系统管理和严格执行。

文章以海峡文艺出版社于 2021 年出版的《蔡其矫全集》为例，试析在新时代出版业高质量发展的理念引领下，如何使全集类图书在编辑出版过程中提质增效，并分享几点实践经验与统筹方法，以供参考。

一、图书高质量出版的理念和要求

2021 年 12 月，国家新闻出版署印发的《出版业"十四五"时期发展规划》指出，围绕立足新发展阶段、贯彻新发展理念、构建新发展格局，推动出版业实现质量更好、效益更高、竞争力更强、影响力更大的发展[①]。这为出版业的发展指明了方向，提出了具体要求。

具体而言，出版业高质量发展的要求主要有两个方面：一方面，坚持双效益，把社会效益放在首位，提高出版的内容质量，牢记文化使命，实现社会效益与经济效益相统一；另一方面，促进融合出版，让传统业态和新兴业态有机融合，实现出版创新性发展，提高出版水平，构建新时代出版发展新格局。

因此，全集类图书作为精品出版项目，应以高质量出版的理念作为引领，致力于成为符合时代需求、促进知识传播、利于文化传承的精品图书。

二、全集类图书高质量出版的实践经验

全集类图书集中反映一位作家的创作成就、一个时代的社会特征及个体的思想意识等，是精神文化的记录和积淀，社会效益尤为凸显。同时，全集类图书规模较大、文体纷繁、内容庞杂、资料繁多。因此，全集类图书要实现出版，必须投入巨大的人力、物力、财力，甚至要契合一定的历史机遇。这就决定了全集类图书从选题策划、内容编选、书稿审校、装帧设计到印刷制作、发行销售等，都需要参照更高的标准和要求执行，这也给编辑出版工作带来更大的挑战。

例如：《蔡其矫全集》共收入诗人蔡其矫创作的诗歌1299首，其中首次面世的诗作510首；该全集共8册，其中诗歌5册，译文1册，序跋、诗论等合为1册，日记、书信等合为1册。这部全集从选题策划到最后出版历时5年，可谓卷帙浩繁、规模庞大，倾注了编者和出版者巨大的心血。《蔡其矫全集》的出版过程可以为图书出版提质增效提供有益经验和启迪。

（一）选题的精选

立足特色、找准定位，是策划图书选题的关键。"'全集'剔除了一般文集的筛选和拔萃，要求尽可能全面地展示作者最客观、最真实的文字内容，包括未刊稿、私人书信、日记、便笺，看上去宽松得没了界限，其实不然，包罗万象的另一面便是巨细无遗，便是纤毫毕现，它使得扬长避短和去芜存菁失去了可能性，即使最轻程度的文过饰非和'为尊者讳'，都会践踏'全集'的定义。"[②]从学者黄桂元的论述中可以看出，并不是所有的作家、名人都适合出全集，或者具备出全集的条件。全集类图书的作者必是具备超凡脱俗的心灵质量和人格魅力，拥有足够丰厚的精神遗产、足够分量的文化建树和足够辉煌的艺术杰作的大师大家[③]。

《蔡其矫全集》也正是缘起于蔡其矫的文学建树和人格魅力。蔡其矫1918年生于福建晋江，早年奔赴延安，投入抗日；新中国成立后，其游历祖国南北，阅尽大江大海；在晚年，他仍独自行走于祖国大地。在他的人生历程中，他创作了具有鲜明时代特征、个人风格的作品，被称为"华侨诗人""老革命诗人""海洋诗人""爱情诗人""行吟诗人"。颜瑛瑛在《蔡其矫：当代中

国诗坛的文化战士与独行侠》中提道，他"一生对正义和公理的热爱、对人类和自然万物的悲悯和同情、对美的尊重与倾心、对理想永不疲倦的追求，在人间留下了一笔宝贵的诗歌财富"。

因此，在全集类图书的选题策划阶段，了解选题内容及验证选题的意义，厘清其是否符合高质量出版的要求和打造精品图书的条件，是编辑做好选题定位的关键。蔡其矫从20世纪40年代开始创作诗歌，直至生命的最后，他一生坚持创作近70年，创作跨越多个时代，编辑将选题定位于这位人生阅历丰富、创作时间跨度大的福建籍诗人，展现他的文学人生和人格魅力，有利于增强该全集的感染力、生命力。

（二）编辑的匠心

编辑的素养和态度对一部书稿具有重要的影响。尤其针对全集这种具有文脉培植和学术研究价值的图书，编辑的全局观念、专业水平、责任意识等都会对全集的专业性、客观性、实用性产生巨大的影响。从主观层面来看，编辑在一定程度上决定了这部全集能否实现高质量出版。

要实现全集类图书的高质量出版，编辑匠心尤为重要，即编辑要用心思考选题、耐心与作者沟通、细心编校书稿等。"在全集的编选出版过程中，编辑的责任与水准，不仅仅体现在版面格式、文字核准、注释规范等编辑技术层面上，更体现在对全集内容的精准把握上。"④例如，在《蔡其矫全集》出版过程中，编辑通过精准把握内容，多次向编者提出作品版本筛选、分类归属、体例设置、格式规范等问题，不断优化选编内容、调整文章顺序、优化分类方法、更改板块名称，使全集更加专业、规范、客观和真实。除此之外，编辑还根据该全集内容多次对编辑凡例进行修订，撰写出版说明和出版后记，让读者、研究者对该全集的诞生有更为全面的认识。

（三）制度的保障

制度建设是出版业高质量发展的重要前提⑤。出版社的制度建设包括出版内容质量、编校质量、设计质量、印制质量的保障制度，其中"三审三校"制度是最基本的质量保障制度。在图书出版领域，出版社应严格贯彻执行《出版管理条例》《图书质量管理规定》《图书质量保障体系》等，并基于上述出版质量管理的法律法规，制订符合自身情况的质量保障制度⑥。

完善的制度可增强图书出版各个流程的规范性，能够有效地提高图书出版质量，规避出版风险。在《蔡其矫全集》出版过程中，由于编者提供的稿件全部都是纸质稿件，且包含大量的手写稿，需要经过扫描或者打字录入才能将纸质稿转化成电子稿，而在录入过程中出现不少错讹问题，且工作量大，出版社先后组织了十余人进行核对原稿的工作。除了核对原稿文字，编辑还要辨别手稿，这也为该书稿第一手电子资料的获取增大了难度。在该全集后来的编辑加工与审读把关工作中，复审、终审均提出了非常具体和专业的审稿意见，并经编辑与编者几经探讨后，由编者做出严谨的认证和详细的修改。

（四）人才的支撑

人才决定了一本书的作者资源、编辑力量、出版品质，是全集类图书实现高质量出版的根本保障。

第一，要拥有优质的作者资源。作者作为内容的创造者，直接决定内容品质。另外，全集类图书编者的专业水平、研究领域、职业精神也决定成稿质量。例如，《蔡其矫全集》的编者王炳根曾任福建省作家协会副主席，是国家一级作家，长期研究冰心、林语堂、郭风、蔡其矫等福建籍文学家。他曾与蔡其矫有过文学上的交往，熟悉蔡其矫的人生经历、创作成果，并多次带领研究团队前往北京、泉州等地搜集蔡其矫手稿、书信等一手资料。

第二，要建设出版人才队伍。"精品出版是出版高质量发展的根基，精品则来源于编辑的创造性劳动。"⑦只有功底扎实、思路开阔、善于学习、紧跟时代的复合型编辑人才，才能更好地把握复杂的全集类图书的出版工作，并在传统出版的基础上有所创新，以适应融媒体时代的出版变革。

第三，要外聘专家、学者为全集类图书出版提供专业、全面的指导，帮助提高图书编辑质量。例如：在《蔡其矫全集》出版的前期，出版社先后两次组织专家学者对该全集的出版进行规划、研讨，其中有来自高校文学院的教授、蔡其矫研究专家、文艺评论家、出版专家等各领域专业人才；在该全集的审读过程中，出版社专门邀请蔡其矫研究专家对书稿内容、体例进行审读，在内容体例和文字编校方面获得了他们的专业意见，从而有效提高了书稿的精细度、专业度。

可见，多方面人才可为全集类图书的出版提供不可或缺的智力支持，使全集类图书出版得以真正结成果实，成为精品。

三、全集类图书高质量出版的统筹方法

作为全集类图书的责任编辑，应统筹运用方法，协调好各个编辑出版环节，发挥各方力量。

（一）把控全局，精准判断，统筹安排

首先，编辑要熟悉图书出版全流程，能安排好轻重缓急的事项，做好日程规划，把控全局。一本书的出版涉及多方参与者，包括出版社也需要多个部门进行配合。从选题论证、洽谈版权、申报资助、组稿、催稿、录入排版、封面设计、"三审三校"、清样修订、专家审读到确定印刷材料工艺、宣传推广与销售等，编辑都需要具有全局意识和实施超前规划。

其次，编辑要对内容有精准判断的能力。在图书编辑前期，编辑要通过学习，涉猎大量与全集有关的资料，并成为这个领域的专家，以提高对内容精准判断的能力。例如，在《蔡其矫全集》编辑前期，该全集责任编辑通过阅读蔡其矫出版的作品，参观蔡其矫纪念馆，参加蔡其矫作品研讨会，与编者、学者及蔡其矫家属进行面对面交流等途径，对蔡其矫及其作品进行全面的认知和深刻的了解，以有效提高后期编辑工作的效率和质量。

最后，编辑要灵活穿插各项工作，统筹安排。例如，编辑可以将全集的内容按不同体裁进行分类，有效安排编校，在不同阶段分批次与编者、专家针对某个类别的内容进行沟通、交流，并协调推进装帧设计、"三审三校"等常规环节⑧。

（二）充分利用技术手段

在全集类图书出版过程中，为了更好地处理编辑事务、掌握出版进度、提高编辑效率，编辑可充分利用办公软件、电子化办公平台以及黑马等校对软件。办公软件除了可以绘制表格，记录和备案事项，还能帮助编辑排序条目、检索内容等。同时，一些扫描软件也可以帮助编辑将纸质稿快速转化成电子稿。例如，ERP 等电子化办公平台能使编辑快速了解图书出版的进展情况，

以及成本、库存等信息。另外，黑马等校对软件还能过滤出稿件中的部分硬性错误，为编校把好最后一道关。未来，智能 AI 软件也会在图书出版过程中发挥重要作用，以提高出版的效率和效益。

在出版业高质量发展的大趋势下，出版社应开阔思路，培养人才，健全制度，加强管理，实现出版资源的优化整合、创造转化、赋能增值。编辑则应树立精品意识，与时俱进，守正创新，不断提升自己的业务能力和职业素养，探索高效的工作方法，为全集类图书高质量出版做出更大的贡献。

注释：

①国家新闻出版署：《出版业"十四五"时期发展规划》，.https：www. nppa.gov.cn/xxfb/tzgs/202112/P020221129376042550150.

②③黄桂元：《"全集"的泛滥与贬值》，http：www.chinawriter.com.cn/nl/ 2016/1026/c40403328809358.

④陈学清：《新时代全集的编选与编辑素养》，《黄河》2018 年第 6 期。

⑤彭燕媛：《以制度规范和党建引领推进出版业高质量发展》，《中国出版》 2020 年第 7 期。

⑥庄红权、胡超：《出版业高质量发展战略：理念、制度与实践》，《出版 广角》2022 年第 5 期。

⑦迟云：《精品为基，人才为本，开创出版高质量发展"新时代"》，https： mp.weixin.qq.com.

⑧王颖：《策划编辑工作中的统筹方法》，《科技传播》2016 年第 19 期。

（原载《传播与版权》2023 年第 17 期）

《蔡其矫全集（补遗）》编选后记

刘志峰

在海峡文艺出版社林滨社长的再三促励下，我鼓足勇气选编了这本《蔡其矫全集（补遗）》。众所周知，大多全集都不可能收录齐全。而全集不全，补遗更难补全。

这本补遗，基本上按照《蔡其矫全集》的体例进行编排。选编的这些作品，大多是我近年来协助晋江市文联、蔡其矫诗歌研究会编辑出版《蔡其矫研究资料专集》和十辑《蔡其矫研究》过程中搜集到的，并已收录其中。有的取自晋江文献中心数据库；有的是在翻查蔡其矫手稿中发现的；有的则花重金从孔夫子旧书网购得，如油印本《其矫试译〈惠特曼的诗〉》及一些手稿、早期书报刊。

我几乎每天都在晋江文献中心数据库和孔夫子旧书网上"游荡"，能下载的就下载；晋江文献中心数据库下载不了或下载不全的，便按提示，再去孔夫子旧书网上搜购。最难找的是讲义《〈这儿的黎明静悄悄……〉的笔调及其他》。晋江文献中心数据库标注刊发在"《作家通讯》1981 年 S1 期"，却链接不到。我将孔夫子旧书网上只要是标注《作家通讯》1981 年第 1 期的书刊，不管哪里编的都买下来，也没有；找中国作家协会相关人员帮忙，也没有……可谓"费尽心机"。

对这本补遗，我想需要做以下几点选编说明：

一是关于诗歌部分。《蔡其矫全集》编选的原则是依据初版本收录，但在全集出版后，我发现不少作品在蔡其矫亲自编选《蔡其矫诗歌回廊》时的修订稿，与初版本已有了较大的差异，可能只改一字，全句甚至全诗皆变。一些在读者中广泛流传的或屡被评论、赏析、引用的作品，如《川江号子》《波浪》等，也已经是修订稿，而不是初版本。因此，我觉得有必要把这些不同版本的作品补选进来，诗人诗作的风貌才能完全呈现出来。

二是关于《其矫试译〈惠特曼的诗〉》。《蔡其矫全集》原已收录译惠特曼诗三首（《给一个受挫折的欧洲革命家》《欧洲》《当紫丁香最近在庭院里开放》）。但为了体现这本珍贵的油印本的全貌，我还是重复地编选了进来。

三是关于专访。《蔡其矫全集》只收录闫延文所作的专访文章。许多专访都记录着蔡其矫的人生经历、诗歌行旅、诗歌观点和诗歌精神。我认为，既然这篇专访能收，而且考虑专访所具有的独特价值，那么其他的专访也应补选进来。

我深知自己视野不够广阔，水平更是有限，做此类工作，实在是心有惴惴、惶恐不安。敢于勉为其难，纯属出自对蔡其矫这位故乡诗人的敬重和感恩。如有不当之处，祈请各方专家和读者谅解。

（原载《晋江文评》2023 年第 2 卷）

蔡其矫《肉搏》

蔡其矫（1918—2007），福建晋江人。1938 年到延安，入鲁迅艺术学院学习。1940 年到华北联合大学任教，开始新诗创作。1949 年任中央人民政府情报总署东南亚科科长。出版诗集《回声集》《回声续集》《祈求》《福建集》等。

《肉搏》作于 1942 年蔡其矫到晋察冀根据地后，刊于《解放军文艺》1953 年 7 月号，后收入 1956 年 6 月作家出版社出版的诗集《回声集》。这首诗是对残酷战争场景的白描，抒写肉搏战中士兵的英勇，表达了对战士的赞颂与敬意。谢冕评价说："《肉搏》与其说是一首诗，不如说是一尊让人惊心动魄的悲壮的雕塑。"（《特别的蔡其矫》，见《永远的蔡其矫》，海峡文艺出版社 2016 年 12 月版）

蔡其矫讲："《肉搏》一诗所写的是一个真实的事件，发生在抗日战争中敌后根据地晋察冀边区第三军分区。那时我们军队的装备不整齐，甚至有汉阳兵工厂制造的老式步枪，刺刀比较短，而日本人的装备一律是三八式步枪，刺刀比较长。1942 年春天，诗人鲁藜告诉我这个故事，我随即把它写成诗。那时候，我已开始受美国诗人惠特曼《草叶集》的影响，特别喜欢他在南北战争中所写的行军诗，所以有冷峻的'白色的阳光'和长长的句子。当时又正在读法国的英雄史诗《罗兰之歌》，因此又有思古的'青铜的军号'。最后一段，却是地地道道的中国抗战时期固有的浪漫主义。"（吴欢章、徐如麒编《中国诗人成名作选》，上海文化出版社 1986 年 12 月版）

（选自四川大学文学与新闻学院公众号 2021 年 10 月 17 日；素材整理：四川大学中国诗歌研究院，编辑：郭灵西、雷思远、张宏伟，朗诵：张世轩，诗歌文献指导：刘福春，策划：操慧）

生命的呐喊，命运的抗争

—— 读蔡其矫《川江号子》有感

看云说阅

读完蔡其矫先生的《川江号子》，耳边仿佛回荡着生命最凶猛的浪潮，川江舟子们悲壮雄浑的号音一直在耳边隆隆地回响，那是生命的呐喊，是对命运的抗争，是一曲激越的英雄赞歌。

在悬岩林立的长江边，在波涛汹涌的旋涡中，川江舟子们迎着浪潮，一阵吆喝，一声长啸，他们奋力地摇着桨，在激流中奋勇前进。

他们是勇敢的弄潮儿，他们是强悍的英雄。无论江河多么凶险，无论波涛多么汹涌，他们眼中的闪电和额上的雨点告诉人们，他们从未屈服过，他们从未停止奋斗过，哪怕除了绝壁上的一片云、一棵树和一座野庙，无人听见他们的呐喊。

是啊，生命是属于我们自己的舞台，无论台下是座无虚席，还是空无一人，我们都要演好自己的角色。因为，这场戏，没有彩排，也无法重来，我们只有一次机会。

甚至，连角色都是我们无法选择的。有人生来非富即贵，有人一生必须为衣食奔波。有人天资聪颖，有人智商平平。

可是，真正厉害的，不是抽到一手好牌，而是打好一手烂牌。因为，出牌的是命运，打牌的是我们。我们与其抱怨，与其怨天尤人，不如接受不能改变的，改变可以改变的。

这首诗写于1958年，在那个充斥着非理性的谎言的时代，诗人用自己的理性思考坚持真理，捍卫着一个诗人的尊严。

他不说大话空话，不做轻飘飘的无病呻吟。他用融入血泪的滚烫的诗句，给了我们一个掷地有声的答案。

青年是民族的良心，诗人是人类的良心。真正的诗人应站在人类的精神高地上，关注人间疾苦，书写百姓命运，帮助人们走出困境，这是一种责任。

最后，读一下阿格尼斯的诗句吧，它曾无数次地激励黑暗中的我，给我光明和力量。

> 世界让我遍体鳞伤，但伤口长出的却是翅膀。
> 向我袭来的黑暗，让我更加灿亮。

让我们浸润在这样的诗句中，在这样的诗句中成长。

（选自作者公众号 2023 年 5 月 23 日）

著名诗人蔡其矫的《襄阳歌》
与《波浪》判若云泥

王俊义

1958 年元月 4 日,《人民日报》副刊发表了著名诗人蔡其矫的《襄阳歌》。

蔡其矫,著名诗人,老战士。出生于 1918 年,1958 年 40 岁。他的诗歌受到了惠特曼和聂鲁达的影响,大气磅礴。

1945 年蔡其矫就担任晋察冀军区司令部作战处军事报道参谋,1949 年至 1952 年担任中央人民政府情报总署东南亚科科长。假若不写诗歌这个破玩意,他可以过得比一个诗人好得多。

在找到蔡其矫的《襄阳歌》之后,还找到了蔡其矫早期的两首诗《波浪》和《距离》。和蔡其矫的《襄阳歌》摆在一起,判若两人。

蔡其矫后来在福建生活,舒婷早期某些诗歌也受到了蔡其矫的影响。

襄阳歌

久传晋代习家池, 花前柳下摆酒席,
更有岘山登临处, 沉吟徘徊堕泪碑;
李白一篇襄阳歌, 岘山千年垂诗史。

我来已是千年后, 童童岘山草萋萋,
鸣风苍松既不见, 颓亭残垣空追忆。

汉江改道绕远滩, 岘山底下无流水,
苏轼曾尝缩项鳊, 探访游处无消息。

风流云散虚名传，剩山余水不足看。
忽闻人声起山前，东奔西走挑土忙，
红旗闪处垒高堤，一条长渠左右盘。

青年举起砸山锤，火花尘烟绕腰间，
少女运土步如飞，长辫蝴蝶舞双肩。

更有壮汉围堤上，高举石硪齐歌唱，
歌句一停石硪落，山摇地动久盘旋。

下山上堤细访问，合作社员开怀谈。
要引山泉来四方，水库抱揽岘山南，
山上栽培绿林帐，鳊鱼重游深水潭。

再造岘山风景地，又能灌溉万亩田；
千家屋前流碧水，闺女檐下洗衣衫。

谈情说爱水库上，鱼米丰足遍四乡。
黄连苦树连根拔，幸福种子大家撒，

要问这事谁发起，那是社会制度好，
那是合作力量强，那是群众智慧大，
那是党的好主张。

一席谈话畅胸臆，抬头重看新景色，
不看青苔羊祜碑，笑那古人空堕泪！
不看枯柳习家池，笑那山公假泥醉！

眼前健美好姑娘，羞杀当时大堤女！
震天动地打硪歌，压倒从前白铜鞮！

李白有幸生今日，磨墨展纸写新诗！
天既不老地不荒，河山久待新人起。

波　浪

永无止息地运动，
应是大自然有形的呼吸，
一切都因你而生动，
波浪啊！没有你，天空和大海多么单调，
没有你，海上的道路就可怕地寂寞；
你是航海者最亲密的伙伴，
波浪啊！你抚爱船只，照耀白帆，
飞溅的水花是你露出雪白的牙齿
微笑着，伴随船上的水手
走遍天涯海角。
今天，我以欢乐的心回忆
当你镜子般发着柔光，
让天空的彩霞舞衣飘动，
那时你的呼吸比玫瑰还要温柔迷人。
可是，为什么，当风暴来到，
你的心是多么不平静，
你掀起严峻的山峰
却比暴风还要凶猛？
是因为你厌恶灾难吗？
是因为你憎恨强权吗？

我英勇的、自由的心啊
谁敢在你上面建立他的统治？
我也不能忍受强暴的呼喝，
更不能服从邪道的压制；
我多么羡慕你的性子
波浪啊！对水藻是细语，
对巨风是抗争，
生活正应像你这样爱憎分明
波——浪——啊！

距 离

在现实和梦想之间，
你是红叶焚烧的山峦，
是黄昏中交集的悲欢；
你是树影，是晚风，
是归来路上的黑暗。

在现实和梦想之间，
你是信守约言的鸿雁，
是路上不预期的遇见；
你是欢笑，是光亮，
是烟花怒放的夜晚。

在现实和梦想之间，
你是晶莹皎洁的雕像，
是幸福照临的深沉睡眼；
你是芬芳，是花朵，
是慷慨无私的大自然。

在现实和梦想之间，
你是来去无踪的怨嗟，

是阴雨天气的苦苦思念；
你是冷月，是远星，
是神秘莫测的深渊。

（选自豫西民谣公众号 2021 年 8 月 20 日）

评蔡其矫代表诗歌《波浪》

格命草

今天分享的这首《波浪》来自当代著名诗人蔡其矫，可能很多人不熟悉诗人，我也是因为一首诗朗诵才知道诗人的。读到他的第一首诗就是这首《波浪》，在朗诵艺术家徐涛的激情澎湃的演绎下，波浪仿佛有了灵魂，有了宏大的叙事能力。而诗人以特殊的视角和人格化的情感介入，使得波浪从自然之物变成了有多重身份的情感之物，因为波浪的随性洒脱，让诗人心生羡慕，进而对波浪赞叹不已。诗歌最后一句"波——浪——啊！"，一句呼喊，情绪之复杂，令人回味。下面，进入诗歌正文，具体来看看诗人是如何赞扬波浪的。

首先，诗人从自然的视角来赞扬波浪。从其本身的特性来看，它的运动是永恒的，因此，诗人把它比作大自然有形的呼吸，准确抓住了波浪有规律有节奏的运动特征，显得非常的生动形象。借着波浪的呼吸，周围的自然界也充满了活力和生命气息。接着，诗人阐述波浪的重要性。先是用否定句，来说明没有波浪，世界的单调和寂寞，然后用肯定句，来抒发波浪有着情感上的慰藉，能够为自然和人类提供无可替代的情绪价值。诗中"最亲密的伙伴""伴随船上的水手／走遍天涯海角"等，无不是这一情感的体现。

然后，诗人因为体验过波浪带来的欢乐回忆，不自觉地表达对波浪的爱慕之情，"发着柔光""彩霞舞衣飘动""比玫瑰还要温柔迷人"，这也是诗人见到波浪时的心境，仿佛是见到恋人一般，充分展现了波浪的魅力，令人神迷。接着，诗人话锋突然一转，波浪像来到了另外一个世界，完全格格不入，张力瞬间高涨。一切皆因为风暴的到来，波浪以往平静的心变得凶猛起来，像是进入战斗状态一般。在这样的情境下，诗人借波浪之形，直抒内心想要说的话，连续四个反问，心中的情绪全部喷发，带着正义、勇敢和顽强，一颗不受奴役的心，体现了自由的力量、高傲和尊严。

接下来，诗人进一步表明心迹"我也不能忍受强暴的呼喝，更不能服从邪道的压制"，体现了诗人对不公的顽强抗争精神。好像诗人这么做，正是受了波浪的启示一般，再次赞扬起波浪，"对水藻是细语，对巨风是抗争"，这样的总结，明显是情感的寄托之语，这样爱憎分明的个性，正好与诗人的价值观相吻合，才引起了情感上的共鸣。可见，诗人对波浪的人格赋予，是另有作用的。

很明显，这是一首借物抒怀的诗，借着自然之物的力量，展现自由之精神和意志，敢于斗争，敢于表明自己的态度，没有丝毫的犹豫不决，这是勇气的体现，展现的是人格魅力。诗歌从波浪的价值导向人的价值，语言生动，节奏感强，在多变的句式中，明显感受到诗歌张力的形成。因为诗歌使用了大量语气词，辞藻间散发着心理势能，使得诗歌整体上有一种气势，读起来有一种亲切感，加之特定词语的使用，也让诗歌充满力量感，是一首非常适合朗诵的诗。您觉得呢？

（选自格命草公众号 2023 年 12 月 26 日）

评蔡其矫诗歌《距离》

格命草

今天分享的这首《距离》是著名诗人蔡其矫的诗歌，读完这首诗，被其铿锵有力的旋律所打动。当然，最打动人心的是他对现实和梦想之距离的深刻剖析，四小节整齐排列，读得人荡气回肠。从诗歌美学的角度讲，这首诗兼具了闻一多先生提出的诗学三美：音乐美、绘画美、建筑美。更为重要的是，这首诗所营造的意境是深远幽微，虚实之间，把现实和梦想的距离演绎得活灵活现，是一首非常走心的诗歌。下面，一起来欣赏这首诗，感受诗人妙语连珠式的高超文采。

第一节，诗人把现实和梦想的距离比作山峦、悲欢、树影、晚风、黑暗。山峦是红红火火的，暗示了在追求梦想的道路上，要有一股子士气，要有牺牲精神，要有热情洋溢的个性。说到悲欢，在追逐梦想的过程中，有无数的挫败和喜悦，它们就像黄昏中忽明忽暗的星斗，交替着，直到梦想的实现。当你王者归来之时，这距离中所遭遇的一切树影、晚风、黑暗，不过是逐梦路上的风景和陪衬，最终会被甩在身后。诗人写出了现实和梦想之间错综复杂的情绪，只有真正实现过梦想的人，才能理解诗中的境遇。

第二节，诗人把现实和梦想的距离比作鸿雁、遇见、欢笑、光亮、夜晚。这里暗示了追梦人所要具备的一些素质。正是因为现实和梦想之间的距离的磨炼，才使得人有了不同寻常的品质。诗人在此鼓励着人们大胆地去追梦，因为有美好灿烂在途中相遇，距离因此也成了明灯、指路人，将人们往梦想的路上带。因此，不必担心梦想失约，只要勇敢向前，你与梦想的距离会越来越短。

第三节，诗人把现实和梦想的距离比作雕像、睡眼、芬芳、花朵、大自

415

然。诗人在此营造了一个个美好的意境，像梦想不断吸引着人们前来，距离自然而然就成了梦想的使者，帮助着人们实现梦想。因此，距离成了追梦人前行路上形影不离的伙伴，慷慨无私像人一样安抚前行的人。诗人说了这么多，是在展示着距离的神奇力量，仿佛有了它，实现梦想指日可待。

第四节，诗人把现实和梦想的距离比作怨嗔、思念、冷月、远星、深渊。这一组意象充满了情绪，实现梦想并非一朝一夕，一蹴而就，这是一个过程，也许会有失意痛苦，但更是对梦想的向往和执念。当你追逐梦想的那刻起，犹如迈向深渊一般，那里有星月在召唤你。也许你永远也不能实现梦想，因为距离像一个神秘莫测的深渊，让你难受，又难以逃脱梦想的吸引。诗人在此暗示着追梦人，一定要有心理准备，不要抱着侥幸的心理上路，对困难要有预见性。这也反映了，没人能随随便便成功，只有具备强大的心理素质和决心，历尽千辛万苦，方可迎来光明与梦想。

整首诗，节奏流畅，气势如虹，大量的明喻、暗喻相结合，使读者体会到了追梦之路的惊心动魄和多姿多彩。诗人告知人们要有斗争意识、苦难意识，同时还有光荣与梦想的召唤。距离在诗人人格化的处理之下，也变得具体生动起来。可见，诗人把距离写活了，这样的诗读起来自然有生命力。加上语言上的复沓效果，节奏不断加强，感情不断变化攀升，突出了距离神秘莫测之特点。个人非常欣赏这首诗，您觉得呢？

（选自格命草公众号 2024 年 1 月 11 日）

评蔡其矫诗歌《祈求》

格命草

今天分享的是著名诗人蔡其矫的诗《祈求》，这是一首非常具有社会意识和生命意识的诗。诗人通过不同的视角，以不同的角度祈求某种正常，所以，在诗人看来，当下有些反常。这首诗用呼告的手法，向社会、向世人传达理念，有解放思想的意图，而这，也是为了让一切变得好起来。诗歌语言真挚、真诚，带着责任心和无畏的勇气向某种反常宣战，深深触动笔者的心。而从诗人所反映的现象来看，这首诗放在现在读，依然是振聋发聩的，因为，某些反常妖风一直在刮。接下来，深入诗歌，具体分析诗人所祈求的一切，以启示众人。

首先来看第一部分祈求的内容。诗人先从自然界入手，而风雨花开的成因是复杂的、有规律的，是多种因素共同的结果。其中，人的因素是不可忽视的，人类从自然界巧取豪夺，对其造成无法挽回的灾难，各种环境问题四起，恶劣极端天气频发，给天气及自然界中的物种带来巨大影响。所以，诗人祈求，是为了让自然回归正常。

接着又转向与人类息息相关的事情，"爱情不受讥笑""跌倒有人扶持""悲伤给予安慰"等，这些无不反映了诗人的一颗仁爱之心。这些都是与道德相关的事件，就是因为道德的沦丧，所以，诗人要祈求，这也反映了问题已经到了非常严重的地步。诗人对这些问题的关注关心，体现了诗人的格局之大，高瞻远瞩，为了让社会变得更好而鼓与呼！

接下来，诗人又从精神层面祈求，一是知识的自由流淌，二是个人发自肺腑的声音不受操控。诗人这样的思想是非常有前瞻性的，是社会文明的一种体现。站在诗人的生存背景来看，这也禁止，那也禁止，这对学习和文化交流是一种摧残和伤害，是不利于进步的。而更可怕的是人们发声有了统一模式，定调定性，这是愚昧和倒退的体现。更开放、更自由、更文明是全人类共同的追求。诗人这样大声地祈求，不是为自己，而是为所有人，因为大家是一个命运共同体。

最后三行，诗人祈求没有人再像他一样祈求这些东西。从诗人所处的年代，到现代，虽然有所改观，但是依然有人在祈求与诗人同样的东西。这里有进步也有悲剧，但总体向好。不能否认成绩，也不能回避问题，这才是正确的发展观。

这首诗深刻地反映了现实问题，从解决问题的视角出发，提出正确的做法，引导人们向善，而从实际效果看，要改变也是极其困难的，因为这非一朝一夕的事情，而是多方联动的机制。诗人敢于指出问题，有一种家国主人翁的精神情感，这是值得所有人学习的。就这首诗来看，更重要的是其表现的思想性和人文关怀。诗歌从自然到人文再到精神，层层递进，就像是在全方位进行洗礼，以求焕然一新。这体现了诗人的理想和对光明的祈求，是能打动人心的。

（选自格命草公众号 2024 年 2 月 18 日）

蔡其矫《祈求》赏析

鲜 例

蔡其矫（1918.12.11—2007.1.3），出生于福建晋江，童年随家人侨居印尼，其后归国上中学。1938年到延安入鲁迅艺术学院文学系学习，做过军事报道参谋，曾在华北联合大学文学系、中国作家协会文学讲习所任教，从事过诗歌翻译和政治宣传工作。

这位有一头波浪卷发的诗人，其传奇的一生也如波浪一样汹涌，他在《蔡其矫诗歌回廊》的自序中，回顾所走过的人生道路和诗歌创作历程，这样写道：从英雄到海洋，从海洋到英雄，从热爱大自然到热爱一切人，也和回廊一样，分不清开始和结束。

蔡其矫是一个有英雄情结又有海洋气质的诗人。他的一生"一再经受风暴的颠簸和鞭笞"，经历过"反右"；因"军婚案"被判刑入狱；"文革"中被批斗，关入"牛棚"……虽然历经种种磨难，但他很少写苦难，而写出更多的是生之欢乐。他认同巴乌斯托夫斯基在《金蔷薇》中所说："经过眼泪与痛苦的挣扎，将光明与欢乐带到世上，这就是诗人的任务。"其《祈求》这首诗就是为人的自由和尊严呐喊，在那"风云"突变，被愚昧驱使人心的年代，人们已忘掉真正人之所以为人的意义，诗人无疑是个先觉者，所以他"祈求"，其实是告诫——我们应该拥有尊严和自由，诗以一连串排比的句式，展示美好，控诉邪恶，情感大胆而真挚，热烈地呼唤人们不泯良知，开启智慧的源泉，冲溃被禁锢的闸门。"没有谁要制造模式／为所有的音调规定高低"，这是以英雄般的力量，以海浪一样的气势，喊出了人不为奴役的心声，不是表现一己欲望，也不是歌功颂德；而是对苦难岁月与强权和邪道相抗争，回归生命本真和对生命欢乐的赞美。这是一首"归来者"，对过去悲伤岁月的"告别曲"，写作时间为 1975 年，收录在其诗集《生活的歌》中，它葆有来自生活的启示，而向往更加美好自由的生活。蔡其矫的诗坚持浪漫主义的美学传统，其核心是理想主义、人道主义和自由精神，他也以诗人艾青、何其芳为新传统，翻译学习外国惠特曼、聂鲁达、埃利蒂斯的诗，在艺术上还吸收和融合了帕斯、黑塞等诗的现代派观点和手法，而且承继着中国古典诗歌的传统，以山的震撼和海的狂欢表现社会和时代，他自喻为是一个"新浪漫主义"诗人。

（选自"抛物线的另一端"公众号 2024 年 3 月 17 日）

重读蔡其矫《常林钻石》手稿

万龙生

"常林钻石"这几个字，可能如今的人们已经陌生了。但是40年前可是个"热词"。我百度了一下，出现了许多词条。引其中一条如下：

常林钻石重158.786克拉，长17.3毫米，颜色呈淡黄色，质地纯洁，透明如水，晶莹剔透。晶体形态为八面体和菱形十二面体的聚形，比重3.52。常林钻石是由山东省临沂市临沭县华侨乡常林村农民（时称临沂地区岌山公社常林大队社员）魏振芳于1977年12月21日在田间松散的沙土中翻地时发现的。她把这块宝石献给了国家，成为我国的国宝。这块钻石以发现地点常林村命名为常林钻石，原收藏于北京地质博物馆，后被某领导借去鉴赏，失踪于某领导家中的写字台上。地质部去人催要了几次，那边说可能被保姆当石头给扔了。没办法。地质部怕担责任，用有机玻璃复制了一块放在展台上，由两位馆长和一位部长签了张纸条放在保险柜中才算了事。据网上说该钻石现在又找到了，保存于中国人民银行，不知真假。

此物该十分了得吧？只不过如今到底存身何处，却没有定论呢。

可是我要说的并不是这个据称中国第一的罕见钻石，而是蔡其矫的同名诗作，一些评论说这是他的代表作。他在1978年11月20日写给我的信中告知，发表于同年10月号的《安徽文学》杂志。蔡三强是蔡其矫之子，在他编选出版的《蔡其矫诗选》中却没有此诗。有幸的是，大概他知道《安徽文学》不好找，竟手抄了《常林钻石》全诗给我。蝇头小楷，流利清秀。标题本为《钻石颂》，又改为现题。这当然成为我极其珍贵的藏品。

蔡其矫（1918.12—2007.1)，当代诗人，福建晋江园坂村人。幼年随家庭侨居印尼泗水。1936 年于上海暨南大学附中读书时参加学生抗日爱国运动。1938 年到延安入陕北公学，后去新四军四支队，再入鲁艺文学系学习。1939 年 7 月随部分师生到达晋察冀边区，在华北联大任教。1945 年当军事报道参谋。1948 年调中央社会部。1949 年后任情报总署东南亚科科长。1952 年调中央文学讲习所任教员、教研室主任，参加中国作家协会。1958 年回福建从事诗歌创作与研究，任福建作家协会专业作家、副主席、名誉主席、顾问。他经历独特，特立独行，是一位有节操、有追求的诗人，取得了不容忽视的成就。吾友沈用大在其遗著《共和国诗历》中将他的风格概括为"侠骨柔肠"，十分贴切，而《常林钻石》则体现了"侠骨"的刚性。

全诗照录如下（略）……

读这首诗一定得注意其写作时间：1978 年 8 月 14 日，这正是中共十一届三中全会召开前夕，中国大地即将发生巨变。我们不能不佩服诗人敏感的政治嗅觉：他是通过常林钻石的发现，迎接一个伟大时代的到来。这哪里仅仅是一颗"无价的珍宝"？不，这是"新时代一个灿烂辉煌的象征"，闪耀着"千百万人理想的光芒"，"对于黑暗和愚昧的年代"唱出了葬歌，宣告了"缺乏、贫困、落后"的最终消亡！卒章显其志，在诗人眼中，这不只是稀世之珍，而是有着"兄弟姐妹"的群体，是"唤醒人的思想"的号角，是"寻求最高的美"的召唤！诗人把标题从《钻石颂》改为《常林钻石》也是很有意义的，这就不是泛泛的歌颂，而成为那个特定时代的带有预言性的深情赞歌。

总之，《常林钻石》不但在蔡其矫的所有作品中，就是一颗珍稀的"常林钻石"，而且在新时期的大合唱中，这也是他发出的响亮歌声！

庆幸《常林钻石》手稿成为我的珍藏！我向诗人的在天之灵表示深深的感谢。

（选自诸子兰庭公众号 2020 年 9 月 18 日）

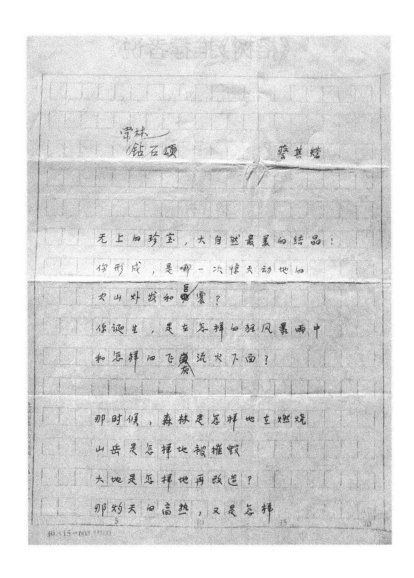

《榕树》推荐者说

菊　石

榕　树

蔡其矫

我想再也没有一种植物，能像它那样

充分表现我故乡的性格。

它的青铜一样四处伸展的纠缠的根，

即使最坚固的岩石也要被分裂，

但是慈祥的长须在空中飘荡，

却爱抚般地拂弄着光明的大气；

它的枝丫豪爽地让许多生命栖息，

低处有寄生的弱草，高处有安巢的雄鹰，

它巍立在路边，向下伸出四围的手臂，

好像要把地上万物都一齐向高空举起。

（选自《20世纪中国新诗分类鉴赏大系》，广东教育出版社1998年版，

有校改）

推荐者说：

蔡其矫，中国当代爱国诗人。这首诗用先总述再分述的写法，第一、二行

诗统领后面的诗句。作者用榕树这一意象表现故乡，将故乡的特点与榕树的生

长特征融为一体，通过写榕树的"根""长须""枝丫"的特点，形象地表现了故乡的坚忍、慈爱、包容，抒发了作者对故乡的热爱和赞美之情。可将本诗与语文课本中艾青的《我爱这土地》对比阅读。

（原载《中学生阅读·初中版》2023 年第 5 期）

第四编 蔡其矫作品选登

对中国现代诗的思考

蔡其矫

新诗的变革就是对诗之观念的更新，对诗人素质和审美感受与传达方式的更新。

生活大踏步前进，读者审美需求发生巨大飞跃，诗再不能用农业社会封闭式的眼光与节奏来反映现实。

对传统感受方式和传达方式的更新，是新诗史上一个重要转折点。这几年来，全国产生了数以千计的自发诗社和层出不穷的油印手抄本。当年尚属局部性的开拓，现在已经产生较大的蜕变成果，可以说，这是一次新诗的改造运动。也可以说，这是一次广义现代诗的勃发运动。

打破过去直线递进线路，多层次、多侧面、多角度、多触点，情绪化地切入对象，使对象心灵化、心灵对象化，从而形成暗示与深化、层叠与反射、衍生与变异、发散与张力，互相交织错综的多动能表现效果。

想象方式从原来的近距离比喻发展到远距离的离异偶合，产生不同寻常的变形变意。

直觉的重新确认，潜意识有选择的开发，提高了诗人多元地窥探心灵宇宙和把握世界的能力。

以个人感觉经验为主的个性化表达方式得到普遍认可。

传达与表现媒介的语言，朝着两个方向转化，一方面追求以原始还原和生活化为宗旨的单纯美，另一方面追求充满张力弹性的繁复美。语言的分析性成分减少了，暗示性增强了。

传统的起承转合结构也减少了，出现了常见的断裂、辐射乃至随意跨跳的结构。

以韵脚和相对整齐以及对称因素组成的外在节奏也减弱了，代之而起的是以情绪流动性为主的内在旋律，标志现代诗的音乐美开始由外在转化内在节奏了。大规模跨行、普遍不押韵现象表现诗体的自由化，使全面格律化的主张更加渺茫。

"无型便是型"成了现代诗形式的总信条。让形式处于最自由最活泼的动态中。

对历史的反思产生了强烈的思辨色彩，对民族文化心理结构揳入所孕育的史诗性，使现代诗诸多美学要素在量上积累，酝酿着质的意义的蜕变。

由于中国的国情，由于千百年来中华民族特有的"中和"心理结构，由于现实突出的使命感，中国现代诗自然具有中国色彩。

这种中国式现代诗，不仅思想内容、精神气质与中国社会现实血肉相连，及时纯粹表现个人心迹的，也与西方的"孤独主义"有所区别，即使十分相似的表现手法，也可找到民族文化心理结构的不同潜在本质。

在向内心世界进军中，也不放弃外部世界进程的观照，表现中国现代诗现实感特别强烈。

现代意识体现人们对世界认识的最新水平，把握现代人复杂动荡的心理结构，密切关注并紧紧追随中国人民艰苦跋涉中的足迹与脉搏，多层次多样性显示现代心灵，透过时空，审视中华民族长期积聚下来的民族意识、精神、气质。

中国现代诗，虽然吸收部分的现代主义因素，但与西方现代诗有质的不同。西方现代诗的哲学基础来源于先验论、存在主义、直觉主义、精神分析法、超人哲学等，从而让非理性主义主宰支配诗的一切。中国现代诗没有离开唯物论的基础，没有离开中国深刻的现实。它的总体是积极刚健、崇高优美。中国有条件有能力取人之长、补自之短。中国丰厚的文化传统具有无可比拟的同化力，不必担心会全盘欧化。

海峡对岸现代名家运动的经验与教训，对中国这块敏感的土地，也大有裨益。白先勇、余光中。

五四以来的新诗，在 60 余年的发展过程，由于自身先天的敏感易变，它比其他艺术更容易接受各种现代主义的影响，不断提升自己、超越自己，进入新的层次是符合事物的发展规律的。

中国现代诗，虽可以追溯到戴望舒、李金发，但由于民族阶级斗争的剧烈，由于外来文化还未找到坚实地与本土文化有机融汇，50 年代以前，它终于未能蔚成浓荫。

经过极"左"运动和十年浩劫，以思想解放运动为先导的社会变革，诗这一心灵艺术，率先用敏锐的触觉，传递发聋振聩的回声，加剧了诗本身的蜕变。

人们对事物的价值开始重新审视，诗的观念同样受到严厉的检验；人的全面觉醒，人的本质力量重新认识，人的想象力获得完美的活跃，诗人寻求自由开放的感受方式业已成了当务之急。

现代生活以前所未有的速度改变审美主体的习惯惰性，旧有的手法形式不能容纳日新月异的现代社会情绪，内容对形式的不适应日益明显，东西文化的交流，加剧了对传统的重新审查，长期程式化的制作窒息了新诗某些美学元素的停滞，这一切，都为自由体新诗提供了改革的客观基础。

70 年代中期露出的端倪，末期形成所谓"朦胧诗"就是中国现代诗的序幕和前奏。任何新事物的蜕变萌生，都不可能一开始就完美，它带有许多幼稚、不成熟，甚至某些不堪一击的弱点，然而它在以后重重困难中，却表现了顽强的增长性。

对现代文明的渴求，促成社会心理结构新的调整。这种调整表现在人的尊严、权利、使命、自信、力量的确定，是积极的人性复归、人情美的人道主义，以折射投影方式呈现在新诗中。

心灵是第二个宇宙，具有比海洋天空更辽阔的疆域，万物无不在这一块魔镜上投影。

在不同的时空下，读者带着自己的经验在与作品交流对谈中，获得属于自己的答案，甚至是常读常新的答案。

中西文化尽管有多方面的交混融汇，但差异是十分深刻的。中西文化的背景，中西文化的心理结构，以及社会现实基础的差异，是主要内因和外因，无不影响诗的各个美学要素。中国现代诗只能是中国现代意识与现代表现技巧的统一，只能是中国现代意识与本土文化的浑然合一，中国人的精神气质不可能源自异邦，而只能在自己特定的物质土壤生长。中国现代诗主要代表者之一北岛再三表明："我的诗受外国影响是有限的，主要影响还是要求充分表达内心自由的需要。时代造成了我们这一代的苦闷和特定的情绪与思想。"（《争鸣》1985年8期《访北岛》）它既不是步西方现代主义后尘，也不是二三十年代新月派沉渣的泛起。它是中国文化内部自己生长的产物，是新诗发展到一定阶段的产物，是特定历史社会条件下，诗的质的突破和变革。

多数作品都能清晰地听到现实的回音。

中国民族文化特有的素质，重精神、重情志、重感物、重内省等等，早已潜入并形成诗人的观照方式，与现实保持同步。

中国现代诗面临重负，要克服外部的曲解和不信任，又要进行多种实验并随时防范某些病患：例如过分注重捕捉一纵即逝的心灵流云，凭一丝意念一缕思绪便敷衍成章，最糟的拼命挤压感受，失去自然流露而染上矫饰匠气或放任不节制，给散文化大开绿灯，或过于僻涩古奥，产生隔膜感。

……

（本文发现于邱景华先生保存的蔡其矫手稿复印本，为不完整稿，大约写于1985年，篇名为编者所加）

与周涛相应相析

蔡其矫

1.20 世纪无论政治、经济、科学和文学艺术都有成有败，新诗运动自然也有得有失，是应该在这世纪末认真总结，并展望 21 世纪的各种可能性。

2.19 世纪中国的奇耻大辱太沉重，不免在进入 20 世纪的头二十年走向极端，打倒孔家店，蔑视传统，新诗最有成就的郭沫若和艾青，都曾从惠特曼和凡尔哈仑取得有益的借鉴。向西方学习成为潮流，一旦偏颇，自会积重难返。

3.所有伟大人物，无不个性极强。旧体新体，偏爱可以自由；也没有人能拿出一百光洋，为新诗买好。

4.萝卜白菜，各有所爱，能够由此断定高低吗？

5.古典与民歌，学习者大有人在。成就如何，百年尚不足以下判定。

6.新诗运动，有许多曲折：军阀混战，北伐未竟，内战与抗日走向农村，"反右派"和"文化大革命"，都在互相残杀，停顿与歧路，在所难免。

7.路上越走越宽阔，越光明。末日感只属宗教狂徒。

8.羞愧是人性未泯的证明。

9.民谣流传，是政治使然。谁敢把民谣写成诗，下场只有秦路一条！

10.是应该有一个为文艺界和知识界共尊的诗刊，大家争取吧！

11.艰难是诗的分娩必经之途，太容易的都不是诗。诗人之多或少，要由历史定论。

12.应该是孩童也懂得诗。诗并不神秘，也不必自视太高。

13.青海产生昌耀，自有时间和空间的必然。颂扬或低看，请便！

（原载《星星》1997 年第 4 期）

百年诗经：蔡其矫《祈求》汉英对照

祈　求

蔡其矫

我祈求炎夏有风，冬日少雨；

我祈求花开有红有紫；

我祈求爱情不受讥笑，

跌倒有人扶持；

我祈求同情心——

当人悲伤

至少给予安慰

而不是冷眼竖眉；

我祈求知识有如泉源，

每一天都涌流不息，

而不是这也禁止，那也禁止；

我祈求歌声发自各人胸中

没有谁要制造模式

为所有的音调规定高低；

我祈求

总有一天，再没有人

像我作这样的祈求！

Cai Qijiao

Prayer

I pray there be morewind in summer and less rain in winter;

I pray there be red and purple flowers;

I pray that love be not ridiculed;

And a stumbled personbe helped to his feet.

I pray there be compassion—

For a person who is insorrow

At least comfort be offered

Instead of nonchalance and contemptuousness.

I pray that knowledge be like a wellspring,

Which is on the gushing from day to day,

Instead of forbiddance here and there.

I pray that a song be sung from the bottom of one's heart,

And no pattern is madeby anybody

To prescribe the pitch of each tone.

I pray

That someday, no prayerbe prayed

By anybody like me!

1975

作者简介：

蔡其矫（1918—2007），生于福建晋江，幼年侨居印度尼西亚。1929 年回国。1938 年到延安。1959 年后，在福建省文联工作。主要作品有：诗集《回

435

声集》《涛声集》《祈求》《生活的歌》等。

About the author:

Cai Qijiao (1918—2007), he was born in Jinjiang of Fujian Province; he moved to live in Indonesia since his infancy, and repatriated in 1929. He went to Yan'an in 1938; after 1949, he worked at Fujian Provincial Association of Literature. His main works include poem collections such as Collection of Echoes, Collection of Billows, Prayer, and The Song of Life, etc.

(Translated by Zhang Zhizhong)

(选自国际诗歌翻译研究中心公众号 2020 年 4 月 4 日)

第五编　致敬与缅怀蔡其矫

紫帽山下济阳楼

张　陵

紫帽山为晋江境内第一高山，最高处海拔也就 500 多米，不算高。山不在高，有仙则名。早在唐代，就不断有人在山中密林处出世修炼。最后是否成仙，史书没有记载，但道家文化名山是坐实了。如今，紫帽山建设为国家森林公园，是个旅游观光的好去处。

为何起名"紫帽"，文化学者们可能还在考证。不过，紫帽山下那座济阳楼的来历却是明明白白的。20 世纪 30 年代初，印尼泗水华人首富蔡钟泗三兄弟在老家园坂村起了一座南洋式的三层楼豪宅，起名为"济阳楼"。济阳远在河南兰考，是蔡氏家族的发源地。当年，园坂村还很穷，农家屋子低矮破旧，"忧郁的黑瓦，哀伤的红砖"（蔡其矫《1932 年的园坂》）。济阳楼耸起，鹤立鸡群，想必十分惹眼。可见，蔡先生起初建这幢楼，并非用来隐居，而颇有衣锦还乡、光宗耀祖之用意。设计精心，工料讲究。历经近百年风雨，主体结构还堂堂正正、稳稳当当耸立于园坂村，坚固程度一点也不输现在的新楼，只是增添些许沧桑感，如果仔细品味的话。改革开放后，老百姓富裕了，村子里也盖了不少新房，也起了楼，可怎么看，还是感觉济阳楼让人舒服，还是让人感觉到济阳楼的与众不同。

济阳楼主体，中规中矩，敦实沉稳。大门原先匾书"荔谱流芳"四个楷体大字刻在大理石板上，保存完好，非常醒目。两旁对联"族本中郎派，家承学士风"，轻轻飘出习习儒风。前者指东汉大文豪蔡邕，后者指的是宋朝政治家蔡襄。他也是大书法家，写有《荔枝谱》留世。都姓蔡，都是历史名人，也都带有儒家风范，是蔡氏最为景仰的先辈。由此看得出楼主的文化传承和文化理想。具备了文化的底蕴，楼还是楼，则不是一般的楼了。

济阳楼也叫"诗人蔡其矫故居"。父辈盖楼之时，蔡其矫才刚15岁，就读于泉州培元中学。他可能那个时候就展现出写诗的才华，甚至尝试过写一些青涩的诗歌，但还不能称之为诗人。专家们普遍认为，他写诗并发表是从投身抗战救亡前线，投奔革命圣地延安，在鲁迅艺术学院学习、任教时开始。到了新中国文学时期，他已经是一个相当出色的诗人了。革命时代滋养了蔡其矫的文学思想，可他的诗歌创作却越来越偏向非主流，偏离时代的大主题。他认为诗歌应该抒发主人公真实的感受和感情，应该有浪漫奔放的情怀，应该赞美爱情。他这样想，也这样写，创作相当数量的爱情诗，甚至一度喊出"少女万岁""爱情万岁"这样当时惊世骇俗的诗句。他的这些作品，与时代的许许多多诗人的作品同样优秀，只是时代没有选择他。当代文学史确实存在着这样的现象：早期，不少从旧时代走过来的大作家大诗人，无法真正融入新的时代，不得不中止自己的创作，或者被边缘化。蔡其矫是个革命诗人，热情拥抱着时代，讴歌时代，但还是被冷落在一角。

厚道的家乡接纳了这位孤独寂寥的诗人。有一段时间，诗运和命运都不济的蔡其矫回到家乡，住进了济阳楼。从这个时候开始，这座普通的洋楼才真正成为诗人蔡其矫的家。我们通常以为诗人是回来抚平心灵创伤的，实际上，人们看得到的是他天天提着个篮子在市场进出，带回家不光每日必需的鱼虾菜蔬，还有花草树木的小苗。到了下午，人们发现他常会在自家的院子里，展示自己的园艺。种花种树，然后从院子里的水井打水，浇花浇树，忙得不亦乐乎。看得出，诗人内心是平静的、坦然的。只有到了夜里，家人都入睡了，二楼有个房间的灯还一直亮着，这是济阳楼专属的诗歌时间，从那个窗口，飘出诗人低沉的朗读声，那是一首诗在诗人胸腔中缓缓流淌。诗人在这里继续写着与时代情调完全不同的诗歌，完全可以不管天下的风雨。"没有你，大海和天空多么单调，/没有你，海上的道路就可怕地寂寞；/你是航海者亲密的伙伴，/波浪啊！"(蔡其矫《波浪》)

蔡其矫的诗歌到了"文革"后期，主要在知青们当中流传。知青们就像喜欢手抄本一样喜欢他的诗。这个精神苦闷而迷惘的群体正在等待着拯救和引

440

领，任何一点人性的关怀都会让他们激动和感激不已。蔡其矫的诗歌是否有这样的功能还很难说，但他那个时候成为文学青年特别是知青诗歌爱好者们的朋友却是不争的事实。青年诗人们更爱读蔡其矫的诗，更想从他的诗歌中感受温暖与爱情，更多地感受一个新时代最早的传递过来的气息。蔡其矫的诗作自然而然成为诗人们学习与创作的一个中国范本，并且通过这些模仿，直接催生了一个由一批最有才华最具创新意识的诗人们组成的中国诗歌流派，我们称之为"朦胧诗派"。这个诗派代表性诗人思想来源其实很复杂，并非全归功于蔡其矫一人。不过，所有的朦胧诗的代表诗人，都承认蔡其矫对他们的深刻影响。也许，这群自我感觉良好标新立异的注定会在中国当代诗歌史上留名的诗人们，对蔡其矫的敬重是他们唯一的情感共识。评论家说，朦胧诗站在蔡其矫的肩膀上。

晚年的蔡其矫大部分时间都居住在北京，有时也会回来住几天。年纪越大，回来的时间反而越来越少。济阳楼二楼的灯时亮时灭，多数时候不亮，后来就不再亮了。让人欣慰的是，院子里的花草长势一直很好。当年诗人亲手栽下的桂花树、含笑树、山茶树、莲雾树、杨桃树都已长大，有些树开花的季节，芬芳满园；有些树到秋天则硕果累累，散发出迷人的果香。那芬芳，那香气，有如蔡其矫永远不断的诗魂。

诗人为好些地方写过诗，自然不会忘记赞美家乡的紫帽山。"疏林下走去的背影／胸前也许是一束杜鹃／要献给新交的山／／静默的风景／山路飞过一只春燕／草木燃点绿色的火焰／／春的实质是苏醒／人心本就依附大自然／这条路伸入命运的边沿／／眼波洗刷灵魂／挹尽美丽在瞬间／心在寻求季节的开端／／倾听山风的涛声／为了冲毁所有的墙／给我永无休止的波浪。"（蔡其矫《春节紫帽山》）如果能在紫帽山国家公园的森林草丛花丛中不经意丢几块石头，等游人走近一看，石头上刻的正是这首诗，或蔡其矫其他的诗，那多好。紫帽山一定还会长高。

（原载《晋江经济报》2024 年 1 月 30 日、《海内与海外》2024 年第 3 期，又以《在济阳楼里追忆归侨诗人蔡其矫》发表于《福建侨报》2024 年 4 月 12 日）

蔡其矫先生给我的一封信

蒋 力

2023 年 7 月 30 日，杭州子张教授在朋友圈发"读记"曰：此文是蔡其矫去世后，《香港文学》主编陶然先生组织纪念专号约请海内外作者所写文章之一。专号蔚为大观，如今更觉珍贵。

文字下面链接的是北岛的文章：《远行——献给蔡其矫》。

我对北岛不生疏，但没有直接的接触。他主编的《今天》杂志，我接触或认识几位作者，按顺序，第一个是陈迈平，笔名万之，我的大学同班同学。第二个是舒婷，我的毕业论文评论的对象。为写论文，我与舒婷有通信往来。1980 年暑期，她来北京参加《诗刊》社举办的青春诗会时，见过一面，还提到她和艾未未等去了蔡其矫先生北京的家。我告诉她，那个大院（辛安里 70 号）我熟悉。第三个是徐晓，我在《中国文化报》工作时的同事。第四个是芒克，一起喝过两三次酒。如今的芒克，已成画家，不再做诗人了。2022 年，我儿子在北京 798 的太和艺术空间画廊，介入操办了"必有人重写爱情"——北岛诗歌朗诵会暨作品展。儿子很希望我从上海回趟北京，参加展览的开幕式。我未做到，因为"弹窗"。儿子特意请北岛签了一本同名纪念册留给我，可惜还未看到。

据此去看北岛纪念蔡其矫的文章，叠印我对蔡先生的认识，心中别有一番说不清的滋味。

我给子张留言：读过一遍，想起 1986 年我在拉萨见到蔡老（他整整长我 40 岁），让他到我下榻的酒店洗了个热水澡。

子张兄微信回复，问我与蔡先生的交往写过文章否，有书信留下否。他今年计划中有一篇《蔡其矫集外信札》，现已有十数封，问我若有，可否赐示复印件。

我答：大约有，存在京城旧居，可以翻找一下。

这样答复时，蔡先生的笔迹，及信封落款的"东堂子胡同"几个字，已然晃在我眼前了。

8月3日，我找到了蔡其矫1988年给我的一封信。

信封上的收件人地址：本市和平里东街12号　中国文化报。

寄信人地址：东城东堂子胡同59号五门202。

信封正反面两个邮戳上的时间分别是"9.15""9.16"。

内容如下：

蒋力同志：

真对不起，把你的名字记错了！

《忆庐山》收到。30行内的短诗，能够找到，但不知贵报偏用什么题材？如果指定，我可以新写。

我回京长住。还未按（安）电话。希来短简即可。

握手！

蔡其矫
九月十五日

《中国文化报》是文化部的机关报，1986年创办时，几近白手起家，文化部招待所（即和平里东街12号）那栋四层小灰楼就成了报社。我于1986年5月从《文艺研究》编辑部调入《中国文化报》。因已有3年多的编辑工作经验，所以报社给了我一个副刊部副主任的职务（当时没有主任）。副刊刊名"大潮"，除去小说、散文、杂文、报告文学、诗歌及美术、摄影作品均发。那时报社人手少，编辑和记者之间没有明确的分工，我进报社不久，就接了几次重要的采访任务，其中之一是随高占祥副部长去天津，报道他与李瑞环关于京剧艺术发展的对话及对天津青年京剧团的调研。紧随其后，随王蒙部长赴西藏，参加雪顿节活动。部长在拉萨的活动安排得很满，其中包括与自治区文联的同行见面。我与蔡其矫先生结识，就是在那天的见面会上。

东堂子胡同 59 号这个院子是人民美术出版社新建的宿舍楼，一栋 L 型的红砖楼。我印象中，迁入此楼的都是出版社的老同志，有的已经退休，比如我的老师王叔晖，还有她的老同事任率英。叔晖先生此前住在辛安里 70 号，那个大院也是"人美"的宿舍，同院的邻居中，有一位老编辑名叫徐竞辞，即蔡夫人。我在叔晖先生家，见过蔡夫人一次，她文雅的样子给我留下很深印象。我一进屋，她即起身告辞。倒是叔晖先生，在蔡夫人离开后，与我聊了几句蔡先生。这话题还是我开的头，自然是从我的论文对象舒婷说起。有这些铺垫，在拉萨见到蔡先生，就一点陌生感都没有了。

从拉萨回到北京后，我跟蔡先生约过诗稿。据邱景华君的文章说，是在 1987 年的春天，蔡先生的创作冲动一下迸发，写了《在西藏》和《拉萨》。这个细节，我已经不记得了，只记得那时还要往福建寄信给他。他的诗，我大概编发过一首，排在某期"大潮"的中间偏下一点的位置（我编的副刊上，诗歌没有上过头条）。那些年的合订本，我有保存，应该不难查到准确日期和诗的题目。

此函提到的《忆庐山》，当是蔡先生的来稿，可能偏长，没有编发。"30 行内"的要求，肯定是我去信提到的。显然，他对这份当时还是周二刊的报纸，不能说太留心，但对副刊编辑的约稿，则是有求必应。按说，既然他告我"回京长住"，我是应当登门拜访的，可是我却没有这样做，恩师王叔晖 1985 年大暑日病逝，此后我再未进过那个院子。

福建散文作家郭风先生，是我从未谋面、只凭通信联系的一位老作者。1991 年，他给我一信，代《福州晚报》副刊组稿。考虑到是福建的报纸，稿子的内容与福建相关为佳，我就陆续写了三篇小文：《高原诗痕》《遥记舒婷》《何日见郭风》。"高原"这篇是写我在拉萨与蔡先生的巧遇，包括请他到我房间洗澡的事。我收到样报后，复印了一份剪报，在旁边写了一通短信。

……久疏问候，身体可佳？甚念！

您还记得咱们在西藏文联的相遇吗？闽地《福州晚报》约稿，写了这篇小稿……复印一份寄上，算是一点纪念。

近来有新作吗？若能支持我一下，当甚感谢。

我仍在《中国文化报》负责副刊部工作。报社地址小有变化。

不记得有没有接到蔡先生的回信了，甚至，连这份复印件和信是否发出，我都不敢肯定了。一年后，我狼狈而决然地离开了报社，许多作者的信函、墨宝，都没来得及带走，其中肯定也有蔡先生的信。

所幸留得孤信在，祈求双虹自由歌。

2023 年 8 月追记前人旧事

附文：《高原诗痕》

蔡其矫先生是我偏爱的一位前辈诗人，我收藏了在书店里能买到的所有他的诗集，但在 1986 年夏天到西藏之前，我与他从未谋面。说起来似乎应该有相遇的机会，蔡其矫在京的寓所，搬迁前后都与教我画画的王叔晖先生同在一院。迁居前，他们住在一个不下二十户人家的大杂院里，我当年去探望叔晖先生时，经常在院门内的窗台上见到寄给蔡其矫的信，闲聊时也与叔晖先生一同纵论过他的诗，独独未曾在大院里遇面。人嘛，虽然一直未见过，却乎也久已相熟相知了。

在拉萨参加雪顿节活动期间，专门有一天在文联和西藏文艺界朋友见面。那天我去晚了，进了大会议室，认准一个座位，径直过去坐下，绝未料到，先一步坐在我左侧的长者便是蔡其矫。若不是他自动道出行程，仅看他那副高兴的样子，肯定没人相信三个小时之前他刚从山南地区返回拉萨。交谈中我得知，西藏文联的条件实在有限，以蔡其矫 68 岁的高龄和他在中国诗坛的地位，到一地参观，完全可以由当地文联派车陪一陪，但在西藏，这却成了奢望。蔡其矫去拉萨之外的各处观光，都是自己买票乘长途汽车，或费口舌说好话，搭乘顺路车辆。交通如此不便，却丝毫未影响他的豪兴。他得意地对我说：经常一个人在外面跑，习惯了，人家都说我不像这么大年纪的人。

那天晚上，我去拜访在西藏工作的青年作家马丽华。到了马丽华家才知道，她借了邻居的房给蔡先生住，蔡先生到眼下还未能洗上澡。数日来的旅途劳顿，一个老人吃得消吗？我提议，让蔡先生到我下榻的宾馆房间去洗澡。马丽华想了想，说只能这样了。我们请蔡先生稍等，便抓空去旁边一栋楼房看望青年画家韩书力。大约40分钟后，我们从韩书力家出来，此时暮色渐沉，晚风骤起，却见蔡其矫孑然一人站在马丽华邻居家的门外，凝望着拉萨城外的远山，一任那强劲的风吹乱他的华发。马丽华一愣，赶紧过去问他："您为什么不在屋里等我们？"蔡先生宽厚地笑笑："风太大，门一下就撞上了，我没钥匙，只好站在外面等你们了。"听了这话，我心头不禁一紧，为什么就没想到他是个老人，奔波了这么多天，该让他先去洗澡，早些休息呀！

三天之后，蔡其矫又登上长途汽车，在马丽华的陪伴下，兴致勃勃地到藏北草原看赛马去了。

此生，蔡其矫跑遍了全国所有的省份，此行，填补了他游历纪录中的一块空白。记得在拉萨分手前我曾半开玩笑地对他说："您真算得一个游吟诗人了。"我想，作为一个把毕生心血都奉献给了诗的作家，从西藏归来之后，会感到庆幸和骄傲的，因为这巍巍高原上，也留下了他的诗痕。

羊年冬月追记于北京

（原载《星光》2023 年第 2 卷，附文《高原诗痕》原载《福州晚报》1992 年 2 月 16 日）

由《蔡其矫抒情诗》想到的

王永志

时间过得真是快，转眼间就是诗人蔡其矫 105 周年诞辰了，而这位诗坛独行侠离开我们也有 16 年了。此时此刻，家乡人筹备出版纪念蔡先生诞辰专辑，无疑是一件有意义的事。作为蔡先生的忘年交，为此写点东西也是责无旁贷的。

写些什么呢？由于不住原来的家，拿到新住地的书籍寥寥无几，幸好还有《蔡其矫抒情诗》等几本。那么，就从我手头这本小开本的诗选说起吧。这本封面白色的硬壳书，出版于 1993 年 9 月。书名"蔡其矫抒情诗" 6 个字由诗人亲手写就，且用鎏金工艺。蔡先生对自己的字不甚满意，说小时候仿学弘一法师笔迹，现在看来，还真有弘一法师真迹的味道。在"蔡其矫抒情诗"左边，印着宋体的"香港现代出版社"。书的扉页写着"赠王永志 其矫 九四年元月"。

记得当时蔡先生持赠于我时说，这本诗选自己还比较满意，印得不多（当时说了一个数，大概是 500 本）。我数了数目录，刚好 100 首，一共只有 152 页，也就是说每首诗平均只有一页半，大多只有十几行。当然，尺幅短小是一回事，关键的是有些作品，未曾收入诗人此前此后诗集，在这部小开本的诗选中却能觅见踪影。所以，在那不足百字的编后语中，他写道："要出版一本自己中意的书，是多么不容易呀！我已梦想多年，各方试探，终于得到黄俊康先生赠款赞助，并经李建国策划、设计、奔忙，能够印出这样一本自己精选，传达心声，仿佛是一张名片，介绍认识的和不认识的知心人。"

蔡先生对我说，李建国当时在深圳从事文化工作，很喜欢他的诗，主动提出为他出版作品。而选择自己喜欢的作品出版，自是蔡先生梦寐以求的。因此，二人一拍即合，就有了《蔡其矫抒情诗》的问世。我看了版权页，作者是《优秀华文艺术系列》编委会。但是，网上搜索了一番，没有看到别的选集，不知它是不是该编委会的独一份。

在这里，有必要关注的是，蔡先生强调，这本诗集是自己精选，传达心声的。首篇是《距离》，次篇是《风中玫瑰》，而《致——》《无题一、二、三》《南曲》《南曲（又一章)》《雾中汉水》《川江号子》《波浪》《悼亡》《肉搏》等名篇，均囊括其中。

更让我感兴趣的是，《大学生》《年代》《醉海》《冲天浪》等诗章，有的不见蔡先生的其他诗集，甚至不见他辞世后的全集，有的则比收入《蔡其矫全集》中的同题诗还长。如《醉海》，在《蔡其矫抒情诗》中，有4节22行，而在8卷本《蔡其矫全集》中同题诗里，只有2节14行。其中最末一节："我迷醉你的潮流／崇尚你的涌动／为世纪指出新路／自由的蓝色象征啊！"就告阙如，而自由、蓝色，都是蔡先生所钟爱的。在《蔡其矫抒情诗》中，《冲天浪》为5节，每节5行；而在8卷本中则为3节15行，像"万劫不死的自由之魂／有狂风梳理白发／一个永不瞑目的心思／弹指升起光明弦索／奏鸣艰难的人生"整节，都未见到。而自由之魂、光明弦索，当是蔡先生所强调的。《火山口》是《蔡其矫抒情诗》中最后一首，而最末一句也是最后一节"未压服的光，在地层下流动"，同他一贯的礼赞自由、崇尚光明的波浪精神，是一脉相通的。

这本《蔡其矫抒情诗》，同蔡先生的其他诗选有所不同的，是诗的末尾全都没有年月日的标注。这在特别注意标明日期的蔡先生来说，是很不寻常的。如果要找其中缘由，或许小开本的诗集，标署日期占用空间；另一个原因或许是：有些作品写作年代同出版日期太接近，而这些作品是诗人出自他一以贯之发自内心、自由自在的真实想法。就像其晚年面对"如果用最简洁的语言描述一下新诗最可贵的品质，您的回答是什么"的提问时，他脱口而出的回答是：自由。因此，这本《蔡其矫抒情诗》看起来短小，但分量不轻，值得我们珍视和研读。

（原载《星光》2023 年第 2 卷）

蔡其矫的乡愁诗情

刘　衍

　　在晋江紫帽山下，在紫帽镇园坂村，当我们的目光停留在济阳楼前，金灿灿的炮仗花开得正艳，观音白茶树也氤氲成郁郁葱葱的云峰。置身楼内开辟的蔡其矫诗歌馆，浑身被浓厚的闽南乡土气息所感染，这不仅仅是因为蔡其矫曾经在这幢楼内居住生活，更是被蔡其矫诗歌中浓烈的乡愁诗情所感染。

　　艾青说："为什么我的眼里常含泪水？因为我对这土地爱得深沉。"蔡其矫就是爱祖国每一寸爱得深沉，他时常一个人携带背包行走于边疆、内陆、沿海等地，醉心于一座山、一条河。蔡其矫的诗歌，早期以讴歌自由、爱为主要核心理念，晚年的作品大多以乡土、大地、海洋、生态、人生、情诗系列为主。我认为，这些诗歌，都体现了蔡其矫浓浓的大乡愁，体现了他根植祖国大地，传承中华文化，不论在何时何地，诗情流露出的都是与时代脉搏紧紧相依，写出的都是当地的所见所感，没有强烈的乡愁意识，是写不出这么好的诗歌来的。

　　蔡其矫 1918 年 12 月 11 日出生于晋江紫帽镇园坂村，幼时随家庭侨居印尼泗水，青少年辗转在印尼泗水、上海、延安，1941 年写出《乡土》《哀葬》，分获晋察冀边区文协举办的鲁迅诗歌奖第一奖和第二奖，这是他乡愁诗歌的发端。

　　他对故土的思念始终不忘，到 1956 年至 1957 年发表了许多诗作，这些诗分别收录在《回声集》《回声续集》(均由作家出版社 1956 年出版)、《涛声集》(新文艺出版社 1957 年出版) 三部诗集里。蔡其矫热爱大海，源于故乡晋江靠海。他于 1953 年秋天第一次接触海军，1954 年和 1956 年两次深入海军部队体验生活，从此与大海结下不解之缘，写下许多关于大海的诗作，艾青曾说："海都给他写完了。"以至于蔡其矫喊出"我是大海的子民"之句。1953年他到东海舰队的舟山基地、温州水警区、福州水警区、厦门基地等处考察观通站、炮艇和海岸炮。观有所感，蔡其矫写了《海岸》："面对着大洋伸出花岗岩的礁石，/有白色的浪花为它绣边。/……那亲爱的雁群，伸着灰白的长颈，/在海洋的低空逆着风筝飞行。"生动素描了故乡围头湾的现状和变化，对故乡海岸的美丽进行了赞美。

1941年至1956年，是蔡其矫乡愁诗歌的第一阶段。这一阶段除了《乡土》等诗作外，还有写于1956年的《船家女儿》《南曲》这两首诗作比较典型。1956年正是"反右派"斗争时期，山雨欲来风满楼，他却坦荡于"诞生在透明的柔软的/水波上面，/岁月成长在无遮无盖的/最开阔的天空下的"自然的女儿；刻画《船家女儿》的形象："那圆润的双肩从布衣下探露，/那赤裸的双脚如海水般晶莹，/强悍的波涛留住在她的眼睛。"

1956年蔡其矫刚满38岁，正是人生壮年，当受到一些不公正待遇时，更加怀念故土，心中积蓄的乡愁诗情在这个阶段勃发出来，写下了抒发乡愁的名篇，《南曲》是比较著名的一篇。南曲是闽南地区最具典型的乐调，南曲对蔡其矫一生来说是一曲牵肠挂肚无法排遣幽怨的乐曲。"洞箫的清音是风在竹叶间悲鸣。/琵琶断续的弹奏/是孤雁的哀啼……/而歌唱者悠长缓慢的歌声，/正诉说着无穷的相思和怨恨。/……/故乡呀，你把过去的痛苦遗留在歌中，/让生活在光明中的我们永不忘记。"故乡给诗人的印象总是痛苦和无奈的。"南方少女的柔情，/在轻歌慢声中吐露；/……/微微地垂下她湿的眼帘，/发出一声低低的叹息。/……/当她抬起羞涩的眼凝视花丛，/我想一定是浓郁的花香使她难过。"同年写的这一段南曲又描绘歌者南方少女湿的眼帘低低的叹息，浓郁的花香竟然令她难过，同样给人以幽怨感伤的感觉。

"我想再也没有一种植物，/能像它那样，/充分表现我故乡的性格。/它的青铜一样的四处伸展的纠缠的根，/即使最坚固的岩石也要被分裂，/但是慈祥的长须在空中飘荡，/却爱抚般地拂弄着光明的大气；/它的枝丫豪爽地让许多生命栖息，/低处有寄生的弱草，/高处有安巢的雄鹰，/它巍立在路边向下伸出四围的手臂，/好像要把地上万物都一齐向高空举起。"这首《榕树》也是蔡其矫乡愁诗歌最有说服力的一篇，榕树实际代表了诗人故乡的性格，也代表了诗人生命力的顽强和不屈不挠的意志精神。"青铜一样的四处伸展的纠缠的根"令"最坚固的岩石也要分裂"，"长须在空中飘荡""爱抚般的拂弄着光明的大气"；"它的枝丫豪爽"地让"生命栖息"，看吧，"低处有寄生的弱草"，"高处有安巢的雄鹰"；"伸出四围的手臂""把地上万物一齐向高空举起"，对榕树的包容和坚韧性格作了情有独钟的描写，也体现了故乡人"爱拼敢赢"的精神风貌。

1957年，蔡其矫受到批判，挂职任长江流域规划办公室政治部宣传部部长。1958年被撤销党内外职务，主动申请到福建省文联当专业作家。在这两年，他根据在长江流域所感所想，结合自身情况，写出了《雾中汉水》《川江号子》，表达了对劳苦大众的深深同情。回到福建以后，心中的乡愁诗情爆发了，强烈的忧国忧民思想和乡愁诗情产生了碰撞，他写出了更为深沉更为接地气的乡愁诗篇，这也是蔡其矫乡愁诗歌的第二阶段，一直到1977年。他说："我终于回到福建老家来了，就暗下决心，要写出故乡的近代历史以及它的人文地理甚至它的风景、它的花木、它的习俗和艺术。"以至于写福建的就出版了整整一部《福建集》。

那时的故乡是贫瘠和无奈的，也是蔡其矫对自由对人生的再一次思考，当面对政治迫害，他一次次以诗歌形式予以抗争，喊出了自己的呐喊。"啊，海外旅人的故乡/谁能够看见你而不记得/那龙眼树盖满的山丘/那黄土路边小小的园圃/那耸立水田边的/一栋栋红砖的高楼/都饱含着离人的眼泪/和游子的乡愁"（《侨乡的歌》）。他以故乡大海的波浪为题，在1962年写出了著名的《波浪》诗篇。"对水藻是细语/对巨风是抗争/生活正应像你这样爱憎分明/波——浪——啊！"诗人通过故乡的大海波浪，写出了当时所处时代的那种心境。福建师范大学文学院教授、博士生导师孙绍振曾说："在这首诗里，诗人的才情不仅仅表现在形象和意象的鲜明和独创上，而且表现在思想的光彩上。而敢于把对抗主流极'左'意识形态的个性主义写到诗里，表现了诗人不屈服，而且敢于冒政治风险。正因为这样，随着时代的变迁，当年红极一时的诗歌纷纷从经典中凋落之时，蔡先生的诗作却作为历史的经典得到一代又一代的年轻读者的欣赏。"同年，蔡其矫借《九鲤湖瀑布》之句："在荒无人烟的狭窄沟壑里 / 怅对天空直到今日？"抒发乡愁之感，表达对邪恶势力毫不妥协。1964年，蔡其矫创作的《泉州》长诗，不仅仅写出了刺桐港的辉煌，也写出了刺桐港的没落和对刺桐港所代表的泉州人的希望。"那些沉默寡言的 / 水手后代 / 驾着风帆走向南洋，/ 在热带的森林里，/ 淘锡沙，割橡胶，/ 在数不清的群岛上 / 延续你的光荣。/……以深沉的爱 / 建设海外的第二故乡。"

诗情不断，诗心不老。当我们移步到济阳楼旁的一座红砖老厝，这是蔡其矫出生的地方，老厝是典型的红砖墙面的闽南民居。没有人居住，只有红砖砌成外墙，还是一片温润的深红，依然散发着勃勃的生机……是的，蔡其矫是归侨诗人，他放弃南洋富家少爷身份，奔赴革命圣地延安，而故乡红，则是蔡其矫诗歌美学的基本色。但故乡园坂太穷了，促使他在1964年写下《1932年的园坂》。1932年正是他家济阳楼修建的日子，"忧郁的黑瓦、/ 哀伤的红砖，/ 白日里也只有深深地感叹！"借此来抒发他当时回归故土的悲悯心情。他在1964年写下诗篇《红甲吹》。"红甲吹"是闽南民间喜庆时所演奏的音乐，吹者都身穿红马甲，以小鼓、唢呐、小锣组成乐队，所以叫"红甲吹"。"如此甜蜜而又华丽 / 闽南民间喜庆的乐音；// 那铜钲缓慢的敲击 / 吹起阵阵欢乐的风，/ 那唢呐急嗨的吹奏有如早春林中百鸟的交鸣。// 于是我又回到孩童时候 / 用喜悦的眼睛看到这一场景：/ 到处悬挂着猩红锦绣的帐幔，/ 长长的杉木板铺在天井，/ 吉祥的歌句，飞扬的粟米，/ 还有新娘衣裙的悉悉声。// 记忆中的故乡全出现了 / 带着它的色彩和它的风情：/ 扁担挑着雕缕涂金的漆篮，/ 戴花的妇女芬芳袭人，/ 稻田荡漾着明亮的气流，/ 蜜蜂身上沾满金色的花粉。"通过穿着红马甲的吹鼓手，吹出了记忆中的故乡色彩和它的风情，以及留在诗人童年记忆里的猩红锦绣的帐幔，新娘衣裙的悉悉声，雕缕涂金的漆篮，蜜蜂身上沾满金色的花粉……

故乡山水的滋养给了蔡其矫诗歌营养，当我们追寻他的足迹，踏遍他家乡的山山水水，想逐一叠上他前行的足印，无论是在紫帽山、灵源山、九日山，还是在安海、青阳、金井等地，感受蔡其矫诗人绵绵不绝的乡愁。让我们登上紫帽山，通过他的一首《紫帽山》来作答吧。

1976 年 3 月，诗人蔡其矫写下了长诗《紫帽山》。紫帽山是蔡其矫的家山。1976 年，蔡其矫当时还在永安县坂尾果林场劳动，或许是思念家乡，回到园坂村时登上紫帽山。"到处是纷纷的细雨 / 和层层灰雾，/ 看到的只有 / 盘亘而上的石路 / 繁花未发的山坡，/ 你现在在哪里，/ 我熟悉的 / 家乡的山啊！// 撕下岁月无情无理的面具，/ 拒绝与他们同归于尽 / 疲于斗争但决不丧失信心。"当时，蔡其矫虽然"文革"冤案已彻底平反，但仍然没有重用，通过紫帽山这一特定意象的描写，写出了心中的抗争和狂放不羁，他是热爱家乡、热爱紫帽山的，但反对人们肆意破坏自然，掠夺紫帽山。正因为有如此血性，他才会发出如此控诉。

无疑，蔡其矫的乡愁诗歌提升到了政治意识形态，蔡其矫说朦胧诗实际是政治上的推动，但蔡其矫运用得非常巧妙也无懈可击，这也使他的乡愁诗歌的思想境界高了很多层次而备受关注和流传。他的家族以"荔谱传芳"，于是他借用故乡著名的水果荔枝在 1962 年写出《荔枝》诗篇，"相亲雨露，/ 厌恶风霜"之句就是表达自己真实心意风尚。1964 年的《梨园戏》更是发挥到了极致："在正义得到胜利的背后，/ 其实是奸雄在横行一时。"还有许多这类诗歌，这些诗歌写法非常大胆，特立独行，有别于其他的诗人，展现他独特的艺术风格和思想风貌。

1977 年，蔡其矫结束漂泊生涯，回到老家晋江园坂村居住，所以他的第三阶段的乡愁诗歌是从 1978 年算起到晚年结束。从 1981 年 8 月开始，蔡其矫进行了每年 3 个月的长途考察旅行，一直到 1991 年，近 20 年间旅行考察数十次，几乎走遍中国的每一个省、福建的每一个县。他一直在行走，一直在行走中找寻诗意。"穿过竹林疏声 / 拂动渺茫的树顶 / 渐渐变成飒飒的凉风 / 和远浪呜咽的低音 / 随着萧萧的暮雨凄零 / 充满乡愁 / 也充满酸辛 // 终于雨过风清 / 升起平静的云……"（《洞箫》，1981）。诗人邹荻帆评价："蔡其矫更多从生活中取材，给我们一幅幅水墨画，或浓或淡，或写意或描真，兴之所至，无一定章法，但都是蔡其矫体。"这也是蔡其矫心中的大乡愁使然，没有这份热爱和坚持，是不可能为蔡其矫赢得历时愈久愈确定的诗名的。

让我们把足迹印在闽南人祖先的一条神秘的美丽动人的洛河水边吧。1982年，在这里，蔡其矫写下了一首山水诗《洛河》。诗歌引用三国曹植的爱情名篇《洛神赋》，既写出洛神女性人神之美，也写出了蔡其矫老诗人寻求爱情与现实的不变真理。"但是诗却教我死非永久/爱情以一息获得长存。/那里，空蒙绿岸的恋人/爱的歌声在万年呼吸中回应/你那乍阴乍晴的河面上/总有时隐时现的明眸素颈/关键就在于/想象与现实绝不相等/多情善感的女性/并非天妃水神。"蔡其矫诗旅的行踪，就是要发现各种各样的美，从历史人物留下的遗踪，探寻人与自然、人与社会的和谐关系以及诗人自己的生命体验。

1986年5月29日，蔡其矫创作《海神》长诗，也是他晚年海洋诗歌的代表作。20世纪90年代直到晚年，蔡其矫一直在写有关海洋的诗歌。"认识你要经历一番灵魂的冒险/我渴望这一切不是虚无/用女性的柔情把世间温暖/深邃一如大海的梦/一再受风暴鞭笞/向你举起我的忧伤/让我为你眼睛所透露的语言高歌/抚慰所有寒冷的心……"老诗人借海神妈祖娘娘这一福建传说女性形象，借这一宗教信仰文化，道出了严酷的当代生存环境，借海神"女性的柔情把世间温暖"以"抚慰所有寒冷的心"，同时也把海神的和平形象和浓浓的乡愁传到海内外以及海峡两岸。可以说，海神女神形象，使中国新诗第一次有了诗的海神！

2007年清明节，走完一生的蔡其矫魂归故里。在他生前建设的公众花园，他静静地安息在园坂后山凤凰木下，他的诗魂至此也继续扎根大地，在风中波浪中继续行吟。当我们驻足在他的墓前，听微风簌簌，好像是他老人家喃喃自语，斟酌新的诗篇，又好像是他在勉励新人继续前行。此时，阳光从树叶间洒落下来，覆盖在我们身上，我们只有静静地膜拜鞠躬，我们身边徒留的只有潺潺的流水、鸟语花香、肃穆的墓碑……我们仿佛看到一页页诗篇随风飞舞，每一页的末尾都署名园坂村。也许冥冥中自有天意，他要把心中的乡愁之歌继续从这里出发，唱响祖国的每一寸土地。

（原载《星光》2023年第2卷）

良师益友蔡其矫

林汉基

记得 1971 年夏天的一个下午，在明晃晃的阳光下，在林茂春同学家门口街边的树荫下认识了蔡其矫，大家称其为"老蔡"。

老蔡中年以上，约莫我们父辈的年龄。国字脸的五官显得俊气与老成，还有着一头略带波纹、黑得发亮的卷发，看起来天然又妥帖。大约一米七的个子，身材十分匀称。

茂春告诉我，老蔡是从省文联来到永安坂尾果林场的下放干部，是著名的现代派诗人。我怎么看老蔡都不像诗人，诗人至少外表文弱，或者戴副眼镜的样子。在我看来，老蔡倒是像工厂里的车间主任。后来，我们经常接触又加上都是闽南人彼此之间格外亲近，成了忘年交。

他进城常骑一辆红色的英国造的"莱哩牌"单车，出现在小县城街上胜过当今的奔驰、宝马，十分气派。他很喜欢泡澡，经常请我陪他到大众澡堂的大池里共浴。年轻人耐不了热，只能泡较低温的池，他则在最烫的池里泡得遍体泛红后，喘着粗气出水躺在池畔歇一会儿再入水，显得十分享受。

印象最深的一次是老蔡在燕江楼请我们同学吃饭。其时同学们都已是插队知青。大家倾慕老蔡的诗歌、才情，都喜欢围着他转，聊天、讨教、胡侃、辩论，亦师亦友，都是他忠实的粉丝。

那是两米以上的大圆桌，中间有转盘。传菜还是用提升机从楼下送上来的。十几个同学簇拥着老蔡，席间谈笑风生热闹非凡。女同学都抢着挨着老蔡坐，轮番敬酒殷勤夹菜，看着两腮泛着红晕的女同学，老蔡满面红光显得格外开心与慈祥。

饥肠辘辘的知青曾几何时面对燕江楼的传统名菜：大盘炒香菇笋丝木耳冬粉加之鸡鸭内脏与猪下水，真是万分可口。荔枝肉、糖醋鱼、葱烧大排，杂烩汤里蓬松的豆腐、猪肺、大肠，还有捞起来就啃的硕大骨头，都是精料。那味道让人至今流连。

自从 1938 年省会内迁永安，福州来的大厨名师在燕江楼培养了不少本地厨师，几十年来一脉相承，集闽、沪菜系为一体，是本县首屈一指的大酒楼。

那一餐可谓风卷残云、盘碟尽净，同学们吃得肚皮滚圆，打嗝都透着吉山老酒的醇香。

据说老蔡在北京时领着文化部部长一样级别的工资。打小是印尼华侨。青年时到上海读书，怀着一腔热忱奔赴延安当了一名军事报道参谋。抗战期间他的身影活跃在高高的吕梁、太行山麓，经历了血与火的洗礼。曾经卧在山坡上目睹燃烧的村庄和鬼子的暴行恨得咬碎槽牙。

记得他写的一首诗，大意是抗日战士被鬼子刺中胸膛，最后他挺身穿透了刺刀，同时用刺刀捅进敌人的胸膛。鬼子倒下了，他却像铁铸般地屹立着。

壮烈的诗篇激情的语句惊天地泣鬼神，极大地颂扬了革命气概与民族精神，极大地鼓舞和提高了军队的战斗意志。

看过了他的《回声集》与《涛声集》。他立志走遍四海与海政文工团到过诸多舰队和海军基地。在厦门他描写了鼓浪屿：

> 黄金的沙滩镶着白银的波浪，
> 开花的绿树掩映着层层雕窗。
> 最高的岩顶又迎来张帆的风，
> 水上的鼓浪屿——
> 一只彩色的楼船。
> 每一座墙头全覆盖着新鲜绿叶，
> 每一条街道都飘动着醉人花香。
> 蜜蜂和蝴蝶成年不断地奔忙，
> 花间的鼓浪屿——

永不归去的春天。

夜幕在天空张开透明的罗帐，

变化中的明暗好比起伏呼吸。

无数的灯火是她衣上的宝石。

月光下的鼓浪屿——

在睡眠中的美人。

鼓浪屿被他形容得美不胜收，诗歌成了代代传唱的经典。

他从省文联下放到永安坂尾果林场与许多知青结下深厚的友谊。他走遍了永安的山山水水，到过洪田上石，与同学们一起攀登了高高的紫云山。其间也留下了美妙的诗篇。记得他在诗中形容女同学像白兔一样不慎翻滚下山时的可爱。又形容了传说中古代起义者凭靠的山势的险峻。只可惜现今找不到这首诗，老蔡也未曾发表。

老蔡多次到上石并探望了下放在这里的陈贻亮一家。陈贻亮先生略小老蔡一岁，是中国戏剧家协会福建省分会的秘书长。是中华人民共和国成立后所有上演闽剧剧目的总编导，获奖无数，是福建省戏剧界的执牛耳者。他是样板戏《龙江颂》剧本的编辑与执笔者。戏剧成为革命样板，人却被打成"反动学术权威"下放到农村劳动改造。他的一儿一女于1969年到建瓯小桥公社插队，1970年他俩夫妇带着13岁的小女儿被下放到上石村。

老蔡与陈贻亮本是老朋友，又同年被下放永安，相见在这山野荒村，彼此内心苍凉分外唏嘘。我陪老蔡在陈贻亮家吃了一顿饭，陈贻亮还帮我理了个发。小女儿陈榕榕喜欢普希金也喜欢老蔡的诗。每次见到老蔡都喊："蔡伯伯!"高兴得笑成一朵花，真真的可爱。

有一次老蔡来上石为陈贻亮写了一首诗叫作《深山雪里梅》：

纵被委弃也全不让，

依然开在百花头上。

管他飘零身世，

一副淡漠心肠，

临溪照影，

飘落飞空，

风自狂暴反添态，

寒冷入骨更助香。

最可怜，

尤在断桥烟雨中，

岁末日暮，

寂寞谁与共。

但见云暗淡

月朦胧，

流水声呜咽，

知它受了多少凄凉。

过早的热情常浪费，

严寒中独放更受累。

伤害又何妨，

心坚志不移，

映夜月，

照野水，

浩然忠贞守岁暮，

清香原不要人知。

傲骨耿直，

疏花清丽，

不与群芳斗深浅，

敢向霜雪争高低。

风流在淡泊，

神韵自天然，

戏蝶游蜂俱不识，

独占东风第一枝。

好花不须多，

潇洒两三点，

笼雾带雪，

托日含烟，

冰中展容，

霜下开靥。

不染尘埃自高洁，

偏爱深谷高山，

洗尽铅华，

不怕形影孤单，

并非无情，

毕竟岁寒然后见。

凭它风狂雪猛，

百般摧残，

心中情热如故，

独自先春迎来年。

　　这首诗被多少知青争相传诵，像长了翅膀似的飞过高山深谷城市街巷，和你我心间。

　　老蔡与知青搭伙同吃同住。有一次我搞了一只芦花大公鸡，红烧煮了一大盆。老蔡什么也没说，只是掩饰不住喜悦对我会意地笑笑。三碗老酒下肚，老蔡更是慨当以慷诗兴大发，嘴中念念有词直至手舞足蹈放浪形骸近似癫狂。真是顽童不老十分可爱。

　　每次离开上石，陈贻亮必定相送老蔡至村口。在古老的石拱桥上，在风涛涌动的高大的柳杉林下执手话别。

1972 年 3 月，我选调到闽北建阳麻沙汽车修配厂工作，临行与老蔡告别。老蔡告诉我，建阳麻沙他到过，1967 年在那里待了几个月，是省内最大的"学习班"，是接受审查和批判关押牛、鬼、蛇、神的"牛棚"。当年叶飞夫人、福建省教育厅厅长、党组书记王于畊便关押在这里的一个楼梯间里。老蔡与她很熟，好几次在窗口与她打手势偷说几句话。

他还告诉我，麻沙、书坊是宋代最大的印书基地，书籍远销波斯等国。"文革"前高中语文第一页诗经"关关雎鸠"的影印就是取自"麻沙版"。我为他的知识渊博所折服。

1973 年 9 月 30 日下午，车间办公室人员告诉我，厂门口有人找我，我想一定是老蔡来了，因为他给我来信说准备国庆节来看我。果不其然，老蔡身穿浅蓝色拉链夹克，身背一个鼓囊囊"马桶包"显得风尘仆仆却又神采奕奕。二人相见四目放光，拥抱表达了彼此的真情与思念。老蔡高兴地大声喊道："我现在是闲云野鹤，自由万岁！"惊得传达室里正在分拣书信报刊的老杨一脸愕然。

同宿舍楼的弟兄们早就听我介绍过老蔡的身份、地位与传奇的经历，想不到如雷贯耳的人物今天忽然到来。他们当晚在宿舍大厅备齐了酒菜，对老蔡表示热烈的欢迎。

又是推杯换盏，又是吆五喝六，大家轮番敬老蔡，老蔡虽然一一浅酌，但也被激情淹没，云里雾里了。

几位爱好文学的文艺青年羞涩地摸出自己写的诗歌让老蔡点评。老蔡虽然头晕，但说起诗歌、流派、韵律、写作、技巧就像行云流水般地侃侃而谈。尤其是念诗之时的声腔高低、抑扬顿挫、委婉抒情和慷慨激昂让年轻人听得如痴如醉、敬佩不已。

我与老蔡调侃说他今晚的"讲座"是"酒座"，声情并茂精彩的讲演无与伦比。看来酒是诗词的发酵素，难怪古人云：李白斗酒诗百篇。

第二天是国庆节，我们睡到近午。我带老蔡到麻沙狭窄的古街上吃了锅边糊、油饼。顺着浮桥到对岸的水南走走。

水南是一个历史极为悠久的古村落，村后有一大片参天如屏的风水森林。

这里俗称"楠木林",巨株楠木占树种的80%以上,也有几株高大的桂花树散发着幽香。

林外河滩是无际的、碧绿的橘子洲,附近还有大面积的覆盖着爬山虎与蓬蒿的残垣断壁,台阶、庭院里都长着高高的杂树。

穿过深深的河卵石铺就的长巷,跳过臭烘烘的牛栏门口一洼洼的积水坑,来到了一户青砖大户,飞檐翘角的门牌楼上的字迹早已被"破四旧"时的石灰浆抹盖了。

我跟老蔡开玩笑说:"老蔡这可能是你的祖家。"老蔡扑哧一笑:"这怎么可能?"我说:"这家人姓蔡,是你本家,我们是朋友,我们几位还在他家吃过饭。"接着我进内高喊:"小蔡!"小蔡妈出来应承说是小蔡去邵武办事了。随即招呼我们坐下,热情地请我们喝冰糖茶。

突然老蔡一脸凝重,从高高的防火墙看到前庭天井里的巨大的飘着红萍的石槽和厚石板花架上黄杨、榕根树榴的盆景的石雕底座,再看大厅的雕梁画栋与无神主牌的后面中央的神龛字纸,接着仔细瞻仰了大厅侧面的六柱对联,喝了一口茶拍着大腿对我说:"不得了,这是宋朝大儒蔡元定的家啊!"遂起身拉直衣襟向主神位连鞠三个躬。

女主人见状,一头雾水不知所措。老蔡笑着对她说:"我也姓蔡,我们是同祖同宗,礼拜一下是应该的。"大妈高兴得微微颤抖,亲切之情油然而生,一定要留我们吃午饭,我们再三谢辞了。

中午在厂食堂就餐,老蔡爱吃肉包,我打了一大盆紫菜蛋汤,咬一口满嘴流油的大肉包,老蔡吃了6个,我吃了8个,剩下6个带回去当点心。

老蔡躺在床上对我说:"今天真是三生有幸,你知道蔡元定是什么人吗?"

我真不知。老蔡接着说:"蔡元定小朱熹5岁,24岁往崇安拜朱熹为师。朱熹对蔡元定略为考询之后,不禁大惊,其满腹经纶不在自己之下,更不当在弟子之列,应为讲友。之后有投拜朱熹者必令蔡元定考查。"

朱熹一生著述,如《论语》《孟子》《大学》《中庸》和六经的讲论都是两人共同的文化结晶。朱熹在《河图》《洛书》的研究中都受到蔡元定的启发。朱熹一生的许多著述实际上都是蔡元定编撰执笔,是朱熹的左肱右臂,专职秘书。

难怪老蔡连声念叨："十分快慰，不虚此行。"

10月2日上午，我骑自行车带老蔡去书坊乡游玩，十公里的沙土路嗖嗖就到了。

麻沙古称"永忠里"，书坊古称"崇化里"，宋代两处刻版印书有千余户、千余种书籍，是全国三大印刷中心之首，统称"麻沙版"。

时过境迁，我和老蔡行走在老旧街巷和岌岌可危的古墙之下。破落的古屋旁到处是残垣断壁，里面都是瓜棚豆架种满了蔬菜。雕版印刷早已绝迹，只见阡陌间戴着斗笠、挑着粪桶的农人。这些人满脑袋高粱花子，历代祖先精辟的雕版技术、深厚的文化底蕴早已荡然无存。

转到一处大厝铺满长条石板的地基旁发现了一口大水塘。水塘内长着几丛茅草似的茭白，还有稀疏地开着白花、长着箭镞形的叶片的莳芋和一些紫红的浮萍。池塘边砌就的石壁上刻着"洗墨池"三个字。

老蔡灵光一闪，说这一定是古代洗涤木雕版的池子。我伸手一探，果然抓了一团墨泥上来。老蔡说："我们下去摸摸看，说不定能找到遗失在下面的雕版。"

我们脱去长裤，下到将近没膝的池塘里，我们用脚踩，触碰到板状硬物再伸手下去拽上来。摸了半天我在茭白根部摸出了一块木板。用水洗后发现真是一块雕版，约有30厘米长、20厘米宽、将近2厘米厚。洗净一看是明朝杨敏斋刻的"西游记新镌全像"，还配有人物图案的一块雕版。还有一块约半米长、早已被茭白根千缠百绕根本拔不动，我和老蔡一齐用力，结果脱手都摔个仰八叉。

上来一看，我们膝盖以下都是浓厚的墨泥，这都是大几百年的文化积淀啊。我俩像从煤矿洞里爬出来似的，两个黑不溜秋的人跑到小溪胡乱洗洗罢了。

晚饭后在厂澡堂泡了个澡，老蔡在宿舍翻来覆去仔细看那块雕版，在琢磨到底是什么木材？我说："水泡千年松，或是富含油脂的樟木，不管什么木，几百年下来早成阴沉木了。"

当晚我俩小酌，老蔡说："你知道'程门立雪'的典故吗？"我说："略知一点。"

老蔡说："'程门立雪'其中一位叫游酢，就是麻沙长坪人。你知道长坪吗？我们明天去看看。"

麻沙镇到长坪村有十来公里，而且一路上坡，载人根本骑不动。我借了一辆自行车，一人骑一辆。

蜿蜒的公路盘旋在武夷山脉，绿幽幽的溪流缠绕着茂林修竹簇拥着挺拔的丹霞群峰。几经问路，终于到了长坪村。

这是一个孤寂荒凉的村庄，几座几近倒塌的房子黄土外墙斑斑驳驳。稀疏老旧的木瓦房歪斜在村口，看不到店铺也没有街巷。空旷的收割过水稻的田野剩下密集的稻茬。山边几株不知名的落叶树伸着光秃的枝丫，在秋风中摇曳。

我们问了几位村民，他们都说长坪村没有姓游的，问起何处有祠堂或是老宅时，他们都摇头摆手令人失望。

回程下坡飞快，到厂里还了车，我和老蔡看到一群人在伐树。这是厂生活区内的一棵千年大樟树，树径至少十几人合抱，或是因为树木空心怕倒下来压倒一大片家属区。据说卖给烧制樟脑油的。

老蔡看得很仔细，告诉我说："你发现没有？工人掘树根的时候，挖出了许多破瓷碗、汤匙，还有筷子之类。这说明宋代这里是河边，人们在树下洗涤衣物、餐具。说明河床已经逐步外移大几百米开外，而且河床变窄，流量变小了。"

我想起一位麻沙中学的老师曾对我说，古代麻阳江（麻沙到建阳）可以通官船最远到杭州。老蔡心有灵犀，洞察力超强，真是个智者。

第四天下午，老蔡跟我们宿舍4人一起散步到五华里开外的黄泥垅，去拜访一位开砖瓦厂的朋友老夏。

走近砖厂只见路边聚着一群人在拉拽一头被夹在公路边深沟里的大水牛。

老夏将我们迎进客厅，母亲、老婆、小姨子都出来招待我们，忙着递烟沏茶。

过了一会儿，两个民工进来跟老夏叽里呱啦讲了一通浙江话。我们问起啥事？老夏说这一头在砖厂踩泥的牛已经很老了，而且患有严重的关节炎，已基本不能干活了。不想今天却顺路边水沟越走越深沟口越窄，结果夹在沟里出不来。

于是，老夏便想请民工弄出来屠宰掉算了。可是民工要100多斤牛肉为代价，老夏犹豫不决。

老蔡说："这有何难，我们来处理，我以前的部队在北方，杀牛宰羊都是常事。"老蔡叫老夏拿一柄八磅锤来，然后拾一砣土块放在牛角之间的天灵盖上作为砸锤的标记。老蔡撸起袖子，抢起铁锤就要打，我拦住老蔡，将锤子交给姚师弟，姚师弟在厂里当铁工，每天抢锤打得很准。我叫他对准土块铆足劲打一锤扔下就走。姚师弟"嘭"的一声砸中土块撒手就跑。没想到老牛受此一击竟然站立了起来，随即又落入沟中。我捡起铁锤跨上牛背对准头顶猛砸，只听得"咔嚓"一声头盖骨破了，这才停手。

老牛趴在沟里了，可是十几个人怎么都拉不上来，此时已是暮色苍茫了。后来我决定拦一辆车帮忙拖拽。

说来也巧，十几分钟后驶来一辆车，十几个人挡在路中央几把手电直射驾驶室，车子立马停下。走近一看是一辆江西牌的井冈山货车。司机一人吓得筛糠，我说明情况并向他借了钢丝绳绕在牛前肢后端与脖子上，然后指挥他一拉就上来了。我向他道谢，并请他抽烟帮他点火，他似乎惊魂还未定呐。

我正准备学习庖丁解牛，老夏跑来说："不必你们动手了，又脏又腥又臭的，民工答应只要30斤牛肉就帮忙宰杀清楚。"

我们5位与老夏一家济济一堂共进晚餐，大家喜笑颜开，灌了老蔡一肚子老酒。

临走，老夏拎着一个竹箩筐进来，里面装满牛腿肉，30来斤，我们实在推托不掉，由两位师弟穿一根竹棍扛回家。

第二天，我交代师弟上街买些马铃薯，中午将楼下伙房大锅刷干净，直接土豆烧牛肉过起苏联式的共产主义生活。

中午吃，晚上吃，再喝烧酒，老蔡额头沁满了汗珠，快乐地连声喊道："共产主义，大快朵颐！"

次日，老蔡要告别了，我将那块木雕版用纸包好，同时，我将朋友送给我的一大堆宋代的建盏里，选出5个品相完好的一起包好送给老蔡。

前几日老蔡在宿舍把玩建盏时对我说，建盏出产在建阳水吉，在宋代是斗茶用的，如"兔毫盏""鹧鸪斑""油滴""曜变"等才是极品。目前只有日、英、美和中国香港才有馆藏。我这些虽是从宋代残窑里挑拣回来的，但是在当时没有什么价值。

我心里感叹，老蔡像百科全书一样知道的真多，知识相当丰富。

老蔡说，他准备到邵武看一位下放的朋友再回永安。我领老蔡到隔壁单位华东车队搭上去邵武的带拖斗的"解放牌"货车。

这时他从夹克内袋掏出一个信封对我说："这是我写给你的诗，作个留念。"难怪老蔡昨晚那么迟睡。

挥手之间，彼此虽有诸多不舍，老蔡还是笑盈盈地随车绝尘而去。

我迫不及待地打开，题目叫作《麻沙行》：

风瑟瑟，闽北秋凉。
黄叶在脚下打转，
我们四目相对，两相执手，
便觉血脉偾张。
本来浅酌低唱，
小宿舍演出大排场，
诗歌溢出窗外。

麻沙的崇义坊，
关关雎鸠在此鸣唱，
宋代的官船载满书籍从麻阳江
到繁华的临安，
更远到伊朗。

千百户印刷雕版书楼商馆，
颓落成瓜棚豆架断壁残垣。

文心雕龙的先祖，
褪化成挑着粪桶目不识丁。

洗墨池把历史洗得一干二净，
朵朵蝴蝶翻飞在茭白、莳芋之间。
捞出的雕版是明代的宝物，
出水的两腿墨泥才是文化的积淀。

程门立雪的游酢
就在不远的长坪，
武夷山麓的蜿蜒
直达他的家乡。
破败凄凉的山村，
无人知晓的大儒。
任你喊破喉咙，
山风是你的回音。

这里是儒家圣地，
不远的崇安五夫，
建阳的考亭书院，
不远的黄坑就有朱熹的坟茔。
还有麻沙的蔡元定，朱熹的肱股，
我的宗亲。
闽学的先驱与圣贤都集中在这里，
这里是程朱理学的宝库与圣殿。

这是一次舒心的旅程，
心花再次在这里怒放。

亲宰的牛肉，

足够量的土豆，

五十二度的酒精，

让我们领略了美味的"共产主义"。

我要去云游了，

只要不被人缚住双腿。

而你只能在这山里的工厂，

遵从上下班汽笛的引导。

在机声琅琅中听天由命，

我走了！

多保重，

我的小兄弟。

　　这是老蔡写给我的唯一的一首诗，我一直珍藏在心里，直到今天。

　　陈贻亮的小女儿陈榕榕 1970 年随父母来上石后，就在洪田中学寄宿念初中。每个星期六都与湍石、上石的几位同学步行约 16 公里回家，第二天傍晚返校。那几年，我们经常都可以看到这些男女学生结伴而行，时隐时现在树木森森的沙土林区公路上。

　　初中毕业后，只能回到上石村插队当知青。十五六岁的榕榕愈发长得面容姣好，身高一米六多，身材婷婷。

　　记得清明过后，四野碧绿，榕榕身穿一件大红灯芯绒在房前菜地摘菜。远远地一群男知青大喊："快看！万绿丛中一点红！"

　　1975 年，陈贻亮夫妻因工作需要调回福建省戏剧研究所，榕榕便与知青队一起生活，也许是基因遗传，榕榕很爱读书，只要是闲暇，她几乎手不释卷。除了四大名著，《红与黑》《战争与和平》《简·爱》《斯巴达克思》《悲惨世界》《安娜·卡列尼娜》让她读之入迷。

　　她尤其喜欢普希金的诗。站在窗口阅读《假如生活欺骗了你》。记得有一次她下田回来卷着裤脚，双腿沾满泥污，站在石拱桥下准备濯洗的石板上，满怀深情大声地背诵普希金的《小花》。少女的声音纯净悦耳，至今融化着我的心。

榕榕可爱，知青大哥大姐们都对她关爱有加。每次老蔡来上石，她总是缠着蔡伯伯讨要诗歌手稿，调皮地、忘情地念诵。

有时她也独坐窗前失神地凝望群山，显得特别抑郁，说是想念父母家乡这也正常。我想也许她那时候的心绪早已飞越阿尔卑斯山，来到巴黎圣母院、埃菲尔铁塔，来到圣彼得堡，来到罗斯托夫眺望静静的顿河。

1976年榕榕回福州过春节，就在那个上石凄冷的寒春传来了榕榕在福州杜坞火车站卧轨自杀的噩耗。犹如晴天霹雳，知青顿时炸了窝，朝夕相处的同学们无不伤心落泪，痛入骨髓。

在城的章同学连夜乘火车赶往福州，俞同学、李同学也含泪拼凑路费先后辗转前往吊唁。

到殡仪馆才知早已火化完毕。望着骨灰盒上榕榕微笑的比以往更漂亮的照片，同学们悲恸万分泪流满面。

据同学说，老蔡在永安，闻之捶胸顿足，老泪纵横号啕大哭，瘫坐在椅子上起不来。

过了些时日，老蔡为此憔悴多了，他想不通，从小看她长大的拥有如花似玉的容貌和健康体魄的她，因何会自寻短见。

老蔡含着眼泪为陈榕榕写下了这首长诗《生命》：

含着泪痕
飞奔向火车猛冲
你去了，
像很快就熄灭的火星
在春天繁盛的田野
在高亢汽笛声中
生命飞向无底的深渊

心弦不再发出美妙的节奏
让死亡做你的解放者。

这死亡
像弦乐中断
霎时沉入完全的无声
黑暗无可再暗
终于来到了永恒的宁静，
一切都归于乌有
既无痛苦，也无欢欣，

你预期的目的似乎达到
疲于斗争的心得以休息
不再为苦恼燃烧，
艰难的行程也告结束
躲到我们看不到的地方
去做轻松无尘的梦！

可是你那鲜红的血滴
却刺穿生你育你父母的心，
同伴的心，战士的心。
塞住咽喉的哭泣
尤遮的风雨
惨白的脸，悲伤的云
战栗的手啊
这一切你都不再感到
为什么你这样决绝？
可怜我们这些后死者

还要长久背上你这不幸的负担
直到进入坟墓
让无言的黑夜使我们忘却!

当你活着的时候
是多么文静温柔的人
腼腆而善良
一向坦然微笑
全不觉有什么阴影
会留在灵魂深处。
流言，中伤，失望
都不能揭示你致死的原因，
你也不是死于苦闷。
难道是由于软弱?
然而你的死又多么刚烈无情
你是为解脱而死吗?
不愿等待，不愿受辱，
是为自由而死吗?
你的魂魄不在大地
你的心上没有别人。
也许你是抛弃生命抗议
可是，对谁呀?
也许当你冲向火车
已经没有理智，
由于好胜?
由于报复?
是惩治别人
还是惩治自己

你再也不能开口
向我简单地说明！
你死得多糊涂
又多么不合时宜
你只有十八岁呀！

在春的怀抱逝去
你默不作声
只留下一团迷雾
连最能自持的人
也不免变得失措
命运之类的迷信
暗地偷袭
难道生与死我们不能自主吗？

我的心在痛苦中沉落
如在寒风的黑夜里。
我的心像冷雨中一朵花
在飘零中战栗。
我没有权利沉默
我要说话。

从前我以为
自杀都是勇敢的人
他不惜抛掷最宝贵的生命
作一次最强烈的抗争
胆怯的人办不到。
拿死争口气

弱者变成强者。
为报仇而舍身
这行为多光辉！
让魔爪下少一个受辱者
这气魄也不小。

但今天，我认识一个真理
为了共同获得光明
生命不属于自己。
生命属于亲人，属于战友
属于养育的人民
属于这时代和国土
生命属于大家。
要为这生命的给予者报效，
要对一切人忠诚
要充分使用生命为别人
没有权利自行处理！
不要拿死亡向人索取，
也不要拿死亡向人炫耀，
不能草率对待生命。

倘若生命是春天
去了还会再来。

倘若生命是火焰
熄了还可重燃。

倘若生命是彩船

沉没还能捞起。

但生命是流水
一去不复返！
生命只有一次。

人既不能生两回
也不能死两次，
生命不能糟蹋，
死并非难事。
谁活着没有痛苦？
生活从来没有轻便的路。
谁能不背一大堆悲伤？
谁能随意停止而不迎难向前？
欢乐还暂时很少很少
而困难却多得不可胜数
但我们能退却吗？
能逃避吗？

苦难不会使人变丑，
苦难使人显出力量和美德，
不幸能增加勇气，
生活的深处最光辉，
艰难的道路景色最美。
永远不向苦难屈服
生命就会以不可阻挠的意志
穿越失望奔向前去
在风雨泥泞的路上

响着沉重而坚定的步伐。

在我们当中，
坚强的心灵并不多，
但只要活着，
就是对黑暗的胜利。

美丽一定会战胜丑恶，
真诚一定会战胜虚伪，
但要能够等待呀！
沉默垂死，光明方升，
让我们把忧伤高高举起
如照亮黑夜的火炬，
让我们把死者抛弃的生命
拾取回来，
放在记忆明亮的地方
永远鼓舞生的意志
宣传生的欢欣
让后来者杜绝黑暗
面向光明。

老蔡的诗句，字字血声声泪，除了悼念榕榕，还向我们阐述生命的真谛、生命的意义，教人们珍惜生命。

老蔡到过永安安砂九龙湖，快艇划破碧绿的湖面，观赏了漫长的水路中的座座精致的岛屿，和沿岸突兀高耸的危崖绝壁和那些张牙舞爪的古树虬枝。

他还到过将乐，写下了玉华洞的美妙诗篇。

任凭穷乡僻壤，任凭仕途失意，他的傲气、骨气、志气与追求真理向命运抗争的精神永远高昂，并洋溢在诗歌之中。有些当年的小作今天读来格外经典、格外亲切。

有一次老蔡突发奇想，竟然跟着在街道放排的上石知青章约瑟一起放木排到福州。随行的几个同学都是新手。从西门桥下出发，一路顺风顺水出兴平洲过修竹湾、枡桐潭漂浮在十里平流浏览两岸旖旎的风光。

正在兴致浓时，贡川以下遇到险滩礁石，前排生手掌握不住，后排章约瑟把控不了。轰隆隆几声撞上礁后，结果排散人落水，待相互救助仓皇爬得上岸时，诗人早已成了"湿人"。

排上柴米油盐锅碗瓢盆早已漂走，大家急着收集漂木重新组排，老蔡估算此行要七八天才到福州。同时得知路上险滩暗礁比比皆是。尤其沙县至来舟有一道落差五六米的水道，木排钻入水中得透迤潜行数十米才浮出水面。其间必须憋足气抱紧桅杆才行。

把湿答答的衣裤拧干披在蓬蒿上晒干后，纠结之下老蔡终于在连打了几个哈欠之后，决定放弃漂流，从贡川花两角钱乘火车返回永安。

林茂春是他的学生，也是终生忠实的追随者。他们的关系如胶似漆，经常同吃同住在茂春家里。几十年来茂春把老蔡当作至亲至爱的良师益友。这种情感如同佳酿美酒愈陈愈香。

茂春酷爱文学，嗜书如命，在老蔡身上汲取了大量的文学精华，极大地丰富了知识体系。

茂春看书损坏了视力，却不断提升了正义与良知。他是一位偏执者，同时又像老蔡一样是一位人生的勇敢者。

老蔡的诗歌自成一体，我很喜欢。据说他年轻时受惠特曼和尼采的影响，他的晚年有人称他为"中国的朦胧诗之父"。

以往读他的诗总感觉他有着超人智慧和无比宽阔的内心世界。他又是用什么方法把平常的文字组合演化成撼人心魄的诗篇?! 也许这与两种文化或血缘有关。

李白生在西域碎叶，现属吉尔吉斯斯坦托克马克市。精通两种文化。既能用外语写吓蛮书，又是中华诗歌的顶峰。

普希金是俄罗斯的"诗父"，他的祖父是黑人。融汇了两种血缘。

老蔡从小在印尼生活，既具备南洋马来文化，也具备暨南大学附中和延安鲁艺文学系的高等教育。或许二者结合才产生如此瑰丽的文采。

据说后来的老蔡愈发活跃。我曾向在福州与老蔡住同大院的朋友打听他的近况。朋友说老蔡很硬朗，七老八十经常用自来水冲凉。这种习惯是南洋马来人固有的。

还说老蔡越老越远行，经常独自一人背着行囊走遍敦煌、大漠边塞、新疆、西藏。

大约2004、2005年老蔡最后一次来永安。茂春约我在永安大酒店见到了老蔡。老人家两鬓花白依旧精神矍铄。那两天不断地有当年的知青和社会各界的老朋友前来探望他，老蔡万分高兴，亲切之情溢于言表。

第三天上午，老蔡让茂春通知我到桃源洞相聚。此行与老蔡结伴的是司机和一位学者。记得这位学者是客家人，名叫王炳根，是福建省作协副主席、冰心研究会的负责人。冰心的传记就是由他撰稿、编辑写成的。

王学者近期一直与老蔡接触相陪，全方位了解老蔡，准备受托为老蔡写传记。老蔡此行来看看永安的学生、朋友，这里有他太多的辛酸与快乐，还有他传播的诗歌文化以及深深的情结。

记得有一位永安分管文教的副市长也是老蔡的粉丝，他与桃源洞景区主任一起热情地招待我们。

在临河的草坪上设席相待。带转盘的圆桌上摆满了砂锅田螺煲、麻辣泥鳅、笋干、芋包、薰鸭、红烧猪脚等满桌本地特色菜肴，在这里吃饭真是别有风味。

桃源洞人称"小武夷"。山水景观天工造化精致绝伦。尤其是一线天被徐霞客称为华夏第一。席间我们仰望壁立万仞岌岌将倾的危岩，那种摩天的气势让人无比震撼。

听了主任对景区的介绍，老蔡感慨万千地说："我当年下放在坂尾村离此不远，那时果林场经常安排我砍柴。那些年我数十次来到桃源洞，穿过一线天在山顶上砍柴。将柴火扔下悬崖，下午下山将柴火装上板车拉回去。你看那悬空的天桥常常是我歇息的地方。"

老蔡说着眼眶禁不住湿润，声音也有些哽咽。想不到风景秀丽的桃源洞竟是诗人的伤心之地。

老蔡痴痴地凝望山崖，手中的筷子微微颤抖。我知道神色凝重的他再次用心灵与山川对话。

午后茶毕老蔡一行起身告别，我们和老蔡拥抱后，茂春和我一人握住老蔡一只手，舍不得放开，没想到这次竟然是诀别。

挥手之间轿车启动带走我们不舍的依恋。目送着车子沿河远去，下午的阳光映着丹霞峰峦，满江碧绿的水面粼粼闪闪泛着波光。

（本文写于 2024 年）

园坂济阳楼

蔡永怀

炮仗花攀缘于墙头，一串串火辣辣，跳跃着欢快的音符，墙体由方石垒砌，门亭上挂着"蔡其矫诗歌馆"木牌，早就听说蔡先生喜欢花草，你瞧！庭院中三角梅姹紫嫣红，桂花醇香浮动，藤萝悄悄地爬上岗楼，染绿了看更房，诗篇在花草间吟诵着，小猫摇动着尾巴，竖着双耳聆听抒情的乐章。

济阳楼位于晋江市紫帽镇园坂村，为两层的番仔楼，三开间，进深四间，山花上书"济阳衍派"。据《蔡氏族谱》介绍，蔡氏源于姬昌姓，周文王姬昌第五子叔度建立蔡国（今河南），子孙以国为姓，慎终追远，把渊源铭刻在建筑上，这也是闽南人的情结。登上五级台阶，前廊配两根圆柱，塌寿门楣上书"荔谱流芳"。北宋大学士蔡襄著有《荔枝谱》，成为世界上第一部果树分类学著作，蔡氏后人常以为荣。大门对联："族本中郎派，家承学士风。"东汉名士蔡邕，官至中郎将，希望族人能传承学风，光宗耀祖。侧墙"百家文史大观，数辟画图清秀"，由厦门天昌公司集晦翁字。另有"居仁""由义"，出自《孟子·尽心》："居仁由义，大人之事备矣。"喻义要有仁爱之心，做事应遵循礼义。整座建筑弥漫着深厚的中华文化，可见主人的文化情怀。

中设天井，既增加了采光和通风，下雨时屋顶的流水倾注于屋内的深井中，闽南人有风水不外流之说。厅中摆放着蔡其矫的半身铜像，飘逸的卷发，微凸的前额下双眼炯炯有神。展览馆分为"烽火旋律""大地情诉""诗国行吟""海洋回声""故园恋曲""文坛引航""蔡其矫研究""蔡其矫生前寝室"八部分，陈列着蔡其矫生前用过的照相机、望远镜、影集、奖状、手稿等物品。二楼门楣上书"汝南世泽"，汝南为河南古地名，意为蔡氏源于中原，宽大的大厅适合进行家庭舞会。

后院里堆放着数块石牌，上刻"本校于民国二十三年建筑祠堂边楼屋，越三年添建新校舍，及祖东西教室与二直头时，捐资者，捐地基者，勇跃助工者，实觉群策群力之可贵也，尚望继以往善加保持永固校房，更丕张而光大之聊掇数语藉以慰藉，既往鼓舞将来云。蔡钟泗、钟汶、钟长乐捐建筑费，蔡凤锵捐地基一所，蔡钟赞捐地基一所，蔡其行捐地基一所，蔡其伯、其治捐地基一所。校长王岫松谨识，总董蔡其行勒石。中华民国廿六年七月"等文字，见证了蔡家急公好义、乐善好施的情怀。一个石秤锤尤为珍贵，有几十斤重，上刻"福宁郊白尾砣"的秤砣（蔡家经营福州至宁波线生意）。现中国闽台缘博物馆也保存几个泉郡苏宁福郊的糖砣。泉州盛产甘蔗，蔗糖成为远销的大宗商品。

济阳楼建于1932年，由蔡钟泗、蔡钟长出资，蔡钟汶负责建筑，历时一年，坐东北，朝西南，以水洗水泥饰面。钢筋水泥、瓷砖为德国产品，从印尼转运而来，耗资3万大洋。厦门天昌公司承接了建筑工程，到温州请来水泥浇注工人，从香港买来"象标"水泥。厅前大石砛长3米多，宽有几十厘米，重达1000多公斤，从紫帽山上开采出来，靠人工运到工地，可见工程之艰难，成为当时方圆几里首屈一指的豪宅。这里曾经办过民校、区公所、部队驻地、粮站、小学。2007年，济阳楼被列为晋江市第四批文物保护单位，也是紫帽镇的爱国主义教育基地。

蔡其矫先祖在园坂村一带种植大量的龙眼、甘蔗、制糖、龙眼干，把产品销往北方市场，再把北方的面粉、棉花、大豆运回泉州，生意越做越大，拥有自己的船队。祖父蔡赓臣还是清末秀才，不但文化高，而且善于经商，后到古城发展，成为泉郡的富商。宋元时期泉州是东方大港，许多阿拉伯来泉商人与当地人通婚。蔡其矫祖母天然卷发，叔父都是一米八左右的身高，有明显的外域血统流传基因，称为"半南蕃"。蔡其矫认为"这种异域色彩造就了我的文化氛围和气质，海洋的蓝色文化成了我生命的基因"。蔡其矫父亲蔡钟泗，16岁丧父，家道中落，卖了两亩地作为路费，带着弟弟赴印尼谋生，因为有些文化，被商店聘为账房先生。18岁回乡结婚，其间在干味店帮工。受新思想的影响，不久重回印尼，与弟弟合开咖啡店，勤奋拼搏，生意不断扩大，拥有十多家商铺，并创办公司，成为当地的富侨。蔡钟泗传承家风，善写格律诗，毛笔字飘逸俊秀，喜欢种树养花。

蔡其矫出生于紫帽园坂村，8岁时为逃避战乱，与乡人前往印尼泗水，就读于当地的振文小学，学习文言文和英语。11岁时回国，在厦门鼓浪屿生活，就读于教会学校福民小学。后回泉州考入培元中学，再赴上海入读泉漳中学高中部，再转入暨南大学附中。在沪期间积极参加抗日活动。后怀揣理想奔赴革命圣地延安，进入鲁迅艺术学院文学系学习，创作了大量反映抗日救亡的作品，其中《乡土》《哀葬》获得晋察冀边区诗歌一、二等奖。歌曲《子弟兵战歌》成为边区必唱的歌曲，徐迟先生称之为解放战争的优秀作品。中华人民共和国成立后任中央人民政府情报总署东南亚科科长，中国作家协会文学讲习所教员、教研室主任，汉口长江流域规划办公室政治部宣传部部长，福建省作家协会副主席等职。蔡其矫始终保持诗人身份，代表作有《雾中汉水》《川江号子》。《川江号子》以生活在长江上的船工为载体，描写劳动人民艰辛的生活气息，抒发出对悲壮生命的敬畏之情，令人荡气回肠。他认为"诗既表现感情的燃烧，而一切燃烧都是运动，把痛苦和欢乐转变为精神财富，诗人的命运就是创造"。20世纪60年代被错误打压。后从事自由诗、民歌、古典诗词研究。拨乱反正后，重新激发了创作热情。曾在家乡小学义务上课，校园里时常传出与孩子们玩游戏的笑声，激发了心底里的那份童真。在晋江建市三周年之际，撰写了《晋江之歌》，由著名音乐家李焕之作曲。有人说："蔡其矫是一位不为某种潮流而写作的独立诗人，他的诗歌自觉地遵从最初的艺术感觉，孤寂地抒写心灵的欢乐与苦痛，虔诚地担当起了诗歌的责任。温情绵延于整个生命，却尝遍守夜的滋味，是蔡其矫一生创作的真实写照。"

浓厚的家风熏陶着蔡其矫的心灵，虽然长期在外地工作，北京竹竿巷四合院、福州凤凰池家居、园坂济阳别墅成为他的安乐窝，几十年中他就像一只候鸟，来回穿梭着。每年的清明节总要回乡扫墓祭祖，并且在济阳楼住上一段时间，种上带来的花木，整理花草树苗，会会亲朋好友，吟诗作赋，甚至举办舞会，陶醉于村野乡间。蔡其矫、蔡其雀堂兄弟根据仙洞桥的自然条件，把水池、堤岸进行美化提升，引进多种名贵花木，把屋后的山坡建成公众花园，小水库波光粼粼，小鸟飞翔，蜻蜓点水，水边岩石上书"仙桥砚池"，文人墨客临水作赋。沿幽径拾级而上，蔡其矫骨灰安放在青松翠柏之间，坟墓为黑色花岗岩体，上饰影雕头像，上书"蔡其矫（1918—2007），我是大海的子民"，面朝大海成为诗人永恒的追求。泉水顺着山涧蜿蜒曲折，小桥横卧其间，清风徐徐，成为村里的绿色家园。

（原载《晋江文评》2023年第2卷）

填补"蔡其矫与菲华"篇章

王 勇

2023 年 12 月 11 日，首届蔡其矫诗歌节在中国著名侨乡、著名诗人蔡其矫的家乡福建省晋江市紫帽镇隆重举行，诗与远方不再遥远。诗歌节涵盖了蔡其矫诗歌音乐会、首届蔡其矫诗歌奖启动仪式、纪念蔡其矫 105 周年诞辰暨蔡其矫研究座谈会、《蔡其矫全集（补遗）》首发仪式、"蔡其矫诗歌进校园"、书蔡其矫诗句和历代名人诗词书法展，同时还举行"我为晋江写首诗"海内外诗歌大赛颁奖仪式、紫帽山寻"心"采风创作与紫帽长联创作活动等，内容丰富多元，充分发掘和发挥了"蔡其矫"的品牌效应。

首届蔡其矫诗歌奖分设诗集奖、紫帽题材华语新诗作品奖、蔡其矫研究理论作品奖等多项内容，已开始面向海内外华语诗人、评论家征稿，2024 年 3 月 31 日截稿。这次主办方还选取 105 首（句）蔡其矫诗作、名句和历代名人咏紫帽诗词、名家致蔡其矫诗，由晋江籍书法家创作成书法作品展出。

一位诗人去世后仍受到如此高度的重视，足证其人其诗的不死精神和重要价值，同时也反映了晋江市政府和晋江文学界对前贤诗人蔡其矫的关护与景仰之情。21 世纪以来，中国各地均在发掘与开发文化名人的社会效益，以此提升当地的文化底蕴，产生文化名人的社会影响力。这次，晋江总算擦亮了"蔡其矫"品牌，诗歌节既标明是"首届"，便表示今后还会持续第二、第三届，办成常规性的活动。

是的，文学品牌的建立，不是一届、两届的事，而是一种传承、一种接力，不断的"首届"只是作秀与烟火，光有短暂的绚丽，而无长久的光辉。真心希望首届蔡其矫诗歌节是一个好的开始，希望晋江诗歌借助蔡其矫诗歌节的东风，扬帆起航，再度凯旋！

　　蔡其矫 20 世纪 80 年代曾参加中国作家协会代表团访菲交流，他的在菲印痕少之又少，但愿菲华文坛参与当年接待或活动者能回忆并分享与蔡其矫的交往经历，以填补"蔡其矫与菲华"篇章的内容。

（原载菲律宾《世界日报》2023 年 12 月 18 日）

拥有赤子童心的诗人

王　勇

　　晋江市文联在蔡其矫故居晋江园坂村济阳楼挂牌"蔡其矫诗歌研究会"时，我在现场见证了蔡其矫诗歌精神在晋江诗人心中的生命力。蔡其矫的家乡紫帽镇位于"晋江经验"的发祥地——福建省晋江市域西北部，多年来，晋江有关部门对蔡其矫等文化名人研究的投入不遗余力。其中，蔡其矫故居——济阳楼，是晋江市级文物保护单位，故居内辟有蔡其矫诗歌馆，是晋江市激活名人旧居的一个范例。

　　蔡其矫（1918.12.11—2007.1.3），福建省晋江市紫帽镇园坂村人，是老红军、印尼归侨，参加过上海爱国学生运动，千里奔赴延安，经历过抗日战争和解放战争的洗礼。生前曾任鲁迅艺术学院、中央文学研究所教员，中国作家协会文学讲习所教研室主任，福建省作家协会专业作家、副主席、名誉主席、顾问，中国诗歌学会副会长等职；被誉为"海洋诗人""诗坛独行侠""诗坛常青树"，是为中国新诗建设与发展做出特殊贡献并具有海内外影响力的杰出诗人。

　　蔡其矫长久以来，因意识形态而在中国诗坛一直没有受到应有的重视，但他的诗主题和创作精神，即那种永不言败、奋斗不息的拼搏意志，从来未曾有过改变。可以说，他用实际行动践行了"不忘初心，砥砺前行"的号召，生命像波浪一样起伏，却永远向前奔赴！

　　蔡其矫是一位拥有赤子童心的诗人，资历深却毫无架子，尤其喜欢与年轻人打成一片，在他的心灵世界里，没有老幼之分，只有纯洁的诗！家乡晋江当年那群围在蔡老身边的青年诗人们，许多都已在文教传媒宣传领域独当一面，迈入中年，可他们面对蔡老的名字与诗，仍像当年的"粉丝"一样仰望着蔡老这颗诗神之树。

如今，蔡其矫诗歌品牌终于在福建诗坛，从晋江出发，走向国际！一个诗人丰富了一座城市的名号，这是诗的力量，也是诗的自信！

（原载菲律宾《世界日报》2023 年 12 月 20 日）

致老诗人蔡其矫

黄文忠

一棵一直在开花的老树，
枝干盘曲在
布满苍苔与海藻的礁岩。
以自己的根须寻索，
痛苦与欢乐滋润着生命。
避开通天的坦道，
以不停的跋涉，叩问
心灵的曲径。
那充满个性色彩的语言，
是你独特的手杖，
长着许多硬结和坚节，
仿佛有第三只眼睛，
刻在宽阔的额头。
生命坚忍地持续，
诗句像长着翅的果子，
率真地飞向
起伏不定的地平线……

（选自作者诗集《淙淙集》，海峡文艺出版社 2020 年 5 月版）

蔡其矫

高　昌

斑斑红泪洒波涛，飒飒悲风尽日高。

鬓上青丝染愁白，雾中汉水到离骚。

高昌：辛丑孟冬读新诗手记。

高昌，1967 年生于河北辛集，祖籍河北晋州周家庄乡北捏盘。1985 年毕业于河北无极师范学校，1989 年毕业于河北大学作家班。唯一一位既入选诗刊社"青春诗会"（新诗）又入选《中华诗词》杂志"青春诗会"（旧体诗）的诗人。现任《中国文化报》理论部主任、《中华诗词》杂志主编、中华诗词学会副会长、中国作协诗歌委员会委员等。著有《我爱写诗词》《高昌诗词选》《百年中国的感情气候》《公木先生》等。辛丑孟冬，闲居陋室，读诗颇多。有淡淡所思并悠悠所乐，则仿前人点将旧例以七绝为志。不拘名，不排序，随读随想，随想随录，而已。

（选自小楼听雨诗刊 2023 年 7 月 18 日）

安息吧，紫帽山的诗魂

任　越

春光秋色的晋江紫帽山峰峦，
安息着一位德高望重的诗魂；
那座西洋式的二层楼房，
耸立在花草环抱的浓浓绿荫。

这位萍踪四海的一代诗宗，
一生吟唱少女高歌爱情；
疾恶如仇地鞭挞社会的不平，
慷慨激昂地抒写美好和乡情。

他原是一位印度尼西亚归侨的翩翩少年，
为报效祖国穿越烽火的弹雨枪林；
艰辛辗转地投奔革命圣地延安，
宝塔山下延河水抚育了他的心灵。

他的乡土诗作奠定了诗坛的盛名，
执教的鲁艺讲坛培养了诗坛的精英；
他一生呕心沥血地探索现代诗艺，
写下了无数杰出的佳篇昭示后人。

他的诗情有如长江黄河的波涛，
冲击着旧世界封建的腐朽牢门；
他的诗句胜似落入玉盘的珍珠，
铿锵作响地回荡着优美的音韵。

是极"左"路线摧残诗人的身心，
但劫难中他依然心态欢欣；
当他平反后回归可爱的家园，
却为振兴福建的诗坛沥血呕心。

我们有幸结识在 20 世纪 60 年代初春，
一次座谈会上聆听他教诲的心声；
"要熟读唐诗宋词并试译成新诗"，
至今成为我诗歌创作的座右铭。

又在一次诗友聚会的红豆诗会后，
相约游览九日山的浓浓林荫山径；
他叮咛"不要围着编辑的指挥棒转"，
再次为我的诗歌创作指点迷津。

历史翻开了新时代的篇章，
晋江畔吹响了他振奋的号音；
在李灿煌馆长的召集下，
众星拱月地游览晋水泉山的名胜。

在崎岖的山道，在翠绿的寺院，
倾心地聆听他的谈笑风生；
在朗读的会上，在诗会的座谈，

殷切地领悟他诗教的意蕴。

呵，这位年已耄耋的诗坛独行侠，
八十高龄还奔赴西藏采风行吟；
他为诗坛留下了洋洋洒洒的等身诗作，
将是我们宝贵的精神财富永世长存。

呵，林木苍郁的紫帽山峦，
安息吧，这位伟大的中国诗人；
那敬仰的目光拜谒的虔诚，
永远缅怀在泉州故乡人民的心灵！

（原载《蓝鲸诗刊》2023 年卷二）

美在心中

黄莱笙

2001 年 3 月，蔡其矫重返永安市看望黄莱笙，书赠"美在心中"四字。

——题记

善男子
你曾经用瀑布扎领带以森林为礼服
左足蹬着喀斯特岩崖
右脚踩着丹霞地貌
朝着呐喊似的旭日阔步赶场
忘不了那些岁月的踉跄
你在泥泞里落下歪歪斜斜的脚印
为后来的路人签署幸福的通行证
当坎坷踏成平坦
你的艰辛却已无迹可寻
只有一首开路谣
唱出心中的美
那就是我的永安
生命征程的内心驿站
美得让人自豪

善女人

你在生命最美丽的时段陪伴我

你的身姿像鳞隐石林一般婀娜

多情的舞姿高蹈在飞云之中

你的容颜如桃源洞的赤壁一样羞涩

走出一线天就满面红云

你的嘴唇如盛开的天宝岩杜鹃

终日叮咛着别忘来处

你下榻何处

那里便成万众景仰的百年安贞堡

当栟桐潭的时光用青苔遮蔽你的倩影

风刀霜剑在我灵魂深处刻下那段永安呼吸

为什么浩瀚天地总是飘满你的体香

因为你的美丽在我心中

美得令人心疼

几回回梦里回永安

总有燕子叽叽喳喳落肩上

世态炎凉岁月沧桑尽皆化作慈祥

蓦然回首

美在心中

（2024 年 4 月 1 日写于福州）

492

永安的蔡其矫

林汉基

在丹霞山崖的怀抱中，
一座古朴的，
厅堂、厢房带前廊的老厝，
成了您的纪念馆。
您发表的与未发表的
诗集、笔记、传记，
把白墙与橱柜装饰得
满目琳琅。
七十年代的照片，
实在无比亲切。
男同学英气，
女同学漂亮，
在田间野外，
树荫之下，
还在那大溪桥下的礁盘上，
簇拥着您的微笑。

您的一生充满传奇，
从晋江到印尼爪哇，
从上海到延安，

493

历史的潮流带着泥沙浊水，
把您带到坂尾果林场，
面临浩瀚的清江。

年过五旬的您
依然童心未泯，
与我们嬉笑玩耍
是个老不正经。

我们斗酒，
我们抢食。
我们同挤在一个被窝里，
乡下夜月如钩，
您却鼾声如雷。

唯有您的诗歌
字句撩人心魄，
女子为之陶醉
男儿为之抒情。
您具备了能让文化人
敬仰的文化，
您是人类的精英。

高高的紫云山，
迷人的玉华洞，
山山水水都化作
您飘扬的诗歌的花絮。

您与同学们一起冒险，
随波逐流放木排到福州。
在险滩中撞上暗礁，
排散人落水，
诗人成了"湿人"。

壁立万仞的桃源洞，
是您风景秀丽的伤心之地。
下放劳动改造的您，
砍下的柴
扔下悬崖，
如牛般地用板车
拉回伙房。

桃源洞也是我们诀别之地，
2004 年
久别重逢的我们与茂春，
与炳根学者，
在山崖之下，草坪之上，
共进午餐。
握别上车之后只见得，
日照丹霞赤，
粼光烁水蓝。

您的性格极好，
待我们如同慈父。
可您一生愤世嫉俗，
疾恶如仇。

每遇不平便涨红了脸，
甚至不惜动拳。
更多的是诉诸笔端，
正如您在永安写下的
《祈求》与《屠夫》。
您为一位下放的剧作家写了
《深山雪里梅》，
又为剧作家卧轨自杀的女儿
写了《生命》的长诗。

您年龄越大，越行越远。
听说您后来的行踪遍及川藏、
新疆、敦煌与玉门关外。
我们根本步不了
您的后尘。
回到榕城文联您居住的，
美不胜收的地名"凤凰池"。
在"池"中依旧冷水冲凉，
不改南洋习惯。

永安人留下了您，
是对您的眷念。
留下的是您的诗歌，
您的仰天长啸，
您的灵魂。

七十年代，
从省里下放到永安的干部，

不下百人。
与您同在坂尾的，
共有十三人。
而今只留下了孤独的您，
可您并不孤独，
来看您的人络绎不绝，
全国各地。

您是文化的布道者，
您为历史的长河掀起了一朵
绚丽夺目的浪花，
人海茫茫有如无垠沙漠，
古诗曰："吹尽黄沙始到金。"
说的就是您，
您拥有无可比拟的
巨大财富。

何况，
您天生就有优秀的基因，
河洛晋江
本就是中华智慧的源头。

您处在坂尾桃源新村，
屋前宽阔的大坪后的山壑，
连接着桃花涧与百丈仙岩，
和风习习，
沁心宜人。

屋前仰头百米内的山崖上，
就是高铁动车的隧道口。
它连接着远来的高架桥梁，
通向家乡的泉州晋江。

（选自千秋文章诗书说公众号 2024 年 4 月 13 日 "蔡其矫诗歌馆" 专辑）

在蔡其矫艺术馆

玉文侯

一晃，与诗歌红火的 20 世纪 90 年代，已阔别多年
那时，你尚身体康健
而我只是懵懂少年

省城福州的初秋
天气晴好
我们一路，从小城永安迤逦而来
只为在凤凰池沐浴阳光

你构建的永安诗歌沙龙
在秋阳之下
翻腾稻麦的芬芳
好友前来拜谒良师益友
而我只为
承接几颗雨滴
好滋润
诗歌的灵魂

(选自千秋文章诗书说公众号 2024 年 4 月 13 日 "蔡其矫诗歌馆" 专辑)

走进蔡其矫馆

墨　丹

是什么时候，乌云遮盖了繁星
一朵盛开的花有了忧郁

走进蔡其矫馆，我听见了
听见了大海的呼唤
迎面而来的浪花是诗的吟唱

写海的人已经走远
他的诗篇留在了历史时间上

走在院子，仿佛那个诗人
正在将海融在血液里。海风
悄然吹在我的内心

我听见海的咆哮！咆哮着
一首红色的诗章

（选自千秋文章诗书说公众号 2024 年 4 月 13 日 "蔡其矫诗歌馆" 专辑）

你的诗歌

——致敬·蔡其矫

墨 犁

仿佛
又见到了你……

在炽热洪流中执笔
那冗重的诗篇，随着
岁月渐渐泛黄
又一次次
在橘灯下风生水起

遥思当年
华发从戎
待到红旗漫山野
已是春风归去
桃李遍苍穹

你，将哲思写在了纸上
纸间便多了些许悲怆
你将诗意洒向人间
大地，便蓄满了
朦胧的香甜

今天，视线恍惚

是为了纪念馆外深情地诵读

于是我直视群山的寂寞

也看到了野草的寥落

因为风雨读不尽春意

所以，我又捧起了

你的诗歌……

(选自千秋文章诗书说公众号 2024 年 4 月 13 日 "蔡其矫诗歌馆" 专辑)

蔡其矫诗歌馆观礼

懿 欢

从先生的《祈求》到《鳞隐石林》
用了好几年时间
就像先生从延安到永安的历程

岁月的游走对每个人都很公平
轨迹却又不尽相同

遮天蔽日的大树下
小树们也正在努力成长
有一天，他们可能长成参天大树
长成一片蔚然可观的风景吗？

在文学馆门前
许多人来了又走，走了又来

（选自千秋文章诗书说公众号 2024 年 4 月 13 日 "蔡其矫诗歌馆" 专辑）

蔡其矫故居

安　琪

故居现在
已成为您的长住地

大地此刻
已不见您风尘仆仆
的身影

狂风再狂
暴雨再暴，都已拿您
没有办法

您安静地休憩于您的后院
藉一株高大凤凰树遮蔽，睡眠
将更加沉稳、踏实

动荡的心终于得以安歇
但
安歇了的心还能有诗吗

起来吧，蔡老师

我知您一生喜酒、喜美、喜自由

我知您一生不愿受羁束，这小小
的坟茔，委实太过逼仄，心儿啊
怎能受它统治

福建泉州，晋江紫帽，园坂
朋友们从祖国各地来到此处

都想看到您
大踏步走出家门，一如既往地
张开
张开双臂，拥抱，拥抱大家——

（选自作者公众号"极地之境"2024年7月25日）

附 录 相关报道

地方性诗歌与蔡其矫福建写作研讨会相关报道

地方性诗歌与蔡其矫福建写作研讨会在福州举办

2023 年 12 月 16 日上午，由中国作家协会创研部、鲁迅文学院、文艺报社、中国艺术报社、福建省文学艺术界联合会主办的新时代闽派文艺理论家批评家学术活动周活动——"地方性诗歌与蔡其矫福建写作研讨会"，于福州闽江饭店 15 楼左海厅召开。参会的学者专家有王光明、邱景华、林滨、刘志峰、曾念长、蔡芳本、许陈颖、郑成志、任毅、张翼、苏文健、谢宜兴、刘伟雄、傅修海、陈培浩、伍明春、李墨波、刘江伟（选编者注：曾念长、李墨波、刘江伟未参加，漏了戴冠青）。研讨会由首都师范大学文学院教授、福建师范大学文学院特聘教授、福建师范大学现代汉诗研究中心主任王光明主讲，福建师范大学文学院教授、福建师范大学现代汉诗研究中心副主任伍明春主持。

会上，王光明教授作了题为《诗的地方性与蔡其矫的开拓》的主旨发言，指出蔡其矫的福建题材诗歌写作从地域文化出发，构建了精神和心灵世界的一个"最称心的空间"，由此实现了对地方性写作的想象性重构，为现代汉诗写作提供了一批优秀的文本。与会学者就蔡其矫诗歌写作的地方性及其他相关诗学议题展开了热烈的对话和讨论。

会议最后，福建师范大学文学院教授伍明春为本场发言作了详细而精彩的评议。

（福建省文学院 2023 年 12 月 21 日发布）

王光明：地方性诗歌与蔡其矫在福建的写作

12月15日下午，福建师范大学文学院特聘教授、福建师范大学现代汉诗研究中心主任王光明为我院学生带来《地方性诗歌与蔡其矫在福建的写作》的学术讲座，讲座由伍明春教授主持。

王光明教授由写作的地方性问题切入，以沈从文、老舍、莫言、聂鲁达、福克纳等作家为例，点明地方并非作家创作文学大厦的砖瓦，而是根基、栋梁。并且引用了蔡其矫在《福建集》序言中的一段话，阐明了每个作家都有自己"最称心的空间"。这个空间往往就是作家生活的故乡，而故乡就是作家写作的源头和精神的庇护所。王光明教授特别指出，20世纪以来，中国新诗中也不乏具有地方性色彩的创作，但大都是色彩性、情调性的写作。这些写作主要是出于猎奇和览胜的心理，只停留在了素材和风格的层面。而蔡其矫则是真正将故乡当作文化和精神的家园，以一个诗人的敏感，重新辨认和想象地方的文化和历史，重构了地方的历史风物，更新了我们对地方的认知。

地方性写作有多种可能性，王光明教授将蔡其矫的写作概括为虚构与重构的地方性。地方性写作是一种话语实践，但这样的实践是一种冒险。地方是地理性和风俗性的集合。在诗歌创作之前，地方早已被前人无数次地想象与建构了。每个地方都有无数的文化符号。倘若没有新的发现，地方性写作就容易变成没有文化灵魂的地方志。因此地方性写作面临着写作伦理的约束，这就要求地方性写作要具备发现和重构地方的能力，能够通过语言将地方转变为一个文化和灵魂寄居的世界。将平面的地方转变为有灵魂和神灵居住的建筑。

为了阐明这一问题，王光明教授以福建的诗歌写作为例，进一步分类阐述。第一种是对象的建构性写作。以舒婷的《惠安女子》为例：

当洞箫和琵琶在晚照中
唤醒普遍的忧伤

你把头巾的一角轻轻咬在嘴里

（舒婷：《惠安女子》）

洞箫和琵琶是闽南的传统乐器，这两个意象延伸到了历史之中，展示了漫长时空中一种普遍的忧伤。但惠安女子隐忍的性格使她们天生不愿倾诉苦难，只是将头巾的一角轻轻咬进了嘴里。舒婷抓住了这些最典型的细节来创造诗歌的情境，建构了一个忍辱负重的惠安女子形象。

第二种是通过对象建构自我的写作。还是以舒婷的诗歌为例：

与其在悬崖展览千年

不如在爱人肩上痛哭一晚

（舒婷：《神女峰》）

舒婷在此借神女峰建构了一个热爱生命、忠于自我的女子形象。不是为了展览而存在，而是为了有血有肉的生活、为了人间各般滋味而存在。

第三种是虚构的地方性写作。以华莱士·史蒂文斯的《坛子的轶事》为例，田纳西本没有这个坛子，但史蒂文斯虚构了一个坛子，使田纳西有了秩序和神明。史蒂文斯创造了一种无地方的地方性写作，使无秩序的地方成了拥有灵魂、秩序和神明的地方。

第四种是重构的地方性。这就是蔡其矫写作的独特之处，既非简单地建构对象或通过对象建构自我，也非纯粹虚构的地方性写作，而是一种重构的地方性写作。为了说明这一问题，王光明教授将蔡其矫有关福建的诗歌大致分为了六种题材，包括地域、山川景观、自然风物、人物、文化遗产和历史事件。并且以《海峡长堤》《长汀》《鼓浪屿》为典例，认为蔡其矫的写作在地方性写作的多种可能性中有着自己的特点——重构的地方性写作。这种重构既不是虚构与想象，也不是解构与破坏。这种重构一方面多以隐喻和转喻的形式呈现，另一方面又深入地方的历史脉络，寻求在诗句中凝聚无数人对地方的感受，凝聚地方的灵魂和文化历史内涵。在蔡其矫的地方性诗歌中，以地方的人、事题材为最佳，最典型的就是《南曲》和《南曲（又一章）》。

最后，王光明教授指出，20 世纪以来有非常多重要的诗人和杰出的诗人，但至今仍未出现伟大的诗人。因为现代汉诗还在尝试的过程之中，尽管出现了不少杰出的诗篇，但还有很多问题需要我们自觉地面对与克服。而在现代汉诗还不成熟的时代，蔡其矫开拓出了地方性写作的新空间，是非常了不起的，是值得我们铭记的。

讲座最后，伍明春教授进行了简要的总结。伍教授对讲座主要的三个部分进行了总结和概括。第一是讨论诗人和地方之间诗意的关联。蔡其矫的写作并非色彩性、情调性的写作，而是将地方当作精神和文化的家园，因此他的写作是有根的、接地气的写作。第二部分是关于虚构和重构的地方性。蔡其矫的福建题材写作呈现出一种重构的地方性，即用诗歌的方式，重新发现地方。第三部分是王光明教授向大家展示蔡其矫福建写作中的一些杰出诗篇，但是由于时间关系无法更详细地展开。伍明春教授希望讲座之后同学们可以继续深入地探讨、研究蔡其矫以及他的诗歌。讲座在同学们的掌声中圆满落下帷幕。

(福建师范大学现代汉诗研究中心 2023 年 12 月 21 日发布)

蔡其矫诗歌研讨会举行

近日，地方性诗歌与蔡其矫福建写作研讨会在福州召开，来自福建师范大学、闽南师范大学等单位的学者就蔡其矫诗歌写作的地方性及其他相关诗学议题展开了热烈的对话和讨论，深入探讨闽派文脉的传承与创新。

蔡其矫是"闽派诗歌"代表性人物，是当代中国诗歌史上的一位重要诗人。据悉，本场研讨会是新时代闽派文艺理论家批评家学术活动周系列活动之一，由福建省文学院和福建师范大学现代汉诗研究中心承办。

(原载《福建日报》2023 年 12 月 25 日，通讯员伍明春)

蔡其矫诗歌（永安）馆正式开馆相关报道

蔡其矫诗歌（永安）馆正式开馆

4月10日上午，蔡其矫诗歌（永安）馆在燕北街道坂尾村正式开馆，蔡其矫先生的儿子蔡三强以及晋江市社科联和蔡其矫诗歌研究会相关人员出席开馆仪式。

蔡其矫是我国近代著名红色爱国诗人、朦胧诗运动推动者。20世纪70年代，他在永安市燕北街道坂尾村生活了近7年时间，创作出许多在日后产生广泛影响的诗歌佳作，如《祈求》《生命》《冬夜》等脍炙人口的诗歌，并培养和扶持了一批年轻诗人，其中不乏舒婷、范方等诗坛杰出人物。

新落成的蔡其矫诗歌（永安）馆占地面积约2500平方米，馆内列展主要围绕蔡其矫生平经历介绍、代表作品、研究资料收集等方面展开，通过老照片、经典作品版本，并加以多媒体手段展示，形象深刻地呈现了蔡其矫的创作成就。

蔡其矫诗歌（永安）馆顺利开馆，既是永安市聚焦"红色领航"丰富红色文化内涵，挖掘红色文化资源的生动实践，也是贯彻落实《泉州市与三明市山海协作实施方案》，建设两市山海文旅康养产业合作基地、红色研学培训基地，共同打造"山盟海誓""丹山碧水"跨区域红色旅游有机融合的重要载体。蔡其矫诗歌（永安）馆将致力打造成为三明乃至福建的诗歌文学研学基地，成为泉州与三明、晋江与永安之间的文化纽带和独具代表性的红色文化名片。

（今日永安网 2024 年 4 月 10 日发布）

"文化润童心　精神永传承"

——永安市北门小学组织少先队员代表参加蔡其矫诗歌（永安）馆文化活动

古人常说，"读万卷书，行万里路，二者不可偏废"。为了让学生增长见识、开阔眼界，丰富课余活动，应永安市燕北街道党工委邀请，4 月 10 日，永安市北门小学第一党支部联合少先队大队部，带领优秀少先队员代表参加了蔡其矫诗歌（永安）馆开馆典礼。参与本次活动的还有北门小学党总支书记陈嵘同志、第一党支部书记游露燕同志、少先队总辅导员冯旖昕老师，以及团员代表陈雨彬老师。

蔡其矫是我国近代著名红色爱国诗人、朦胧诗运动推动者。20 世纪 70 年代，他在永安市燕北街道坂尾村生活了近 7 年时间，创作出许多在日后产生广泛影响的诗歌佳作，如《祈求》《生命》《冬夜》等脍炙人口的诗歌，并培养和扶持了一批年轻诗人，其中不乏舒婷、范方等诗坛杰出人物。

走进诗歌馆，队员们既激动又兴奋，他们用好奇的目光捕捉着这里的一切……感受到了诗歌艺术的魅力，也深刻感受到"红色领航"丰富的红色文化内涵，了解到更多家乡的历史文化。

接着，少先队员们在开馆典礼上献上了精彩的蔡其矫诗歌朗诵《石林》《永安市歌》和《紫云洞山》。深情的演绎以及良好的精神面貌赢得了台下嘉宾热烈的掌声。

通过此次爱国主义教育参观实践活动，队员们近距离感受到家乡文化的魅力，既增长了见识，丰富了学习生活，又提升了文化自信，更重要的是在学生的心中种下了热爱家乡、热爱祖国的种子。

（永安市北门小学 2024 年 4 月 10 日发布）

蔡其矫诗歌（永安）馆正式开馆

4 月 10 日，蔡其矫诗歌（永安）馆在永安市燕北街道坂尾村正式开馆，蔡其矫先生的儿子蔡三强与福建省作协、三明市文联、永安市委、永安市政协、晋江市蔡其矫诗歌研究会等相关人员出席开馆仪式。

新落成的蔡其矫诗歌（永安）馆占地面积约 2500 平方米，馆内列展主要围绕蔡其矫生平经历介绍、代表作品、研究资料收集等方面展开，通过老照片、经典作品版本，并加以多媒体手段展示，形象深刻地呈现了蔡其矫的创作成就。

永安市文联依托这一良好的软硬件条件，精心组织基地各项活动的开展，先后举办了采风交流、诗歌创作、学术研讨、诗歌朗诵等 20 余场活动。创作成果集《永安之美》正在进行编辑和排版，年内将出版发行。永安市文联表示：将在该馆常态化举办各式创作交流、学术研讨等活动，营造自由交流的空间，打造永安诗歌集聚、交流、创作、扩展、提升平台，成为永安诗歌创作聚集地。

（福建文艺网 2024 年 4 月 12 日发布）

蔡其矫诗歌（永安）馆正式开馆

4 月 10 日，蔡其矫诗歌（永安）馆在燕北街道坂尾村正式开馆，蔡其矫先生的儿子蔡三强，福建省作协副秘书长郑渺渺，三明市文联党组书记、主席纪任才，永安市委常委、副市长廖正楼，永安市政协副主席涂燕勇以及晋江市蔡其矫诗歌研究会相关人员出席开馆仪式。

新落成的蔡其矫诗歌（永安）馆占地面积约 2500 平方米，馆内陈列主要围绕蔡其矫生平经历介绍、代表作品、研究资料收集等方面展开，通过老照片、经典作品版本，并加以多媒体手段展示，形象深刻地呈现了蔡其矫的诗歌创作成就。

永安市文联充分依托蔡其矫诗歌馆良好的软硬件条件，精心组织基地各项活动的开展，先后举办了采风交流、诗歌创作、学术研讨、诗歌朗诵等 20 余场活动。创作成果集《永安之美》正在进行编辑和排版，年内将出版发行。

下一步，永安市文联将在该馆常态化举办各式创作交流、学术研讨等活动，营造自由交流的空间，打造永安诗歌集聚、交流、创作、扩展、提升平台，成为永安诗歌创作聚集地。

（三明市文联 2024 年 4 月 15 日发布）

文化传播学院参加蔡其矫诗歌（永安）馆开馆仪式

日前，蔡其矫诗歌（永安）馆开馆仪式在永安燕北街道坂尾村举行，福建省文学艺术界联合会、蔡其矫诗歌研究会、蔡其矫之子蔡三强、文化传播学院师生代表等出席仪式。

"在春天繁盛的田野，在高亢汽笛声中，生命飞向无底的深渊……"文化传播学院学生朗诵的蔡其矫先生诗歌作品生命三部曲——《生命》《母亲》《深山雪里梅》，将开馆仪式推向高潮，同学们用最真挚的声音诠释着诗歌的内涵，表达了对生命的敬畏和赞美，赢得现场观众阵阵掌声。

仪式上，文化传播学院与蔡其矫诗歌（永安）馆签订了教学实践基地协议，并共同为基地揭牌。文化传播学院院长赵平喜表示，"文化传播学院将依托教学实践基地，常态化加强与蔡其矫诗歌（永安）馆的交流合作，凝优势、增特色、做推广，扎实开展语言资源保护与传承工作，为弘扬中华优秀语言文化做出积极贡献。"

据悉，此次开馆仪式由国家语言文字基地（三明学院）参与承办，文化传播学院将以此为契机，发挥国家语言文字推广基地的专业优势、人才优势及辐射带动、示范引领作用，以高度的责任感和使命感，以"传承中华优秀文化，推广国家语言文字"为核心，以"服务国家语言文字战略部署"和"革命老区苏区高质量发展之需"为主线，为革命老区苏区语言文字事业贡献智慧和力量，推动基地建设工作再上新台阶。

（三明学院文化传播学院公众号 2024 年 4 月 20 日发布）